SIRKELENS
ENDE

TOM EGELAND

EN BJØRN BELTØ-THRILLER

SIRKELENS ENDE

TOM EGELAND:

Bjørn Beltø-serien:

Sirkelens ende	*(2001)*
Paktens voktere	*(2007)*
Lucifers evangelium	*(2009)*
Nostradamus' testamente	*(2012)*
Den 13. disippel	*(2014)*
Djevelmasken	*(2016)*

Andre romaner:

Stien mot fortiden/Ragnarok	*(1988)*
Skyggelandet	*(1993)*
Trollspeilet	*(1997)*
Åndebrettet	*(2004)*
Ulvenatten	*(2005)*
Fedrenes løgner	*(2010)*

Barne- og ungdomsbøker:

Piken i speilet	*(2007)*
Katakombens hemmelighet	*(2013)*
Skatten fra Miklagard	*(2014)*
Mumiens mysterium	*(2015)*
Den store spøkelsesboka	*(2015)*

5. opplag

© 2001, 2010 H. Aschehoug & Co. (W. Nygaard), Oslo
www.aschehoug.no
Satt hos Type-it AS, Trondheim
Papir: 50 g Bulky 2,4
Printed in Lithuania
ScandBook UAB, 2016

ISBN 978-82-03-19696-6

"Dette er de hemmelige ord som den levende Jesus talte
og Didymos Judas Thomas skrev ned.
Jesus sa: Den som finner meningen med disse ord,
skal ikke smake døden. Den som leter, skal ikke slutte
å lete før han har funnet; og når han finner,
skal han bli rystet; og når han er blitt rystet,
skal han undre seg, og han skal herske over altet."

FRA THOMASEVANGELIET
– DET «FEMTE EVANGELIUM»
SOM BLE UTELATT FRA DET NYE TESTAMENTE.
MANUSKRIPTET BLE GJENFUNNET I EGYPT I 1945.

DET BEGYNTE Å REGNE SENT DEN ETTERMIDDAGEN da Grethe døde.

Gjennom trådene av vann skimter jeg fjorden, blank og kald, som en flod bak det nakne kjerret. I time etter time sitter jeg og glor på dråpene som sildrer nedover ruten. Jeg tenker. Jeg skriver. I duggen på glasset former bygene et buktende gitter.

Jeg har skjøvet skrivebordet inntil vinduet. Da kan jeg skrive og skotte ut samtidig. I fjæra driver klaser med råtten tang. Sjøen skvulper dovent mot svabergene. En terne skriker halvhjertet og livstrett.

Grenene på eika ute på tunet spriker, sorte og våte; ennå klamrer et og annet blad seg fast, som om de ikke riktig fatter at høsten snart vil hente dem til seg.

Det var sommer da pappa gikk bort. Han ble trettien år, fire måneder, to uker og tre dager gammel. Jeg hørte at han skrek.

De fleste mener det var en ulykke.

Den første tiden etter dødsfallet kapslet mamma seg inn i en kokong av stille sorg. Så, i en metamorfose som aldri har sluppet taket i meg, begynte hun å drikke og forsømme meg. Det ble en del prat. Sideveien vår hadde øyne og ører. I butikken fikk jeg medfølende blikk. Barna lagde stygge sanger om henne. Med kritt tegnet de henne naken på asfalten i skolegården.

Enkelte minner er det lim på.

De har selvsagt vært her mens jeg var borte. Gjennomsøkt rom for rom. Og fjernet sporene etter henne. Det er som om hun aldri har eksistert.

Men ufeilbarlige er de ikke. De overså de fire silketauene som henger slapt fra sengestolpene.

I dagboken skriver jeg om alt som hendte meg i sommer.

Hadde det ikke vært for skorpene og den sviende kløen, ville jeg ha trodd at sommeren var en sammenhengende vrangforestilling. At jeg befant meg på rommet mitt på klinikken. I en tvangstrøye. Proppet full av Stesolid. Muligens vil jeg aldri skjønne noe som helst av det som hendte. Det gjør ikke noe. Det lille jeg har forstått, eller ikke forstått, holder lenge for meg.

Dagboken er en tykk perm av skinn. Nederst til høyre på omslaget er navnet mitt trykt i gull. *Bjørn Beltøs bok.*

Det finnes to typer arkeologi. Den historiske. Og den sjelelige: utgravninger i hjernen.

Pennen skraper mot papiret. Stille vever jeg mitt spindelvev av minner.

Innhold

Fortale   s.   7

FØRSTE DEL: Arkeologen

I   Gåten   s.   15
II   Helgenskrinet   s.   55
III   Elskeren   s. 105

ANNEN DEL: Sønnen

IV   Fortielser, løgner, minner   s. 197
V   Ørkenen   s. 251
VI   Pasienten   s. 295

Sirkelens ende   s. 355

ETTERORD:
Sirkelens ende og *Da Vinci-koden*
– kilder og tankespinn   s. 377

Indhold

Oslo
Værne kloster
(johannitterkloster ca. 1188–1532)

Oxford
London
Paris
Rennes-le-Château
Roma
Messina
Gozo
MALTA
RHODOS
KRETA
KYPROS
Tripoli
Jerusalem
Masada
(jødisk klippeborg)
Acre *(korsfarerborg, falt 1291)*
Qumran
(Dødehavs-rullene 1947–1962)
Nag Hammadi
(Thomas-evangeliet 1945)

Svartehavet

N
S

Første del

Arkeologen

I

Gåten

1

MIDT I ET RUTEMØNSTER AV NØYAKTIG LIKE store kvadrater sitter jeg på huk og leter etter fortiden. Solen brenner i nakken. Håndflatene er fulle av vannblemmer som svir noe aldeles for jævlig. Jeg er skitten og svett. Jeg stinker. T-skjorten kleber seg til ryggen som et seigt, gammelt plaster.

Vinden og gravingen har hvirvlet opp finmalt sand som lager en brungrå kuppel av støv over åkeren. Sanden stikker i øynene. Støvskyen gjør meg tørr i munnen og pudrer meg i ansiktet; huden føles som en sprukken skorpe. Jeg stønner stille. Det er ikke til å fatte at jeg engang drømte om en tilværelse som dette. Vi trenger jo alle et levebrød ...

Jeg nyser.

«Prosit!» roper en stemme. Forundret ser jeg meg rundt. Men alle er opptatt med sitt.

Fortiden er ikke helt enkel å finne. Noen spadetak under det øverste jordlaget, i krafsebrettet mellom de møkkete turnskoene mine, søker jeg med fingertuppene gjennom rå matjord. Kulturlaget vi har gravd oss ned til, er åtte hundre år gammelt. Eimen av kompost er fyldig. I en av sine lærebøker, *Archaeological Analysis of the Ancient*, skriver professor Graham Llyleworth: «Opp fra jordens mørke muld strømmer fortidens stumme budskap.» Hørt på maken? Professor Llyleworth er en av verdens fremste arkeologer. Men han er litt for glad i lyrikk. En må bære over med hans feilskjær.

Nå sitter professoren i skyggen under et laken spent opp over fire stolper. Han leser. Han patter på en sigar han ikke har tent. Han ser ufordragelig klok ut, fylt av en gråhåret og pompøs verdighet som han ikke har gjort seg det aller minste fortjent til. Sannsynligvis drømmer han om en av pikene som står med stumpen i været. Av og til skotter han ned på oss med øyne som sier: En gang i tiden var det jeg som lå der og svettet, men det er lenge siden.

Jeg skuler opp på ham gjennom tykke brilleglass med solfilter. Blikket hans streifer mitt og henger fast et sekund eller to. Så gjesper han. Et vinddrag får lakenet til å blafre. Det er mange år siden han lot seg utfordre av noen med møkk under neglene.

«*Mr. Belto*?» sier han overdrevent høflig. Jeg har ennå til gode å møte en utlending som klarer å uttale navnet mitt riktig. Han vinker meg til seg. Slik slavedriverne vinket på negerguttene sine i forrige århundre. Jeg heiser meg opp av den meterdype sjakten og børster jord av olabuksen.

Professoren kremter. «Ingenting?»

Jeg slår ut med hendene og stiller meg foran ham i en spottende giv akt som dessverre går ham hus forbi.

«Ingenting!» harker jeg frem på engelsk.

Med et uttrykk som bare såvidt skjuler foraktet han nærer, skotter han på meg og sier: «Alt i orden? Du ser blek ut i dag!» Så knegger han. Og venter på en reaksjon som jeg ikke et sekund overveier å gi ham.

Mange oppfatter professor Graham Llyleworth som ondskapsfull og maktsyk. Han er ingen av delene. Nedlatenhet faller ham naturlig. Professorens syn på omverdenen og de bittesmå menneskekrypene som kravler oppetter buksebretten hans, ble tidlig i livet formet, støpt og herdet i stålarmert betong. Når han smiler, skjer det med en distansert og overbærende likegyldighet. Når han lytter, er det av påtvungen høflighet (som hans mor må ha tuktet inn i ham med spanskrør og trusler). Når han sier noe, kan man lett tro han uttaler seg på vegne av Vårherre.

Llyleworth knipser bort en fnokk som har kommet med vinden og festet seg til den skreddersydde grå dressen. Han legger sigaren på feltbordet. Med en vannfast tusj markerer han hver sjakt som er gravd opp og tømt. Uttrykksløst tar han korken av tusjen og setter et kryss i rute 003/157 på plantegningen på bordet under lakentaket.

Så føyser han meg vekk med en trett håndbevegelse.

På universitetet lærte vi at hver av oss kan flytte opptil én kubikkmeter jord hver dag. Slagghaugen ved såldet viser at det har vært en god formiddag. Ina, studenten som finsikter all den jorden vi kommer drassende med i krafsebrett og trillebårer, har ikke funnet annet enn et par vevlodd og en kam som gravelagene har oversett. Hun står i en søledam iført trange kortbukser, hvit t-skjorte og altfor store gummistøvler og holder en grønn haveslange med lekk munnstykke.

Hun er svært søt. For tohundreogtolvte gang denne formiddagen kikker jeg bort på henne. Men hun ser aldri min vei.

Musklene verker. Jeg synker sammen i feltstolen, som står i ly for augustsolen, ved et skyggefullt kjerr av hegg. Dette er mitt hjørne, min trygge plett. Herfra har jeg oversikt over utgravningsområdet. Jeg liker å ha oversikt. Har du oversikt, har du også kontroll.

Hver kveld, etter sorteringen og katalogiseringen, signerer jeg nederst på funnlisten. Professor Llyleworth synes jeg er overdrevent mistenksom fordi jeg insisterer på å sammenholde artefaktene i pappeskene med listen hans. Hittil har jeg ikke knepet ham i en eneste unøyaktighet. Men jeg stoler ikke på ham. Jeg er her for å kontrollere. Det vet vi begge.

Professoren snur seg, liksom tilfeldig, for å sjekke hvor det er blitt av meg. Jeg sender ham en munter speiderhilsen: to fingre til pannen. Han hilser ikke tilbake.

Jeg trives best i skyggen. En defekt i iris gjør at skarpt lys eksploderer i en skur av splinter bak i hodet mitt. For meg er solen en skive av konsentrert smerte. Derfor myser jeg ofte. Engang sa et barn til meg: Øynene dine ser ut sånn som når noen tar bilde med blitz.

Med ryggen mot redskapscontaineren ser jeg utover utgravningsområdet. Koordinatsystemets hvite snorer former kvadratiske felter som ekskaveres ett for ett. Ian og Uri står borte ved nivellermåleren og teodolitten og diskuterer mens de ser utover rutenettet og fekter med armene mot koordinatsystemets akser. Et øyeblikk innbiller jeg meg lattermildt at vi graver på feil sted. At professoren vil blåse i den dumme fløyten sin og

19

rope «stopp, vi tar feil!». Men på ansiktsuttrykkene skjønner jeg at de bare er utålmodige.

Vi er trettisyv arkeologer i virksomhet. Professorens feltledere (Ian, Theodore og Pete fra University of Oxford, Moshe og David fra the Hebrew University i Jerusalem og Uri fra The Schimmer Institute) leder hvert sitt gravelag med norske hovedfagsstudenter.

Ian, Theo og Pete har utviklet et avansert dataprogram for arkeologiske utgravninger basert på infrarøde satellittfotografier og sonarbølger i jordstrukturen.

Moshe har doktorgrader i teologi og fysikk og deltok i faggruppen som gransket likkledet i Torino i 1995.

David er ekspert i tolkning av nytestamentlige manuskripter.

Uri er spesialist på johannittenes historie.

Selv er jeg med for å passe på.

2

FØR I TIDEN TILBRAGTE JEG HVER SOMMER på farmors landsted ved fjorden. En sveitservilla i en have av frukt og bær og blomster, av solvarme skiferheller og gjenvokste kjerr, av sommerfugler og fluer og glade humler. Luften duftet av tjære og tang. Midtfjords tøffet snekkene. I havgapet mellom Larkollen og Bolærne, som var så fjerne at det så ut som de svevde, skimtet jeg en glipe av endeløst hav, og bak horisonten forestilte jeg meg Amerika.

En drøy kilometer fra sommerhuset, langs landeveien mellom Fuglevik og Moss, lå Værne kloster med sine to tusen dekar med åkre og skoger og en historie som strakte seg lukt inn i Snorres kongesagaer. På slutten av 1100-tallet skjenket rikskongen, Sverre Sigurdsson, Værne kloster til johannittermunkene. Johannittene bragte med seg et hvisk av verdenshistorie, korstog og geistlige riddere inn i vår avkrok av sivilisasjonen. Først i 1532 var munkenes tid på Værne kloster forbi.

Summen av tilfeldigheter former et livsløp. For det er i en av

Værne klosters åkre at professor Llyleworths utgravning foregår.

Professoren påstår at vårt mål er å finne en rundborg fra vikingtiden. Kanskje to hundre meter i diameter, omgitt av en sirkelrund jordvoll med trepalisader. Han har kommet over et kart i en vikinggrav i York.

Det er ikke til å tro. Jeg tror ham heller ikke.

Professor Graham Llyleworth er ute etter noe. Jeg vet ikke hva. En skatt er altfor banalt. En grav med et vikingskip? Restene av Olavsskrinet? Kanskje mynter fra Khawrezm, fyrstedømmet øst for Aralsjøen? Ruller av kalveskinn som Snorre fikk i retur fra forlaget? Et offerkar av sølv? En magisk runestein? Jeg kan bare gjette. Og gå helhjertet inn for oppgaven som vakthund.

Professoren skal skrive enda en lærebok basert på denne utgravningen. En stiftelse i England betaler. Grunneieren fikk en liten formue for å la oss snu opp-ned på åkeren.

Det må bli litt av en lærebok.

Jeg har ennå ikke forstått hvordan, eller hvorfor, professor Llyleworth slapp til med sine arkeologiske stormtropper på norsk grunn. Den samme gamle leksen. Han har mektige venner.

For utlendinger er det vanskelig å få tillatelse til å drive arkeologiske utgravninger i Norge. Professor Llyleworth møtte ingen motstand. Tvert imot. Riksantikvaren klappet begeistret i hendene. Universitetet hjalp jublende til med å plukke ut de dyktigste hovedfagsstudentene til gravelagene. De ordnet arbeidstillatelse for hans utenlandske medhjelpere. De strøk fylkeskommunen blidt på hodet. Alt var i sin skjønneste orden. Og så kom de over meg på et kontor i Oldsaksamlingen på Historisk museum i Frederiks gate. Vokteren. Norske myndigheters forlengede arm. En svaksynt amanuensis i arkeologi, en de kunne unnvære noen måneder. En ren formalitet, det var nesten så de beklaget mitt nærvær, men regler er regler, De vet hvordan det er.

I farmors stue på landstedet står en bestefarsklokke og tikker for seg selv. Helt fra jeg var en liten pjokk har jeg elsket den klokken. Den går aldri riktig. Til de merkeligste tider kan den sette i gang å slå. Åtte på tolv! Tre over ni! To på halv fire! Da rasler urverket selvtilfreds med sine fjærer og tannhjul og roper: Jeg gir vel faen!

For hvem har bestemt at det er alle de andre klokkene i verden som går riktig? Eller at tiden lar seg fange med finmekanikk og visere? Jeg er fæl til å fundere. Det følger av jobben. Når du graver frem et fem hundre år gammelt kvinneskjelett som ikke vil gi slipp på barnet det omfavner, låser øyeblikket seg fast i tiden.

Et vinddrev bringer med seg en salt duft av sjø. Solen har kjølnet. Jeg avskyr sol. De færreste av oss tenker på solen som en sammenhengende kjernefusjon. Men jeg gjør det. Og fryder meg over at om ti millioner år er det slutt.

3

ROPET HAR EN KLANG AV OPPHISSET FORBLØFFELSE. Under lakentaket reiser professor Llyleworth seg, vaktsomt og værende, lik en dorsk gammel vakthund som overveier å boffe.

Arkeologer roper sjelden når de finner noe. Vi finner noe stadig vekk. Hvert rop skreller vekk en bit av vår verdighet. De fleste myntfragmentene og vevloddene vi avdekker, ender til slutt i en lysebrun eske i et mørkt magasin, behørig konservert og katalogisert og klargjort for ettertiden. Du er heldig hvis du en eneste gang i din karriere finner noe som kan stilles ut i et glassmonter. De fleste arkeologer vil, hvis de graver dypt nok i seg selv, erkjenne at det siste virkelig storslåtte arkeologiske funn i Norge fant sted på Oseberg i 1904.

Det var Irene som ropte. Hovedfagsstudent i avdeling for klassisk arkeologi. En begavet og innesluttet pike. Jeg kunne lett ha forelsket meg i henne.

Irene tilhører gravelaget til Moshe. I går morges avdekket hun restene av en grunnmur. En oktogon, en åttekant. Synet fyller meg med et vagt, kriblende minne som ikke når opp til overflaten.

Jeg har aldri sett professor Llyleworth så oppspilt. Mange ganger i timen har han vært borte og gløttet ned i sjakten hennes.

Nå har Irene karret seg på bena og klatret opp på kanten. Ivrig vinker hun på professoren.

Flere av oss andre har allerede begynt å springe mot henne. Professoren blåser i fløyten sin.

Pffffffff-rrrrrrr-iiiiiit!

En magisk fløyte. Alle stivner med rykkvise bevegelser, som på en gammeldags 8 mm-film som har kjørt seg fast i fremviseren.

Så blir de lydig stående.

På meg har tryllefløyten ingen effekt. Småløpende nærmer jeg meg sjakten til Irene. Professoren kommer fra motsatt kant. Han forsøker å bremse meg med blikket. Og med fløyten. *Pff-rrr-iit!!!* Men det greier han ikke. Dermed kommer jeg først frem.

Det er et skrin.

Et avlangt skrin.

Tretti-førti centimeter langt. Det ytterste laget av det rødbrune treverket er gått i forråtnelse.

Professoren stanser så nær kanten at jeg et øyeblikk håper at han vil rase utfor i den grå dressen sin. Den ultimate ydmykelse. Men så heldig er jeg ikke.

Den korte løpeturen har gjort ham andpusten. Han smiler. Munnen er åpen. Øynene er sperret opp. Han ser ut som om han er i ferd med å få orgasme.

Jeg følger blikket hans. Ned til skrinet.

I en eneste lang bevegelse setter professoren seg på huk, støtter seg med venstrehånden og hopper ned i sjakten.

En mumling risler gjennom forsamlingen.

Med fingertuppene – de myke fingertuppene som er skapt for å balansere kanapeer, holde champagneglass og sigarer, samt å kjærtegne silkebrystene til sky frøkener fra Kensington – begynner han å krafse vekk jorden rundt skrinet.

Professor Graham Llyleworth skriver i sin lærebok *Methods*

of Modern Archaeology at grundig registrering av hvert funn er nøkkelen til korrekt tolkning og forståelse. «Tålmodighet og grundighet er arkeologens viktigste dyder,» fastslår han i *Virtues of Archaeology*, arkeologistudentenes faglige bibel. Han burde vite at han er altfor ivrig. Vi har ikke hastverk. Når noe har ligget i jorden i hundrevis eller tusenvis av år, bør vi bruke noen ekstra timer på å være nøyaktige og forsiktige. Vi bør inntegne skrinet i perspektiv både på plantegningen og profiltegningen. Fotografere det. Funnet skal måles i lengde, dybde og bredde. Først når alle tenkelige detaljer er registrert, kan vi møysommelig lirke det frem med murerskje og teskje. Pensle bort skitt og sand. Konservere treverket. Hvis noe er av metall, må det behandles i sesquicarbonat. Alt dette vet professoren.

Likevel gir han blaffen.

Jeg hopper ned til ham. De andre stirrer på oss som om professoren nettopp har kunngjort at han har tenkt å grave seg ned til jordskorpens mantel.

Med hendene.

Før middag.

Jeg kremter høytidelig, overdrevent tydelig, og sier til ham at han går for fort frem. Han overhører meg. Han har reist et skjermbrett mellom seg og resten av verden. Selv da jeg blir myndig i stemmen og på vegne av norske antikvariske myndigheter befaler ham å stanse, fortsetter han sin frenetiske krafsing. For ham kunne jeg like gjerne ha representert trollmannen fra Oz.

Da han har gravd frem det meste av skrinet, griper han om det med begge hender og røsker det løs. Litt av treverket faller av.

Flere av oss roper ut. I sinne, forbløffelse. Det går bare ikke an! Det sier jeg til ham. Ethvert arkeologisk funn skal behandles med største varsomhet.

Ordene preller av.

Han holder skrinet fremfor seg. Tungpustet blir han stående og stirre.

«Skal vi,» sier jeg iskaldt og med armene foldet over brystet, «foreta en registrering av funnet?»

Hans kongelige høyhet ser beundrende på skrinet. Han smiler vantro. Så sier han ut i luften, på sitt mest stivleppede oxford-engelsk: *«This. Is. Fucking. Unbelievable!»*

«Vennligst gi meg skrinet,» sier jeg.

Han ser tomt på meg.

Jeg kremter. «Professor Llyleworth! Du innser selvsagt at jeg er tvunget til å innrapportere denne hendelsen til instituttet!» Stemmen min har fått en kjølig, formell klang som jeg ikke riktig gjenkjenner. «Oldsaksamlingen og Riksantikvaren vil neppe se med blide øyne på denne fremgangsmåten.»

Uten et ord klatrer han opp av sjakten og småløper mot teltet. Dressen støver av jord. Vi andre har opphørt å eksistere.

Jeg gir meg ikke så lett. Jeg løper etter.

Innefra feltteltet, bak den stramme veggen av stoff, hører jeg professor Llyleworths eksalterte stemme. Jeg løfter teltduken til side. Tusmørket og solfilteret på brillene blinder meg før jeg skimter professorens brede rygg. Han er fortsatt andpusten. «Ja! Ja! Ja!» roper han i mobiltelefonen. «Michael, hør her, det er skrinet!»

Mer enn noe forbløffes jeg over at han har tent sigaren. Han vet godt at tobakksrøyk kan forstyrre C14-dateringen.

Stemmen hans er fylt av hysterisk latter: «Gode gamle Charles hadde rett, Michael! Det er ikke til å tro! Det er faen meg ikke til å tro!»

På campingbordet ved siden av ham står skrinet. Jeg tar et skritt inn. I det samme materialiserer Ian seg i mørket, lik en ond ånd som vokter faraoens gravkammer. Han griper meg om overarmene. Hardhendt skyver han meg baklengs ut av teltet.

«I himmelens navn da mann …» stotrer jeg. Stemmen min skjelver av sinne og indignasjon.

Ian skuler på meg og går tilbake. Hadde han kunnet slamre med en dør, ville han ha gjort det. Men teltduken dasker slapt igjen bak ham.

Straks etter kommer professoren. Han har svøpt skrinet i et klede. Skrått opp fra munnviken peker den rykende sigaren.

«Vennligst gi meg skrinet!» sier jeg. Bare for å ha sagt det. Men de hverken hører eller bryr seg.

Professor Llyleworths privatbil er et langstrakt og glinsende rasedyr. En burgunder Jaguar XJ6. To hundre hestekrefter. 0–100 på ni sekunder. Skinnseter. Treratt. Klimaanlegg. Muligens et snev av sjel og gryende selvbevissthet dypt inne i motorblokken, bak all krommen og metallic-lakken.

Ian smetter inn bak rattet, lener seg over og åpner døren for professoren. Han setter seg inn, plasserer skrinet på fanget.

Vi står og stirrer i våre møkkete t-skjorter og jeans, lent mot våre spader og målestaver, med måpende fjes og sand i håret og jordgrimer under øynene. Men de ser oss ikke. Vi har gjort vårt. Vi finnes ikke lenger.

Jaguaren ruller langs anleggsveien. Da den humper ut på landeveien, gir den fra seg et snerr som innhyller den i en støvsky.

Og så blir den borte.

I stillheten som senker seg over oss, og som kun forstyrres av vinden i trekronene og den lavmælte mumlingen til studentene, går to ting opp for meg. Det ene er at jeg er blitt lurt. Jeg vet ikke riktig hvordan eller hvorfor. Men vissheten får meg til å bite tennene så hardt sammen at øynene fylles med tårer. Det andre er en erkjennelse. Jeg har alltid vært den lydige, den pliktoppfyllende. Det uunnværlige og bortgjemte tannhjulet som aldri svikter maskineriet. Norske fornminnestyresmakter betrodde meg oppgaven som kontrollør. Jeg har mislykkes.

Men professor Graham Llyleworth skal faen meg ikke få stikke av med funnet. Dette er ikke bare en sak mellom Llyleworth og Oldsaksamlingen. Eller Riksantikvaren. Eller påtalemakten.

Dette er en sak mellom Llyleworth og meg.

Jeg har ingen Jaguar. Bilen min kan minne om en badeleke som et barn har blåst opp og glemt igjen på stranden. Den er rosa. Citroën 2 CV. Om sommeren ruller jeg sammen taket. Jeg kaller henne Bolla. Vi er, i den grad det er mulig for et menneske og en maskin, på bølgelengde.

Setet knirker da jeg hiver meg inn bak rattet. Jeg må løfte på døren for å få låsen til å smekke på plass. Girspaken ligner håndtaket på en paraply som en hysterisk tante i vanvare har stukket gjennom dashbordet. Jeg setter Bolla i første gir, trykker inn gassen og triller etter professoren.

Som biljakt betraktet er det en latterlig forestilling. Bolla går fra null til hundre på en generasjon. Men før eller siden vil jeg komme frem. Bare litt senere. Jeg har ikke hastverk. Først skal jeg dra innom Oldsaksamlingen for å rapportere til professor Arntzen. Så videre til politiet. Og så skal jeg egenhendig varsle tollerne på Gardermoen om hva som har skjedd. Og på fergekaiene – en Jaguar XJ6 blir ikke borte i mengden.

En av grunnene til at jeg ruller av taket om sommeren, er at jeg elsker å kjenne vinden stryke gjennom piggsveisen min. Da drømmer jeg om et liv i en kabriolet under Californias sorgløse himmel; et liv som brunbarket beachboy omgitt av bikinipiker og Coca-Cola og popmusikk.

På skolen kalte de meg Isbjørn. Det kan selvsagt skyldes at jeg heter Bjørn. Men mest sannsynlig fordi jeg er albino.

4

DA PROFESSOR TRYGVE ARNTZEN I MAI SPURTE om jeg ville påta meg å være kontrollør under utgravningen på Værne kloster senere på sommeren, så jeg på tilbudet som én tiendedels utfordring og ni kjærkomne tiendedelers anledning til å komme meg vekk fra kontoret. Du trenger ikke være psykotisk for å innbille deg at fire vegger, gulv og tak i nattens løp har nærmet seg hverandre enda noen centimeter.

Professor Arntzen er mammas mann. Jeg vil nødig ta ordet stefar i min munn.

År etter år med studenter har gjort professoren blind for den enkeltes enestårenhet. Hans elever er blitt til en masse utén identitet, og stilt overfor denne stim av akademisk likhet, har professoren utviklet en utålmodig irritasjon. En farsarv har gjort ham svært velstående. Og en smule arrogant. Få av studentene liker ham. Hans underordnede baktaler ham. Jeg har ingen problemer med å forstå dem. Jeg har aldri likt ham. Vi har alle våre grunner.

Jeg er fremme i Oslo midt i ettermiddagsrushet. Sommeren er på hell. Luften er lummer og dampende.

Jeg trommer med fingrene på rattet. Jeg lurer på hvor alle de andre skal. Og hvem de er. Og hva de har her å gjøre. Faen ta dem! Jeg ser på klokken og tørker svetten av pannen. Jeg vil ha veien for meg selv! Det vil vi alle. Hver og en av oss er rammet av massebilismens kollektive galskap. Vi vet det bare ikke selv. Det er det som kjennetegner de gale.

Professor Arntzens dør er lukket. Noen har nappet ut seks av bokstavene i skiltet på døren, og med barnslig fascinasjon blir jeg stående og lese PRO ES OR YGVE AR ZEN. Det ser ut som en tibetansk besvergelse.

Jeg skal til å banke på da jeg hører stemmer innefra kontoret. Så får jeg vente. Jeg tusler bort til vinduet. Karmen er fettet av støv. Nede på gaten stanger bilene foran trafikklysene, fotgjengerne beveger seg med seige bevegelser i varmen. På de ansattes parkeringsplass bak museet er det glissent.

Jeg må ha vært uoppmerksom da jeg parkerte Bolla. Det ligner ikke meg. Men ovenfra ser jeg det. Det er slik Vårherre må ha det: alltid full oversikt. Mellom professorens koksgrå Mercedes 190 og en lilla Saab 900 turbo står en burgunder Jaguar XJ6.

Varsomt legger jeg øret til døren.

«– *precautions*!» sier en stemme. Professor Arntzen.

Han snakker engelsk. Stemmen er ydmyk. Det må en mektig mann til for å gjøre professoren ydmyk.

Jeg aner hvem.

En stemme mumler noe jeg ikke oppfatter. Det er Ian.

Arntzen: «Når kommer han?»

«I morgen tidlig,» svarer en dyp stemme. Professor Llyleworth.

Tenkte jeg det ikke.

Arntzen: «Kommer han personlig?»

Llyleworth: «Naturligvis. Men han er hjemme. Flyet er til service. Ellers ville han ha kommet i kveld allerede.»

Ian (leende): «Han er temmelig utålmodig og oppspilt!»

Llyleworth: «Ikke så rart!»

Arntzen: «Tenker han å bringe det ut av landet selv?»

Llyleworth: «Selvsagt. Via London. I morgen.»

Ian: «Jeg mener fortsatt vi bør ta det med oss til hotellet. Til han kommer. Jeg liker ikke tanken på å etterlate det her.»

Llyleworth: «Neineinei. Tenk taktisk! Det er hos oss politiet vil lete. Hvis albinoen finner på noe tøys.»

Arntzen: «Bjørn? ... (latter) ... Slapp av! Jeg skal håndtere Bjørn.»

Ian: «Burde vi ikke likevel ...»

Llyleworth: «Skrinet er tryggest her hos professoren. Tross alt.»

Arntzen: «Ingen vil lete her hos meg. Jeg garanterer!»

Llyleworth: «Det er best slik.»

Ian: «Hvis du insisterer.»

Llyleworth: «Absolutt.»

Det blir stille.

Arntzen: «Så han hadde rett. Hele tiden. Han hadde rett.»

Llyleworth: «Hvem?»

Arntzen: «DeWitt.»

Llyleworth er taus før han svarer: «Gode gamle Charles.»

Arntzen: «Han hadde rett hele tiden. Skjebnens ironi, hva?»

Llyleworth: «Han burde ha vært her nå. Nåvel! Endelig har vi funnet det!»

Stemmen rommer avbrytelse og oppbrudd.

Jeg kvepper og trekker meg vekk fra døren. På skotuppene lister jeg meg hastig nedover korridoren.

I blå filt på skiltet på døren til kontoret mitt former hvite plastbokstaver ordene AMANUENSIS BJØRN BELTØ. De skjeve bokstavene minner om en tanngard som trenger regulering.

Jeg låser meg inn og drar den grønne, vaklevorne kontorstolen bort til vinduet. Herfra kan jeg holde øye med Jaguaren.

Det skjer ikke så mye. Trafikken passerer i en langsom strøm. En ambulanse tråkler og maser seg gjennom køen.

Etter noen minutter oppdager jeg Ian og professor Llyleworth nede på parkeringsplassen.

Ian har et sprettent ganglag. Tyngdekraften har ikke riktig samme virkning på ham som på resten av oss.

Llyleworth fosser frem som en supertanker.

Ingen av dem har noe i hendene.

Litt senere kommer professor Arntzen. Han bærer kappen over venstre arm. Han har en paraply i høyrehånden. Heller ikke han har med seg skrinet.

På det nederste trinnet på trappen stanser han og skotter opp på himmelen. Slik han alltid gjør. Professorens tilværelse er lenket sammen av ritualer.

Utenfor Mercedesen blir han stående og lete etter bilnøkle-ne. Han er fæl til å rote bort nøkler. Før han finner dem, kikker han opp mot vinduet mitt. Jeg rører meg ikke. Refleksene i glasset gjør meg usynlig.

Etter en halv time ringer jeg hjem til ham. Heldigvis er det professoren og ikke mamma som svarer. Han må ha sittet ved telefonen og ventet.

«Sigurd?» roper han.

«Det er Bjørn.»

«Bjørn? Å. Er det deg?»

«Jeg må snakke med deg.»

«Ringer du fra Østfold?»

«Vi fant noe.»

Pause.

Til slutt sier han: «Javel?»

«Et skrin.»

«Jaså?» Pause. «Sier du det?» Hvert ord er dyppet i tjære.

«– som professor Llyleworth stakk av med!»

«Stakk ... av ... med?» Professoren er ingen god skuespiller. Han lyder ikke engang forbauset.

«Jeg tenkte han kanskje ville kontakte deg.»

Ny pause. «Meg?» Så forsøker han å overta styringen: «Så du hva slags skrin?»

«Av tre.»

«Gammelt?»

«I et lag fra 1100-tallet. Trolig eldre.»

30

Han trekker pusten.

«Jeg fikk ikke undersøke det,» fortsetter jeg. «Men vi er nødt til å protestere.»

«Protestere?»

«Hører du ikke hva jeg sier? Han stakk av med skrinet! Det er ikke bare en sak for oss og Riksantikvaren lenger. Jeg kommer til å ringe politiet.»

«Nei, nei, ikke gjør noe overilt, ta det helt med ro. Jeg har full kontroll. Bare glem at det skjedde!»

«De stakk av med skrinet, hører du! Og feltarbeidet var under enhver kritikk. Jeg kommer til å skrive en rapport! Llyleworth kunne like gjerne ha utført utgravningen med gravemaskin og dynamitt.»

«Har du – foretatt deg noe?»

«Ingenting.»

«Godt. Overlat dette til meg.»

«Hva vil du gjøre?»

«Ta det med ro, Bjørn! Dette skal jeg rydde opp i. Ikke tenk mer på det.»

«Men ...»

«Jeg skal ta noen telefoner. Slapp av. Dette ordner seg. Ring meg i morgen.»

Det er kanskje ingen stor ting. Et skrin. Har det ligget under jorden i åtte hundre år, betyr det lite for menneskehetens ve og vel om det smugles ut av landet. Det ville ha vært som om vi aldri hadde funnet det.

Kan hende har professor Llyleworth store planer. Kanskje har han tenkt å selge det til en arabisk sjeik for en formue. Eller forære det til The British Museum som vil innkassere enda en akademisk triumf på en fremmed kulturs bekostning.

Med professor Arntzens helhjertede støtte.

Jeg forstår ingenting. Jeg har ikke noe med det. Men jeg er rasende. Jeg var kontrollør. De har ført meg bak lyset. De engasjerte meg fordi de trodde jeg var lett å lure. Bjørn, den nærsynte albino.

Bᴀᴋ ᴋʀÅᴋᴇsʟᴏᴛᴛᴇᴛ ᴅᴇʀ ᴊᴇɢ ᴠᴏᴋsᴛᴇ ᴏᴘᴘ, lå et gjengrodd åker-
land som vi kalte Hesteløkka. Om vinteren lagde jeg hoppbak-
ke i bratthengene. I vårsmeltingen syklet jeg terrengløp på den
gjørmete gangveien. Om sommeren klatret jeg opp i trærne og
satt usynlig som et ekorn for å spionere på ungdommene som
kom for å drikke øl og røyke hasj og ligge sammen i ly av det
høye gresset. Jeg var elleve år og en standhaftig spion.

17. mai 1977 ble en ung pike voldtatt og mishandlet bak et
rognebærkratt. Det skjedde midt på dagen. I det fjerne lød mu-
sikkorpsene og hurraropene og smellene fra kinaputtene. Uken
etter ble enda en pike voldtatt. Det ble endel skriverier i avise-
ne. En ettermiddag to dager senere tente noen på det tørre gres-
set. Det var ikke så uvanlig. Barna i nabolaget pleide å brenne
bråte her. Men denne gangen sto ingen ungeflokk klar for å be-
grense flammene. Brannen raserte løkka og deler av skogholtet.
Ilden etterlot en utbrent og rykende ødemark. Totalt uegnet til
voldtekter. Man antok det var en sammenheng.

På skolen pratet vi om det i ukevis. Politiet etterforsket sa-
ken. Vi satte kallenavn på ildspåsetteren. «Den gale pyroman».
«Flammenes konge». «Hevneren».

Fremdeles er det ingen som vet at det var jeg som tente på.

Det er mange steder professoren kan ha gjemt skrinet. De fles-
te eliminerer jeg. Jeg vet hvordan han tenker.

Han kunne ha gått ned i hovedmagasinet. Han kunne ha låst
skrinet inne i et av de brannsikre jernskapene. Men han har
ikke gjort det. Vi har alle adgang til magasinene. Skrinet vil han
ikke dele med noen.

Det er et av livets paradokser at vi blir blinde for det som er
mest synlig. Slik tenker professoren. Han vet at han risikerer
minst ved å handle tilsynelatende risikabelt. Vil du gjemme en
bok, så sett den i bokhyllen.

Han har skjult skrinet på kontoret sitt. I et låst skap. Bak
noen esker eller permer. Jeg kan se det for meg. Intuisjonen min

er treffsikker. I hodet kan jeg mane frem bilder like tydelige som på et kinolerret. Det er en evne jeg har arvet etter mormor.

Professoren har låst kontordøren. Det spiller ingen rolle. Da han var fraværende for å lede en utgravning i Telemark i 1996, betrodde han meg en nøkkel og glemte det. Som så mye annet.

Kontoret hans er dobbelt så stort som mitt. Og usigelig mye mer sjefete. Midt på gulvet, på et imitert persisk teppe, troner skrivebordet med datamaskinen og telefonen og en bindersbeholder som min halvbror har laget på sløyden. Kontorstolen har høy rygg og hydraulisk støtdemper. Inntil veggen står salongen der han drikker kaffe sammen med sine gjester. På sørveggen luter bokhyllen utover, krumbøyd av kunnskap.

Jeg setter meg i stolen, som møter vekten min med en myk, fjærende vennlighet. Den stramme duften av Llyleworths sigar henger igjen.

Jeg lukker øynene og stirrer innover i meg selv. Inn i intuisjonen. Slik sitter jeg noen minutter. Så åpner jeg dem igjen.

Blikket mitt faller på arkivskapet.

Det er et grått aluminiumskap med tre skuffer i høyden og en lås øverst til høyre. Jeg går bort og trekker i den øverste skuffen. Låst. Selvsagt.

Med en saks eller skrutrekker kunne jeg ha brutt opp låsen. Jeg tror ikke det blir nødvendig.

Under bindersene i beholderen på skrivebordet finner jeg nøkkelen. Professoren har sine reservenøkler liggende overalt. I spiralfjæren på skrivebordlampen henger nøklene til Mercedesen og villaen.

Jeg låser opp og trekker ut den øverste skuffen. De grønne hengemappene er fylt med dokumenter, brev og kontrakter. I den midterste skuffen finner jeg utklipp fra internasjonale tidsskrifter, systematisert alfabetisk og tematisk.

Skrinet ligger aller innerst i den nederste skuffen. Bak hengemappene. Tullet inn i et klede. I en plastpose fra «Lorentzen». Som igjen ligger oppi en gråstripet handlebag. Under en bunke med bøker.

Med bagen under armen rydder jeg opp etter meg. Jeg lukker arkivskuffene og låser. Legger nøkkelen under bindersene.

Skyver stolen inntil skrivebordet. Jeg tar et siste overblikk – er alt som det skal? ingenting gjenglemt? – før jeg smetter ut og smekker igjen døren bak meg. Korridoren er dunkel. Og endeløs. Jeg ser til begge sider før jeg begynner å gå.

Neimen herr Beltø, hva hadde De inne på professorens kontor å gjøre? Og hva er det De bærer på?

Skrittene mine gir gjenlyd. Hjerteslagene likeså. Jeg ser meg tilbake.

Herr Beltø? Hvor skal De med artefaktet? Har De stjålet det hos professoren?

Jeg hiver etter pusten, prøver å gå så fort det er mulig uten å løpe.

Stopp der! Stopp øyeblikkelig!

Fremme! Stemmene ringer i hodet på meg. Jeg dytter opp min egen kontordør og haster inn. Lener meg mot døren mens jeg puster ut.

Varsomt løfter jeg skrinet ut av bagen og kler av det plastposen og tøykledet. Hendene mine skjelver.

Skrinet er overraskende tungt. To skjøre bånd holder det rødlige, råtnende treverket sammen. Treet er i ferd med å smuldre opp. Sprekkene blottlegger hva som er inni. Enda et skrin.

Jeg er ingen metallurg. Det er ikke så farlig. Jeg trenger ikke ta med meg skrinet ned til laboratoriet for å fastslå hva det innerste skrinet er laget av. Gull.

Selv gjennom århundrene skimrer det varmt og gyllent.

Jeg fornemmer noe uavvendelig.

Gjennom den møkkete vindusruten stirrer jeg ned på gaten, mens jeg venter på at hjertet skal roe seg.

6

FOR TO ÅR SIDEN TILBRAGTE JEG SEKS MÅNEDER på en nerveklinikk.

Jeg var heldig og fikk plass på den samme avdelingen der jeg hadde gått i gruppeterapi. Tiden hadde stått stille. Mønsteret på linoleumen var som før. Veggene var fremdeles gustengrønne og

nakne. Lydene og luktene var de samme. Martin satt i gynge-
stolen sin og strikket. Han hadde strikket på det samme skjerfet
i atten år. Han oppbevarte den forskrekkelig lange kreasjonen i
en høy bastkiste med lokk. Martin nikket til meg som om jeg
hadde vært ute i kiosken et ærend. Vi hadde aldri snakket sam-
men. Likevel kjente han meg igjen og så vel på meg som en form
for venn.

Selv ikke mamma visste om innleggelsen. Hun blir så lett be-
kymret. Til mamma sa jeg at jeg deltok i en utgravning i Egypt.

I en A4-konvolutt som jeg sendte til hovedpostkontoret i
Kairo, la jeg en bunke med seks adresserte konvolutter. Og en
bønn om hjelp. Jeg kan ikke arabisk. Så jeg vedla en tyvedollar-
seddel. *The universal language.* En vennlig funksjonær tok po-
enget. Han frankerte og sendte brevene til mamma. Stemplet
Cairo, Egypt. Riktig fikst. Som i en kriminalroman. Jeg hadde
ment at han skulle sende ett brev hver måned. Jeg trodde det var
innlysende. Tross alt hadde jeg skrevet månedens navn øverst til
høyre. I stedet sendte han alle brevene på én gang. Tosken. Seks
måneders oppdiktede hendelser – storslåtte arkeologiske funn,
romanser med egyptiske mavedanserinner, ekspedisjoner i ør-
kenstormene på vindskjeve dromedarer – presset sammen til én
uke. Det sier litt om min fantasi og mammas godtroenhet at jeg
klarte å bortforklare det hele. Hun kan ikke ha vært helt edru.

Terapien hjalp meg tilbake på bena. Et sykehus har sine ruti-
ner. For meg ble de til knagger å hekte tilværelsen på.

Det var ingenting eksotisk ved sykdommen. Ingen morsom-
me Napoleon-fantasier. Ingen stemmer i hodet. Bare en tilvæ-
relse i ravnsvart mørke.

Jeg er bedre nå.

7

SKREMT JAGER JEG GJENNOM OSLOS GATER. En fredløs i solned-
gangen. *Delta Foxtrot 3-0, mistenkte kjører en Citroën 2 CV og
må pågripes øyeblikkelig.* En stund har en Toyota fylt bakspei-
let. Da den endelig svinger inn i en sidegate, sukker jeg av let-

telse. *Mistenkte har stjålet et verdifullt gullskrin og regnes som farlig i pressede situasjoner.* Jeg passerer St. Hanshaugen og blir liggende bak en minibuss som kjører mistenkelig sakte. Jeg skotter uavlatelig i speilet mens jeg vaktsomt holder øye med skyggene i minibussen. Man kan aldri vite. Jeg kommer meg helskinnet opp til Ringveien. Ingen skudd er løsnet. Foreløpig.

Omsider skimter jeg rekken med høyblokker der jeg bor. De er ikke spesielt tiltalende. Men synet fyller meg med varme. Slik har jeg alltid hatt det med hjem.

Jeg vokste opp i et stort, hvitt kråkeslott i en eplehave i en sidevei i en forstad med trikk, brannstasjon og glade mennesker.

Utenfor soverommet sitt hadde mamma og pappa en glassveranda som jeg kunne krype ut på gjennom et lite vindu på barneværelset. Ofte gjorde jeg det når jeg ikke fikk sove. Foran den halvåpne verandadøren hadde de trukket en tyllgardin som jeg kunne gløtte inn gjennom. Mine nattlige spiontokter fylte meg med en søt, fremmed kribling og en glede over å være usynlig.

En kveld danset de nakne i soverommets villnis av skygger. Myke kropper i brann, lindrende hender og lepper. Jeg sto urørlig, uforstående, beruset av øyeblikkets magi. Plutselig snudde mamma ansiktet og så rett på meg. Hun smilte. Men hun kan ikke ha oppdaget fjeset mitt i gardinenes folder, for straks lente hun seg tilbake og druknet pappa i sine sukk og kjærtegn.

Tror du ikke Freud ville ha tilbedt meg?

Ute i haven, mellom to forvitrede epletrær, lå pappas komposthaug. Komposten utsondret en rå dunst som på samme tid var frastøtende og tiltalende. I pappas begravelse, ved kanten av graven, traff den samme lukten meg som en neve fylt med jord og sand. Med sansene fylt av eimen som kom veltende opp fra gravens mørke, skjønte jeg at lukten av kompost både rommer død og et løfte om nytt liv. Jeg klarte ikke å sette ord på det dengang. Men gjenkjennelsen løsnet gråten i meg.

I alle år har jeg vært var for lukter. Derfor skydde jeg kjelleren, som gufset av mugg og råte og noe ubestemmelig, emment.

Under den morkne kjellerlemmen, skjult av villniset bak huset, vevet edderkoppene sine spindelvev i fred. Nettene hang som klebrige gardiner i steintrappen. Når pappa vasset gjennom neslene og låste opp hengelåsen og åpnet lemmen, stemte millioner av kryp i med sine tause skrik og pilte i ly for det splintrende lyset, mens kjellerstankens usynlige giftskyer steg til værs. Pappa lot ikke til å merke noe. Men jeg visste hva som skjulte seg i det fuktige, stinkende mørket. Gjenferd. Vampyrer. Varulver. Enøyde mordere. Alle slike vanskapninger som befolker et guttebarns fantasi når Ole Brumm og Ole Aleksander står igjen ute i solen.

Fremdeles kan jeg gjenskape barndommens lukter. Ihjeltråkket mark på regnværsdager. Jordbæris. Solvarme plastbåter. Rå vårjord. Mammas parfyme og pappas etterbarberingsvann. Bagateller som i all sin uvesentlighet former et skattkammer av minner.

En kan bare være glad en ikke er en hund.

Rogern, naboen nedenunder, er en venn av natten. Han avskyr lys. Akkurat som meg. Øynene hans er mørke og livstrette. Han har skulderlangt, sort hår og et omvendt krusifiks hengende i en sølvlenke om halsen. Rogern spiller bassgitar i et rockeband som kaller seg Belsebub's Delight.

Jeg ringer på dørklokken hans og venter. Det tar sin tid. Selv om leiligheten hans er på femti kvadratmeter, virker det alltid som om han blir forstyrret dypt nede i borgens katakomber og må storme opp de lange, fakkelopplyste vindeltrappene før han får åpnet.

Rogern er en god gutt. Innerst inne. Som meg kapsler han inn alle de vonde tankene. De ligger og verker helt til byllen brister og infiserer hjernen. Du ser det i blikket.

Gudene vet hvorfor, men Rogern liker meg.

«Jøss!» utbryter han lattermildt da han omsider gløtter på døren.

«Vekket jeg deg?»

«Gjør'kke no'. Har sovi nok. Er'u hjemme alt?»

«Jeg savnet deg sånn!» gliser jeg.

37

«Jævla jordrotte!»

I entréspeilet får jeg et glimt av meg selv. Jeg burde ha skiftet og vasket meg. Jeg holder opp bagen med skrinet. «Kan du ta vare på noe for meg?»

«Hva for noe?» Det kommer ut som *vaffono*.

«En bag.»

Han himler med øynene. «Er'kke blind! Hva er'e i'n?» spør han og knegger: «Herroin?»

«Bare noe gamle greier. Fra før i tiden.»

For Rogern er «før i tiden» en prehistorisk epoke fylt av fly-veøgler, sveivegrammofoner og menn med pudrete parykker. Sånn rundt 1975.

«Vi har spelt inn demo,» sier han stolt. «Virru høre?»

Sant å si vil jeg helst slippe. Men det har jeg ikke hjerte til å fortelle ham. Jeg følger ham inn i stuen. Gardinene er trukket for. I skjæret fra røde lyspærer minner stuen om et mørkerom. Eller et horehus. På et rundt mahognibord står en sølvkandela-ber med syv sorte stearinlys. Et enormt gulvteppe er dekorert med et heksagram omsluttet av en sirkel. På veggene, over lop-pemarkedssofaen og det tretti år gamle teakbordet, henger pla-kater som forestiller Satan og redselsfulle scener fra Helvete. Rogern kan virke sær når han skal gjøre det hjemmekoselig.

Midt på den ene langveggen, som et ikon Rogern tilber til faste tider, står et sort tårn av et stereoanlegg. Med program-merbar CD-spiller, selvsøkende digital PPL-tuner, forsterker med bass booster og Super Surround System, equalizer, dobbel kassettspiller med hurtigkopiering og fire fjell av noen høyt-talere.

Han vifter med fjernkontrollen. Musikkanlegget bråvåkner i et lydløst fyrverkeri av farvede dioder og dirrende nåler. En skuff i CD-spilleren åpner seg, som på befaling i et arabisk eventyr. Han trykker på play-knappen.

Og verden eksploderer.

Senere den kvelden, i dusjen, lar jeg det iskalde vannet skylle bort støv og svette og kjøle den solbrente hudstripen i nakken. Såpen svir i vannblemmene.

Noen ganger kan en dusj få et rituelt preg. Etter en lang dag vil man vaske bort alt som er vondt og vanskelig. Jeg er trett. Men jeg tror ikke jeg vil drømme.

8

Mamma har den egenskap at hun alltid høres blid og våken ut. Selv om du ringer klokken halv fire om natten.

Klokken er halv fire om natten.

Jeg har slått mammas nummer. Det er professoren som svarer. Stemmen er pakket inn i søvn. Grøtet. Sur. Sånn sett er han menneskelig.

«Det er Bjørn.»

«Hva!» bjeffer han. Han har ikke oppfattet.

«La meg få snakke med mamma!»

Han tror jeg er halvbroren min. Steffen. Som aldri er hjemme om natten. Som alltid klarer å finne en pike som ikke utstår ensomheten under dynen.

Med et grynt rekker professoren henne det tunge røret av marmor. Det knitrer i sengetøy idet mamma og professoren setter seg opp i sengen.

«Steffen? Er noe i veien?»

Mammas stemme. Det slår ikke feil. Det høres ut som om hun satt våken og opplagt og ventet på at telefonen skulle ringe. I den røde ballkjolen sin. Med langsomt tørkende neglelakk og mascara og nyfønet hår. Med broderiet i fanget og sitt lille glass i armlengdes avstand.

«Det er bare meg,» sier jeg.

«Lillebjørn?» Et streif av panikk. «Har det skjedd noe?»

«Jeg ... Beklager at jeg vekket dere.»

«Hva har hendt?»

«Mamma ... Det er ingenting. Jeg ...»

Hun puster tungt i røret. Mamma ser alltid for seg det verste. Bilulykker. Branner. Bevæpnede psykopater. Hun tror jeg ringer fra intensiven på Ullevål sykehus. At jeg hvert øyeblikk skal trilles inn på operasjonsbordet. Legene har gitt meg lov til å ta én telefon. I fall operasjonen skulle mislykkes. Hvilket det er stor fare for.

«Uff, mamma, jeg skjønner ikke hvorfor jeg ringte.»

Jeg ser dem for meg. Mamma, redd og oppspilt i sin lekre nattkjole. Professoren, passe gretten i sin stripete pyjamas. Det grimete fjeset gråspettet av skjeggstubber. De halvveis ligger, halvveis sitter i sengen. Ryggene hviler mot en myk røys av puter med silketrekk og håndbroderte monogrammer. På nattbordet lyser en lampe med dusker på skjermen.

«Men Lillebjørn, du må fortelle meg hva det er!»

Hun er fremdeles overbevist om at det har hendt noe forferdelig.

«Det er ikke noe farlig, mamma.»

«Er du hjemme?»

Jeg kan følge tankerekken hennes. Kanskje jeg ligger i mitt eget oppkast. På et snusket hospits. Kanskje jeg har svelget femti Rohypnol og tretti Valium med en liter teknisk rødsprit. Og sitter og fingrer med Bic-lighteren.

«Ja, mamma. Jeg er hjemme.»

Jeg burde ikke ha ringt. Det var en slags tvangshandling. Jeg er ikke alltid meg selv. Når jeg våkner om natten, gnisser de vonde tankene på nervene. Det er som med tannverk og såre mandler. Alt blir verre om natten. Men jeg trenger ikke plage mamma. Ikke klokken halv fire. Jeg kunne ha tatt en Valium. I stedet slo jeg mammas nummer. Som om det noen gang har vært en trøst i dét.

«Jeg ble bare liggende. Og tenke. Og så ville jeg høre stemmen din. Det er ikke noe mer.»

«Er du sikker, Lillebjørn?»

Bak ordene hennes aner jeg et hint av irritasjon. Det er tross alt grytidlig. De lå og sov. Jeg kunne ha ventet til morgenen. Hvis det bare var stemmen hennes jeg ville høre.

«Beklager at jeg vekket dere,» sier jeg.

Hun er i villrede. Jeg pleier ikke å ringe midt på natten. Det må ha skjedd noe. Noe jeg ikke vil fortelle.

«Lillebjørn, vil du jeg skal komme?»

«Jeg ville bare – prate litt.»

Igjen hører jeg pusten hennes. De hurtige åndedragene fyller røret. Som en obskøn oppringning fra en fremmed.

«Nå?» spør hun slepende. Å hentyde til klokkeslettet er det nærmeste mamma kommer å kritisere meg.

«Jeg lå våken. Og tenkte. På i morgen. Og derfor fikk jeg lyst til å prate med deg.»

Jeg venter på at erkjennelsen skal ramme henne som en is-kald polarvind.

«Fordi det er tirsdag?» spør hun.

Hun har ikke oppfattet. Eller så spiller hun dum.

I bakgrunnen grynter professoren.

Jeg vet nesten ingenting om mammas barndom. Hun har aldri villet snakke om den. Men det er ikke vanskelig å forstå hvor-for pappa falt for henne. Hun var ikke som de andre jentene på gymnaset. Det var noe djervt og mystisk ved henne. Gjennom hele skoletiden la han an på mamma. Til slutt ga hun etter. På bildene av mamma som russ kan du se hvordan maven strutter.

I halvmørket kan mamma fremdeles se ut som en russepike. Hun er vakker og nett som en alvedronning som danser i måne-skinnet.

Av og til funderer jeg på hva oppveksten gjorde med mamma. Før krigen bodde mormor og morfar nordpå, i et hus med knip-lingsgardiner og voksduk og vegger som nordvesten feide rett gjennom. Huset var ikke stort. Jeg har sett et bilde. Det lå ute på en odde. Et kjøkken, hvor de tisset i utslagsvasken om natten, en stue og et soverom på loftet. Og utedo. Det var alltid rent og ryd-dig. Huset satte tyskerne fyr på. Mormor og morfar fikk med seg et fotoalbum og noen klær. Mormor bodde en tid i Nord-Sverige mens morfar bygde et nytt hus på odden ved fjorden. Men det ble aldri det samme. Så fikk de mamma. Men det hjalp ikke. Krigen hadde gjort noe med morfar. I Oslo tok de inn hos mormors bror. Men ingen hadde bruk for en nervesvak fisker eller en kvinne som kunne sløye en torsk på syv sekunder og lege betennelser med ur-ter og ellers samtale med de døde når mørket hadde senket seg.

Ved hver milepæl i livet deres ventet et «men».

Morfar ble funnet drivende i havnebassenget da mamma var

fire år gammel. Etterforskningen var overfladisk, saken ble henlagt. Mormor fikk jobb som husholderske hos en velstående familie på Grefsen. Stum og forknytt utførte hun sine plikter. Bare de som holdt fast ved blikket hennes, oppdaget den trauste verdigheten som bodde i henne.

Hun fant seg aldri noen ny mann. Hun dyrket de fem fotografiene av morfar som ikoner. I skapet hadde hun en skjorte som hun ikke hadde rukket å vaske før han døde. Den var flekket og dunstet stramt av svette og fiskeslo. I den hadde hun bevart morfar.

Så hengiven var ikke mamma.

Da pappa døde, utslettet hun ham fra sin erindring. Visket ham ut av tilværelsen. Finito. The End. Hun fjernet bildene av ham. Brente brevene. Ga bort klærne. Han ble en mytisk skikkelse. En vi aldri snakket om. En som aldri hadde eksistert. Systematisk ble kråkeslottet rensket for minner om pappa.

Til slutt var det bare meg igjen.

Den første kvelden mamma lot professoren overnatte i kråkeslottet – det var en fredag, og det var sent – lukket jeg meg inne på rommet mitt. For å stenge latteren og klirringen ute. Da mamma så inn til meg for å si god natt, lot jeg som om jeg sov.

Utpå natten, da det knirket i trappen, krøp jeg ut på verandaen. Slik at øyet mitt kunne gløde i glipen i gardinen da mamma og professoren smøg seg inn på soverommet. Og låste døren. Og drysset klærne på gulvet.

Stående i et hjørne, urørlig, usynlig, sto pappa.

De hadde drukket. Professoren var leken. Mamma forsøkte å hysje på ham.

Hjertet mitt kjempet som et innesperret dyr, i frykt og dulgt forventning.

I uker etterpå straffet jeg henne med min taushet.

Senere var det andre leker –

Et halvt år etter at pappa døde, giftet mamma seg med professoren. Pappas kollega og beste venn. Tilgi meg hvis smilet mitt virker noe krampaktig.

Det året halvbroren min ble født, solgte mamma og professoren kråkeslottet. Jeg flyttet ikke med. Da jeg fortalte mamma at jeg ville leie meg hybel, var det som om hun pustet lettet ut – som etter en lang tur det er deilig å se tilbake på – og nullstilte tilværelsen.

9

MAMMA OG PROFESSOREN BOR I EN HVITKALKET murvilla på Bogstad. De kaller det nedre Holmenkollen. Huset er på to og et halvt plan og ser ut som om det ble tegnet og bygget i løpet av en tre ukers heidundrende fyllekule. Arkitekten har følgelig fått flere priser for det. Alt er et virvar av krinkelkroker og vindeltrapper og innfelte hjørneskap der mamma liksom henslengt kan fordele sitt arsenal av halvtomme flasker. I skråningen ned mot veien bugner det av gulblomstrende potentillaer og sveitsisk rhododendron og Lilli Marleen-roser, men alt du lukter, er den stramme dunsten av ugressmiddel og prydbark. Foran huset er plenen anlagt med vater. Bak huset, på spesialimporterte skotske skiferheller, står en hammock med puter du kan drukne i, og en diger grill som er smidd av en venn av professoren, og en fontene som forestiller en tvekjønnet engel som gulper og pisser og ellers ler mot himmelen. En gartner kommer og steller haven hver fredag. Samme dag kommer pikene fra rengjøringsbyrået. En travel dag for mamma.

Da hun åpner døren og ser at jeg står ute på trammen, helskinnet og kjekk (om enn blek), slår hun hendene sammen. Jeg gir henne en klem. Jeg pleier ikke å gjøre det. Kjærtegn skal du rasjonere. Dessuten avskyr jeg lukten av Vademecum som skal kamuflere alkoholen i ånden hennes. Jeg har ikke reist innom fordi jeg har lyst, men fordi jeg bør berolige henne. Og minne henne på hvilken dag det er.

Kjøkkenet er lyst og stort. Furugulvet stammer fra en gård på Hadeland. Hun har traktet kaffe. Professoren har etterlatt Aftenposten over hele bordet.

«Har du tenkt å sløye fisk?» spøker jeg.

Hun ler nonchalant. Som for å understreke at riktignok er hun husmor, men skittarbeidet får andre ta seg av. Hun skrur på reiseradioen i vinduskarmen. Mamma er avhengig av Nitimen. Som så mye annet.

«Du har alltid latt andre renske fisken for deg,» sier jeg. Det er en hentydning. Til noe som skjedde for lenge siden. Hun burde huske. Og skamme seg.

«Du, Trygve ringte nettopp,» sier hun.

Hun venter på svaret mitt. Det kommer ikke.

«Han er veldig oppbragt. Han ville du skulle ringe ham. Hva er det du har funnet på nå, Lillebjørn?»

«Funnet på? Jeg?» sier jeg med lille lord Fauntleroy-stemmen min.

«Kan du ikke ringe ham iallfall.»

«Senere.»

«Det er fryktelig viktig.»

«Jeg vet hva det gjelder.»

«Han er sint.»

«Jeg skal ringe ham etterpå,» lyver jeg.

«Du, vi skal ha stek i kveld. De fikk inn så inderlig mørt oksekjøtt hos slakteren i går.»

Jeg stikker fingeren i munnen og lager en ekkel lyd.

«Tøysegutten! Å, kan du ikke komme? Jeg kan lage ostegratinerte poteter med brokkoli?»

«Jeg har mye å gjøre om dagen.»

«Det er så lenge siden. Vær så snill? Vennen?»

«Jeg kom bare innom for å si unnskyld.»

«Tøys på deg.»

«Jeg var ikke helt meg selv.»

«Hva er det som plager deg?»

«Ikke noe. Ingen verdens ting.»

Jeg drikker en kopp te sammen med henne. Vi prater om løst og fast. Slik hun er flink til. Hentydningene mine blir stadig mindre dulgte. Men hun oppfatter ikke poenget. Selv ikke da jeg forteller at jeg skal innom graven.

I dag er det tyve år siden pappa døde. Hun vil nok komme på det i løpet av dagen.

Det var ikke bare pappa som døde den sommeren. Et helt liv er gått til spille i mamma. Hennes eksistens er redusert til å gjøre tilværelsen behagelig for professoren og halvbroren min. Hun er blitt en svinsende og geskjeftig hushjelp. Hun passer på at pikene fra rengjøringsbyrået tørker støv mellom de sorte tangentene på flygelet i musikkstuen. Hun blir oppringt av slakteren og fiskehandleren når de får inn noe riktig godt og dyrt. Hun er professorens ankerfeste. Hans kjærlige hustru. Hans blendende vertinne. Hans evigunge og villige elskerinne. Hun er guttungens glade mor. Som alltid stiller opp. Som dytter til ham en ekstra hundrelapp når han skal ut på byen. Og som vasker opp etter ham når han døddrukken og spyende velter inn i entreen på morgenkvisten.

Innimellom skvulper litt av omsorgen over på meg. Jeg er hennes dårlig samvittighet. Jeg er flink til å leve opp til rollen.

10

«OG DU ER FORTSATT VEGETARIANER?» spør Caspar Scott.

Han er en ualminnelig vakker mann. Riktignok gir mitt eget speilbilde meg en vedvarende og, objektivt sett, ganske fortjent mindreverdighetsfølelse, men Caspar har et utseende så blendende at det gjør ham nesten feminin. Blikkene til kvinnene i Riksantikvarens kantine streifer ham kjælent og søkende. Han legger liksom ikke merke til det. Men jeg vet at han samler oppmerksomheten i en stor tank som han har i reserve til dunklere dager.

Vi var venner i studietiden. I flere måneder delte vi telt under utgravninger rundt om i landet. Da jeg ringte ham, famlet vi noen minutter før vi fant den gamle tonen.

Nå sitter vi i kantinen og forsøker å late som om alt er som før. Det lukter kaffe og wienerbrød og stekte karbonader med løk.

Caspar er den fødte arkeolog. Det lyder kanskje pussig. Han kan sette en liten gjenstand, som i seg selv fortoner seg meningsløs, inn i en stor sammenheng. Under utgravningen av Larøyfeltet var det de unnselige restene av nøkler og et nålehus i et belte, som fortalte ham at vi endelig hadde funnet Hallsteins forsvunne høvdinggård. I en vikinggrav kom vi over en bitte liten sølvdolk som vi ikke fant ut av (et leketøy? et smykke? et symbolsk våpen?), før Caspar tørt konstaterte at den var til å rense ørene med.

Caspar kan lese et landskap slik vi andre leser en bok. Han har en forbløffende evne til å skjelne terrengets naturlige former fra de gjengrodde, menneskeskapte. Han ledet de to forskergruppene som oppdaget opptil elleve tusen år gamle rester av sen-glasiale boplasser både i Rogaland og Finnmark. Funnene viste at reinjegere fra nordsjøområdet eller veidefolk fra Kola kan ha vært de første som fant frem til den isfrie norskekysten.

Men Caspar gikk trett av feltlivet og de mange ukene og månedene borte fra Kristin. Han gikk lei av den brennende solen og de plutselige regnskyllene som forvandlet arbeidsplassen vår til en gjørmepøl. Han ble byråkrat. De siste årene har han arbeidet ved Riksantikvarens arkeologiske seksjon.

Skamfull innser jeg at det er derfor, og bare derfor, jeg har tatt kontakt med ham.

Jeg ber ham fortelle om opptakten til utgravningen.

Han tar en slurk kaffe og skjærer en grimase. «Pussig at du spør,» sier han. «Jeg har alltid stusset på hva som egentlig skjedde.»

Jeg trekker teposen opp av det rykende vannet og ser spent på ham.

«Det begynte med et par telefoner til riksantikvar Loland,» forteller han. «Først fra Arntzen, dernest fra direktør Viestad.»

«Ringte begge to?»

«Nettopp! Så å si på vegne av en britisk stiftelse, SIS. En ideell forskningsinstitusjon i London. SIS mente det befant seg rester av en rundborg på Værne kloster. Hørt på maken? Rundborg! Jeg har aldri hørt den minste antydning om at noen skulle ha anlagt et slikt festningverk ved Værne kloster. Og de lurte på hvordan vi ville stille oss til å la professor Graham Llyleworth lede en utgravning.»

«Og det syntes dere selvsagt var i orden?»

«I orden, nei? Du kjenner da meg? Jeg fikk ingenting til å stemme.»

«Det forstår jeg godt.»

«Ikke sant? Rundborg? Der? Du kan trygt si jeg hadde en del spørsmål. Hvorfor i himmelens navn skulle det befinne seg en rundborg der? Og hvilken interesse hadde en britisk stiftelse av en norsk rundborg? Hvem skulle betale gildet? Hvorfor var det sånn hast? Hva ville de gjøre om de fant rundborgen?»

«Kanskje ta den med seg?»

Caspar ler. «Det ville være i Graham Llyleworths ånd!»

«Forsto du noe mer etter hvert?»

«Ingen verdens ting. Jeg fikk ikke et eneste svar. Bare hevede øyenbryn og sukk fordi jeg var så vanskelig. Riksantikvaren ser jo faen meg på Llyleworth som guddommelig. De yngre saksbehandlerne tror han har oppfunnet arkeologien. Okay, så han står bak noen oppsiktsvekkende funn og har skrevet noen viktige lærebøker. Men jeg mener – skulle vi la den oppblåste kulturimperialisten Graham Llyleworth valse inn med regimentene og gravemaskinene sine? Så jeg sa blah og glemte hele greia. Helt til den formelle søknaden kom etter et par uker.»

«Søknaden? Den har jeg aldri sett.»

«Skikkelig gjennomarbeidet. Kart og stempler og flotte underskrifter. Det ble en del oppstyr på avdelingen. Det tok vel sånn omtrent ti minutter før jeg ble kalt inn til Sigurd Loland. Hvorfor var jeg så negativ? Så jeg ikke fordelene ved internasjonalt arkeologisk samarbeid? Du vet hvordan Sigurd kan mase seg opp. Det er din avgjørelse, sa jeg til ham. Men det var så forbannet viktig for ham at alle støttet ham. Og at det var jeg som signerte godkjennelsen. Spør meg ikke hvorfor.»

«Kanskje fordi du er den mest kritiske?»

«Det har jeg ikke tenkt på. Men hvis det var noe de ønsket å tåkelegge, var det et smart trekk.»

«Husker du noen navn?»

«Professor Llyleworth var faglig ansvarlig. Men hans oppdragsgiver var SIS i London. Society of International Sciences. Selskapets styreformann sto som tiltakshaver. Jeg tror de bud-

sjetterte med fem-seks millioner kroner. For å finne en rund-
borg! I en norsk kornåker! Himmel og hav!»

«Vet du hvordan jeg kom inn i bildet?»

«Som kontrollør? Spør ikke meg. Vi hadde ingen å avse. Der
sto jeg på mitt. Jeg trodde det var Arntzen som plukket deg ut?»

«Men hvorfor akkurat meg?»

«Fordi du er dyktig?»

Først ler jeg. Så forteller jeg Caspar om utgravningen. Om
det overraskende funnet. Jeg forteller om professor Llyleworths
og Arntzens oppførsel. Og om mine mistanker. Men jeg fortel-
ler ikke at det er jeg som har skrinet.

Da jeg er ferdig med å fortelle, humrer Caspar og rister opp-
gitt på hodet. «For et virvar! Jeg hadde på følelsen at det var
noe som ikke stemte.»

En ung kvinne som passerer bordet vårt – jeg husker henne
vagt fra en utgravning for noen år siden – smiler gjenkjennende
til meg og kurrer «tidlig lunsj i dag?» til Caspar.

Han lener seg mot meg og senker stemmen: «Vet du hva, jeg
skal sjekke litt rundt og se hva jeg kan finne ut. Kan du ikke
stikke hjemom Kristin og meg i kveld? Så ser vi på det sammen.
Litt mer diskret enn her. Dessuten er det lenge siden sist!
Kristin vil elske å se deg igjen.»

«Gjerne det,» sier jeg. Bare tanken på Kristin får pulsen min
til å dunke.

«Og du – var jeg deg, ville jeg tatt en prat med Grethe. Hun
vet alt om de gutta der.»

«Grethe?»

«Grethe! Ikke si du har glemt Grethe!»

Jeg rødmer. Jeg har ikke glemt Grethe.

11

UTENFOR HØYBLOKKEN SITTER EN MANN sammensunket bak
rattet i en nyvasket, rød Range Rover med CD-skilter. Han ser
fort bort da han får øye på meg. De fleste følger meg med blik-
ket.

Jeg låser meg inn hos meg selv. Telefonsvareren blinker. Den pleier ikke det.

Den første beskjeden er fra mamma. Hun minner meg på at jeg er invitert på middag i kveld. Vi vet begge at jeg takket nei. Den andre beskjeden er fra en eldre kvinne som, høflig og unnskyldende, forteller telefonsvareren at hun har slått feil nummer. Den tredje beskjeden er taus. Jeg hører bare noen som puster.

Umiddelbart får jeg en fornemmelse av at jeg ikke er alene. Slik har jeg det av og til. Noen har etterlatt et sjelelig avtrykk i leiligheten min. Jeg lister meg inn i stuen. Solen skimrer i gardinene. Jeg åpner døren til soveværelset, der den doble vannsengen griner mot meg som et uoppfylt løfte. Badet er mørkt. Kontoret, som hos en mer patriarkalsk anlagt mann på min alder ville ha tjent som barneværelse, svømmer over av dokumenter og artefakter på hjemlån.

Jeg er alene. Likevel kleber fornemmelsen av noe fremmed seg fast. Jeg åpner en flaske med øl, iskald etter uker i kjøleskapet. Jeg drikker den mens jeg går enda en runde i leiligheten.

Først på den fjerde runden ser jeg det. Noen har flyttet på datamaskinen min. Ikke mye. Bare noen centimeter. Men nok til at jeg omsider legger merke til sporet i støvet. Jeg setter meg tungt i kontorstolen og skrur på maskinen. Ingenting skjer. Ingenting piper og suser. Den irriterende ta-ra-lyden som jeg har forsøkt å bli kvitt helt siden jeg kjøpte computeren, har endelig stilnet.

Snart skjønner jeg hvorfor.

Fronten er løs. Med fingertuppene pirker jeg opp panelet og skotter inn i det elektroniske virvaret som er maskinens organer og livslinjer og hjerne. Jeg forstår meg ikke på datamaskiner. Men jeg oppfatter at noen har fjernet harddisken.

Med en gang blir jeg rasende. De invaderer leiligheten min. De kommer og går som om jeg hadde gitt dem nøkkelen til min tilværelse.

Så roer jeg meg. Jeg har fortsatt overtaket. De fikk ikke med seg det de var ute etter. Fylt av fandenivoldsk iver ringer jeg politiet for å anmelde innbruddet. Dernest slår jeg direktenummeret til professor Arntzen.

49

Han er andpusten. «Hvor er skrinet?» roper han da det går opp for ham hvem som ringer.

«Skrinet?» spør jeg tilgjort.

«Ikke lat som du –» begynner han.

Noen tar fra ham røret.

«Hvor er det helvetes skrinet?» Llyleworths stemme dirrer.

«Hva får dere til å tro at jeg har skrinet?»

«Kutt ut pisspreiket! Hvor er det?»

«Jeg sparer dere for mye tid ved å fortelle dere alt nå at på harddisken min finnes ikke annet enn foredrag, et og annet på-begynt dikt og noen morsomme dataspill.»

«Hvor er skrinet?»

Jeg legger på. Henter meg en ny øl. Og lurer på hva som nå vil skje.

Telefonen ringer. Jeg har mest lyst til å la den ringe. Jeg har ikke lyst til å prate med noen. Telefonen gir seg ikke. Til slutt seirer dens pågåenhet.

Det er en engelskmann. *Dr. Rutherford from London. Director* for det anerkjente Royal British Institute of Archaeology. Han til-byr meg penger for *the artefact* som han forstår er i min besittelse.

«Funnet er norsk eiendom,» innvender jeg.

«Femti tusen pund,» parerer han.

Femti tusen pund er mange penger. Men det faller meg ikke inn å vurdere å slå til. Staheten min har aldri vært forankret i sunn fornuft.

«Jeg har det ikke lenger,» lyver jeg.

«Ikke?»

Det ble stjålet, forteller jeg. Skrinet ble stjålet under et inn-brudd i leiligheten min nå i dag.

Dr. Rutherford holder på å forsnakke seg. Han holder på å si at skrinet ikke var i leiligheten. De fant det ikke. Han henter seg inn. Jeg hører på stemmen at jeg har sådd en tvil: Hva om tyve-ne han engasjerte faktisk stjal skrinet? For å lure ham? Som for å forsikre seg, spør han: «Er du sikker, hr. Beltø?» Joda, jeg er *quite sure*. Han nøler. Min løgn har gjort ham usikker.

«Kunne du være interessert i en byttehandel?» spør han.

«Hva er det du har som jeg kunne være interessert i?»

50

«Jeg kan fortelle deg hva som skjedde da din far døde.»

Tiden bråstopper. Kaleidoskopiske bilder velter frem: berget, tauet, ura, blodet. Jeg befinner meg i et vakuum der tiden har stått stille i tyve år.

Tomt stirrer jeg fremfor meg. Først mange år etter at pappa døde, innså jeg hvor dårlig jeg kjente ham. Han er et flyktig bilde i hukommelsen, en tenksom mann som sjelden tok på meg eller innviet meg i sin verden. Pappa lukket sin tilværelses dører og trakk for gardinene. Noen få ganger så jeg raseriet flerre i øynene på ham, men for det meste var han en mann som kom hjem fra kontoret, eller en utgravning, for å forsvinne ned i kjellerværelset der han skrev på et vitenskapelig verk som han nødig snakket om og som jeg aldri så noe til.

Når jeg ser pappa for meg, er det med barnets øyne.

Mamma vil aldri snakke om ham. Professoren blir så forknytt. Som om han ikke kan utstå tanken på at hans kjære lille kone engang elsket en annen dypt og hemningsløst. Han må leve med at han sto som nummer to i køen foran kakefatet.

Men denne tanken slutter ikke å forundre meg: Mamma har vært professorens kone dobbelt så lenge som hun var pappas.

Jeg savner pappa. Men av og til lurer jeg på om en sønn kan se på sin far uten noengang å tenke at mellom hans lår henger den pung der man engang var en ivrig sprellende spermie, mellom hans ben dingler det kjønn som svulmer opp og fyller ens mor i støtende vellyst. Av og til er jeg ikke riktig vel bevart. Kan noen sende meg plastkoppen med de rosa pillene?

Kan hende gjenkjenner jeg meg selv i pappa. Det er ikke så unaturlig. Jeg så aldri opp til ham. Av og til plager det meg. Når jeg leser om fedre som former sine sønner, undrer jeg på hva pappa etterlot seg i meg. Tungsinnet? At jeg ble arkeolog, som ham? En tilfeldighet. En dragning mot den tolkende vitenskap, et fag tilpasset mitt spørrende og innadvendte lynne. Når jeg våget meg ned i hans arbeidsværelse, hendte det han så opp fra papirene eller artefaktene og smilte hult, viste meg et vevlodd eller en flintspiss som han tilsynelatende visste alt om. Jeg kjente ikke forskjellen mellom kvalifisert gjetning og empirisk tolkning. Men jeg skjønte at pappa kunne se bakover i tiden.

Hans plutselige interesse for fjellklatring stred mot hele hans legning. Han var et forsiktig menneske. Akkurat som meg. Litt engstelig av seg. Det var Trygve Arntzen som lokket pappa med opp i bergveggene. Beleilig, spør du meg. Kanskje det er derfor jeg aldri kan tilgi ham at han ikke klarte å forhindre fallet. Hvis han i det hele tatt forsøkte. Han var påfallende raskt på pletten for å overta pappas pent brukte enke.

Tafatt er jeg blitt stående, i tidslommen, med telefonrøret i hånden. Dr. Rutherford spør om jeg fortsatt er der.

«Hva vet du om pappa?» sier jeg fort.

«Det kan vi komme tilbake til. Når vi har fått skrinet.»

«Hva mener du med at noe skjedde da han døde?»

«Igjen – når vi har fått skrinet ...»

«Vi får se.» Jeg kremter. Lover å vurdere tilbudet. Nølende takker han for oppmerksomheten og legger på.

Jeg haster ut i gangen, ned trappene og ut på gaten. Den røde Range Roveren er borte. Det gjør ikke så mye. Sjåføren så stor og sterk ut. Han kan jo ha ventet på kjæresten sin.

Jeg vet ikke hvem *dr. Rutherford, director of Royal British Institute of Archaeology* er. Eller hvor lett han tror jeg er å lure. Men to ting vet jeg.

Det finnes ikke noe som heter Royal British Institute of Archaeology.

Og jeg trodde jeg var den eneste i hele verden som mistenkte at pappas dødsfall ikke var en ulykke.

12

PAPPA LIGGER BEGRAVET PÅ GREFSEN KIRKEGÅRD. En enkel støtte under en gammel bjerk. Mamma betaler en årsavgift for å få gravstedet stelt.

Jeg setter meg på huk foran granittstøtten. Pappas navn er hugget inn i den røde steinen. Ingen årstall. Ingenting som binder pappa fast i tiden. Bare navnet. *Birger Beltø*. Mamma og jeg ville det slik.

I en brun papirpose har jeg tatt med en potte med gule liljer.

Dem planter jeg foran gravsteinen. Slik at de kan lyse opp for pappa. Hvor enn han er.

I skogen mellom farmors landsted og Værne kloster ligger et gammelt gravsted under de storvokste eiketrærne. Under den tunge jernplaten, der tiden forlengst har visket ut skriften, hviler mennesker jeg alltid lurte på hvem var. Engang hadde de eid Værne kloster, sa mamma. Det var derfor de fikk lov til å anlegge en gravplass i skogen. Jeg husker jeg tenkte: Mens resten av oss forvises til kirkegårdene.

På parkeringsplassen sitter to menn på panseret på en rød Range Rover. Jeg hadde bilen i bakspeilet da jeg kjørte hjemmefra. Idet de får øye på meg, hopper den ene ned og kommer meg i møte. Han ser ut som King Kong. Jeg får satt meg inn og lukket døren før han er fremme. Han banker på sideruten. Fingrene er tykke og hårete. Han har en signetring fra en utenlandsk skole. I den ledige hånden bærer han en mobiltelefon. Jeg starter Bolla og begynner å rygge ut av parkeringslommen. Han griper om dørhåndtaket. Kanskje overveier han å holde bilen tilbake med makt. Hvilket det ikke ville forundre meg om han klarer.

Heldigvis slipper han. I speilet ser jeg at han løper tilbake til sin egen bil.

Bolla er ikke skapt for å kjøre ifra andre biler. Jeg forsøker meg ikke engang. Rolig kjører jeg opp til Kjelsåsveien. Da rødbussen kommer, svinger jeg inn bak den. Dermed blir vi en liten kortesje. Bussen. Bolla. Og Range Roveren.

Ved snuplassen i blindveien mellom Kjelsås og Lofthus følger jeg bussen gjennom trafikkslusen. Så bråstopper jeg. Selvtilfreds lar jeg bommen gå ned mellom Range Roveren og meg.

II

Helgenskrinet

1

«NEIMEN LILLEBJØRN, ER DET DEG?»

Hun er blitt gammel. Jeg har alltid tenkt på henne som godt voksen (skjønt *moden* er kan hende ordet jeg leter etter), men hun bar årene med en sofistikert og ungdommelig verdighet. Da jeg ble kjent med henne, gredde hun det sølvblonde håret friskt bakover og gikk i trange, vevde skjørt og sorte nettingstrømper. Nå ser jeg hvordan de siste årene har herjet med henne. I det smale ansiktet, hvor øynene plirer spill levende mot meg, tegner leverflekkene og rynkene et kart over forfallet. Hendene er spinkle, skjelvende, som klørne til en spurveunge. Gjennom det glinsende hvite håret skimter jeg hodebunnen. Hun skakker på hodet. «Det er en stund siden sist ...» sier hun spørrende, avventende. Stemmen er skjør, øm. Engang var jeg forelsket i henne.

Smilet er det samme, blikket er det samme, men løden har forlatt henne. Hun tar et skritt til siden og slipper meg inn.

Leiligheten er slik jeg husker den: enorm, overmøblert, dunkel og fylt av tunge dufter. Rom på rom på rom. Dører rammet inn av brede karmer. Tak kranset av stukkatur. På kommoder og smale hyller har hun gjenskapt bibelhistoriens høydepunkter med nipsfigurer. Moses på Sinai berg. Maria og jesusbarnet i stallen. Bergprekenen. Korsfestelsen. I små kurvstoler og dukkevogner av flettet bast sitter lodne bamser og dukker med livløse porselensansikter. Kanskje er det slik Grethe Lid Wøien holder fast ved den barndommen hun nekter å snakke om. Jeg tror ikke hun har noen familie. I hvert fall ingen hun vedkjenner seg. Jeg har aldri hørt henne snakke om noen som står henne nær. Grethe har fylt tomrommet med studier. Og menn.

Overalt er det bøker. I sin leilighet, i en fornem gate på Frogner, har hun murt seg inne for å dyrke ensomheten.

Hun følger meg inn i stuen. På veien går vi forbi soverommet. Døren er halvåpen. Jeg skimter den uoppredde sengen. Andre menneskers senger gjør meg forlegen. Brydd ser jeg en annen vei.

Hun er ikke den samme. Hun er blitt en gammel dame. Selv ved skrittene hennes er det noe utgått, sjokkende.

En katt hopper ned fra en stol og forsvinner under flygelet. Jeg har aldri likt katter. Katter liker heller ikke meg.

Hun nikker mot plysjsofaen. «Jeg burde ha budt deg noe å drikke,» sier hun og synker sammen i en stol.

Noe er galt. Jeg føler det. Likevel får jeg meg ikke til å spørre.

Hun ser på meg. Smiler skrått. Et gedigent veggur slår to tunge slag.

«Jeg trenger hjelp,» sier jeg og undertrykker et nys. Sofaen er full av kattehår som får det til å kile i nesen.

«Jeg tenkte meg det. Du er ikke den som renner ned døren i utrengsmål.»

Jeg vet ikke om hun mener det som en mild irettesettelse, en nøktern observasjon eller som en hentydning til den kvelden for tolv år siden da jeg tok mot til meg og fortalte henne at jeg elsket henne. Jeg var tyve. Hun var godt over femti. Jeg har alltid vært noe for meg selv.

«Synes du jeg er blitt gammel?» spør hun.

Jeg har aldri løyet for henne. Derfor sier jeg ikke noe. Alder er bare et punkt i en kronologi. Matematikeren Kathleen Ollerenshaw var 86 da hun løste den eldgamle matematiske gåte «det magiske kvadrat». Uansett hvordan du adderer tallene får du svaret 30:

0	14	3	13
7	9	4	10
12	2	15	1
11	5	8	6

I min taushet sukker Grethe trist. «Jeg er syk,» sier hun likefrem. «Kreft. I to år nå. Jeg priser hver ny dag.»

Jeg griper hånden hennes. Det er som å holde om den kalde hånden til et sovende barn.

«Legen sier jeg er et seigt skinn,» sier hun.

«Har du vondt?»

Hun hever skuldrene i en bevegelse som kan bety både ja og nei. Så sier hun: «Mest i sinnet.»

Jeg klemmer hånden hennes.

«Så! Hva er problemet?» spør hun forretningsmessig og trekker til seg hånden. Tonen har et snev av den autoritet hun omga seg med da hun virket som professor. Det er syv år siden hun sluttet. Fremdeles prater vi om henne.

«Hvis du er syk, skal jeg ikke –»

«Nonsens!»

«Jeg tenkte bare –»

«Lillebjørn!»

Hun ser på meg med blikket sitt.

Jeg vet ikke hvor jeg skal begynne. Hun hjelper meg på vei: «Jeg hører du deltar på utgravningen på Værne kloster.»

Slik var det også med henne på universitetet. Hun visste alt.

«Vi gjorde et funn,» sier jeg. Så låser det seg igjen. Jeg leter etter ord. Til slutt utbryter jeg: «Jeg prøver bare å finne ut hva som kan ha skjedd!» Det gir vel ingen mening.

«Hva fant dere?» spør hun.

«Et skrin.»

Nølende: «Javel?»

«Av gull.»

Hun skakker på hodet. «Du verden.»

«Professor Llyleworth stakk av med det.»

Hun sier ikke noe. Hun burde ha begynt å le. Hun burde ha ristet på hodet. Men hun sier ingenting. Hun begynner å hoste. Først forsiktig, så høyt og rallende. Det høres ut som lungene henger og slenger inni brystet på henne. Hun holder begge hendene for munnen. Da anfallet gir seg, blir hun sittende og hive etter pusten. Hun ser ikke på meg. Det er bra. Så slipper hun å se øynene mine.

Hun kremter og harker flere ganger. Diskret tar hun frem et lommetørkle og spytter.

«Unnskyld meg,» hvisker hun.

Lenge stirrer jeg på katten som ligger og dormer under flygelet. Da jeg var Grethes flittigste student og tilbeder, han som alltid hadde et nødvendig ærend hjem til henne, hadde hun en katt som het Lucifer. Men det kan neppe være den samme. Skjønt den ser helt lik ut.

«Er skrinet ekte? Gammelt?» spør hun.

«Jeg kan ikke skjønne annet.»

«Ingen har saltet utgravningen?»

Jeg rister på hodet. Salting er en lek som morer oss arkeologer. Vi planter moderne ting i kulturlagene – et TV-apparats fjernkontroll blant skattene til en forhistorisk konge, en sikkerhetsnål innimellom potteskår og pilspisser.

«Grethe, skrinet er gammelt. Og dessuten,» jeg humrer, «vi snakker om en utgravning ledet av Graham Llyleworth. Ingen ville ha våget å forurense hans sjakter!»

Grethe humrer med.

«Og han visste hva vi lette etter,» fortsetter jeg. «Han visste at skrinet ville ligge der et sted. Han visste at vi ville finne det. Visste!»

Hun grubler en stund over påstandene mine.

«Du tenker kanskje at han vil stjele skrinet? For så å selge det til høystbydende?» spør hun med en stemme som kvekker av slim.

«Tanken har streifet meg. Men det er ikke fullt så enkelt.»

«Neivel?»

«Oldsaksamlingen er med på det.»

Hun stirrer avventende og forbeholdent på meg.

«Trolig Riksantikvaren også,» tilføyer jeg.

Øynene hennes smalner. Hun tenker nok at nå har det tørnet for stakkars Lillebjørn.

«Jeg mener alt jeg sier, Grethe!»

«Jojo.»

«Og jeg er ikke blitt gal!»

Hun smiler til meg. «Så fortell meg hva det er de er med på?»

«Jeg vet ikke, Grethe, jeg vet ikke ...»

«Så hvorfor –»

«Kanskje et bestillingstyveri?» avbryter jeg litt for ivrig.

Hun holder inne. «Men hvorfor?»

«Jeg vet ikke. Kan Llyleworth være med i en internasjonal kunstbande?»

Hun ler kaldt. «Graham? Han er altfor egoistisk til å være en del av noe som helst! Og slett ingen bande!» Utbruddet er bittert og følelsesladet.

«Kjenner du ham?»

«Jeg ... har støtt på ham.»

«Å? På en utgravning?»

«Det også. Og i Oxford. For femogtyve år siden. Hvorfor er du så mistenksom?»

«Han har tenkt å smugle skrinet med seg ut av landet.»

«Aldri i verden! Han har sikkert bare –»

«Grethe! Jeg kjenner planene hans!»

«Hvordan kan du være så sikker?»

Automatisk senker jeg stemmen: «Fordi jeg overhørte ham.» Jeg gir ordene tid til å synke inn. «Jeg overhørte ham da han rottet seg sammen med professor Arntzen.»

Med et oppgitt flir rister hun på hodet. «Det er bare så typisk Graham. Og du har lekt Hardy-gutt, skjønner jeg.»

«Jeg prøver bare å forstå.»

«Hva da?»

«Hvordan kunne han vite at skrinet ville ligge i ruinene av en åtte hundre år gammel oktogon midt i en norsk kornåker?»

Øynene til Grethe blir bunnløse. En stund svømmer jeg rundt i blikket hennes.

«Du allmektige,» sier hun, mest til seg selv.

«Hva er i veien?»

«En oktogon?»

«Ja? Vi har ekskavert deler av den allerede.»

«Jeg trodde ikke den fantes.»

«Visste du om den?»

Hun får et nytt hosteanfall. Jeg lener meg frem og klapper henne på ryggen. Det går noen minutter før hun får tilbake pusten.

«Hvordan er det med deg?» spør jeg. «Skal jeg ringe lege-vakten? Vil du jeg skal gå?»

«Fortell meg om oktogonen.»

«Det er ikke stort jeg vet. Jeg har aldri hørt om noen okto-gon på Værne kloster,» sier jeg.

«Kanskje ikke i norske kilder. Men den er omtalt i internasjo-nal litteratur om Johannitterordenen og tidlige kristne myter.»

Jeg må ha vært fraværende i den timen.

Jeg spør: «Tror du professor Llyleworth kjente til oktogo-nen?»

«Jeg vil mene det.» Hun sier det kokett, underfundig.

«Hvorfor sa han ingenting? Hvorfor holdt han det hemme-lig?»

«Det var vel knapt en hemmelighet. Eller spurte du?»

«Han sa vi lette etter en rundborg. Han sa aldri noe om en oktogon.»

Hun nikker trett, som om samtalen kjeder henne. Hun fol-der hendene. «Og hva sier professor Arntzen til alt dette?»

Jeg ser bort.

«Lillebjørn?»

«Jeg har ikke tatt det opp med ham.»

«Hvorfor ikke?»

«Han er en av dem.»

«En – av – dem?» gjentar hun tvilrådig.

Jeg flirer fordi jeg hører hvor paranoid jeg lyder.

Forsiktig griper jeg hånden hennes. «Grethe, hva er det som foregår?»

«Spør du meg?»

«Professor Arntzen og professor Graham Fucking Llyle-worth! Gravrøvere? Simple gravrøvere?»

Hun lukker øynene med et drømmende smil.

«Hvorfor smiler du?» spør jeg.

«Ingenting er så overraskende. Ikke egentlig.»

«Å nei?»

«Din far og Graham studerte sammen i Oxford, vet du. På syttitallet. Samtidig med meg. Graham og Birger var besteven-ner.»

Jeg lener meg tilbake i sofaen. På en ledning utenfor stuevinduet vipper en svale. Den sitter der en stund før den flyr sin vei.

«Har ikke Trygve Arntzen fortalt deg det?» spør hun. «Eller Llyleworth?»

«De må ha glemt å nevne det. Jeg vet jo at pappa arbeidet i Oxford. Men ikke at Llyleworth var der.»

«Det var faren din som introduserte Graham Llyleworth og Trygve Arntzen.»

«Så pappa og Llyleworth var studiekamerater?»

«De samarbeidet om en avhandling som vakte en viss oppsikt.»

Tankene mine låser seg.

«Har du den?» spør jeg.

Hun peker på bokhyllen.

Langsomt reiser jeg meg og går bort til bokhyllen, der jeg fører pekefingeren langs ryggene.

«Tredje hylle,» sier hun. «Ved siden av atlaset. Sort, limt rygg.»

Jeg trekker ut avhandlingen. Den er tykk. Papiret er begynt å gulne og sprekke.

Comparative Socio-Archaeological Analysis of Inter-Continental Treasures and Myths leser jeg på omslaget. «By Birger Beltø, Charles DeWitt and Graham Llyleworth, University of Oxford, 1973.»

«Hva handler den om?»

«De fant fellestrekk ved en del religiøse myter og arkeologiske funn av skatter.»

Jeg lurer på hvorfor professoren og mamma har skjult de eksemplarene pappa utvilsomt må ha etterlatt seg.

På måfå blar jeg gjennom avhandlingen. På side to leser jeg en dedikasjon som er tusjet over. Jeg holder papiret opp mot lyset. «The authors wish to express their greatest respect and gratefullness to their scientific advisors, Michael MacMullin and Grethe Lid Wøien.»

Jeg kaster et forbløffet blikk på Grethe. Hun blunker tilbake.

På side 54 leser jeg noen avsnitt i kapittelet om funnet av

Dødehavsrullene i Qumran. På side 466, dette er ingen beskjeden hastverksavhandling, kommer jeg over en ti siders fotnote der det trekkes paralleller mellom Hon-skatten, som ble funnet i Øvre Eiker i 1834, og artefakter fra Ajía Fotiá-gravene på Kreta. I indeksen leter jeg etter Værne kloster, men jeg finner ingen henvisning. Ikke før jeg fører pekefingeren til *Varna. Pages 296-301.*

Kapittelet heter «The Octagon of Varna: The Myth of The Shrine of Sacred Secrets».

Idet jeg blar opp, faller det ut et bokmerke. Et visittkort. Det er gammeldags, ærverdig. «Charles DeWitt – London Geographical Association». Som i refleks stikker jeg kortet i lommen mens jeg blar gjennom kapittelet.

Jeg er en rask leser. På et par minutter har jeg feid igjennom teksten, som handler om myten om et åttekantet tempel – en oktogon – som Johannitterordenen bygget rundt et relikvie som ble sagt å inneholde, hvis jeg har forstått teksten rett, et budskap av guddommelig natur. Kanskje fra Jesu tid. Kanskje fra korsfarertiden. Det hele er ikke så godt å forstå. Jeg kan ha misforstått. Jeg leste veldig fort.

«Kan jeg få låne den?» spør jeg og holder opp avhandlingen. «Jeg vil gjerne lese den grundigere.»

«Jaja!» sier hun ivrig. Som om hun mer enn noe annet vil at jeg skal ta den med meg.

«Så fortell meg det du vet om dette,» sier jeg.

Hun blunker tilfreds og kremter. Med sprø, vibrerende stemme forteller Grethe om korsfareren som bragte med seg et relikvie til Johannitterordenen i Jerusalem i 1186. Relikviet ble senere kjent som *The Shrine of Sacred Secrets.* Johannittene fikk en befaling fra pave Clemens 3. om ikke bare å vokte helgenskrinet, men å skjule det, langt fra røvere og korsfarere og riddere, fra biskoper og paver og kongelige. Da Saladin inntok Jerusalem året etter, og johannittene flyktet, forsvant alle spor. Kun én ledetråd har de hatt å gå etter, alle eventyrerne og lykkejegerne som i århundrenes løp har lett etter skatten: Det hellige skrin ligger i en oktogon, et åttekantet tempel.

«På Værne kloster?» spør jeg syrlig.

Hun sitter tilbakelent og ser på meg. Det ligger en overbærende mine på lur. «Hvorfor ikke på Værne kloster?»

Jeg klarer ikke å holde tilbake latteren.

Hun klapper meg på kneet. «Lillebjørn, jeg vet hva du tenker. Du har alltid vært så utålmodig, så vantro, så rask til å trekke konklusjoner. Hva lærte jeg deg på universitetet? Lærte jeg deg ikke å kombinere skepsis med fantasi? Forståelse med undring? Tvil med åpenhet? Du skal lytte til mytene, til sagnene, til eventyrene, til religionene. Ikke fordi de forteller deg sannheten, Lillebjørn. Men fordi de er vokst ut av en annen sannhet.»

Intensiteten i stemmen og blikket hennes skremmer meg. Det er som om hun ønsker å gi meg nøkkelen til evig liv før hun forsvinner i en sky av røyk og gnister. Hun gjør ingen av delene. Hun bøyer seg frem og tar et sukkertøy fra skålen på bordet. Hun putter dropset i munnen. Jeg hører hvordan det skrangler frem og tilbake mellom tennene.

Hun skakker på hodet. «Værne kloster var ikke noe dumt skjulested. Klosteret lå så langt unna Det hellige land som tenkes kunne. Norge var sivilisasjonens utpost. Og historikerne har aldri riktig kunnet forklare hvorfor johannittene anla dette klosteret i Norge på slutten av 1100-tallet.» Hun rister tankefullt på hodet. «Hvis dere virkelig har funnet oktogonen, Lillebjørn, og dere virkelig har funnet et skrin …» Hun lar setningen flyte ut i rommet.

«Hva var det i skrinet?» spør jeg.

«Det er akkurat det som er spørsmålet. Hva er det i skrinet?»

«Vet du ikke?»

«Nei bevare meg vel,» sier hun, «jeg aner ikke. Det gikk mange rykter. Det snakkes ennå om at det merovingiske dynasti skjulte en skatt av uanede dimensjoner. Gull og edelstener som Kirken og den kongelige slekten hadde samlet seg opp gjennom århundrene.»

«Vær så snill!» avbryter jeg med et dypt og tilgjort sukk. «Skjulte skatter? Har du noengang hørt om noen som har funnet en slik skatt?»

«Kanskje den ennå venter på å bli funnet?»

«Indiana Jones-romantikk!»

«Lillebjørn,» sier hun og snurper leppene sammen på en måte som gjør at jeg vet hva hun vil si, «jeg refererer til rykter som har versert i akademiske fagmiljøer i decennier. Jeg går ikke god for dem. Men jeg er heller ikke så skråsikkert avvisende som en viss ung herremann jeg kjenner.»

«Så hva sa disse – ryktene?» Jeg spytter ut ordet som en bedervet morell.

«Det eksisterer et kart. Og en genealogi. Tekster i koder. Jeg kjenner ikke historien i detalj. Det er en beretning med utspring i en sør-fransk landsby som heter Rennes-le-Château, der en ung prest i forrige århundre fant noen sammenrullede pergamenter som etter sigende gjorde ham rik. Ufattelig rik. Ingen vet nøyaktig hva det var han fant da han skulle restaurere den gamle kirken han hadde overtatt. Man sier pergamentene inneholdt en stor og ufattelig hemmelighet.»

«Som var?»

«Hadde jeg visst det, Lillebjørn, var det knapt noen hemmelighet, ikke sant? Noen spekulerte i religiøse myter. At han hadde funnet Paktens ark, hvilket ikke var så urimelig siden kirkebygget var reist på en gammelkristelig kirkeruin fra det sjette århundre. Andre trodde han hadde funnet bibelske originaltekster. Noen trodde det var snakk om genealogier, slektsrekker. Og noen trodde han kort og godt hadde funnet kartene som viste veien til en middelalderskatt.»

«Og hva har det med Værne kloster å gjøre?»

«Jeg vet ikke? Men kan det tenkes at skatten, hvis den finnes, er skjult på klostergrunnen? Eller at skrinet dere fant, inneholder ledetråder som viser veien videre?»

«Grethe,» sukker jeg og ser på henne med bambi-blikket mitt.

«Q!» utbryter hun plutselig.

«Hva sa du?»

«Q-manuskriptet!» sier Grethe.

Jeg snur meg, uforstående.

Hun fortsetter: «Det er ikke slik at jeg vet det. Men det er en gjetning. I alle disse årene har jeg fundert på hva som kunne være så viktig å finne. Og når jeg legger sammen små brokker av informasjon, faller brikkene i puslespillet på plass. Kanskje.»

«Q-manuskriptet?» spør jeg.

«Q for 'Quelle'. Som betyr 'kilde'. På tysk.»

«Quelle?»

«Har du virkelig aldri hørt om det?»

«Nei, faktisk ikke. Hva er det for noe?»

«Angivelig et gresk originalmanuskript.»

«Som inneholder?»

«Det inneholder alt Jesus sa.»

«Jesus? Virkelig?»

«Hans lære i sitatform. En tekst som Matteus og Lukas skal ha brukt som basis for sine evangelier, i tillegg til Markus-evangeliet.»

«Jeg ante ikke at noe slikt Q-manuskript fantes.»

«Det gjør det kanskje ikke. Det er en teori.»

«Hvorfor skulle det havne på Værne kloster?»

«Spør din stefar.»

«Som vet?»

«Ihvertfall mer enn meg,» sier hun omsider.

«Men hvordan –»

«Lillebjørn!» avbryter hun og bryter ut i godmodig latter. Så ser hun tenksomt på meg: «Har du lyst på en tur til London?»

«London?»

«For min skyld.»

Jeg nøler.

Hun tilføyer: «Og for min regning.»

«Hvorfor?»

«For å nøste opp en gammel historie.»

Jeg sier ingenting. Det gjør ikke Grethe heller. Hun stavrer seg på bena, sjokker ut av stuen og inn på soverommet. Da hun kommer tilbake, rekker hun meg en konvolutt. Jeg åpner den og teller opp tretti tusen kroner.

«Gosj!»

«Det burde holde?» spør hun.

«Det er altfor mye!»

«Si ikke det. Kanskje du må ut på andre reiser ...»

«Du er gal som oppbevarer så mange penger hjemme!»

«Jeg unner ikke banken pengene mine.»

Jeg ler uforstående, spørrende. «Hva er det egentlig dette dreier seg om?»

«Det er det din oppgave å finne ut av.»

«Grethe.» Jeg forsøker å fange blikket hennes, men det glipper unna. «Hvorfor er du så engasjert?»

Hun ser fremfor seg. Så møter hun endelig blikket mitt. «Jeg kunne ha vært en del av det hele.»

«En del av hva?»

«Av det du skraper i overflaten av.»

«Men?»

«Men det skjedde noe ...»

Øynene hennes renner over, hun biter seg i underleppen. Det går en stund før hun overvinner følelsene som presser på.

Jeg vet at jeg ikke får mer ut av henne. Men motivene hennes er ikke viktige. Ikke nå. Før eller siden kommer jeg til bunns i dem.

«Drar du?» spør hun.

«Selvsagt.»

«Society of International Sciences. SIS. London. Whitehall. Spør etter styreformannen. Michael MacMullin. Han har svarene.»

«På hva?»

«På alt!»

Vi ser på hverandre.

Hun tar meg hardt i ermet. «Vær forsiktig!»

«Forsiktig?» gjentar jeg skremt, krast.

«MacMullin,» sier hun, «er en mann med mange venner.»

Det lyder som en fordekt trusel.

«Venner,» gjentar jeg. «Venner som Charles DeWitt?»

Rykningen i ansiktet hennes er nesten umerkelig. «Charles?» Stemmen er hul. «Charles DeWitt? Hva vet du om ham?»

«Ingenting.»

En stund befinner hun seg i en sfære der jeg ikke har adgang.

Så sier hun: «Ham trenger du iallfall ikke frykte.» Stemmen har en fjern ømhet.

«Hva vet du om ulykken?» spør jeg.

«En bagatell,» sier hun. «En rift i armen. Det gikk koldbrann i såret.»

Jeg forstår ikke.

«Han slo seg i hjel ...» sier jeg.

Hun ser på meg, rynker pannen. Så oppfatter hun. «Åh din far?» Bare blikket røper sinnsbevegelsen. «Det er ingenting å vite,» sier hun innbitt.

Urørlig blir jeg stående. «Men Grethe –»

«Ingenting!» bjeffer hun. Anstrengelsen løsner hosten i henne. Et langt minutt går før hun klarer å hente seg inn. «Ingenting,» gjentar hun lavt, mildere nå. «Ingenting du trenger å vite.»

2

TOLV MINUTTER ER DEN TIDEN JEG TRENGER for å kjøre opp til Domus Theologica, som høres ut som et sydlandsk kjøpesenter, men som bare er et blærete navn på Det teologiske fakultet i Blindernveien. Jeg kjenner en amanuensis ved Hebraisk avdeling. Jeg tror det kan komme til nytte.

Gert Vikerslåtten er nesten to meter høy og syltynn, slik at det virker som om han må konsentrere seg for å holde balansen. Ikke ulikt en vadefugl. Han har uren hud og et skjegg som ser ut som om det er festet for stramt bak ørene og under haken. Alt ved ham – fingrene, armene, nesen, tennene – er litt for langt og ulenkelig.

Vi bruker noen minutter på å minnes tiden da vi studerte sammen. Vi snakker om felles bekjente, håpløse lærere, jenter vi drømte om, men aldri fikk. Som meg er Gert enslig. Som meg dekker han over sine små nevroser med en patina av akademisk arroganse.

Han spør hvorfor jeg har kommet. Jeg sier at jeg er på jakt etter noen som kan fortelle meg om noe som kalles Q-manuskriptet.

Øynene hans livner til. Adamseplet blir ivrig. Ingenting gleder en ekspert mer enn å kunne briljere.

«Q? Oh yesss baby! Et manuskript som ikke finnes!»

«Men som må ha eksistert engang i tiden?» utfyller jeg.

«Det er det iallfall mange som mener.»

«Du også?»

«Definitivt.» Han slår ut med de lange armene sine; det er så jeg frykter at han vil slå ut veggene i det smale kontoret.

«Selv om ingen har sett så mye som en bokstav?»

«Q minner om et sort hull,» sier han og former en sirkel med tommel og pekefinger. «Selv ikke med de kraftigste teleskoper kan du se det. Men du vet at det er der på måten de andre himmellegemene beveger seg.»

«Akkurat som du vet at en magnet befinner seg på undersiden av et papirark med metallspon,» spinner jeg videre. Han nikker, og jeg fortsetter: «Alt jeg vet om Q er at det er skrevet på gresk. Og at det skal inneholde mange av Jesu visdomsord i sitatform, slik de senere ble gjengitt av Lukas og Matteus. Og at det regnes som et bibelsk kildeskrift.»

«Da vet du det vesentlige.»

«Men forklar meg – hvorfor spiller det noen rolle om det har eksistert eller ikke?»

«Innsikt. Forståelse.» Han hever skuldrene. «Sånn sett spiller det heller ingen rolle at dere arkeologer fant Gokstadskipet. Men det er sannelig fint at dere gjorde det.»

«Men vil Q i praksis bety noen forskjell fra eller til?»

«Klart det!»

«Men hvorfor? På hvilken måte?»

«Fordi Q vil kunne endre på vår forståelse og tolkning av Bibelens tekster. Du vet selv hvordan kristendommen griper direkte inn i hverdagen vår den dag i dag. Som kulturbærer. Via lover og regler. Menneskesynet vårt. Alt henger sammen.»

«Alt dette forstår jeg. Sier du at Q kan forandre på noe av dette?»

«Q kan gi oss hjelp til å forstå mer om Det nye testamentes tilblivelse. Og derigjennom fortolkningen av tekstene. Den oldkirkelige teologen Origenes fastslo at Bibelens ord ikke måtte tolkes bokstavelig, slik mange gjør i dag, men som tegn eller bilder på noe annet, noe større. Man må forstå Bibelen ut ifra en helhet. Når Bibelen beretter om et fjell hvorfra man kan se all verden, så menes det jo ikke bokstavelig! Selv om noen insisterer på å tolke hvert ord bokstavelig.

«Hvor gammelt er det?»

«Snart to tusen år. Vi tror at Q ble skrevet rett før Paulus skrev og daterte sine aller første brev, altså så tidlig som tyve år etter Jesu korsfestelse.»

«Av hvem?»

«Det vet vi ikke.» Han lener seg fremover og senker stemmen: «Det interessante med tidfestingen er at det er tyve år før Markus skrev sitt evangelium!» Han hever øyenbrynene megetsigende. Forventningsfullt venter han på en reaksjon fra meg. Den kommer ikke. Jeg skjønner ikke hvorfor han mener dateringen er så interessant. Øyenbrynene hans faller slukkøret på plass.

«Som du vet,» fortsetter han overdrevent tydelig, nesten nedlatende, «regnes Markusevangeliet som det eldste av evangeliene, altså det første, selv om det står som nummer to i Det nye testamente. Det ble trolig forfattet førti år etter Jesu korsfestelse, altså rundt år 70.»

«Så på sett og vis er Q-manuskriptet mer ekte enn de senere evangeliene?»

«Mer ekte?»

«Fordi det ble skrevet tettere på hendelsene?»

«Vel …» Gert drar på det, han lager en grimase som blotter de avlange tennene og det rosa tannkjøttet. «Å gradere ektheten i gamle manuskripter, bibelske eller ikke, er temmelig formålsløst to tusen år senere. Det er også et spørsmål om tro. Men det er innlysende at jo fjernere du kommer fra kildene og hendelsene, desto mer upresis og unøyaktig risikerer du at gjengivelsen blir.»

«På sett og vis var de gamle evangelistene en slags journalister,» sier jeg.

«Knapt nok journalister. Samfunnsaktører, forkynnere, misjonærer …»

«Nettopp! Journalister!» ler jeg. «Og evangelistene hadde tilgang til Q?»

«Det er ikke usannsynlig. Vi tror at Q har sirkulert i de tidligste kristne menigheter i det første århundre,» sier Gert. Leppene hans krummer seg, som om han fryder seg over noe han ikke burde si. «Det kontroversielle ved manuskriptet er at noen forskere mener at enkelte kristne samfunn slett ikke så på Jesus som en guddom, men som en klok filosof. En som ønsket å lære menneskene hvordan de skulle leve for å bli lykkelige jøder. Fjerner du evangeliene og Paulus fra Det nye testamente, gjenstår et stykke reformert jødedom.»

«Det er det vel mange som mener?»

«Men du må huske at Q, hvis manuskriptet noengang blir funnet, har ufattelig stor autoritet simpelthen fordi det ble skrevet rett etter at Jesus var blant oss. Av øyenvitner. Ikke av evangelister som levde lenge etterpå. Q var så å si et journalistisk referat – i større grad enn de farvelagte og tilrettelagte evangeliene. Q portretterte Jesu rolle som apokalyptisk opprører og samfunnsmenneske. Som en datidig revolusjonær. Det tok ikke stilling til hvorvidt han var Guds sønn eller ikke.»

«Så hva beviser Q?»

«Q kan neppe bevise noe som helst. Men en må lese manuskriptene fra den tid med en grunnleggende forståelse av samtiden. De rådende samfunnsforhold.»

«Jeg forestilte meg at teologer stoler blindt på alt som står i Bibelen?»

«Hah! Teologi er en vitenskap, ikke en tro! Allerede på 1700-tallet stilte kritiske teologer spørsmål ved dogmene. Professor Herman Samuel Reimarus reduserte Jesus til en jødisk-politisk skikkelse. I 1906 fulgte Albert Schweitzer opp med et ruvende vitenskapelig verk som stilte grunnleggende kritiske spørsmål til det rådende teologiske syn. Disse teologene skilte mellom den historiske Jesus og forkynnelsens Jesus. Denne kritiske teologien har utviklet seg frem til vår tid. Ved å kombinere historisk, sosiologisk, antropologisk, politisk og teologisk kunnskap, kan et nytt Jesus-bilde fremkomme.»

«Hvilket bilde?»

«Jesus ble født inn i en turbulent tid. Hans lære ble brukt og misbrukt. Mange av de første kristne samfunnene la ingen hovedvekt på Jesu død og oppstandelse. De så på ham som en samlende førerskikkelse. En slags Lenin eller Che Guevara. Mens andre urkristne menigheter utelukkende la vekt på korsfestelsen og himmelfarten og så å si glemte den historiske Jesus.»

«Q forteller altså ikke om noen guddommelig Jesus?»

«No sir'ie! På ingen måte, det virker ikke engang som om manuskriptets forfattere var kjent med omstendighetene rundt Jesu død. Og om de var det, har de helt sett bort fra korsfestelsen. For ikke å snakke om oppstandelsen. Skjønner du? Selv om Q vil bekrefte mye av det Lukas og Matteus skriver, vil funnet av det virkelige Q-manuskriptet også kunne påvirke og endre vår forståelse av Jesus. Manuskriptets forfattere så aldri på Jesus som Guds sønn, men som en omreisende vismann og agitator. En opprører! Det var evangelistene som senere skrev til dogmet om Jesu oppstandelse. Hvilket forvandlet ham til en guddom. Ja, det er noen som mener at disiplene stjal Jesu legeme etter korsfestelsen og diktet opp hele oppstandelsen. De ville ikke erkjenne nederlaget − at deres frelser simpelthen døde fra dem uten at Guds rike hadde kommet. Selv Jesus trodde lenge at Guds rike skulle komme i hans levetid.»

«Jeg forstår fortsatt ikke hva som overbeviser dere om at Q har eksistert?»

Gert stryker fingrene over kinnene, nedover haken og napper i det presteaktige skjegget. «Tenk deg at vi to skulle oversette en engelsk tekst til norsk. Versjonene våre ville ligne. Men de ville ikke være identiske. Slik som Matteus- og Lukasevangeliene er på mange områder. Forskerne har konkludert med at hele to hundre og trettifem vers i Lukas og Matteus er så like at de må være basert på samme kilde. Selv om de to evangeliene er skrevet uavhengig av hverandre, er mange av Jesu ord identiske. Ord for ord.»

«Og så?»

«Den historiske Jesus snakket arameisk, som i fire hundre år hadde fortrengt hebraisk som hverdagsspråk i Palestina. Han snakket ikke gresk, som i disse manuskriptene. Derfor må evangelistene ha hatt et gresk originalmanuskript å holde seg til og sitere fra. Q! Quelle! Kilde!»

«Kan ikke Lukas og Matteus simpelthen ha plagiert hverandre?»

Gert gliser. «Om det enda var så enkelt. No way. De er skrevet til forskjellig tid. På forskjellige steder. Til vidt forskjellige lesergrupper. De har for mange graverende ulikheter til at Lukas og Matteus kan ha lest hverandre. Da ville de ha tilpasset historiene til hverandre. Rettet og justert. Men likevel kan vi fastslå at kildegrunnlaget er det samme.»

«Hva man vet,» sier jeg lakonisk.

«Eller tror man vet!» Gert vipper på stolen. Det foresvever meg at det vil få vidtrekkende konsekvenser hvis han tar overbalanse. «Forskerne er sikre på at Markus skrev sitt evangelium først. Videre at Lukas og Matteus skrev sine evangelier basert på Markus og Q, men med egne tilføyelser. Eksempelvis finner du igjen rundt nitti prosent av Markus' temaer hos Matteus.»

«Hvor lenge har teologene kjent til Q?»

«Allerede tidlig på 1800-tallet fastslo bibelforskere at Lukas og Matteus måtte ha enda en felles kilde. Altså utover Markus. Men først i 1890 ble denne kilden identifisert.»

«Som Q?»

Gert nikker. «Q er ikke noe som alle omfavner med like stor entusiasme. Det er jo forståelig. For de fleste er det vanskelig å bli oppglødd over noe som eksisterer bare i teorien.»

Han reiser seg. Det er som om han ser for seg en forelesningssal fylt av unge henførte studiner som mer enn noe annet ønsker seg privatleksjoner i teologi og anvendt fysiologi av Gert sent på kvelden, etter et bedre måltid og en flaske med vin.

Han sier: «I 1945 skjedde det noe spennende. Da fant noen egyptiske brødre en stor, forseglet krukke i jorden ved foten av klippene i regionen Nag Hammadi.»

«Og ut strømmet en ånd som oppfylte tre ønsker?» ler jeg. «Børst, kvinnfolk og en flunkende ny kamel?»

Gert blunker lurt. «Nesten! Faktisk var det slik at brødrene var livredde for å åpne krukken nettopp fordi den kunne inneholde en ånd. En ond ånd. Slik krukker i Egypt har en slem tendens til å gjøre. Noe enhver oppegående arkeolog vet.»

Vi klukker. Gert har en boblende blid latter.

«Men brødrenes pengebegjær seiret omsider,» fortsetter han. «Det kunne jo tenkes at krukken var tom for ånder. Men at den var stappende full av gull og diamanter. Så de tok sjansen og knuste den.»

«Ingen ånd?» sier jeg.

«Ikke engang antydningen av en vord!»

«Så hva fant de?»

«Tretten bøker. Tretten bind innbundet i gasellelær.»

Jeg skakker på hodet.

Gert klasker håndflaten i skrivebordet. «Funnet var oppsiktsvekkende! Både for arkeologer og teologer. Nag Hammadi-biblioteket! Manuskriptene inneholdt blant annet det komplette Thomasevangeliet!»

Jeg myser ut i rommet mens jeg forsøker å plassere Thomasevangeliet. Riktignok har jeg aldri lest Bibelen spesielt grundig. Men jeg trodde jeg kjente alle evangeliene.

«Thomasevangeliet ble aldri innlemmet i Bibelen,» forklarer Gert.

«Tross alt er det ikke alle forunt å bli refusert av Gud,» sier jeg. «Var Thomasevangeliet kjent for dere fagfolk?»

«Yes! Iallfall til en viss grad. Men ingen hadde sett den komplette versjonen. Ikke før 1945. Et fragment av Thomasevangeliet, skrevet på gresk, var tidligere blitt funnet i Oxyrynchos i Egypt. Nag Hammadi-versjonen var komplett. Ikke bare det – skriftene inneholdt også det såkalte Philipevangeliet og avskrifter av samtaler mellom Jesus og disiplene. Nesten et eget 'nytestamente', men også veldig forskjellig fra det originale. Og følg med nå, for dette er viktig og interessant! Det var skrevet på koptisk!»

«Nei kutt ut! Koptisk?» roper jeg. Utbruddet er ren og skjær bløff. Gert gjennomskuer spøken øyeblikkelig.

«Koptisk!» gjentar han. «Altså det egyptiske språket som ble benyttet mot slutten av det romerske imperiets tid.»

«Jeg tror jeg henger med,» mumler jeg, selv om det muligens er en overdrivelse.

Gert smiler forståelsesfullt. Det må være det samme smilet han tildeler usikre førsteårsstudenter med fletter og stramme t-skjorter. «Med utgangspunkt i denne teksten kunne forskerne rekonstruere Thomasevangeliet på originalspråket gresk. I motsetning til evangeliene som fikk plass i Bibelen, og i likhet med Q, inneholder Thomasevangeliet lite eller intet om Jesu fødsel, liv og død. Det inneholder hans ord. Ett hundre og fjorten sitater som alle innledes med 'Og Jesus sa ...'. Mange av sitatene i Thomasevangeliet er forbløffende like dem i Matteus og Lukas. For forskerne er det åpenbart at Thomas har brukt samme kildegrunnlag som de to. Henger du fortsatt med?»

«Såvidt.»

«Thomasevangeliet bekrefter indirekte at Matteus og Lukas, i likhet med Thomas, må ha hatt et felles kildeskrift. En skriftsamling de kopierte fra og pyntet på ut ifra de behov de hadde for å overbevise sine lesere om sin versjon av Jesu liv og lære. Det interessante er at forfatteren av Q, og trolig også hans samtidige, tolket Jesu ord på en helt annen måte enn Bibelens forfattere og lesere.»

«Temmelig ømtålig, med andre ord.»

Gert biter seg i underleppen og nikker. «You bet! I 1989 begynte en gruppe å rekonstruere Q-manuskriptet ved å sammenholde de bibelske tekstene til Matteus og Lukas med Thomas-manuskriptet. Bare dette arbeidet har, i seg selv, avfødt en kontroversiell og opphetet diskusjon om kristendommens opprinnelse.»

Jeg ser på Gert, og han ser på meg. Han lurer vel på hvor det hele leder hen.

Jeg spør: «Hva ville skje hvis noen fant Q-manuskriptet?»

Han rister tankefjernt på hodet. «Jeg tør ikke engang tenke tanken. Det ville stille funnene av Dødehavsrullene og Tut-Ankh-Amon i skyggen. Vi ville simpelthen bli nødt til å omskrive religionshistorien.»

Jeg kan ikke la være å spørre meg selv om det er Q-manuskriptet som skjuler seg i gullskrinet som omsluttes av råtnende treverk, innpakket i plast, i en bag i leiligheten til Rogern.

Hvis jeg var hovedpersonen i en film, ville jeg vel ha flerret av treet og bendt opp skrinet for å tilfredsstille min (og publikums) nysgjerrighet. Men jeg er et tenkende menneske – en seriøs og varsom forsker. Et skrin som er så gammelt, og som har ligget i jorden i så mange år, kan ikke åpnes som en hvilken som helst hermetikkboks. Det må åpnes med den største varsomhet og omtanke. Av fagfolk. Slik man ville åpne en musling for å finne perlen – uten å skade muslingen. Hvis jeg gir meg i kast med en hastig og opprømt jakt på innholdet, risikerer jeg å forårsake en katastrofe. I beste fall vil jeg skade innholdet. Uten engang å ha forstått hva jeg har funnet. Jeg er ikke spesielt stiv i gammelgresk, hebraisk, arameisk eller koptisk. I verste fall kan alt gå til grunne. Gammelt pergament og papyrus kan bli til støv over natten.

Men dette vet jeg: Skrinet må beskyttes.

3

NOEN KVINNER HAR EN UTSTRÅLING SOM går rett i hypofysen på meg.

Hun er høy, med rødlig hår, grønne øyne, smale lepper, antydning til fregner. Skjørtet flagrer om de lange bena, et bredt sølvbelte strammer rundt midjen. Bak bomullsblusen aner jeg brystenes tyngde.

I to år var jeg forelsket i henne. Jeg håper hun ikke vet det, men jeg tror hun gjør det. Nå står hun foran meg i døråpningen med det samme skjeve smilet som engang trollbandt meg. Hun heter Kristin. Hun er Caspars kone. Hvis man ikke kjenner Kristin, vil man gjette at hun er tekstilkunstner eller aktmodell eller kanskje trapésartist i et omreisende sirkus. Men Kristin er sosialøkonom. Avdelingsleder i Statistisk Sentralbyrå. Da vi studerte på Blindern, bodde Kristin og Caspar i et kollektiv i Maridalsveien. Svær kåk. Jazz og bluesrock. Fest døgnet rundt i helgene.

Kollektiv er ingenting for meg. Det krampaktige samholdet. Gnålet. Haugen av støvler og sko i entreen. De andres fuktige truser på tørketrådene i vaskerommet. Kranglingen. De lange ettermiddagene i fellesrommene, med sollyset inn gjennom vinduene. Alltid noen som følger med på hva du gjør. Som hører deg når du går på do. Som vil diskutere en bok eller film med deg, eller spille kort, eller som ber deg dra til helvete når du vil bomme en rullings. Som passer på at det er din tur til å ta oppvasken. De uleselige signaturene på vaskelisten. Allmøtene, fellesskapet, solidariteten, gnisningene, erotikken, avstemningene, selvkritikken. Ingenting for meg.

En helg jeg overnattet på soverommet deres, elsket Caspar og Kristin stille på madrassen på gulvet ved siden av meg. Det var tidlig på morgenen. Rommet var fylt av bløtt lys. Jeg lot som jeg sov. De lot som de trodde jeg sov. Jeg husker den undertrykte kvinkingen hennes, de duvende kroppene, Caspar som pustet tungt gjennom nesen, lydene, duftene. Om morgenen lot vi alle som ingenting.

De var anarkister. Jeg forsto meg aldri på deres opprør. Nå har engasjementet kjølnet. De er blitt sosialdemokrater. Det eneste som skiller Kristin og Caspar fra massene, er en eiendommelig særegenhet som henger igjen fra tiden i kollektiv: de har ikke TV. De vil ikke ha. Det er et prinsipp. En kan jo bare beundre dem.

«Bjørn!» roper Kristin overstrømmende og trekker meg inn i entreen mens hun smilende gransker meg fra topp til tå. «Du har jo ikke forandret deg i det hele tatt!» sier hun. Vi klemmer hverandre. Lenge. Jeg synes ikke Kristin har forandret seg stort heller. Og jeg husker, plutselig, hvorfor jeg var forelsket i henne.

Utover spisestuebordet har Caspar lagt kopier av papirene som gjelder utgravningen på Værne kloster. Bunker med brev, dokumenter, tabeller, skjemaer, kart; alt krydret med det villnis av stempler og journalføringer som ethvert byråkrati oppviser for å rettferdiggjøre sin eksistens. Her er søknader og svar, beskrivelser og presiseringer, i en salig blanding av norsk og engelsk.

«Jeg følte meg som en treholt da jeg tok kopiene,» sier Caspar nervøst. Jeg vet ikke om han spøker. Jeg tror ikke det. Han er blitt så rettskaffen med årene. Staten har den effekten på lojale tjenere. De føler seg ett med systemet. Som om systemet er dem. Hvilket ikke er så langt unna sannheten.

Rundt oss svever Kristin som en geskjeftig fe. Hun tenner

tusen små stearinlys, som får leiligheten til å minne om et bortgjemt fjellkloster i gamle Hellas. Hun skjenker te i digre keramikkrus. Hun skotter stadig på meg. Forte, spente blikk som tyder på at hun venter på at jeg skal si noe forløsende. Men det har jeg ikke tenkt. Hun har bakt småkaker og vafler. Dypt inne i Kristin, bak avdelingssjefen, bak den sexy feministen, bak den sosialøkonomiske forskeren, bak opprøreren, bak den vakre, verdensvante fasaden, bor en omsorgsfull kvinne som vil oss alle vel.

Jeg napper ut et tilfeldig brevark signert Caspar Scott. Under Riksantikvarens logo og Riksløven leser jeg:

«Med henvisning til Lov om kulturminner av 9. juni 1978, med endringer, sist av 3. juli 1992, gis Society of International Sciences (SIS) v/styreformann Michael MacMullin [heretter omtalt som tiltakshaver] tillatelse til igangsetting av arkeologisk utgravning, under feltledelse av professor Graham Llyleworth, på det definerte området (NGO/kartreferanse 1306/123/003). Planene omfattes av kulturminnevernmyndighetenes ansvarsområde, og tiltakshaver plikter å rette seg etter pålegg fra den av myndighetene utnevnte stedlige arkeologiske representant (kontrollør). Leting etter et borganlegg faller inn under Riksantikvaren (jfr. forskrifter om faglig arbeidsfordeling), men fordi arbeidet har et videre siktemål, vil det lokale arkeologiske landsdelsmuseum (v/Universitetets Oldsaksamling, Oslo) få delegert jurisdiksjon.»

Engang i tiden skrev Caspar poesi. I 1986 fikk han trykt et dikt i lørdagsutgaven til Dagbladet. Lenge drømte han om å bli forfatter. Kanskje han kunne ha drevet det til noe. Rart hva det offentlige gjør med ens formuleringsevne.

Det er andre papirer – om utgravningens formål, om hvor eventuelle funn skal magasineres og utstilles, om kravene til publisering. Jeg leser at professor Graham Llyleworth – «renowned professor of archaeology, author of numerous text books and scientific papers published by universities worldwide» – får det faglige ansvaret for utgravningen. Jeg leser om sannsynligheten for å finne en rundborg med tilhørende kaserner. Jeg leser påskriften fra professor Arntzen, som går god for det meste inklusive min habilitet som kontrollør, og registrerer stempelet og den uleselige signaturen til instituttbestyreren, direktør Frank Viestad.

Jeg legger alle kopiene på bordet og sier: «Et skalkeskjul!»

«For hva?» spør Kristin.

Jeg kjenner Caspar godt nok til å vite at han har fortalt henne alt, og jeg kjenner Kristin godt nok til å vite at hun holder på å dø av nysgjerrighet.

«De visste at vi aldri ville finne noen rundborg,» sier jeg.

«Fordi det ikke var en rundborg de lette etter,» supplerer Caspar.

«Nemlig! De lette etter noe mye større.»

Kristin ser fra meg til Caspar med sitt bekymrede *kan-det-være-nervene*-blikk.

«Større enn en rundborg?» spør Caspar.

Jeg blunker til Kristin med mitt lureste *frisk-som-en-fisk*-smil. «Viktigere enn en rundborg,» sier jeg til Caspar.

Kristin snur seg etter en småkake, og måten blusen strammer på, distraherer meg fordi brystvortene hennes avtegner seg gjennom stoffet. Caspar følger blikket mitt, og jeg rødmer dypt.

«Hvorfor er disse engelskmennene inne i bildet?» spør Kristin og tilføyer fort: «Neimen Bjørn, er du varm?»

«De har selvsagt visst om det,» sier Caspar. «At skrinet var der. Llyleworth. MacMullin. SIS. Hvorfor skulle de ellers ha søkt om å få ekskavere åkeren?»

«Nettopp! De visste utmerket godt at skrinet –» begynner jeg før ordene hans treffer alarmklokkene. Jeg blar tilbake til brevet jeg nettopp har lest. Der står navnet igjen. Sort på hvitt. Michael MacMullin. Det er de tre M'ene som endelig vekker min gjenkjennelse. MacMullin er mannen Grethe ba meg om å oppsøke i London. Den vitenskapelige veilederen som Llyleworth, DeWitt og pappa takket i sin avhandling. Verden er full av slumpetreff.

Jeg hamrer pekefingeren mot brevarket. «Hallo! Vet du hvem denne karen er? Michael MacMullin?»

«Styreformann i SIS,» sier Caspar spørrende.

«– samt rådgiver for min far og Graham Llyleworth i Oxford i 1973!» Jeg forteller om avhandlingen og dedikasjonen.

«Virkelig?» utbryter Caspar. «Jeg har noe annet på den fyren! Se hva jeg fant da jeg snoket i arkivene våre i dag.» Han åpner dokumentmappen og fisker opp Norsk Arkeologisk Tidsskrift, nr. 4 1982. Han blar opp på side 16 og en artikkel om et tverrfaglig symposium om forskningssamarbeid over landegrensene. Symposiets norske vertskap var Institutt for Arkeologi. Men det ble finansiert av SIS. Med gul tusj har Caspar markert tre navn: foredragsholderne Graham Llyleworth og Trygve Arntzen, samt innlederen Michael MacMullin.

«Gode, gamle busser,» sier Caspar.

«Noe skjedde i Oxford i 1973,» sier jeg ettertenksomt.

«Llyleworth og faren din må ha kommet over noe oppsiktsvekkende.»

«Tross alt dreide avhandlingen deres seg om skatter og myter. De må ha gjort en eller annen oppdagelse. Sammen med DeWitt, hvem han enn er.»

«En oppdagelse som førte dem til Værne kloster,» sier Caspar fjernt.

«Etter femogtyve år.»

«Da må det sannelig ha vært mer enn en pilspiss,» sier Kristin. Selv etter ti år som Caspars kone har hun en noe forenklet forestilling om hva det er som driver arkeologer.

«Har du hørt myten om oktogonen?» spør jeg Caspar.

Han leter i hukommelsen. «Noe med johannittene? Som skjulte et relikvie i et åttekantet tempel? Har lest noe sånt et sted.»

Det skal lite til å skrape fernissen av mitt selvbilde. Også Caspar kjenner til myten om oktogonen. Følelsen gjør meg nedtrykt. Jeg var kontrollør under utgravningen. Jeg burde ha fattet rekkevidden da Irene blottla grunnmuren. Men jeg hadde aldri hørt om oktogonen før.

«Det var i en oktogon vi fant skrinet,» sier jeg.

«Fleiper du?» Caspar holder blikket mitt fast. «En oktogon? På Værne kloster?» Hoderystende sitter han og ser ut i luften.

«Da har du kanskje hørt om ryktene knyttet til Rennes-le-Château også?» spør jeg.

Han rynker pannen. «Sannelig ikke sikker. Var det der de fant noen pergamenter da kirken ble ombygget?»

Jeg sukker. «Hvorfor er jeg den eneste som var borte under de spennende forelesningene?»

Caspar ler. «Kanskje fordi du var så opptatt med å fly etter de kvinnelige professorene?»

Kinnene mine blir dyprøde. Kristin gir Caspar et irettesettende blikk. Jeg får det selvsagt med meg.

«Hva vet du om SIS?» spør jeg og forsøker å skjule rødmen med hånden.

«Ikke stort. Jeg begynte å sjekke mens vi behandlet søknaden. En stiftelse med base i London. De har forbindelse med Royal Geographical Society og National Geographic Society og dess like. Og all verdens universiteter og forskningsmiljøer. De finansierer interessante prosjekter over hele kloden. Utfra ideelle målsetninger.»

«Ideelle målsetninger? Hah!» Kristin ler. «Det finnes ingen gode feer i forskningen.»

Jeg forteller dem om Q. Om Thomasevangeliet.

Etterpå snakker vi mest om gamle dager. Om oss selv. Selv for fagfolk kan teoriene mine bli litt for mye av det gode. Jeg forlater dem idet Kristin begynner på middagen. Lever i fløtesaus. Velbekomme.

4

POLITIMANNEN ER HØY, MAGER, OG FYLT AV innbitt mistenksomhet. Han har gusten hud og svakt bulende øyne, som om han er blitt trukket litt for raskt opp fra dypet og inn på land. En ulke. Når han ser på meg, tenker jeg at øynene hans neppe går glipp av særlig mye, selv ikke når de er lukket. Leppene er stramme, myndige. Men hver gang han sier noe, skjer det med en eunukks pipende stemme, hvilket forklarer hvorfor han jobber på krimmen og ikke ute på gaten blant skumle banditter. Han har med seg en stor, sort attachéveske og en ivrig betjent som i to minutter har stått og børstet døren min med en makeup-pensel.

Da jeg anmeldte innbruddet, tok jeg meg den frihet å antyde at jeg representerer Universitetet i Oslo. Og at innbruddet kan ha sammenheng med en kulturminneforbrytelse som avisene sikkert vil fatte interesse for. Slikt pleier å hjelpe. Jeg hadde ikke engang rukket å henge fra meg vindjakken før de ringte på døren. Som om de hadde sittet i en bil og ventet på meg.

Unnvikende, fordi politimannen er typen til forhastet å tolke hypotesene mine som paranoide konspirasjonsteorier, forklarer jeg at tyvene kan ha trodd at harddisken på hjemmedatamaskinen min inneholder opplysninger om funnet av et over åtte hundre år gammelt gullskrin.

Politimannen plystrer. Åtte hundre år høres gammelt ut, og for ham er alt som er gammelt dyrt, ihvertfall hvis det er veldig gammelt, som åtte hundre år, og attpåtil av gull.

«Du sier ikke det,» sier han. Det høres ikke ut som om han tror jeg snakker sant. «Kan du si mer om dette skrinet?»

Vagt, fordi jeg ikke vil røpe for mye samtidig som jeg vil at han skal tro meg, forteller jeg om utgravningen i Østfold. Han lytter oppmerksomt. Han tar frem et skjema som han fyller ut med kulepenn. Han er grundig. Skjønnskriften ville fremdeles ha påkalt norsklærerinnens ros. Ett for ett gjennomgår han punktene sine. Stiller presise spørsmål. Hver gang han skotter opp på meg, føler jeg meg som en fasit full av feil.

«Hva er din funksjon på Værne kloster?» spør han.

«Jeg er kontrollør. Utgravningen blir ledet av en engelsk professor i arkeologi. Jeg er norske fornminnemyndigheters representant. Du vet, formalia er viktig,» tilføyer jeg i et forsøk på å vinne ham over på min side. Samtidig slår det meg at det ikke er jeg som har fortalt ham at det er på Værne kloster utgravningen foregår.

«Er det andre enn deg som har nøkkel til leiligheten?» spør betjenten med makeup-penselen.

«Min mor,» sier jeg og tenker: og min stefar.

«Døren er ikke brutt opp,» sier han.

«Dette skrinet,» piper sjefen, «er det i seg selv verdifullt?»

«Meget.»

«Hvor er det nå?»

Jeg nøler. Fordi han er politimann er det en mental refleks å fortelle sannheten. Men noe holder meg igjen.

«I Universitetets hvelv,» lyver jeg.

«Jaså?» Han stikker underkjeven frem og suger inn luft mellom tennene og overleppen med en surklende lyd. Så puster han ut, og det må skyldes innbilning at ånden hans lukter av tang og tare.

«Forklar meg,» sier han, «hvorfor du tror at det var på grunn av dette gullskrinet at noen brøt seg inn i din private blokkleilighet?»

Han er en dyktig politimann. De kan være plagsomme. De stiller vanskelige spørsmål. Især hvis du har noe å skjule. Jeg har forlengst angret på at jeg tilkalte politiet. Som om de kan gjøre noe fra eller til. Annet enn å forsure tilværelsen min. Og forulempe meg med vemmelige spørsmål. Og sørge for at skrinet havner i hender der det minst av alt hører hjemme.

Jeg sier at innbruddet er et mysterium for meg og spør om de vil ha en kopp kaffe. De vil ikke det.

«Finnes det utenforstående som kjenner til funnet?» spør han.

«Ikke som jeg vet. Vi fant skrinet i går.»

«Og det ble umiddelbart låst inne i Universitetets hvelv?»

Jeg nikker så umerkelig at det knapt er for løgn å regne.

«Av deg?» spør han.

Noe forvirrer meg. Jeg har anmeldt et innbrudd. Her i leiligheten. Men det er bare skrinet som interesserer ham.

«Nei,» sier jeg, «ikke av meg.»

«Av hvem?»

«Spiller det noen rolle? Innbruddet skjedde her. Ikke i hvelvet. Skrinet er trygt.»

«*Skrinet er trygt,*» gjentar han og imiterer meg, stemmen min, tonen, så forbilledlig at jeg tenker at denne mannen kunne ha stått på en scene hvis ikke justisvesenet hadde lenket sine håndjern til ham. Tankefullt, distré, presser pipestemmen toppen på kulepennen mot haken og klikker pennespissen ut og inn. «Hvis jeg oppfatter deg riktig, mener du altså at innbruddet har med gullskrinet å gjøre?»

84

«Det finnes krefter som vil gå langt for å stjele det.»

«Hvilke krefter?»

«Jeg vet ikke. Internasjonale svartebørshandlere? Kunstsamlere? Korrupte forskere?»

«Men dette er det vel ingen fare for så lenge skrinet befinner seg trygt i Universitetets hvelv, ikke sant?» Han ser utfordrende på meg.

«Det finnes iallfall ingen annen logisk grunn til å stjele harddisken min,» svarer jeg.

«Fordi du hadde lagret data om skrinet på disken?»

«Nei! Men de må ha trodd det. Jeg ser ingen annen forklaring.»

Han klikker kulepennen fortere. «Hva mener du?»

Jeg sier: «De må ha trodd jeg hadde data om skrinet på datamaskinen min. Og de må ha trodd at filene lå godt skjult. Slik at de ville trenge tid for å finne dem. Jeg kan ikke se noen annen grunn til at harddisken er stjålet.»

«Hvorfor stjal de bare harddisken?»

«Det bør du vel spørre tyvene om?»

«Men hva tror du?»

«Kanskje de håpet at jeg ikke ville oppdage tyveriet?»

«Hadde du noe annet på disken som kan ha interessert kriminelle?»

«Diktene mine?»

«Eller bilder av søte, avkledde små barn på stranden?» Stemmen hans drypper sukkersøtt. Han er av dem som alltid tror det verste om oss som ser annerledes ut. Jævla ulke! Jeg får lyst til å tappe alt vannet ut av det algegrønne akvariet der han uten tvil tilbringer sine lange, ensomme netter.

«Jeg trodde jeg hadde ringt dere om et innbrudd,» sier jeg syrlig, «og ante ikke at jeg etterforskes for datapedofili.»

«Politiet har mottatt en anmeldelse mot deg,» sier han og lar fiskeøynene hvile dorskt på ansiktet mitt for å lodde reaksjonen.

Først er jeg lamslått. Så rister jeg vantro på hodet. «Har noen anmeldt meg? Meg?»

«Som jeg sa.»

«For pedofili? Eller formidling av dataporno?»

«Nei, du misforstår,» sier han. «For tyveriet av gullskrinet.»

Det ringer på døren. Intenst. Som om noen forsøker å trykke tommeltotten og ringeklokken gjennom veggen. Vi ser fort på hverandre. Jeg går og åpner.

Ute i korridoren står professor Graham Llyleworth. Sammen med min gamle følgesvenn King Kong.

Først sier de ingenting. De stirrer bare olmt på meg.

«Din kødd! Hvor er det?» utbryter professor Llyleworth.

Det er ikke et spørsmål. Det er en befaling.

«Kom inn, kom inn! Vær så snill, stå ikke utenfor og frys!»

Tvilrådige over min påtatte velvilje stiger de inn i entreen. Llyleworth først, King Kong enda mer nølende, som om han avventer Llyleworths neste ordre. Som trolig er å knekke fingrene mine og nappe ut neglene, en for en, til jeg gir dem skrinet.

Så får de øye på de to politimennene.

«Onkel politi,» sier jeg blidt og oversetter: *«Uncle police!»* Simultantolken Bjørn.

Politimennene mønstrer dem likegyldig. Inntil jeg forteller hvem Llyleworth er.

«Så du er professor Graham Llyleworth,» sier pipestemmen på forbilledlig engelsk og rekker frem hånden. «En glede å hilse på deg.»

«My pleasure,» sier Llyleworth og trykker hånden hans.

Jeg forsøker å unngå å måpe, men jeg vet ikke om jeg lykkes.

«Har dere kommet noen vei med ham?» spør professor Llyleworth.

Politimannen ser fra professoren til meg og tilbake igjen. «Han påstår skrinet befinner seg i et hvelv på Universitetet.»

Professor Llyleworth rynker pannen. «Nei jaså, påstår han det?»

«Hva er det som foregår?» spør jeg, selv om jeg aner svaret.

«Du har stjålet skrinet,» sier professoren.

«Hør her,» sier jeg henvendt til politimannen, «de hadde tenkt å føre det ut av landet! Uten tillatelse. De hadde tenkt å stjele det!»

Det oppstår en kort stillhet.

«Såvidt jeg forstår,» sier politimannen langsomt, «leder professor Graham Llyleworth utgravningen på Værne kloster?»

«Jo.»

«Ville det ikke være påfallende om han selv akter å stjele det han finner?»

«Det er nettopp det han –»

«Vent!» Politimannen trekker frem et av dokumentene som jeg har sett en kopi av hos Caspar. «Dette er Riksantikvarens tillatelse –»

«Du forstår ikke!» avbryter jeg. «Vi lette etter en rundborg. Les søknaden! De søkte om tillatelse til å finne en rundborg. De sa aldri noe om at det var meningen å finne et gullskrin!»

Politimannen skakker på hodet. «Så arkeologer vet på forhånd hva de leter etter og hva de vil finne?»

«Nei! Ikke på den måten! Men det var skrinet professoren egentlig lette etter! Hele tiden! Gullskrinet! Rundborgen var en bløff! Han ville finne skrinet og ta det med ut av landet! Skjønner du ikke? Rundborgen er en dekkoperasjon!»

Politimannen sier ingenting. Llyleworth prøver ikke å protestere.

Tausheten er effektiv. Jeg hører selv den hysteriske etterklangen av ordene mine.

«Mine herrer,» sier Llyleworth på sitt mest elskverdige og professorale, «unnskyld meg, kan jeg få et ord med dere?»

Han fører de to politimennene inn på kjøkkenet. Gjennom glassdøren ser jeg at Llyleworth stikker til dem sitt visittkort. Det er bitte lite, men den lange remsen med akademiske titler veier et tonn i politimennenes labber.

Llyleworth forklarer noe. Politimennene lytter andektig. Pipestemmen ser på meg med fiskeøynene sine. Munnen hans åpner og lukker seg lydløst.

Etter en stund kommer de ut igjen. Llyleworth vinker på King Kong, som lusker etter ham som om han lokket med en klase bananer.

«Jeg ville ha insistert på en husransakelse,» sier professoren til meg, «men du er neppe så tankeløs at skrinet befinner seg her i leiligheten.»

«Det vet du bare fordi guttene dine ville ha funnet det da de gjennomsøkte den,» sier jeg.

«Så du vedgår at skrinet er i din besittelse?» spør politimannen.

«Jeg vedgår ikke noe som helst,» sier jeg.

«Vi tar kontakt,» sier Llyleworth – jeg vet ikke om ordene er rettet til meg eller politiet – og trekker King Kong med seg ut.

«Vel, vel, vel,» sier pipestemmen og legger skjemaet sitt i attachévesken.

«Hva fortalte professoren?» spør jeg.

Han bare ser på meg. Som om jeg er en stakkar med problemer. Hvilket jeg forsåvidt er.

De går ut i entreen.

«Beltø,» sier han og kremter, «politiet har all grunn til å tro at skrinet befinner seg i din varetekt.»

«Er det et spørsmål? Eller en anklage?»

«Jeg vil råde deg til å samarbeide med oss.»

«Jeg gjør hva det skal være for å redde gullskrinet fra tjuvradder,» sier jeg.

Han grunner noen sekunder på svaret mitt.

«Hva skjer videre?» spør jeg.

«På grunn av sakens spesielle karakter, må jeg konferere med mine overordnede før vi går videre med etterforskningen og vurderer siktelse.»

«Og hva med innbruddet?»

«Hvis det i det hele tatt var noe innbrudd.»

«Henlagt etter bevisets stilling?» foreslår jeg.

«Du vil få høre fra oss.» Det lyder som en standardreplikk elevene har øvet inn foran speilet i klasserommet på Politihøgskolen. En løgn så utbredt og gjennomskuelig at den knapt kan regnes som en løgn, men mer som en frase på linje med «jeg ringer en av dagene» eller «nå må vi gjøre alvor av å treffes».

Jeg åpner døren for dem og blir stående i døråpningen til heisen er på vei ned. Fra balkongen følger jeg dem med blikket der de går mot bilen sin. Fra Rogerns leilighet nedenunder strømmer drønnende bassrytmer.

En forbrytelse krever et lovbrudd, et offer. I dette tilfellet finnes ingen av delene.

Jeg er fanget i en innhegning av kontradiksjoner. Jeg forsøker å forhindre en forbrytelse som, både i strafferettslig og praktisk henseende, ikke er begått. En forbrytelse som ikke har noe offer. En forbrytelse som, strengt tatt, ikke går ut over noen som helst. Det eneste som rettferdiggjør min inngripen, er Lov om kulturminner. En teknikalitet, en samling slumrende paragrafer. Ingen eier gullskrinet. I åtte hundre år har det ligget i jorden, lik en uoppdaget diamant dypt nede i en bergsprekk, lik en bortgjemt gullåre. Skrinet kunne ha ligget der i åtte hundre år til hvis ikke professor Llyleworth hadde visst hvor han skulle grave.

Ironisk nok er det jeg som er lovbryteren.

5

KVELDEN ER LYS OG MILD OG FYLT AV STILLE LYKKE. Over blankmispelhekkene henger skyer av ørsmå mygg. Fra vannspderne driver lett yr. Jeg parkerer Bolla over et paradis av kritt, i skyggen under en løvkuppel. Gjennom det åpne soltaket inhalerer jeg duftene av nyslått gress og grillmat og skumring.

Jeg spaserer opp en smal stikkvei og åpner en smijernsport som noen burde ha smurt hengslene på. Grusen knaser under føttene mine. Jeg går opp skifertrappen. Dørklokken kimer *dang-dong* med en dyp og verdig klang, som i en middelalderkatedral. Det tar en stund før han åpner. Jeg kikker på klokken. Snart syv. Han har vel mange ballsaler å passere.

Han har på seg en slåbrok med monogram på brystlommen. Det grå håret er vannkjemmet. I hånden har han et glass konjakk. Han sier ikke et ord. Han betrakter meg forbløffet.

Han vet det. Jeg ser det på blikket hans. Han vet om skrinet. Og om alt som har skjedd.

«Bjørn?» utbryter han omsider. Som om han nettopp kom på hvem jeg er.

«Yes Sir! Her har du meg.»

Av en eller annen grunn føler jeg meg som et forsinket bud eller en ulydig tjener. Jeg sier: «Jeg må snakke med deg.»

Han slipper meg inn. Ånden hans lukter av Martell. Han lukker døren bak meg. Og låser.

Jeg har aldri truffet instituttdirektør Frank Viestads hustru, men jeg har ofte snakket med henne i telefonen. Hun høres alltid ut til å være på randen av hysteri. Selv om det bare er middagen hun ringer om. Nå står hun midt på løperen i hallen, spent, med hendene foldet over bysten. Hun er femogtyve år yngre enn ham og fortsatt en vakker kvinne. Det slutter ikke å forbløffe meg hvordan begavede og attraktive studenter faller for sine grånende læremestre. Skjønt jeg burde være den siste til å dømme.

Hvordan får hun dagene til å gå i det hvite huset i den store haven? Blikkene våre kleber seg sammen et sekund eller to, og det er all den tid jeg behøver for å trenge inn i hennes verden av anger og kjedsomhet og forbitrelse. Jeg smiler høflig til henne mens Viestad fører meg forbi. Hun smiler tilbake. Det er et smil som lett kunne få meg til å tro at hun synes om meg.

På veggene henger grafikk av Espolin Johnson og farvesprakende akvareller med uleselige signaturer. Vi går forbi en liten stue som Viestad pleier å referere til som biblioteket. Det klirrer blidt i en lysekrone.

Hjemmekontoret hans er akkurat slik jeg har forestilt meg det. Overfylte bokhyller. Mahogniskrivebord. Brune pappesker og gjennomsiktige plastposer med artefakter. En globus. Der hvor det engang må ha stått et treskeverk av en sort Remington skrivemaskin, har han ryddet plass til en snerten iMac hjemmedatamaskin.

«Min hule,» sier han sjenert.

Gjennom vinduet har han utsikt til eplehaven og over mot naboen, som ser ut som om han heter Preben og som med et flir gir fanden i astmatikere og drivhuseffekten der han dynger løv på et bål med bråte.

Direktør Viestad trekker frem en høyrygget dragestol der jeg tar plass. Selv setter han seg bak skrivebordet.

«Du vet vel hvorfor jeg er her,» sier jeg.

Jeg ser på ham at jeg har rett. Direktør Viestad har aldri vært noen god skuespiller. Til gjengjeld regnes han som en god og populær instituttbestyrer. Han er ryddig, ansvarsbevisst, lojal. Og han respekterer studentene.

«Hvor har du gjemt skrinet, Bjørn?»

«Hva vet du om det?»

«Praktisk talt ingenting.»

Jeg mønstrer ham.

«Det er sant. Ingenting!» gjentar han.

«Hvorfor spør du etter det, da?»

«Du stjal det fra din fars kontor.»

Han har alltid kalt professor Arntzen for min far. Selv om jeg har bedt ham å la være.

«Det er et høyst åpent spørsmål hvem som stjal det,» sier jeg.

Han lener hodet bakover. «Bjørn, du er nødt til å levere det tilbake.»

«Dessuten er han ikke min far.»

Øynene hans får et trett drag. «Konjakk?» spør han.

«Jeg kjører.»

Han henter en flaske med eplemost og et glass, skjenker i til meg og går tilbake til stolen sin. Viestad lener seg tilbake og masserer øyekrokene med fingertuppene. Han hever konjakk-glasset i min retning. Vi skåler.

Han sier: «Da jeg var ny på universitetet, lærte jeg snart at visse ting nyttet det ikke å kjempe imot. Vindmøller, vet du. Akademiske krefter og sannheter. Vitenskapelige dogmer. Jeg trengte ikke forstå. Jeg trengte ikke like det. Men jeg innså at visse ting er større enn meg selv. Visse ting er større enn du aner.»

Jeg er usikker på hvor han vil hen.

«Tror du på Gud?» spør han.

«Nei.»

Svaret kommer bardus på ham. «Likefullt. Du kan sikkert forstå at den kristne tror på Gud uten å fatte Hans allmektighet.»

Samtalen har tatt en kurs som forvirrer meg. Jeg spør: «Forsøker du å fortelle meg at dette har noe å gjøre med myten om *The Shrine of Sacred Secrets*? Eller Q-manuskriptet?»

Spørsmålet virker på ham som en elektronisk impuls inn i hjernen. Han retter seg opp i stolen. «Hør på meg,» sier han, «denne historien er ikke så enkel som du tror. Har du noengang lagt et sånt Ravensburger-puslespill med fem tusen brikker? Med bilde av en skog og en borg og blå himmel? Akkurat nå vet du nok til å sette sammen tre brikker. Men det er fortsatt 4997 brikker igjen før du ser helheten, før du har overblikk.»

Jeg stirrer på ham. De rødskimrende øynene mine har av og til en svakt hypnotisk virkning. Slik at mennesker sier mer enn de hadde tenkt.

Han fortsetter: «Ja, den gamle myten om helgenskrinet er en del av helheten. Og ja, oktogonen er en del av helheten.»

«Hvilken helhet?»

«Jeg vet ikke.»

«De har brutt seg inn hos meg. Visste du ikke det heller?»

«Nei. Det visste jeg ikke. Men skrinet er viktig for dem, må du forstå. Viktigere enn du aner.»

«Jeg lurer bare på hvorfor.»

«Det kan jeg ikke si deg.»

«Fordi du ikke vet? Eller fordi du ikke vil?»

«Begge deler. Bjørn. Det lille jeg vet, har jeg avlagt en ed på aldri å røpe.»

Jeg kjenner ham godt nok til å vite at en ed er noe han tar svært alvorlig.

Utenfor, et sted i nabolaget, stilner en elektrisk gressklipper. Først nå, da støyen er borte, blir jeg oppmerksom på den. Straks begynner stillheten å ese og fylle rommet.

«Men jeg kan si deg dette,» fortsetter han, «at du må levere skrinet fra deg. Du må! Gjerne til meg. Til din far. Eller til professor Llyleworth. Det vil ikke skje noe. Ingen reprimande. Ingen anmerkning. Ingen anmeldelse. Det lover jeg.»

«Jeg *er* anmeldt.»

«Allerede?»

«Å jada. Politiet har vært hjemme hos meg og snoket.»

«Skrinet er meget verdifullt.»

«Men jeg er ikke noen skurk.»

«Det er ikke de heller.»

«De har brutt seg inn hos meg.»

«Og du har stjålet skrinet.»

Deuce.

«Hvorfor ga du dem tillatelsen? Til utgravningen?» spør jeg.

«Strengt tatt var det Riksantikvaren som ga tillatelsen. Vi var bare høringsinstans.»

«Men hvorfor fikk de lov?»

«Bjørn...» Han sukker. «Vi snakker om SIS. Michael Mac-Mullin. Graham Llyleworth. Skulle vi sagt nei til verdens fremste arkeologer?»

«Kjenner du Llyleworth godt?»

«Jeg har kjent ham noen år.» Stemmen hans antyder noe mer. «Det virker som om du driver den reneste etterforskningen?»

«Jeg trenger ikke anstrenge meg så veldig. Alle vet visst litt. Hvis jeg snakker med mange nok, vil jeg kanskje skjønne hva dette dreier seg om.»

Han humrer. «Det er vel ingen tilfeldighet at ordene 'forskning' og 'etterforskning' nesten er identiske. Hvem har du snakket med så langt?»

«Blant andre Grethe.»

«Hun vet hva hun snakker om!»

«Hva mener du?»

«Hun var svært aktiv i Oxford. På så mange måter.» Han skotter fort på meg. «Hun var med som gjesteforeleser og veileder da din far, din egentlige far, skrev sin avhandling sammen med Llyleworth og Charles DeWitt.» Han skutter på seg. Med blikket følger han en flue i taket.

«Det er et norsk funn,» sier jeg. «Hva enn det er inni skrinet, hvor enn det stammer fra, så er og blir det et norsk funn. Som hører hjemme i Norge.»

Viestad trekker pusten. «Du er som en illsint liten terrier, Bjørn. Som bjeffer mot en bulldoser. Som ikke fatter hva du tar opp kampen mot.»

«Voff.»

Han smiler. «Slik en ungdommelig, selvrettferdig harme! Men du kjenner ikke helheten.»

«Jeg kjenner iallfall Lov om kulturminner! Som forbyr utførsel av norske arkeologiske artefakter.»

«Det trenger du ikke fortelle meg. Visste du ikke at jeg deltok i saksbehandlingen forut for Stortingets lovbehandling? Jeg kjenner hver eneste paragraf i detalj.»

«Da burde du vite at det Llyleworth forsøkte seg på, er i strid med norsk lov.»

«Det er ikke fullt så enkelt. Det er tilfeldig at skrinet ble funnet her i landet. Skrinet er ikke norsk.»

«Hvordan forklarer du dét?»

«Kan du ikke bare stole på meg? Og gi skrinet til din far?»

«Arntzen er ikke min far!»

«Til Llyleworth, da.»

«Professor Llyleworth er en kødd!»

«Og hva med meg? Hva er jeg?»

«Jeg vet ikke. Jeg vet ikke hva jeg skal tro om noen lenger. Hva er du?»

«En brikke.» Viestad banker knokene mot bordflaten. «Jeg er bare en brikke. Vi er alle brikker. Ubetydelige brikker.»

«I hvilket spill?»

Han fyller konjakkglasset sitt. Jeg ser nå, for første gang på alle de årene vi har arbeidet sammen, hvorfor så mange av hans unge kvinnelige studenter faller for ham. Når det bistre, livstrette draget viker, ser han ut som en ubestemmelig amerikansk filmstjerne fra mellomkrigstiden. Haken er kraftig. Kinnbena høye. Øyenbrynene buer seg som to farveløse regnbuer på pannen. Med mørke øyne ser han dypt inn i meg.

«Ikke et spill for deg og meg, Bjørn,» sier han.

Hans plutselige fortrolighet gjør meg forlegen. Jeg later som om jeg hoster.

«Jeg har noen spørsmål,» sier jeg.

Han tier, kikker spørrende på meg. «Jaha?»

«Hvordan visste professor Llyleworth hvor han skulle grave for å finne oktogonen?»

«Man kom over et kart. Eller nye opplysninger.»

«Hvorfor påsto han at vi lette etter en rundborg?»

«Dere gjorde dét også. Den ble anlagt rundt 970.»

«Men det var oktogonen vi lette etter?»

«Ja.»

«Og Llyleworth visste at det lå skjult et skrin i den?»

«Formodentlig.»

«Visste du at skrinet er av gull?»

Reaksjonen hans forteller meg at han ikke visste dét.

«Hva vet du om Rennes-le-Château?» spør jeg.

Han virker oppriktig forbauset. «Ikke så meget. En fransk fjellandsby der funnet av noen angivelige pergamenter har vakt pseudovitenskapelig interesse.»

«Så du vet ingenting om en historisk skatt?»

Ansiktsuttrykket hans blir mer og mer forvirret. «Skatt? Mener du i Rennes-le-Château? Eller på Værne kloster?»

«Vet Llyleworth hva som er i skrinet?»

«Du spør og spør. Men du må forstå at jeg er en enda mindre brikke enn de andre. Jeg er den blå brikken øverst til høyre i puslespillet. Den som bare er der for å fylle ut bildet av himmelen.» Kneggende lener han seg frem over skrivebordet. «Bjørn,» sier han lavt, og så ringer telefonen. Han tar av røret med et kort 'ja'. Resten av samtalen fører han på engelsk. Nei, han vet ikke. Så sier han *yes* flere ganger, og i øynene hans aner jeg at ett av disse *yes*'ene er svar på et spørsmål om jeg ikke tilfeldigvis befinner meg hos ham akkurat nå. Han legger på. Jeg reiser meg.

«Skal du gå allerede?» spør han.

«Jeg forsto det slik at du får gjester,» sier jeg.

Han går rundt skrivebordet og legger en hånd på skulderen min. «Stol på meg. Gi skrinet fra deg. De er ingen skurker. De er ikke onde. De har sine grunner. Tro du meg. De har sine grunner. Men dette er ikke et spill for sånne som oss.»

«Sånne som oss?»

«Sånne som oss, Bjørn.»

Han følger meg ut i entreen, hele tiden med hånden på skulderen min. Kanskje han overveier å holde meg tilbake med makt. Men da jeg skubber vekk hånden, gjør han ingen motstand. Han står i døråpningen og ser etter meg mens jeg haster ut.

Bak en gardin i et vindu i annen etasje – jeg er overbevist om at det må være soverommet – vinker hans kone. På vei ned til Bolla fabler jeg om at hun vinket på meg og ikke til meg. Jeg har ikke bestandig et like godt grep på virkeligheten.

6

ET HVITT ROM PÅ FIRE GANGER TRE METER. En seng. Et bord. Et skap. Et vindu. En dør. I seks måneder var det min verden.

Den første tiden på klinikken rokket jeg meg ikke utenfor rommet. I lange perioder satt jeg i sengen eller på gulvet og vugget, med ansiktet mellom bena og armene over hodet. Orket ikke møte blikkene til sykepleierne som kom med medisiner i små, gjennomsiktige plastkopper. Når de strøk meg over håret, foldet jeg meg sammen som en sjøanemone.

Hver dag, til samme klokkeslett, bragte de meg til doktor Wang. Han satt på en stol og snakket klokt. Jeg så aldri på ham. Det gikk fire uker før jeg gløttet opp og så ham inn i øynene. Likevel satt han og snakket. Jeg lyttet.

Etter fem uker avbrøt jeg ham. Hva feiler det meg? spurte jeg.

En må søke tilbake til sin barndom, pleide han å si.

Veldig originalt.

I barndommen formes du som menneske, sa han. Da eltes følelseslivet på plass i hjernen.

Jeg var et lykkelig barn, svarte jeg.

Alltid? spurte doktor Wang.

Jeg fortalte at jeg vokste opp som en forkjælet prins i et palass av purpur og silke.

Skjedde det aldri noe vondt? spurte han.

Aldri, løy jeg.

Slo de deg? spurte han.

Misbrukte de deg? spurte han.

Ble du utnyttet seksuelt? spurte han.

Stengte de deg inne i mørke rom?

Sa de slemme ting til deg?

Plaget de deg?

Gnål, gnål, gnål –

Utenfor kontoret hans, på veggen i korridoren, hang en klokke. Tidens tyranni. All verdens klokker lenker seg sammen i en tikkende kollektiv enighet. Men denne klokken var annerledes. Det var en slik som ble fjernstyrt med radiobølger fra et atomur nede i Hamburg. I timevis kunne jeg følge sekundviserens sveveflukt over urskiven.

På forsommeren i år oppsøkte jeg doktor Wang igjen. Jeg ønsket hjelp med å bearbeide noen minner som hadde kommet luskende i ly av natten. Omstendighetene rundt pappas dødsfall. Alle de små pussighetene som jeg ikke riktig forsto meg på som barn. Hver lille episode er en tråd i en floket vev. Doktoren var glad for at jeg endelig fortalte om det som skjedde den sommeren da pappa døde. Noe måtte ha løsnet i meg.

Han sa han forsto mer nå. Fint for deg, sa jeg til ham.

Det var doktor Wang som rådet meg til å skrive ned minnene. Alt blir mer virkelig på den måten, sa han. Du ser klarere, som om du reiser tilbake i tiden og gjenopplever alt sammen.

Javel, sa jeg. Og skrev.

7

DA JEG VAR BARN, OG NOEN KALTE MEG blekansikt eller kastet en murstein i hodet på meg, var det mamma jeg søkte tilflukt hos.

Jeg parkerer Bolla på de rustrøde belegningssteinene i oppkjørselen. Varmt lys og Prokofievs *Romeo og Juliet* strømmer ut gjennom det åpne stuevinduet. Jeg skimter mamma idet hun titter ut. En fe i stråleglansen.

Det vil være urettferdig av meg å påstå at mamma har forsøkt å glemme eller fortrenge meg. Men hennes kjærlighet er erstattet med en fjern, omtenksom omsorg. Hun får meg til å føle meg som en kjær slektning på ferie i gamlelandet.

Hun står i døren da jeg kommer opp trappen. «Du er sen,» sier hun. Stemmen har den runde klangen som forteller at det er kveld, og at hun har gått og pimpet hele dagen og etterfylt med små drinker etter at professoren kom hjem.

«Jeg hadde en del ting å ordne.»

«Du vet at vi alltid spiser middag halv åtte!»

«Mamma, har professor Arntzen noengang nevnt ordet Q-manuskriptet for deg?»

«*Trygve*!» retter hun meg blidt. Hennes tålmodighet kjenner ingen grenser i forsøket på å føre oss nærmere sammen.

«Q-manuskriptet?» gjentar jeg.

«Gi deg! Hvilken ku?» kniser hun.

Vi går inn. Professoren har strammet munnvikene i et nyfrelst glis som han i tyve år har trodd vil få meg til å godta ham som min nye pappa og mammas trofaste venn og hengivne elsker.

«Bjørn!» sier han. Kaldt, avvisende. Mens han fortsatt smiler for å glede mamma.

Selv sier jeg ingenting.

«Hvor er det?» sier han mellom sammenbitte tenner.

«Gutter,» skingrer mamma, «er dere sultne?»

Vi fortsetter inn i stuen; en oase av dype tepper og myke sofaer og fløyelstapeter og vitrinskap og lysekroner som skjelver muntert i sommerbrisen. Midt på gulvet ligger et persisk teppe som det er forbudt å tråkke på. Dobbeltdøren mellom stuen og spisestuen er slått opp. På spisebordet funkler det i stearinlys på flerarmede lysestaker og i tre håndmalte porselenstallerkner. Fra kjøkkenet hører jeg en hund som krafser seg på bena, den er halvt døv og har omsider oppfattet at det er kommet fremmede til gards. Jeg hører hvordan halen dasker ivrig mot kjøkkenbenken.

«Hvor er Steffen?» spør jeg.

«På kino,» sier mamma. «Sammen med en pike. En aldeles nydelig pike.» Hun fniser. «Ikke spør meg hvem hun er. Han har en ny pike hver måned.» Hun sier det kokett, stolt, som for å understreke at dét var en glede jeg aldri skjenket henne. Til gjengjeld fikk jeg heller aldri Aids eller væskende kjønnsvorter.

Jeg har aldri hatt noe hjertelig forhold til halvbroren min. Han er en fremmed. I likhet med sin far har han overtatt mammaen min. Og etterlatt meg ute på trammen, i kulden.

Professoren og jeg setter oss. Vi har faste plasser her i huset.

Han og mamma ved hver sin bordende, jeg midt på langsiden. Et ritual.

Da mamma åpner kjøkkendøren og blir borte blant grytene sine, tasser professorens vorsteher ut. Den er fjorten år gammel og heter Breuer. Eller Brøyer. Jeg har aldri brydd meg med å spørre. Hunder får de tåpeligste navn. Den ser på meg og logrer. Så stilner halen. Den lærer meg aldri å kjenne. Eller så gir den faen. Likegyldigheten er gjensidig. Den faller sammen midt på gulvet, som om noen har nappet ut en ståltråd i ryggraden på den. Den sikler. Den ser på meg med sine lidende øyne. Det renner verk fra dem. Jeg fatter ikke at det er mulig å elske en hund.

«Du må levere skrinet tilbake!» sier professoren. Han hvisker innbitt. «Du vet ikke hva du gjør!»

«Dere ba meg passe på.»

«Nettopp!»

«Professor,» sier jeg på mitt mest iskalde, hvilket er ganske iskaldt, «det er akkurat det jeg gjør.»

Mamma kommer ut med steken før hun piler tilbake på kjøkkenet og henter poteter og saus og til slutt formen med ostegratinerte poteter og brokkoli til meg.

«Ikke skyld på meg om maten er kald,» sier hun muntert bebreidende. Hun ser fra meg til professoren. «Hva var det du lurte på om Trygve og en ku?»

Professoren skotter forundret på meg.

«En misforståelse,» sier jeg.

Mamma feiret femtiårsdagen sin i fjor, men en skulle tro hun bare er noen år eldre enn meg. Steffen var heldig som arvet trekkene hennes og ikke professorens.

Professoren skjærer opp steken mens mamma skjenker i vin til dem og lettøl til meg. Jeg forsyner meg av brokkoliformen. Mamma har aldri skjønt hvorfor jeg valgte å bli vegetarianer. Men hun er flink til å lage grønnsaksretter.

Hunden stirrer på meg. Den har en halv meter lang, våt tunge som den har rullet ut på teppet.

Professoren forteller en vits jeg har hørt før. Han ler pliktskyldigst av sin egen vittighet. Jeg fatter ikke hvorfor mamma valgte å flette sitt liv og sine lemmer i hans. Det er slike tanker som av og til forpester manerene mine.

«Har du vært på graven i dag?» spør jeg mamma.

Blikket hennes streifer professoren. Der finner hun ingen nødhavn. Han deler en potet i to og skjærer en bit av kjøttet. Så putter han det i munnen og tygger. Hans evne til å late som ingenting har alltid imponert meg.

«Var ikke du der?» spør hun med tynn stemme.

Pappa ble begravet på en torsdag. Det var en uke etter ulykken. Gulvet rundt kisten var dekket med blomster og kranser. Jeg satt på første rad, mellom mamma og farmor. Hver gang jeg så opp på krusifikset på alterveggen, minnet det meg om hvor høyt pappa hang da han mistet taket. Foran kisten lå kranser med sørgebånd og hilsener. Kisten var hvit. Med forgylte håndtak. Pappa lå med hendene foldet. Øynene fredfullt lukket. I en evig søvn. Kroppen var innhyllet i silke. Og ellers maltraktert til det ugjenkjennelige. Med knust kranium. Med armer og ben som var knekt så mange steder at han var blitt myk og leddløs.

«Nydelig brokkoliform,» sier jeg.

Jeg trenger ikke si mer om graven. Ved å stille spørsmålet har jeg klart å minne dem begge på at det var et meningsløst dødsfall som førte dem sammen, og at det egentlig er en annen mann som skulle ha sittet ved mammas bord.

«Var den stelt? Graven?» spør mamma.

Jeg ser forbauset på henne. Spørsmålet har en underklang av sinne. Hun pleier aldri å ta igjen når jeg er ubehagelig.

«Jeg plantet noen liljer.»

«Du holder det mot meg at jeg aldri er der!»

Professoren kremter og flytter på grønnsakene sine.

Jeg er ganske flink til å spille uforstående. «Men mamma da!»

Mamma avskyr å besøke pappas grav. Jeg tror ikke hun har vært der siden begravelsen.

«Det er tyve år siden, Lillebjørn! Tyve år!» Hun stirrer på meg over bordet. Øynene er blanke av sinne og forurettet selvmedlidenhet. Fingrene lukker seg hardt rundt kniven og gaffelen. «Tyve år!» gjentar hun, og enda en gang: «Tyve år, Lillebjørn!»

Professoren hever rødvinglasset og drikker.

«Det er lang tid,» medgir jeg.

«Tyve år,» sier hun forsyne meg enda en gang.

For mamma er overdrivelser og selvmedlidenhet en kunst som må dyrkes og pleies.

Hunden hoster og kaster opp noe svineri som den straks og velbehagelig slikker i seg.

«Hender det at du tenker på ham?» spør jeg.

Det er ikke et spørsmål. Det er en ondskapsfull beskyldning. Jeg vet det. Hun vet det.

Professoren kremter og sier: «God saus, kjære. Virkelig god saus!»

Hun hører ham ikke. Hun ser på meg. «Ja,» sier hun stramt, det er kommet noe fremmed og innbitt over henne, «jeg tenker på ham.»

Mamma legger kniven og gaffelen på bordet. Hun bretter sammen servietten.

«Jeg vet nok hvilken dag det er,» sier hun forknytt. Hun bryter på nordnorsk. «Hvert år! Hver sommer! Ikke tro jeg har glemt hvilken dag det er.»

Hun reiser seg og forlater rommet.

Professoren vet ikke riktig om han skal følge etter henne eller kjefte på meg. Han burde vel ha gjort begge deler. Han blir sittende og tygge. Han ser på mammas tomme stol. Han ser på meg. Han ser ned i tallerkenen. Hele tiden tygger han.

«Du må levere det tilbake!» sier han.

Jeg snur meg mot hunden. Noe ved blikket mitt får den til å skakke på hodet og stramme ørene. Den klynker. Fra den halvåpne kjeften renner sikkel som lager en stygg flekk på det lyse teppet. Den reiser seg halvt opp. Og så promper den og går.

8

DET FØRSTE JEG LEGGER MERKE TIL DA JEG parkerer utenfor høyblokken, er den røde Range Roveren. Den er tom.

De må tro jeg er dum. Eller blind.

Det andre er Rogern. Han sitter og røyker oppå kassen med strøsand utenfor oppgangen.

Lyset fra leiligheten i første etasje treffer ham fra siden og lager skygger i ansiktet. Hadde jeg ikke kjent Rogern, hadde jeg knapt lagt merke til ham. I alle drabantbyer slenger gutter som Rogern omkring i nabolaget og kjeder vettet av seg. Med det lange håret og den krøllete Metallica-t-skjorten ser han ut som en hvilken som helst ungdomskriminell som bare venter på å nappe vesken fra en gammel dame med stokk og forføre datteren din på tretten. Men fordi Rogern aldri pleier å henge utenfor oppgangen, og fordi det er sent på kvelden, og fordi det står parkert en tom Range Rover utenfor blokken, gjør synet meg urolig.

Idet han får øye på meg, hopper han ned fra kassen. «Har'u gjester?» spør han og åpner døren til oppgangen for meg.

Jeg ser spørrende på ham.

Han trykker på heisknappen. «Folk i kåken din! Dem venter på'rei.»

Vi går av i niende etasje og låser oss inn hos Rogern. Jeg låner telefonen hans og ringer til meg selv. Telefonsvareren er slått av. Noen tar av røret og er taus.

«Bjørn?» spør jeg.

«Ja?» svarer en stemme.

Jeg legger på.

Rogern sitter i sofaen og ruller seg en røyk. «Dem kom for noen timer sia.»

Jeg dumper ned i en stol. «Takk for at du ventet på meg.»

Med gule fingertupper tvinner han sigaretten rundt og rundt. Han fukter limet på sigarettpapiret, snurrer røyken en siste gang mellom fingertuppene og tenner den.

«Jeg vet ikke hva jeg skal gjøre,» sier jeg.

«Ring snuten da vel?» foreslår Rogern og flirer.

Vi venter i vinduet til politibilen svinger av fra Ringveien og kjører opp til blokken vår.

Rogern blir igjen i leiligheten sin mens jeg møter politimennene i trappeoppgangen i tiende. De er unge, alvorlige, myndige. Og fra Sunnmøre. Jeg rekker dem nøkkelen og blir stående ute på gangen. Det er tydelig at Operasjonssentralen ikke har koplet nødtelefonen til etterforskningen som pågår mot meg. Det skjer vel først når noen på Krimmen blar igjennom loggen utpå morgenkvisten.

De kommer ut et par minutter senere.

Det er tre stykker av dem. Den ene er kraftig, med et stritt uttrykk i øynene. Min kompis King Kong.

Den andre er en forfinet herremann med dress og manikyrte negler.

Den tredje er professor Graham Llyleworth.

Alle tre bråstopper da de ser meg.

«De satt og ventet,» sier politimannen. «Inne i stuen. Kjenner du dem?» Tonen er forbauset, litegrann anklagende, som om det er min skyld at de befant seg i mitt hjem.

Jeg ser lenge på hver av mennene. Så rister jeg på hodet.

«De er engelske,» sier politimannen. Og venter på en forklaring han aldri vil få av meg.

Professor Llyleworths øyne er smale og dype. «Dette vil du angre!» snerrer han.

Politimennene skubber dem bort til heisen. Hardhendt. Selv om alle tre går med frivillig.

Så slår heisdøren igjen.

9

ET INSEKT SOM INNSER AT DET ER UMULIG Å unnslippe, folder bena sammen og spiller død. Av og til føler jeg den samme trangen.

Frykt og motgang har en lammende effekt. Hos meg inntrer, i dette øyeblikk, en ny og uventet reaksjon: Jeg blir sint. Jeg finner meg ikke i mer. Lik insektet akter jeg å spille død bare en kort stund. Så vil jeg kravle meg i ly bak et gresstrå og samle krefter og mot.

Jeg ser så lenge på Rogern at han blir brydd. «Får jeg overnatte hos deg?» spør jeg. Jeg er hverken modig eller dumdristig. De vil komme tilbake. Snart blir de utålmodige og gretne.

«Klart.»

«Jeg reiser utenlands en tur. I morgen tidlig.»

Rogern er ikke den som graver og spør.

Vi går ned til ham. Han spør om jeg er trett. Jeg er ikke trett. Jeg er lys våken. Han setter på en CD, det er Metallica, og han henter noen flasker med Mack-øl i kjøleskapet og tenner et sort stearinlys som oser av parafin. Sammen sitter vi og drikker pils og hører på Metallica og venter på demringen.

III

Elskeren

1

JEG ER EN MANN SOM APPELLERER MER TIL EN kvinnes instinkter enn til hennes drifter. I meg ser kvinner en fortapt sønn.

Da jeg var enogtyve, ba mamma meg om å komme på søndagsbesøk for å prate ut om noe. Vi var alene i det store huset. Professoren og halvbroren min var sendt ut på tur. Mamma hadde bakt småkaker og traktet te. Fra kjøkkenet sivet duften av stek og surkål. Og en osteform til meg. Mamma plasserte meg i sofaen og satte seg i en stol overfor meg. Hun la hendene i fanget og så på meg. På de rødsprengte øynene hennes skjønte jeg at hun hadde stivet seg opp hele formiddagen. Hun var ualminnelig pen. Jeg trodde hun skulle fortelle meg at legene hadde oppdaget en svulst og at hun hadde et halvt år igjen å leve.

Så spurte mamma om jeg var homofil.

Hun må ha grunnet på det lenge. For mamma var albinismen usynlig. Jeg tror aldri hun innså hvilket sosialt handikap det er for en rødøyd albino å konkurrere med brunbarkede gutter med blå øyne og kornblondt hår om pikenes gunst.

Jeg husker smilet av lettelse som kruset mammas ansikt da jeg forsikret henne at jeg var tiltrukket av piker. Jeg unnlot å tilføye at pikene i noe mindre grad var tiltrukket av meg.

Ofte lurer jeg på om det er jeg eller mamma som uforvarende trakk for skyvedøren mellom våre tilværelser. Etter at pappa døde, var det som om hun ikke ville vite av meg. Jeg følte meg som et verkende minne, et drivanker i livet hennes, og innordnet meg lydig rollen som den utstøtte, den patetiske stakkaren som ikke vil forstyrre der han ikke er ønsket. Noen vil sikkert mene jeg har vært urimelig mot henne. Forsøkte jeg noengang – én eneste gang – å plassere meg i mammas sted? Tenkte jeg noengang over hvordan livet hennes raknet og hvordan hun forsøkte å lappe det sammen ved hjelp av alkoholiserte forstillelser og kjærligheten til en mann som tok det han kunne få?

I London tar jeg inn på et hotell i Bayswater. Hadde det ikke vært for utsikten over Hyde Park, kunne hotellet like gjerne ha ligget i Ludwigstraße i München eller på Sunset Boulevard i Los Angeles. Jeg føler en viss sympati med konsertpianister og rockestjerner som etter fire måneder på turné ikke aner hvilket land de befinner seg i.

Rommet er smalt, med kremgule vegger og karakterløse reproduksjoner. Seng, stol, skrivebord med telefon og en perm med informasjon og blanke brevark. Barskap. TV. Skap med ensomme kleshengere. Bad med hvite fliser og små, innpakkede såpestykker som dufter hysterisk rent. Jeg har aldri vært her før, men det kjennes slik. Jeg har bodd på noen hoteller i mitt liv. Etter en tid blir de identiske. Det er slik enkelte menn har det med kvinner.

En håndfull kvinner har falt for meg – av nysgjerrighet, hengivenhet og medlidenhet, men felles for alle var at de ikke visste bedre. Ingen er blitt hos meg særlig lenge. Jeg er lett å like. Jeg er ikke helt lett å elske.

Det er en spesiell type kvinner som synes om meg. De er eldre enn meg. De har navn som Mariann og Nina og Karine og Vibeke og Charlotte. De er velutdannede og intelligente. Og en smule nevrotiske. Lektorer. Kulturkonsulenter. Bibliotekarer. Sosionomer. Oversykepleiere. Du kjenner typen. De har skulderveske og sjal og briller og renner over av omsorg og godhet for samfunnets tapere. Trollbundet stryker de fingertuppene over den kritthvite huden min, og så forteller de meg hva kvinner synes er deilig. Stakkåndet viser de meg hvordan vi skal gå frem. Som om jeg aldri har gjort det før. Jeg lar dem ikke tro noe annet.

En times tid ligger jeg på sengen på hotellet og slapper av etter reisen. Jeg har dusjet. Med hendene foldet over maven hviler jeg naken på det stramme, kjølige sengetøyet. Støyen fra Bayswater Road og hornmusikken fra Hyde Park veves sammen i en fremmedartet kakofoni som følger meg inn i drømmeland. Men jeg sover bare noen minutter.

2

«CHARLES WHO?»
    «Charles DeWitt!»
    De halvmåneformede brillene til kvinnen på forværelset har sklidd ned på nesetippen, og med et blikk hun har gravd frem fra fryseboksens mørkeste dyp, skuler hun opp på meg over brilleglassene. Seks ganger har navnet rikosjettert mellom oss. Vi er begge i ferd med å miste tålmodigheten. Hun er på min alder, men ser ti – tyve! – år eldre ut. Hestehalen er strammet så hardt at fjeset får et dratt preg, som om hun har vært gjennom flere mislykkede kosmetiske operasjoner hos en alkoholisert kirurg i Chelsea. Hun har på seg en rød, ettersittende drakt. Hun er den type kvinne jeg forestiller meg kan henfalle til sadomasochistiske leker i nattens mulm og mørke.
    «Er ikke Mr. DeWitt inne?» spør jeg høflig. Overfor rivjern av hennes kaliber hjelper bare overdreven høflighet og sarkasmer.
    «Jeg skal snakke tydelig, slik - at - du - forstår.» Hun beveger leppene som om jeg er døv. «Det - finnes - ingen - her - som - heter - Charles - DeWitt.»
    Opp fra lommen trekker jeg visittkortet jeg fant hos Grethe. Pappen er gulnet, skriften er sped, men teksten er ikke uleselig.
    Charles DeWitt, står det, London Geographical Association.
    Jeg rekker henne visittkortet. Hun tar det ikke imot, men stirrer uinteressert på hånden min.
    «Kan han ha sluttet?» spør jeg. «Før du begynte her?»
    På uttrykket hennes skjønner jeg umiddelbart at spørsmålet er en taktisk katastrofe. Bak sin blankpolerte skranke, i sitt panelte forværelse med vegg-til-vegg-tepper som kunne trenge en

omgang med gressklipperen, med sekretærtelefonen på sin høyre side og den gammeldagse IBM-kulehodemaskinen til venstre, med farvebildet av den distingverte mannen og de fortryllende barna og dvergschnauzeren foran seg på skrivebordet, er hun Universets Ubestridte Herskerinne. Dette er hennes imperium. Herfra regjerer hun over all verden, fra visergutten til generaldirektøren. Å kalle henne resepsjonist eller sentralborddame ville være en uhyrlighet. Å antyde at hun ikke vet alt om London Geographical Association, er blasfemi.

«Det,» svarer hun, «tror jeg neppe».

Jeg lurer på hvordan stemmen hennes lyder når hun smyger seg inntil mannen sin om kvelden og er kjælen og kåt.

«Jeg har kommet fra Norge for å treffe ham!»

Hun ser på meg gjennom en hinne av is. Slik må de ha følt det, de stakkars menneskeofrene som stirret inn i ypperstprestinnens øyne i sekundene før hun kjørte kniven inn i hjertet på dem.

Jeg innser at slaget er tapt. Jeg låner en penn fra skrivebordet hennes. Hun rykker til i stolen. Sannsynligvis beregner hun hvor mye blekk jeg forbruker.

«Vel frue, om du likevel skulle komme på noe, vil du være så elskverdig å kontakte meg ...» jeg rekker henne mitt eget visittkort hvor jeg har skrevet navnet på hotellet, « ... her?»

Hun smiler. Jeg tror ikke mine egne øyne. Hun smiler smørblidt, og det må skyldes at hun skjønner at jeg er i ferd med å gå.

«Selvsagt!» kurrer hun og legger visittkortet mitt ytterst på skrivebordskanten.

Over søppelkassen.

3

RUNDT EN TILSYNELATENDE ENKEL BYGNINGSTEKNISK detalj som en søyle finnes en kunstarkitektonisk vitenskap med en typologi og et vokabular som kan ta pusten fra deg.

De to marmorsøylene jeg står og beundrer, tilhører den to tusen fem hundre år gamle joniske orden. Om en jonisk søyle kan en kunsthistoriker finne på å si at «voluttenes opprullede ender delvis dekker echinus» og at «skaftets basis består av vekslende vulster og hulkeler». Tjallabing! Enhver vitenskap, ethvert fag, murer seg inne i sin terminologi og sitt fremmedgjørende vokabular. Vi andre står utenfor og måper.

Søylene bærer en gavl, og i tympanonen, det trekantete gavlfeltet, boltrer kjeruber og serafer seg rundt årstallet 1900.

På teglveggen på begge sider av inngangspartiet er det skrudd fast messingskilt, så blankpussede at de speiler bilene og de toetasjes rødbussene som passerer bak meg. De graverte bokstavene er fylt med sølv. Ingen skal beskylde Society of International Sciences for å snu på skillingen.

Den doble døren er av blodrød bøk. Dørhammeren fungerer mest av alt som en påminnelse om at her er det ikke bare å renne ned dørene. Til høyre for meg – to meter under overvåkningskameraet oppunder taket – er en porttelefon av sort plast felt inn i veggen. Som for å unnskylde dette uhyrlige stilbruddet er ringeklokken formet som en blomst (eller er det en sol?) av gull.

Jeg ringer på. Og buzzes inn. Uten spørsmål.

Den store, åpne resepsjonen minner om en bank der du må ha timeavtale for å sette inn penger. Det summer av lavmælte stemmer og hastige skritt. Veggene har et dypbrunt brystningspanel, og over panelet henger oljemalerier som må være utlånt fra The National Gallery. De keramiske mosaikkflisene på gulvet glinser av lakk. Midt i resepsjonen, opp gjennom et firkantet hull i gulvet og videre opp mot de skrå ateliervinduene i taket oppunder skyene, vokser et palmetre som ser ut til å savne Sahara.

Det eneste som bryter med inntrykket er bestemor.

Bak et skrivebord, så stort at man kunne ha spilt bordtennis på det, sitter en gråhåret gammel kone og strikker. Hun ser på meg. Hun er blid som en lerke. Hun strikker i vei. Det må være fordi omgivelsene harmonerer dårlig med synet av en strikkende bestemor at jeg forvirres.

«Kan jeg hjelpe?» spør hun blidt. Strikkepinnene klikker mot hverandre.

«Hva er det du strikker?» detter det ut av meg.

«Sokker! Til mitt barnebarn. En gutt. *A darling!* Var det noe mer?»

Spørsmålet hennes er spøkefullt ment. Jeg elsker henne. I hendene til et menneske med humoristisk sans kunne jeg legge mitt bankende hjerte.

Jeg presenterer meg og forteller at jeg har kommet fra Norge.

«*The land of the midnight sun,*» smiler hun gjenkjennende. «Da kjenner du kanskje Thor Heyerdahl?» Latteren hennes triller og bobler. «Slik en sjarmerende mann! Han er innom titt og ofte. Hva kan jeg gjøre for deg?»

«Jeg håper å treffe Michael MacMullin.»

Øynene hennes blir store. Hun legger fra seg strikketøyet. Jeg føler meg som en høyst uventet asylsøker. Fra planeten Jupiter. Som nettopp har spurt om vekslepenger til parkometeret der jeg har parkert den flyvende tallerkenen min.

«Å du store min ...»

«Er noe i veien?»

«Han ... Jeg er redd Mr. MacMullin er utenlands. Jeg er skrekkelig lei meg! Hadde du virkelig en avtale med ham?»

«Strengt tatt ikke. Når ventes han tilbake?»

«Jeg vet ikke. Mr. MacMullin er ikke en som ... Men kanskje noen andre kan hjelpe?»

«Jeg er arkeolog,» forteller jeg. Tungen henger ikke riktig med, på engelsk har «arkeolog» litt for mange konsonanter på rekke og rad. *Rrrr...kay...olo...gist.* «MacMullin er involvert i et utgravningsprosjekt. I Norge.»

«Sier du det?»

«Og jeg er nødt til å snakke med ham. Er det mulig å få tak i ham? På mobiltelefon?»

Hun humrer oppgitt. «Dessverre. Det er ganske så umulig. *Quite impossible!* Du skjønner, som styreformann har Mac-Mullin sitt kontor her, men han kommer og går uten å rapportere til oss som,» hun lener seg nærmere og senker stemmen, «er satt til å holde orden på disse rotekoppene. Men, kanskje vår daglige leder kan bistå?»

112

«Gjerne.»

«Mr. Winthrop! Et øyeblikk.» Hun slår et internnummer på telefonen og forklarer at Mr. Balto fra Norway har kommet ens ærend for å prate med Mr. MacMullin – *yes, really! No, no appointment! Yes, isn't it?*» – og var det mulig for ham å få audiens hos Mr. Winthrop i stedet? Hun sier *aha* flere ganger og takker og legger på.

«Dessverre er ikke Mr. Winthrop ledig, men hans forværelse sier han har anledning til å treffe deg i morgen. Klokken ni. Kunne det passe?»

«Naturligvis.»

«Og så hele den lange veien fra Norge, da!»

Selv om det er stengt for dagen, gir bestemor meg lov til å ta en titt inn i stiftelsens bibliotek.

Min fascinasjon for biblioteker henger igjen fra barndommen, da den lokale Deichman-filialen var et fristed etter skolen da mamma jaget meg ut for å leke med de solbrune guttene med godt syn som ville spille fotball eller kappe land. Det er noe med bibliotekenes hyllemetere med bokrygger som fyller meg med andakt. Stillheten. Den alfabetiske og tematiske systematikken. Lukten av papir. Eventyrene, dramatikken, opplevelsene. I timer kan jeg rusle omkring på Deichmanske, trekke ut bøker, bla i dem, sette meg med en bok som fenger meg, bla i registreringskortene i de lange, smale skuffene, søke i dataanleggene.

Også over biblioteket til SIS hviler en uforklarlig ro. Det er som i en kirke. Midt på gulvet blir jeg stående med armene i kors og stirre, fornemme.

«Det er dessverre stengt.»

Stemmen er lys, litt spiss. Jeg snur meg mot den.

Hun må ha sittet musestille og betraktet meg. Sannsynligvis håpet hun at jeg ville forsvinne. Hvis hun bare var stille nok. Hun sitter borte ved arkivskapene. I fanget på tweedskjørtet ligger en bunke med kartotekkort.

«Kvinnen ute i resepsjonen ga meg lov til å se meg om,» forklarer jeg.

«Helt i orden!»

Smilet hennes forvandler ungpikeansiktet til noe mer modent. Jeg gjetter at hun er rundt femogtyve. Hun har halvlangt, rødblondt hår og antydning til fregner. Søt. Det som trekker til seg blikket mitt, er øynene hennes. Som i et kaleidoskop glimter iris av ulike farver. Det har slått meg at det kan finnes farver bare jeg vet om. Du kan ikke beskrive en farve. En forsker kan si noe om lysets spektrale sammensetning, at rødt har en bølgelengde på 723-647 nanometer, men i bunn og grunn er enhver farve en subjektiv opplevelse. Derfor kan det godt tenkes at vi alle ser farver bare vi vet om. Det er en besnærende tanke.

Slik er øynene hennes.

Hun løfter bunken med kort over på et rullebord. Hun er tynn, ikke så høy. Neglene hennes er svært lange og spisse og lakkert i en dyp rødfarve. Jeg har aldri tenkt på negler som noe sensuelt. Men jeg kan ikke se på neglene hennes uten å forestille meg hvordan det vil føles å bli klort på ryggen av dem.

«Er det noe jeg kan hjelpe deg med?» spør hun.

Tonefallet, blikket, den vevre skikkelsen – noe ved henne trekker opp spiralfjæren som får meg til å tikke og gå. Hun har en nervøs tilstedeværelse, en rastløs pågåenhet.

«Jeg vet ikke helt hva jeg leter etter,» sier jeg.

«Nei, da er det ikke så greit å finne det heller.»

«Det er så mangt jeg lurer på. Du har vel ingen gode svar på rede hånd?»

«Hva er spørsmålet?»

«Jeg vet ikke. Men hvis du klarer å finne et svar, skal jeg alltids klare å formulere et spørsmål.»

Hun skakker på hodet og ler, og der og da faller jeg for henne. Det skal så lite til.

«Hvor kommer du fra?» spør hun.

«*Norway.*»

Hun hever øyenbrynene. «*What do you mean – nowhere?*»

Jeg ruller på r'en: «*Nor-way! I'm an ...*» jeg tar sats for å uttale det riktig, *'archae-olo-gist'.*»

«Engasjert av SIS?»

«Ikke akkurat det, nei. Tvert imot, kan du si.» Jeg ler anspent.

«Du er her for å drive research?»

«Jeg kom for å møte Michael MacMullin.»

Hun ser fort og forbauset på meg. Hun skal til å si noe, men tar seg i det. «Å,» sier hun omsider. Lyden former leppene til en søt liten trutmunn.

«Jeg har noen spørsmål til ham.»

«Det har vi alle.»

Jeg smiler. Hun smiler. Jeg rødmer.

«Hva slags bibliotek er dette?» spør jeg.

«Mest faglitteratur. Historie. Teologi. Filosofi. Arkeologi. Kulturhistorie. Matematikk. Fysikk. Kjemi. Astronomi. Sosiologi. Geografi. Antropologi. Arkitektur. Biografier. Og så videre ...»

«Ah,» sier jeg, «tilværelsens trivialiteter.»

Hun ler igjen og ser nysgjerrig på meg, lurer vel på hva for slags skapning jeg er og hvem som løftet på steinen og satte meg fri.

«Og du er bibliotekaren?» spør jeg.

«En av dem. Hei, jeg er Diane!» Hun rekker frem hånden med de røde neglene. Jeg trykker den.

«Jeg er Bjørn.»

«Å? Som tennisspilleren? Borg?»

«Synes du jeg ligner?»

Hun måler meg med blikket, tygger på blyanten. «Vel,» sier hun ertende, «han hadde kanskje en anelse mer farve enn deg.»

4

JEG SPISER MIDDAG PÅ STAMSTEDET FOR Londons seriøse vegetarianere. Oppglødd velger jeg en av de dyreste rettene på menyen, komponert rundt rosenkål og sjampinjonger og asparges, med fløtesaus og hvitløk.

Jeg burde tenke på skrinet. Og Llyleworths frekke manøver. Jeg burde fundere over mysteriet rundt Charles DeWitt. Jeg burde ringe til Grethe. Hun kunne saktens ha forklart. DeWitt kan ha sluttet. Visittkortet ser ikke helt nytt ut.

I stedet tenker jeg på Diane.

Det kan være fordi jeg ser en mulig kjæreste og fremtidig kone i enhver kvinne at jeg blir så lett forelsket. Et smil, en stemme, en berøring ... Jeg er ikke frastøtende. Jeg er blek, men jeg er ikke stygg. De sier jeg har snille øyne. Røde øyne, javel, men snille røde øyne.

Rundt forestillingene om mine indre gåter kretser tankene mens jeg spiser rosenkålen og soppen og aspargesen og tømmer karaffelen med vin.

Så raper jeg og går.

5

EN NORSKLÆRERINNE STILTE MEG ET SPØRSMÅL ENGANG.

«Hvis du ikke var et menneske, Bjørn, men en blomst – hvilken blomst ville du helst ha vært?»

Hun pleide å finne på de underligste spørsmål. Jeg tror det moret henne å leke med meg. Jeg var et takknemlig offer. Jeg var sytten år. Hun var dobbelt så gammel.

«En blomst, Bjørn?» gjentok hun. Stemmen var myk, lun. Hun lente seg over pulten min. Fremdeles husker jeg duften hennes; varm, krydret, fylt av fuktige hemmeligheter.

Det var tyst i klasserommet. Alle lurte på hva slags blomst Bjørn ville ha vært. Eller så håpet de jeg skulle stotre og rødme, slik jeg hadde for vane når hun bøyde seg over meg med alle sine dufter og duvende fristelser.

Men for en gangs skyld hadde jeg et svar på de evinnelige spørsmålene.

Jeg fortalte henne om Sølvsverd.

Den vokser i vulkankraterne på Hawaii. I tyve år er den en unnselig kule dekket av sølvskimrende hår. Den sanker krefter. Plutselig en sommer eksploderer den i en overdådig blomstring i gult og purpur. Og så dør den.

Svaret mitt forbløffet henne. En lang stund sto hun ved pulten min og glante på meg.

Hva faen hadde hun ventet at jeg skulle svare? En kaktus?

BESKJEDEN ER HÅNDSKREVET MED UNGPIKEAKTIG skrift, full av sløyfer og kruseduller, på et ark der hotellet har trykt *A Message To Our Guests* med gotiske bokstaver:

To Mr. Bulto, room 432:
Please call Ms Grett Lidwoyen imidiatly!
Linda/Reception/Thursday 14:12 PM

«Er du Linda?» spør jeg piken i resepsjonen.

«Sorry! Linda gikk av vakt klokken tre.»

Da må Linda ha vært det langbente kattedyret som betjente resepsjonen da jeg sjekket inn. *Linda the foxy ferret.* Hun kan ha mange gode egenskaper. Hun er sikkert snill og kjærlig. Hun er pen. Under en torturists kyndige hender ville jeg neppe benekte at stussen hennes tiltrakk seg blikket mitt. Men å stave er ikke Lindas sterke side.

Med beskjeden og nøkkelkortet i hånden går jeg opp trappene og låser meg inn på rommet.

Jeg slår nummeret og lar telefonen ringe lenge.

Utenfor vinduet har lydene en annen karakter enn før på dagen. En buss, kanskje en lastebil, får glassruten til å vibrere. Jeg sitter på sengen. Sollyset sildrer nedover tapeten. Jeg sparker av meg skoene, trekker av strømpene og masserer føttene. Jeg har lo mellom tærne.

I den andre enden løfter noen av røret. En lang stund er det stille.

«Grethe?» spør jeg.

«Hallo?» Grethes stemme. Fjern, innelukket.

«Det er Bjørn.»

«Å.»

«Jeg har nettopp fått beskjeden din.»

«Ja.» Hun sukker. «Jeg mente ikke å …» Hun sukker igjen.

«Grethe? Er noe i veien?»

«Å? Nei, ingenting.»

«Du høres så fjern.»

«Det er – pillene. Kan du ringe senere?»

«Klart. Det sto at det hastet?»

«Jo. Men jeg ... Det passer litt dårlig.»

«Grethe? Hvem er Charles DeWitt?»

Hun begynner å hoste. Anfallet er rallende. Med et smell legger hun røret på bordet, og jeg innbiller meg at jeg hører noen som banker henne i ryggen. Etter en lang stund løfter hun røret og hvisker: «Kan du ringe senere?»

«Grethe, er du dårlig?»

«Det – går – over.»

«Er noen hos deg?»

Hun svarer ikke.

«Du må ringe legen din!» sier jeg.

«Jeg – klarer – meg.»

«Hvem har du besøk av?»

«Lillebjørn, jeg – orker ikke – å snakke akkurat nå.»

Så legger hun på.

Oppveksten har gjort meg var. Når du er en innadvendt albino, lærer du deg å fornemme språkets pulsslag. Selv gjennom en telefonlinje som strekker seg fra Bayswater, London W2, til Thomas Heftyes gate, 0264 Oslo, via underjordiske kabler og en telekommunikasjonssatellitt i geostasjonær bane, sanset jeg Grethes engstelse. Hun løy.

Jeg legger meg flatt ut på sengen og skrur på fjernsynet. Med fjernkontrollen sjangler jeg fra kanal til kanal.

Etter en time ringer jeg tilbake til Grethe. Hun svarer ikke.

Jeg tar en kjapp dusj og ser slutten på en eldgammel episode med Starsky & Hutch før jeg slår nummeret igjen. Jeg lar det ringe tyve ganger.

I en times tid sitter jeg og leser i avhandlingen pappa skrev sammen med Llyleworth og DeWitt. Den fungerer dårlig som sovepille. Tesene deres er så vidtflyvende at jeg ikke vet om de mener alt alvorlig. I ytterste konsekvens vil et funn av *The Shrine of Sacred Secrets* kunne endre dagens samfunnsorden, påstår de, før de med forskernes sedvanlige varsomhet tilføyer så mange forbehold at utsagnet blir meningsløst.

Da jeg blar om til side 232, faller et brevark ut mellom sidene. Det er håndskrevet. Datoen er 15. august 1974. Brevet er ikke signert. Og det fremgår ikke hvem det er til. Først tror jeg det er fra pappa. Skriften er identisk med hans. Men det kan da ikke stemme? Rent bortsett fra at jeg gjenkjenner sløyfene under g'ene og j'ene og streken over u'ene. I brevet beskriver han planene om en ekspedisjon til Sudan. Det jeg ikke skjønner, er hvorfor et brev fra pappa befinner seg i en avhandling som i femogtyve år har stått i en bokhylle hos Grethe Lid Wøien.

Det er noe med natten.

For meg er natten noe jeg helst vil sove meg igjennom og bli ferdig med. Mørket forstørrer alt. Jeg føler meg sykere. Hverdagens trivialiteter kverner rundt og mister alle proporsjoner.

Jeg burde være trett. Jeg burde være utslitt. Men jeg ligger med vidåpne øyne og stirrer ut i hotellrommets mørke. Utenfor vinduet siger en jevn strøm av biler. Noen turister skråler feststemt. Jeg tenker på Grethe. Jeg tenker på skrinet jeg har gjemt hos Rogern. Jeg tenker på professor Llyleworth og professor Arntzen og Charles DeWitt og Michael MacMullin. Jeg tenker på pappa. Og mamma.

Men mest tenker jeg på Diane.

Klokken halv tre bråvåkner jeg og tenner nattbordlampen. Søvndrukken slår jeg nummeret til Grethe.

I et lite land, i en liten by, i en leilighet i en bygård på Frogner, står en telefon og ringer for seg selv.

7

DET FINNES BEHAGELIGE MÅTER Å VÅKNE PÅ. Et kyss på kinnet. Fuglesang. Schuberts strykekvintett i C-dur. Tøffingen fra en motorsnekke.

Så finnes det de ubehagelige. Det er flest av dem. Som en kimende telefon.

Jeg fomler etter telefonrøret. «Grethe?» mumler jeg.

Klokken er kvart over åtte. Jeg har forsovet meg.

«Mr. Belto?» spør en kvinne.

Jeg drar kjensel på stemmen, men klarer ikke å plassere den.

«Ja?»

Hun nøler. «Jeg ringer fra London Geographical Association.» Stemmen er stram, kald, avvisende, og i det samme trer bildet av furien bak skrivebordet frem. S/M-dominatrixen har lagt igjen lærskjørtet og pisken hjemme og ikledd seg den snertne sekretærhabitten og den meggete tonen.

«Ja?»

Hun nøler igjen. Dette er en samtale hun ikke setter pris på. «Det later til å ha oppstått en misforståelse.»

«Jaha?»

«Det var du som spurte etter – Charles DeWitt?»

«Ja?» Et ondskapsfullt flir krummer leppene mine.

«I'm terribly sorry ...» tonen er så tørr at jeg kunne ha plukket ordene fra hverandre og knust bokstavene til støv, « ... men det later til at vi faktisk har en Charles DeWitt knyttet til oss.»

«Du sier ikke det?» Jeg overdriver forbløffelsen for å forlenge ydmykelsen.

Måten hun trekker pusten på, forteller meg at hun snurper sammen leppene. Jeg nyter det.

«Du hadde kanskje glemt ham?» spør jeg.

Hun kremter. Jeg skjønner at noen står ved siden av henne og lytter.

«Mr. DeWitt vil meget gjerne treffe deg. Han er dessverre ikke i London for tiden, men vi venter ham inn med formiddagsflyet. Han ba meg avtale et møte med deg.»

«Så hyggelig. Kanskje du vil bli med? Så du kan lære ham å kjenne?» Det er et problem jeg har. Noen ganger blir jeg sarkastisk.

Hun holder seg for god til å svare. «Om du vil innfinne deg klokken –»

«Et øyeblikk!» avbryter jeg. Jeg vil gjerne gjøre meg kostbar. Jeg har aldri lagt skjul på at jeg kan være en satan. «Mr.

DeWitt kan ta kontakt med meg når han er tilbake. Jeg har et tett program.»

«*Mr. Belto!* Han ba meg innstendig om å –»

«Du er sikkert så elskverdig at du gir ham nummeret til hotellet. Jeg blir å treffe i ettermiddag eller i kveld.»

«*Mr. Belto!*»

«Resepsjonen kan ta imot beskjed.»

«Men –»

«Og hils Mr. DeWitt så meget fra meg, er du snill! Jeg ser frem til å høre fra ham.»

«*Mr. Belto!*»

Kneggende legger jeg på og svinger bena ned på gulvet. I kofferten finner jeg truse, strømper og skjorte. Jeg kler på meg før jeg ringer Grethe. Det overrasker meg ikke lenger at hun ikke svarer.

Jeg går ut på badet. Urinen min lukter av aspargesen fra kvelden i forveien. Det forbløffet meg da jeg fikk vite at bare de færreste har en luktesans som kan spore asparges i urin. Jeg klamrer meg til alt som gjør meg unik.

8

«AH! THE MYSTERIOUS MR. BALTO!»

Anthony Lucas Winthrop Jr. er en tykkladen, kortvokst mann med et kulerundt hode uten hår og en boblende latter som får ham til å minne om en klovn som er innleid for å forlyste bortskjemte barn i et mondent bursdagsselskap. Han rekker meg hånden. De korte fingrene ser ut som hårete såsisser med gullringer. Øynene plirer lystig mot meg, ansiktet flommer over av hjertelighet og faderlig omsorg.

Jeg stoler ikke på ham. Det er noe med stemmen.

Bestemoren med strikketøyet har fulgt meg opp de brede marmortrappene til tredje etasje og bort den lange søylegangen med gjenklang av skritt og lave stemmer og rundt et hjørne og bort til Winthrops forværelse.

Han følger meg inn på kontoret sitt.

121

Det er ikke et kontor. Det er et univers.

Fjernt unna, ved de buede vinduene, skimter jeg skrivebordet. I den andre enden, ved døren, står en salong. Midt imellom svever stjernetåker og kometer og sorte hull.

«Er det slik å forstå,» spør jeg med et ertende flir, «at du liker å leke Gud?»

Han ler usikkert. «Jeg er astronom. Av profesjon.»

Han slår ut med hendene i en forlegen mine, som for å la yrkesbakgrunnen forklare det besynderlige faktum at han har omgjort kontoret til et verdensrom i miniatyr.

For en tid siden leste jeg en notis i avisen om en internasjonal gruppe astronomer som hadde oppdaget et himmellegeme som sendte fra seg materie som tilsynelatende beveget seg med en hastighet som var høyere enn lysets. Nyheten om denne oppdagelsen ble en sensasjon på den vitenskapelige kongressen Cospar i Hamburg, men for avisene var noe så abstrakt som lysets hastighet selvsagt ingen stor sak, så det ble ikke skrevet større om det. Det var en gruppe astronomer som ved hjelp av et radioteleskop oppdaget det mystiske himmellegemet tretti tusen lysår fra Jorden. Et stykke unna, med andre ord. Hvis observasjonen er riktig, torpederer den naturlovenes mest absolutte grense – lysets hastighet. Perspektivene er svimlende. Derfor ble det heller ingen store oppslag i mediene.

Vi rusler gjennom solsystemet og dypt inn i kosmos, forbi Proxima Centauri og Andromedatåken, og videre bort til skrivebordet hans. Bevegelsene mine har fått galaksene til å skjelve og dingle i nylontrådene sine.

«Jeg forstår det slik at du skal treffe Charles DeWitt senere i dag?» spør han nølende.

«Du verden hva dere vet!»

Nervøst humrende setter Winthrop seg på en påfallende høy kontorstol. Jeg synker sammen i en like påfallende lav stol. Det er som å sette seg på gulvet. Jeg tenker, i et av mine stadig tilbakevendende anfall av pur ondskapsfullhet, at bak et blankpusset skrivebord kan selv en klovn opphøye seg til gud.

«*Mr. Balto!*» utbryter han henrykt mens han vugger i stolen sin og klapper hendene sammen, som om han har ventet på denne dagen i flere år. «Så ... Hva kan vi gjøre for deg?»

«Jeg er på jakt etter noen opplysninger.»

«Det har jeg skjønt. Og hva bringer deg til SIS? Og til Michael MacMullin? Ja, som du skjønner er han ikke til stede.»

«Vi fant noe.»

«Javel?»

«Og jeg tror MacMullin vet noe om det.»

«Virkelig? Hva fant dere?»

«Mr. Winthrop,» sier jeg overdrevent høflig, «la oss ikke preike piss.»

«Unnskyld meg?»

«Vi er begge intelligente menn. Men vi er dårlige skuespillere. La oss ikke spille teater.»

Humøret hans gjennomgår en nesten umerkelig, men likevel følbar, forvandling. «Det er i orden, *Mr. Balto*.» Stemmen hans har kjølnet forretningsmessig, mistenksomt.

«Du vet selvsagt hvem jeg er?» sier jeg.

«Du er amanuensis ved Universitetet i Oslo. Norsk kontrollør ved professor Llyleworths utgravning.»

«Og da vet du selvsagt også hva vi fant?»

Han skutter på seg. Winthrop er en mann som vantrives under press.

Jeg hjelper ham. «Vi fant helgenskrinet.»

«Det har jeg forstått. Virkelig fascinerende!»

«Hva kan du fortelle meg om myten om *The Shrine of Sacred Secrets*?»

«Ikke mye, er jeg redd. Jeg er astronom, ikke historiker. Eller arkeolog.»

«Men du kjenner myten?»

«Overfladisk. Som Paktens ark. *The Shrine of Sacred Secrets*? Et budskap? Et manuskript? Såpass vet jeg.»

«Og du vet selvsagt at det var dette helgenskrinet Llyleworth lette etter?»

«*Mr. Balto*, SIS beskjeftiger seg ikke med overtro. Jeg tror neppe det var noe helgenskrin Llyleworth håpet å finne.»

«Og om dette faktisk ikke dreier seg om overtro? Men for eksempel om et skrin av gull?»

«*Mr. Balto.*» Han sukker avvergende og løfter de to buntene med såsisser. «Har du tatt med deg – artefaktet? Hit? Til London?»

Jeg smatter avvisende med tungen.

«Jeg håper det befinner seg på et trygt sted?» spør han.

«Selvsagt.»

«Er det,» sier han fjernt, «et spørsmål om penger?»

«Penger?»

Av og til kan jeg være tungnem. Han ser meg inn i øynene. Jeg stirrer tilbake. Han har gråblå øyne og ganske lange øyenvipper. Jeg forsøker å lese tankene hans.

«Hvor mye hadde du tenkt deg?» spør han.

I det samme innser jeg hvorfra jeg gjenkjenner stemmen. Jeg har snakket med ham i telefonen. For to dager siden. Da han presenterte seg som dr. Rutherford fra Royal British Institute of Fucking Archaeology.

Jeg begynner å le. Han ser forvirret på meg. Så istemmer han med klovnelatteren sin. Slik sitter vi og klukker i gjensidig mistillit.

Bak oss, i motsatt ende av universet, åpnes en dør. En engel kommer svevende bort til oss med et sølvbrett med to krus og en tekanne av porselen. Uten et ord skjenker hun i til oss og forsvinner.

«Værsågod,» sier Winthrop.

Jeg slipper en sukkerbit i teen, men lar melken stå. Winthrop gjør akkurat det motsatte.

«Hvorfor nekter du å gi artefaktet fra deg?» spør han.

«Fordi funnet er norsk eiendom.»

«Hør nå her,» begynner han irritert, men tar seg i det. «*Mr. Balto,* er ikke professor Arntzen din overordnede?»

«Jo.»

«Hvorfor retter du deg ikke etter pålegg fra din overordnede?»

Pålegg, forordninger, dekreter, befalinger, diktater, lover, regler, instrukser, påbud ... for briter flest er det noe trygt over alle livets reguleringer. Men i meg stritter alt i mot.

124

«Jeg stoler ikke på ham,» sier jeg.

«Du stoler ikke på din egen stefar?»

Det kulser nedover ryggen på meg. Selv dét har de funnet ut. Winthrop blunker og lager en klikkelyd med tungen. Han har et våkent øye.

«Si meg, *Mr. Balto*, du sliter vel ikke med et snev av forfølgelsesvanvidd?»

Det vil ikke forundre meg om han har lest sykejournalene mine. Og dagboken. Noen ganger kan selv de paranoide ha rett.

«Hva er det i skrinet?» spør jeg.

«Som jeg sa, *Mr. Balto*, la meg minne om at det er din plikt å levere fra deg noe du aldeles ikke eier.»

«Jeg skal levere det fra meg.»

«Strålende!»

«– såsnart jeg vet hva som er inni skrinet og hvorfor så mange er så forbannet ivrige etter å smugle det ut av Norge.»

«*Mr. Balto*, ærlig talt!»

«Jeg var kontrollør under utgravningen!»

Winthrop lager en smattende lyd med leppene. «Ganske så riktig. Men ingen har vel egentlig fortalt deg hva de lette etter?»

Jeg nøler. Jeg forstår at han nå vil la meg få ta del i noe det ikke er meningen at jeg skal vite. Men jeg vet også at han trolig vil servere meg en velanrettet løgn, et besnærende blindspor.

«Et skattekart?» foreslår jeg.

Øyenbrynene hans former to perfekte v'er snudd opp ned. «Skattekart, *Mr. Balto*?»

«Har du vært i Rennes-le-Château i det siste?»

«Hvor?» Han ser troskyldig på meg.

Jeg perfeksjonerer uttalen: «Rennes-le-Château! Du vet, middelalderkirken? Skattekartene?»

«Jeg beklager. Jeg vet virkelig ikke hva du snakker om.»

«Da kan jo du fortelle hva det var de faktisk lette etter?»

Han skutter ubekvemt på seg, senker stemmen. «De hadde en teori.»

«En teori?»

«Ikke noe mer. Bare en teori.»

«Som gikk ut på?»

Winthrop lager en underlig grimase som kan hende er ment å gi inntrykk av dype tanker, men som i bunn og grunn bare ser ut som en underlig grimase. Han sier: «Er det ikke forbløffende hvordan de gamle sivilisasjoner slett ikke var så primitive som en skulle tro?»

«Du kan så si.»

«De satt på kunnskap, både teknologisk og intellektuelt, som mennesker på deres utviklingsstadium slett ikke skulle besitte. De kjente universet bedre enn mange av dagens hobbyastronomer. De behersket abstrakt matematikk. De var fremragende ingeniører. De praktiserte medisin og kirurgi. De hadde en ubegripelig god forståelse av avstander og proporsjoner, geometri og perspektiv.»

Jeg ser granskende på ham, forsøker å lese mellom linjene ved å studere fjeset og øynene.

«For eksempel: Har du noengang lurt på hvorfor pyramidene ble bygget?» spør han.

«I grunnen ikke.»

«Så du vet hvorfor?»

«Var de ikke gravkamre? Faraoenes storslåtte ettermæler?»

«Se for deg Kheopspyramiden, *Mr. Balto.* Hvorfor gikk en primitiv sivilisasjon i gang med et slikt ufattelig stort prosjekt for nesten fem tusen år siden?»

«De hadde vel ikke noe annet å ta seg til i ørkenen på den tiden,» flåser jeg.

Han belønner meg med en lett latter. «Det er lansert mange teorier. Ta den mest kjente av de praktfulle gravkamrene. Altså Kheopspyramiden. Ett hundre og førtifire meter høy da den ble reist av den egyptiske kong Kheops i det fjerde dynasti. Arkeologer og gravrøvere har avdekket et Kongekammer, et Dronningkammer, sjakter, gallerier, smale ganger. Alt i alt utgjør de kjente hulrommene rundt en prosent av pyramidens volum. Henger du med?»

Jeg henger med.

Han lener seg frem over skrivebordet. «Med moderne teknologi begynte forskere å gjennomlyse pyramiden. De fant snart at det fantes langt flere hulrom enn det som var avdekket. Faktisk opp mot femten prosent.»

«Ikke så overraskende.»

«Slett ikke. Men femten prosent, *Mr. Balto*! Det er ganske mye. Ikke nok med det: Det følsomme utstyret fikk refleksjoner tilbake som fortalte at en stor gjenstand av metall var lokalisert syv meter under pyramidens grunnplan.»

«En skatt?»

«Jeg forstår at du er opptatt av skatter. Og du kan vel si at alt som finnes inni en pyramide, per definisjon er å betrakte som en skatt. Nærværet av metaller i en egyptisk pyramide skulle i seg selv ikke forbløffe noen. Men det var ikke snakk om noen likkiste av gull eller samling med kobber eller jern. Størrelsen og massiviteten til metallobjektet var av en slik karakter at forskerne måtte gjennomføre målingene gjentatte ganger før de følte seg trygge på at tallverdiene var korrekte. Og ved å plassere gjennomstrålingsutstyret i forskjellige vinkler og posisjoner, klarte de å fremstille et omriss av metallobjektet. Altså konturene.»

«Og hva var det de så?»

Winthrop reiser seg og skritter over til et skap som inneholder en safe. Han taster inn en kode. Døren åpner seg med et gisp. Winthrop tar ut en sort mappe som han bringer til skrivebordet mens han åpner glidelåsen.

«Dette er en kopi av omrisset av det de fant,» sier han.

Arket ligger i et gjennomsiktig plastomslag som han rekker meg. Ved første øyekast ser datategningen ut som en romferge.

Så innser jeg at den faktisk forestiller en romferge.

Avlangt skrog, små vinger, haleror.

Jeg skotter opp på Winthrop.

«I fjor gravde vi oss ned til galleriet der fartøyet befinner seg,» sier han.

«Hva er dette for noe?»

«Ser du ikke?»

«Det ser ut som en romferge.»

«Et romfartøy.»

«Et romfartøy?»

127

«Akkurat.»

«Vent nå litt. Et romfartøy som kom i skade for å kile seg fast under Kheopspyramiden under et uheldig landingsforsøk i ørkenen?» spør jeg spydig.

«Nei, nei, du misforstår. Et romfartøy som Kheopspyramiden ble bygget over,» sier Winthrop.

Jeg begunstiger ham med det triste hundeblikket mitt. Det som sier «du mener vel ikke at jeg skal tro på dette vrøvlet?» Og så sukker jeg dypt.

Han sier: «Du er kanskje kjent med sveitseren Erich von Dänikens kontroversielle teorier?»

«Jepp! Om besøk av utenomjordiske vesener her på Jorden engang i fortiden?»

«Ganske så riktig.»

Jeg ser ned på arket med tegningen av det romfergelignende fartøyet. Jeg ser på Winthrop.

«Du kan ikke mene dette alvorlig?» utbryter jeg.

I den sorte mappen finner han frem skjemaer tettpakket av matematiske formler. «Beregninger,» sier han og skyver papirene over til meg. «NASA har vurdert fartøyets aerodynamiske egenskaper. De kommer til å tilpasse fremtidige romferger etter denne modellen.»

Jeg folder armene over brystet. Jeg føler meg uvel. Ikke fordi jeg tror på ham. Men fordi løgnene har en karakter som skjuler en hemmelighet som kanskje er enda mer skremmende.

«Et romfartøy under Kheopspyramiden,» sier jeg. Det sarkastiske tonefallet har ingen effekt på ham.

«Det er vel ikke lett å tro,» istemmer han. Som om han allerede har klart å overbevise meg.

Jeg tipper hodet mot venstre. Og så mot høyre. Som om jeg har kink i nakken. Jeg tar en slurk av teen. Den er lunken og smaker som noe du kunne vente å få servert hos en rik beduin i hans telt i ørkenen.

«Du vil altså ha meg til å tro at Kheopspyramiden ble reist over en forhistorisk romferge?» sier jeg langtrukkent.

«La meg gjenta – et romfartøy. Vi antar det var et av landingsfartøyene til et større moderskip i bane rundt Jorden.»

«Ja, selvsagt.»

«Du ser skeptisk ut?»

«Skeptisk? Jeg? På ingen måte. Men si meg, hvordan forklarer du at egypterne bygde en diger pyramide over fartøyet? 'Garasje' eksisterte neppe som konsept for fem tusen år siden?»

«De betraktet romfartøyet som en helligdom. Gudenes himmelskip.»

«Det må ha vært ordentlig ergerlig for romvesenene da de omsider returnerte og fant en tung, diger pyramide oppå fartøyet sitt!»

Han smiler ikke engang. Han innbiller seg at han har min tillit.

«Noe kan ha gått galt i utgangspunktet,» sier han. «Kanskje de krasjlandet. Kanskje fartøyet ikke kunne ta av. Sand i maskineriet? Eller kanskje astronautene deres døde i møte med jordatmosfæren. Eller vår bakteriekultur. Vi er ikke sikre. Vi er fremdeles på gjettestadiet.»

«Så dere har ikke prøvd å vri om tenningsnøkkelen?»

«Vi har ikke prøvd riktig ennå.» Han nøler. «Det foreligger enda en teori.»

«Jeg tviler ikke.»

«Det kan tenkes at romfartøyet aldri hadde til hensikt å returnere. At dets misjon var å bringe med seg en gruppe vesener, uten tvil menneskelignende skikkelser, som skulle bli igjen her på Jorden.»

«Hva hadde de her å gjøre?»

«Kanskje ønsket de å kolonisere den vakre planeten vår? Kanskje ville de forsøke å forplante seg, for alt vi vet. Det er de som tror at disse vesenene er modeller for Bibelens beretninger om vakre, høyreiste engler. De var større, høyere, enn oss mennesker. Og ufattelig vakre. Vi vet fra religionshistorien at englene av og til kom i skade for å besvangre våre jordiske kvinner. Så genetisk sett må vi ha hatt et felles opphav.»

Jeg ler.

Han sier ingenting.

Jeg sier: «Og dette tror du på?»

«Det er et spørsmål om å erkjenne fakta, *Mr. Balto.*»

«Eller løgn.»

Jeg ser på ham. Lenge. Omsider trer rødmen frem som to roser i de runde kinnene hans.

«Og skrinet?» spør jeg. «Hva er sammenhengen?»

«Det får vi kanskje vite når du overleverer det til oss.»

Jeg ler snøftende.

Han sier: «Vi har et håp om at skrinets innhold kan lede oss til disse romvesenene. Ikke nødvendigvis de som landet, de er neppe udødelige, skjønt hvem vet,» han himler med øynene, «men etterkommerne deres. Slektsrekken. Muligens vil vi finne et budskap. Fra dem til oss.»

Jeg overlater oss til tausheten.

I avisen leste jeg nylig om den finske legen Rauni-Leena Luukanen, som ikke bare er ekspert på jordnære sykdommer som bihulebetennelse og hemorroider, men også på den pasifistiske filosofien til vesener fra fremmede solsystemer. Hun har jevnlig telepatisk kontakt med humanoidene som krysser himmelhvelvingen over hodene på oss. Av alle de betroelser hun har mottatt, fascineres jeg ikke minst av at de opererer med seks dimensjoner, reiser på tvers av tid og rom eller at en delegasjon av dem sto klar for å hilse på da Neil Armstrong trådte sine første skritt på Månen. Det mest fascinerende av alle Luukanens poenger utledes av det faktum at de, i likhet med meg, er vegetarianere. Og at humanoidenes livrett er jordbæris.

Jeg knegger. Det er mulig han oppfatter meg som noe mistroisk.

«Du får tro hva du vil,» sier han med snert i stemmen.

«Det gjør jeg.»

«Jeg har presentert fakta for deg. Alt det vi vet. Og det vi tror. Jeg kan ikke gjøre mer. Du får tro hva du vil. Eller la være.»

«Det skal jeg love deg.»

Han kremter og flytter på seg i stolen.

«Hva er SIS?» spør jeg.

«Ah!» Han klapper hendene sammen. Spørsmålet behager ham. Et ufarlig spørsmål. Et sånt spørsmål som kan holde ham gående i en time eller to i coctailselskapene som han frekventerer sammen med sin vakre unge kone som nok har et forhold til tennistreneren.

«S-I-S,» sier han, det er rent så han må ta sats for hver bokstav, «SIS er en vitenskapelig stiftelse. Grunnlagt i 1900 av datidens fremste forskere og vitenskapsmenn. Formålet var å samordne kunnskapen fra de mange vitenskapsgrenene inn i en felles kunnskapsbank.»

Det er som om han har satt i gang et lydbånd som avspilles for besøkende skoleklasser.

«Tenk deg tilbake!» Han slår ut med armene. «Århundrets begynnelse. Ny optimisme! Vekst. Idealisme. I næringslivet vokste nye, store industrier frem. En ny æra blomstret opp. Men problemet, vet du hva det var?»

«Nei?»

«Ingen tenkte på annet enn sitt eget lille fagfelt. Og det var den store tanken bak stiftelsen av Society of International Sciences: Å overvåke den vitenskapelige utvikling, å samordne, å koble forskere som kunne ha nytte av hverandre, kort sagt: å tenke helhetlig i dette villnis av enkeltheter.»

«Det lyder storartet. Og SIS i dag?»

«Vi støttes økonomisk og faglig av alle vitenskapsgrener. Vi får penger over statsbudsjettet og av våre eiere, samt donasjoner fra universiteter og forskningsmiljøer verden over. Vi er over trehundreogtyve fast ansatte. Vi har et hav av forskere i engasjementsstillinger. Vi har kontakter ved de største universitetene. Vi er representert overalt der det foregår viktig forskning.»

«Jeg har aldri hørt om dere.»

«Det var da underlig!»

«Ikke før jeg oppdaget at SIS sto bak den arkeologiske utgravning jeg var satt til å – haha! – overvåke.»

Winthrop blar tankefjernt i noen papirer på skrivebordet.

«Hva kan du fortelle meg om Michael MacMullin?» spør jeg.

Winthrop ser opp fra papirene sine. «En stor mann,» sier han andektig. Styreformann her ved SIS. En meget velstående, eldre herremann. En gentleman. En kosmopolitt! Utnevnt til professor ved Oxford rett etter krigen. Trakk seg tilbake fra forskningen i 1950 for å vie sitt liv til SIS.»

«Hvor er han nå?»

«Vi venter ham tilbake med det aller første. Du vil snart få anledning til å møte ham. Han vil meget gjerne treffe deg.»

«Hva er hans fag?»

Winthrop hever øyenbrynene. På det skallede hodet ser det ut som om strikker i bakhodet trekker brynene høyt opp på pannen. «Vet du ikke? Han er arkeolog. Som deg. Og din far.»

9

DIANE SITTER BAK SKRANKEN OG MYSER mot en datamaskin med grønn skrift. Hun er søt når hun myser. Hun er søt når hun ikke myser også.

Solen velter inn gjennom store vinduer og fyller biblioteket med bløtt lys. Jeg står rett innenfor døren. I hendene knuger jeg en sammenrullet brosjyre om SIS som jeg fikk av Winthrop. Da vi skiltes, lo han den tåpelige klovnelatteren sin og sa han var glad for at jeg er så samarbeidsvillig. Samarbeidsvillig? Han innbilte seg visst at han hadde gjort jobben sin. Og at jeg hadde tenkt å løpe rett hjem for å finne det fordømte skrinet for ham. Han må tro jeg er lett å overtale. Og ikke så rent lite dum.

Med et forsiktig kremt, som gir gjenlyd i den katedralaktige stillheten, tar jeg et skritt inn i biblioteksalen. Åndsfraværende skotter Diane bort på meg. Konsentrasjonen renner ut i et smil. Lyset spiller meg et puss; jeg tror hun rødmer.

«Er det deg igjen,» sier hun.

«Jeg har nettopp vært hos Winthrop.»

Hun reiser seg og kommer mot meg. I morges, da hun plukket ut klærne (jeg ser henne for meg), var hun omhyggelig: Hun har på seg en off-white silkebluse, et trangt sort skjørt som kler figuren hennes, sorte nylonstrømper, høyhælte sko.

«Vi kaller ham *The Man in the Moon*,» fniser hun og legger hånden sin på armen min. Jeg gliser tvungent. I skolten på meg utløser berøringen en skur av hormoner.

«Diane, kan du hjelpe meg?»

Hun nøler et øyeblikk. Så sier hun: «Klart det.»

«Det er kanskje ikke helt enkelt, det jeg trenger hjelp med.»

«Jeg får gjøre så godt jeg kan. Men det umulige tar litt lengre tid.»

«Det gjelder opplysninger dere har i dataanlegget.»

«Om hva?»

«Er det et sted vi kan snakke? Hvor vi,» jeg senker stemmen enda et hakk, «slipper å hviske?»

Hun griper hånden min (mykt, ømt) og leder meg gjennom biblioteket og inn på et kontor med en dør med matt glass. Det er et upersonlig kontor. Bokhyller fylt med brede ringpermer. Et eldgammelt skrivebord med en flunkende flott dataskjerm oppå en fancy sokkel. Et tastatur med en krøllkabel til terminalen nede på gulvet. Et tomt askebeger. Et plastkrus med en kaffeskvett og sigarettsneiper. En ustø kontorstol. På den setter Diane seg. Hun ser opp på meg. Jeg svelger. Jeg overveldes av vissheten om at jeg er alene med henne, og at jeg (rent hypotetisk) kan bøye meg frem og kysse henne. Og, hvis hun besvarer kysset mitt og kanskje sukker kjælent, kan jeg (fortsatt i teorien) løfte henne opp på skrivebordet og elske henne hardt og rått. Og skrive et leserbrev til et mannfolkblad om det etterpå.

«Så – hva er problemet ditt?» spør hun.

Problemet mitt er at jeg har litt for mange problemer.

Pinnestolen knirker under vekten min. «Er du flink til å søke?» spør jeg og nikker mot datamaskinen.

«Uhm, ja? Det er liksom jobben min.»

«Jeg er nødt til å vite mer om MacMullin.»

Hun ser fort på meg. Jeg klarer ikke riktig å tolke blikket hennes. «Hvorfor?» spør hun kaldt.

«Jeg vet ikke hva jeg leter etter,» sier jeg ærlig.

Blikket hennes slipper ikke taket. Først da hun skjønner hvor beklemt jeg føler meg, trekker hun tastaturet til seg, trykker F3 for Search og skriver lynraskt *Michael &1 MacMullin*. Datamaskinen tygger på spørsmålet og summer før den svarer: 16 documents found. 11 closed.

«Vil du ha en utskrift? Av de tilgjengelige filene?»

«Tilgjengelige?»

«Elleve av filene er beskyttet. Da trenger man passord for å få ut informasjonene.»

«Har du ikke passord?»

«Så klart. Men følg med ...»

Hun skriver passordet sitt.

Unauthorized. Level 55 required, svarer maskinen.

«Hva betyr det?» spør jeg.

«Vi opererer på flere nivåer. Nivå 11 har alle brukerne adgang til, selv utenforstående. Nivå 22 beskytter data som du må dokumentere at du har et berettiget behov for å få ut. For eksempel forskningsprosjekter som pågår i dag. Nivå 33 beskytter filer med data der det er nedlagt forbud mot generell offentliggjøring. Vi på biblioteket har *level 33 clearence*. Nivå 44 gjelder personalopplysninger og interne forhold. Og så finnes det et nivå 55 som bare gudene vet hva beskytter. Det vil si ledelsen i SIS.»

«Er dere knyttet til en database?»

Diane ser på meg som om det er et dumt spørsmål. Det ér et dumt spørsmål.

«Vi ér en database,» sier hun. «Har du ikke hørt om oss? SIS Bulletin Board. Eller *www.soinsc.org.uk*. Verdens ledende innen sitt felt! Vi har abonnenter ved universiteter og forskningsinstitusjoner jorden rundt.»

«Hva slags data?»

«Alt! Alt som relaterer seg til vitenskap og forskning som SIS har vært involvert i. Altså det meste. Databasen består av alt vårt eget materiale, historisk og oppdatert og med krysshenvisninger. Alle rapporter og feltbeskrivelser er lagt inn. I tillegg lagrer vi relevante artikler fra Reuter, Associated Press, the Times, the New York Times og en del andre seriøse medier.»

«Kan du søke på hva som helst?»

«Omtrent.»

«Prøv *The Shrine of Sacred Secrets*.»

«Hva for noe?»

«Et relikvie.»

«*The shrine of what?*»

Jeg gjentar. Hun taster inn. Vi får ni treff. Det første henviser

oss til avhandlingen pappa, Llyleworth og DeWitt skrev i 1973.
Det andre er en oppsummering av myten:

The Shrine of Sacred Secrets: myte om en helligdom eller et
budskap i et gullskrin. Ifølge filosofen Didactdemus (ca.
140 e.Kr.) var budskapet ment kun for «den innerste krets
av de innvidde». Budskapets innhold er uklart.
Relikvieskrinet ble oppbevart på Monastery of the Holy
Cross ca. år 300–954 e.Kr., da det ble røvet. Korsfarerne
skal ha overlevert skrinet til Johannitterordenen i 1186
e.Kr., men det finnes få sikre spor etter skrinet etter at Acre
falt i 1291 e.Kr. Muntlige overleveringer antyder at skrinet
skal ha blitt skjult av munker i en oktogon. Ifølge ulike
overleveringer skal oktogonen kunne befinne seg i
Jerusalem (Israel), Acre (Israel), Khartoum (Sudan), Ayia
Napa (Kypros), Malta, Lindos (Rhodos), Varna (Norge),
Sebbersund (Danmark).

Krysshenvisninger:

Arntzen/DeWitt/Llyleworth	ref 923/8608hg
Bérenger Saunière	ref 321/2311ab
Dødehavsrullene	ref 231/4968cc
Varna	ref 675/6422ie
Johannitterordenen	ref 911/1835dl
Monastery of the Holy Cross	ref 154/5283oc
Perserkongen Kambyses	ref 184/0023fv
Rennes-le-Château	ref 167/9800ea
Likkledet i Torino	ref 900/2932vy
Clemens 3.	ref 821/4652om
The Schimmer Institute	ref 113/2343cu
Profeten Esekiel	ref 424/9833ma
Q	ref 223/9903ry
Nag Hammadi	ref 223/9904an

De andre dokumentene – en forunderlig samling av gammel-
europeiske myter, kongelige dynastier, adelsslekter, okkultis-
me, hermetisk viten og ubegripelige referanser – trenger man

passord for å få tilgang til. Diane taster inn sitt passord. *Unauthorized. Level 55 required*, svarer datamaskinen.

«Merkelig,» sier Diane. «Vi pleier aldri å beskytte generelle data med passord. Bare personalopplysninger. Kan noen av disse kongene eller profetene være ansatt hos oss?» kniser hun.

«I et midlertidig engasjement?» foreslår jeg.

Hun skotter opp på meg. «Hva er dette relikviet for noe?»

«Gudene vet. Søk på Esekiel.»

«Hvem?»

«Profeten Esekiel. Det sto en krysshenvisning.»

Hun får fire treff. Tre er lukket. Den åpne henviser til The Schimmer Institute.

«Vet du hva The Schimmer Institute er?» spør jeg.

«Et senter som forener arkeologisk og teologisk grunnforskning. Blant mye annet.»

«Prøv Varna. V-a-r-n-a.»

Vi finner syv dokumenter. Ett henviser til pappas avhandling. Ett peker videre til johannittene. Ett henviser til et kloster på Malta. Ett gjelder professor Llyleworths pågående utgravning. Ett gjelder The Schimmer Institute. De tre andre er lukket.

«Søk på Rennes-le-Château!»

Hun ser på meg.

«Rennes-le-Château!» gjentar jeg.

Hun kremter og strever en stund før hun klarer å bokstavere det riktig og finne tegnet â.

Vi får atten treff. De fleste er sperret for innsyn.

Diane tar en utskrift av den tilgjengelige informasjonen, som forteller om den unge, fattige presten som fant pergamenter med et innhold som fortsatt er ukjent, men som var av en slik art at han satt igjen med en formue. Det antydes forbindelser til korstogene, ridderordenene og konspirasjoner knyttet til frimurerne og geistlige slekter.

«Kan du søke på alle utgravninger SIS har vært involvert i?» spør jeg.

«Er du gal? Vi ville sitte her til i morgen!»

«Hva med utgravninger som MacMullin og Llyleworth har ledet for SIS?»

«Klart. Men det kan ta tid.»

Det tar tid. Listen er lang. Da blikket mitt skummer nedover rekken med steder og årstall, stanser det tilfeldig ved Ayia Napa på Kypros, Hsi feng-kow i Kina, Tjumen i Sibir, Karbala i Irak, Aconcagua i Chile, Thule på Grønland, Sebbersund i Danmark, Lahore i Pakistan, Coatzacoalcos i Mexico, Khartoum i Sudan.

I margen ved flere av punktene står ASSSA og en dato. Diane forklarer at ASSSA står for Archaeological Satellite Survey Spectro-Analysis Available. Det er et satellittfoto basert på magnetiske og elektroniske målinger av jordsmonnet. Et slikt geofysisk bilde kan avsløre ruiner mange meter under dagens bakkenivå. Også i margen for *Varna (Vaerne kloster) Norway* står referansen. Satellittfotografiet ble tatt i fjor. Jeg har lest om teknikken i internasjonale fagtidsskrifter.

«Satellitten ble skutt opp i januar i fjor,» sier Diane.

«Kan du finne bildet for meg? Fra Varna?»

Med et tålmodig sukk og et smil som neppe blir alle kravstore forskere til del, går Diane ned i magasinet i kjelleren for å finne satellittfotografiet. Men det er ikke der.

Graham Llyleworth har personlig kvittert ut mappen.

«La oss gå videre,» sier jeg. «Hva har du på johannittene?»

Hun har en hel masse. Vi finner krysshenvisninger til The Schimmer Institute og til myten om *The Shrine of Sacred Secrets*, som henviser videre til Monastery of the Holy Cross sørvest for gamlebyen i Jerusalem. Klosteret ble grunnlagt rundt år 300 på det sted der legenden og bibelhistorien vil ha det til at Lot plantet vandringsstavene til tre vismenn utsendt fra Herren. Stavene slo rot og ble et tre. Legenden forteller at Jesu kors ble laget av nettopp dette trevirket.

Ifølge myten om *The Shrine of Sacred Secrets* var det på Monastery of the Holy Cross at helgenskrinet ble oppbevart frem til år 954. Da ble det røvet og igjen skjult på et hemmelig sted. Det finnes ingen historiske henvisninger til skrinet før korsfarere overga det i johannittenes varetekt i 1186.

«Søk på Graham Llyleworth!» ber jeg.

Datamaskinen finner førti dokumenter. Nesten alle er avisartikler og omtaler i fagtidsskrifter. Men de fire siste dokumentene er sperret for innsyn.

«Søk på Trygve Arntzen!»

Maskinen finner fem dokumenter. Alle er lukket.

«Prøv på meg!»

Diane ser spørrende på meg. Lynraskt skriver hun *bjorn &1 belto*.

Maskinen svarer: *0 documents found*.

«Bokstavér med oe,» foreslår jeg.

Hun skriver *bjoern &1 beltoe*.

Jeg burde føle meg beæret.

Dataanlegget i Society of International Sciences har faktisk registrert den kjente albino Bjoern Beltoe fra Norge. *1 document found*.

Ikke nok med det. Registreringen er lukket. Det de vet om meg, er hemmelig.

«Skriv passordet ditt,» sier jeg.

Vi ser på skjermen.

Unauthorized. Level 55 required.

Fire ord. Ikke så mye å snakke om. Fire ord i grønn skrift, bare.

10

DET SIES AT FORBRYTERE SOM HAR SITTET I FENGSEL i mange år, lengter tilbake når de blir sluppet fri. Tilbake til fellesskapet bak murene, de daglige rutinene, kameratskapet, den absurde tryggheten blant banditter og drapsdømte voldtektsmenn.

Jeg kan forstå dem. Slik har jeg det med klinikken.

Diane vet om en koselig lunsjkafé i en sidegate til Gower Street. Jeg synes ikke den er så koselig. Alle dekorasjoner, bord og disker er av glass eller speil. Hvor jeg enn snur meg, ser jeg mitt forvirrede oppsyn.

Mens jeg forteller om funnet av gullskrinet, om de meningsløse opplevelsene mine i Oslo, om Grethes dulgte antydninger og mitt ærend i London, nyter jeg blikket hennes og oppmerksomheten. Jeg føler meg som en eventyrer på et spennende oppdrag. Slik tror jeg også Diane oppfatter meg.

Da vi går tilbake til SIS for å hente datautskriften som vi glemte igjen, spør Diane hvilke planer jeg har for kvelden. Spørsmålet detonerer en splintbombe av forventning. Jeg hopper til side for ikke å tråkke på en nonchalant bydue og sier at jeg tror ikke jeg har noen spesielle planer. Jeg trenger ikke virke helt desperat. Fire skritt senere spør hun om jeg vil at hun skal vise meg London. Jeg fylles av like deler lykksalighet og panikk. «Det høres koselig ut,» sier jeg.

Jeg venter utenfor SIS mens Diane løper inn og henter datautskriftene om Michael MacMullin. Det tar sin tid. Da hun omsider kommer ut og rekker meg utskriftsbunken, himler hun med øynene og ler anstrengt. «Beklager at jeg ble så sen!» sier hun med et tilgjort stønn. Det ser ut som hun har tenkt å gi meg et fort kyss. Nølende, spørrende, sier hun: «Du – det med i kveld var kanskje ikke noen god idé …?» Spørsmålet flyter ut i ingenting. Hun møter blikket mitt. «Å blås!» utbryter hun plutselig. *«King's Arms Pub!* Halv åtte!» Jeg har fortsatt ikke åpnet munnen. Hun trekker pusten for å si noe, men holder inne. En motorsykkel akselererer forbi. «Du …?» sier hun. «Jeg har en venninne som jobber i biblioteket på The British Museum. Vil du jeg skal ringe henne? Kanskje hun kan hjelpe deg?» «Kjempeflott!» sier jeg. Og venter på kysset som aldri kommer. Hun ser på meg. Jeg klarer ikke å lese blikket hennes. Det er noe usagt i det. «Sees i kveld,» sier hun. Så smiler hun og blir borte.

I en forretning der veggene med CD-plater forsvinner inn i evigheten, kjøper jeg en samle-CD til Rogern. Den heter *Satan's Children: Death Metal Galore.* På forsiden er det en tegning av en djevel som spiller elektrisk gitar. Svovelflammene slikker ham oppetter bena. En søt liten sak som Rogern vil sette pris på.

OGSÅ JEG HAR MINE UVANER. Når du har vunnet kappløpet mellom ballene og egget og har tumlet gjennom barndommen uten å bli meiet ned av en fyllekjører, når du har loffet gjennom tenårene uten å sovne inn av en overdose heroin i en trappeoppgang med blått lys, når du har utstått seks år på Blindern og attpåtil klart å få deg en jobb i det offentlige, når du ikke er blitt rammet av akutt nyresvikt eller hjernesvulst, da må du for faen kunne klemme tannkremtuben på midten og la setet på do bli stående oppe når du har pisset. Å ha uvaner er en menneskerett. Jeg er glad jeg ikke har en kone.

Jeg liker å la tannbørsten ligge ytterst på vasken. Da vet jeg hvor jeg har den. Ok, det er en uvane. Den er ikke rasjonell. Det blåser jeg i.

Nå ligger tannbørsten på det flislagte gulvet.

Det er ingen stor ting. Det kan ha vært stuepiken. Det kan ha vært trekken fra vindusglipen. Det kan ha vært Henrik 8. som har gjenoppstått i en sky av damp og svovel.

Jeg tar den opp og legger den ytterst på vasken igjen, slik at stuepiken kan få gleden av å sette den i plastkruset på speilhyllen.

Da jeg var liten, var det ikke eventyr om kannibalske hekser eller blodtørstige troll som skremte meg mest. Det var historien om Gullhår og de tre bjørnene.

Da bjørnene brummet «noen har sovet i sengen min», falt jeg ned i et bunnløst hull av redsel. Jeg tror det skyldes min overdrevne respekt for hjemmets ukrenkelighet.

Glidelåsen på toalettmappen er lukket. Jeg lar den alltid stå åpen. Slik at jeg lynraskt skal få fatt i pakken med kondomer (mikrotynne, uten glidemiddel) når jeg om natten velter inn på hotellrommet med mitt harem av fotomodeller og mannekenger.

Klokken er halv fire om ettermiddagen. Jeg slår Grethes nummer på hotellets gammeldagse telefon. Den har dreieskive.

Da det har ringt ti ganger, legger jeg på.

Et knip av frykt får meg til å ringe Rogern. Det høres ut som om jeg har vekket ham. Hvilket jeg sannsynligvis har. Jeg spør om alt er som det skal. Han grynter noe som nok betyr ja. Jeg spør om skrinet fortsatt er i sikkerhet. Han grynter ja. I bakgrunnen er det noen som kniser.

Så ringer jeg Caspar for å be ham undersøke om noe kan ha tilstøtt Grethe.

«Hvor ringer du fra?» spør han.

«London.»

Han plystrer lavt i røret, han høres ut som fløyten på en kokende tekjele.

«Vær forsiktig,» sier han.

«Hva mener du?»

«Du er i London på grunn av skrinet?»

«Og så?»

«Det har vært innbrudd hjemme hos deg.»

«Jeg vet det.»

«Å? Javel. Men kan du gjette hvem som har brutt seg inn hos deg?»

«Vent. Hvordan vet du at jeg har hatt innbrudd?»

«Fordi Riksantikvaren, og da mener jeg Sigurd i egen høye person, ble tilkalt av politiet og UD for å gå god for *his almighty* Graham Llyleworth.» Caspars tørre latter høres ut som raslende papir.

«Jeg vet allerede at det var ham. Jeg så dem.»

«Men vet du hvem han hadde med seg?»

«Få høre!»

«En av innbruddstyvene hadde diplomatisk status. Hva gir du meg? Diplomatisk status! Det hviskes om at han tilhører etterretningstjenesten. Den britiske ambassade lagde et svare spetakkel. En skulle tro det gjaldt rikets sikkerhet. Dette her gikk helt til topps, Bjørn! Helt til topps! Utenriksdepartementet har forsøkt å glatte over så godt de kunne. Hva faen er det dere har funnet?»

Jeg sparker av meg skoene, slenger meg på sengen og folder ut den meterlange papirremsen med opplysninger om Michael MacMullin.

Først leser jeg en stikkordsmessig opptegnelse om hans liv. Fødselsdato og -sted ikke oppgitt. Spesialstipendium på Oxford, hvor han ble professor i arkeologi i 1946. Gjesteforeleser ved Det hebraiske universitet i Jerusalem. Sentral i arbeidet med oversettelser og tolkning etter funnet av Dødehavsrullene i 1948. Styreformann i SIS fra samme tid. Æresprofessor ved Weizmanninstituttet. Styreformann i London Geographical Association i 1953, i det israelske historiske selskap i 1959. En av stifterne av the British Museum Society i 1968. Styreformann i London City Finance and Banking Club i 1969.

Jeg leser videre i artikler som er hentet fra fagtidsskrifter og aviser. MacMullin har deltatt på arkeologiske, teologiske og historiske seminarer, kongresser og symposier verden over. Han har representert SIS ved de største arkeologiske utgravningene. Gjennom SIS har han finansert en rekke prosjekter. Da Dødehavsrullene ble funnet ved Qumran, var MacMullin blant de første vestlige vitenskapsmenn som ble tilkalt. Opp gjennom årene har han virket som megler i striden mellom jødiske og palestinske forskere om eiendomsretten til manuskriptfragmentene som er fordelt mellom The Hebrew University i Jerusalem og The Schimmer Institute. Enda et par detaljer lyser opp i rekken av minutiøse henvisninger: Siden 1953 har han vært leder i Den Internasjonale Venneforeningen for Likkledet i Torino, og siden 1956 styremedlem i The Schimmer Institute.

Jeg ringer tilbake til Caspar og ber ham gjøre meg enda en tjeneste. Jeg ber ham anbefale meg til et studieopphold ved The Schimmer Institute. Det er en ren innskytelse. Men jeg har en ubestemmelig følelse av at det kan komme til nytte. Caspar spør ikke engang om hvorfor. Han lover å sende anbefalingen neste dag. På telefaks. Med Riksantikvarens segl og stempel. Da vil de nok åpne alle sine dører, og skuffer og skap, for en nysgjerrigper fra Norge.

12

DET ER IKKE SÅ LETT FOR MEG Å GJØRE MEG PEN.

Kvinner kan gjøre underverker med sminke. De uskjønne blir vakre. De vakre blir uimotståelige. Mannfolk kan frisere håret, forgylle huden med kastanjevann, la skjegget vokse. På mitt utseende biter ingenting.

Ved høytidelige anledninger kompenserer jeg med klær.

I kveld tar jeg på meg grå CK boxershorts, Armani-dress, hvit skjorte, silkeslipset med håndmalte lotusblomster, sorte strømper, lærsko. Skjorteermene knepper jeg igjen med mansjettknapper av gull.

Nedenfor snippen ser jeg ikke så verst ut.

Jeg klasker Jovan etterbarberingsvann på kinnene. Jeg smører gelé i piggsveisen. Da jeg var yngre, forsøkte jeg å pynte ørlite grann på de farveløse vippene og brynene med øyensverte som jeg tyvlånte hos mamma. Det har jeg sluttet med.

Jeg går ut i entreen og mønstrer meg selv i det store speilet. Ingen gresk halvgud. Men ikke så verst.

Jeg bryter forseglingen på forpakningen med Cho-San og river løs et kondom fra plastremsen. Jeg er en evig optimist. Og nede i buksen er det en som svulmer og håper.

Linda i resepsjonen mønstrer meg da jeg gir henne nøkkelkortet. «Elegant, *Mr. Balto*,» sier hun med en anerkjennende mine. Er hun pervers? Tenner hun på albinoer? *Linda the libidinous lily.*

«Jeg visste ikke at du var inne,» sier hun. «Jeg har tatt imot en beskjed til deg.»

Hun rekker meg lappen. Charles DeWitt har ringt. Vennligst ta kontakt omgående.

«Når kom denne beskjeden?» spør jeg.

«Glemte jeg å notere det? *Oooops, so sorry!* For et par timer siden. Nei, mer. Rett etter at jeg kom på vakt. I fire-tiden, kanskje.» Hun flirer kokett unnskyldende, jeg burde forstå at hun er eslet til større oppgaver her i verden enn å huske når hun tok imot en beskjed til en jålete albino i resepsjonen på et mellomklassehotell i Bayswater.

Jeg ser på klokken. Halv åtte.

Jeg går opp på rommet og ringer London Geographical Association. Det er nattvakten som svarer. Han er grinete. Han har nok nettopp stått opp. Han har aldri hørt om Charles DeWitt, jeg må ringe i kontortiden. Jeg ber ham sjekke den interne telefonlisten for sikkerhets skyld. Det smeller i røret da han slenger det på bordet. Jeg hører at han blar. I bakgrunnen lyder stemmen til en hysterisk sportskommentator. Så er han tilbake. Det var som han sa, han fant ingen DeWitt i telefonlisten, jeg må ringe i kontortiden.

I telefonkatalogen finner jeg bare én DeWitt, Jocelyn, Protheroe Road. Jeg slår nummeret.

«*DeWitt residence,*» sier en negroid kvinnestemme.

Jeg presenterer meg og spør om det er Jocelyn DeWitt jeg snakker med. Det er ikke det. Mrs. Jocelyn er ikke hjemme, jeg snakker med husholdersken.

«Kanskje du kan hjelpe meg. Er dette tilfeldigvis familien til en Charles DeWitt?»

Det blir stille. Omsider sier hun: «Ja, dette er familien til Charles DeWitt. Men du må snakke med Mrs. Jocelyn om det.»

«Når venter du henne tilbake?»

«Mrs. Jocelyn har tilbragt noen dager hos sin søster i Yorkshire. Hun er tilbake i morgen.»

«Og Mr. DeWitt?»

Stillhet. «Som sagt må du snakke med Mrs. Jocelyn om det.»

«Bare ett spørsmål: Er Charles DeWitt hennes mann?»

Nølende: «Hvis du ønsker det, kan jeg gi Mrs. Jocelyn beskjed om at du har ringt.»

Jeg legger igjen navnet mitt og hotellets telefonnummer.

DIANE VENTER PÅ MEG VED ET TØNNEBORD innerst i puben. Gjennom sigarettrøyken kjenner jeg henne ikke igjen før hun verdensvant vifter til meg med fingrene.

Den besnærende tanken om tvillingsjeler, at jakten på den store kjærligheten i bunn og grunn er en livslang leting etter vår tapte halvpart fra det overjordiske, står for meg som metafysikkens mest romantiske idé. Det reneste sprøyt, selvsagt. Likevel et forførende tankespinn. En skal ikke se bort ifra at Diane kunne være min tvillingsjel. Skjønt det samme tenker jeg om alle jeg forelsker meg i.

Mennene rundt Diane følger blikket hennes. Da de ser meg, titter de på Diane igjen. Kanskje for å sjekke om hun er svaksynt eller tilbakestående. Eller en støttekontakt på heisatur med klienten sin. Eller kanskje en snerten babe jeg har bestilt over telefonen.

Jeg unnskylder meg vei gjennom den skrålende stimmelen og presser meg ned mellom Diane og en tysker som synger en drikkevise. Det finnes over syv tusen puber i London. I mange av dem er det utelukkende turister. Britene har sine bortgjemte stamsteder. Jeg forstår dem. Vi lokker en kelner til bordet med en seddel. Diane bestiller to lyse øl. Vi drikker dem fort.

Trafikken flyter forbi oss i en flod av metall. Neonreklamenes lysfontener forvrenges i ytterkanten av brilleglassene. Jeg føler meg bortkommen. På en annen planet. For Diane er dette hjemme. Hun har stukket armen sin i min og prater i vei, fylt av den selvtillit som vokste frem av det speilbildet hun forlot etter timene over sminkeboksen og i garderoben. Hun har tatt på seg røde nylonstrømper, sort skjørt og en rød bluse under en kort fløyelsjakke. Jeg kan bare fantasere om undertøyet. Hun har en liten veske i en rem som strammer skrått over brystet. Med en tøystrikk har hun samlet håret i en hestehale.

«Jeg husket å snakke med Lucy. Er jeg ikke en flink pike?»

«Lucy?»

«På biblioteket. I The British Museum. Hun ville mer enn gjerne hjelpe deg.»

«Mer enn gjerne?»

Hun fniser. «Lucy er så nysgjerrig på alle mannfolkhistoriene mine.»

Mens Diane forteller om lystige Lucy, funderer jeg på om jeg er en mannfolkhistorie.

Jeg liker stille kvinner. Litt sjenerte, innadvendte kvinner. Ikke sånne som plystrer etter mannfolk på barer. Jeg liker kvinner som er fulle av tanker og følelser, men som ikke deler dem med gud og hvermann. Jeg aner ikke hva slags kvinne Diane er. Eller hvorfor jeg er så tiltrukket av henne. Enda mindre aner jeg hva hun ser i meg.

I Garric Street ligger en fransk vegetarrestaurant som er kjent for sin fantastiske *menu potager* og sine stive priser. Skal en først by en vakker kvinne på et vegetarmåltid, går en fortapelsen i møte hvis en ikke higer etter det fullkomne.

Jeg overtaler Diane til å prøve en bønnegryte med ostelokk. Selv bestiller jeg auberginegrateng og hele asparges med vinaigrette. Som forrett enes vi om suzetter med spinat og sjampinjonger, som den lespende kelneren med de plirende øynene motvillig har anbefalt. En av fordelene med vegetarrestauranter, er at kelnerne er fordomsfrie. Dermed behandler de en albino absolutt like nedlatende som de behandler alle andre gjester.

Da kelneren har notert bestillingen og tent stearinlyset og trukket seg tilbake, legger Diane albuene på bordet, folder hendene og ser på meg. Fordi restauranten er dunkel, og fordi ansiktet mitt bader i skygger som vil skjule rødmingen, og fordi slike enkle detaljer gir meg et visst vern, våger jeg å spøke med det unevnelige: «Jeg vet hvorfor du har gått ut med meg.»

Ordene overrumpler henne. Hun retter seg opp. «Å?»

«Du er nysgjerrig på hva som skjer med albinoer ved midnatt!» sier jeg.

Hun stirrer uforstående på meg. Så setter hun i å flire.

«Fortell meg hvorfor, da!» ber jeg.

Hun kremter, henter seg inn, ser skrått på meg. «Fordi jeg liker deg!»

«Liker meg?»

«Jeg har aldri møtt noen som er akkurat sånn som deg.»

«Nei det skal du få meg til å tro.»

«Ikke misforstå. Jeg mener det positivt.»

«Eh, takk.»

«Du er ikke en som gir seg så lett.»

«Jeg tror *sta* er et annet ord for det.»

Hun humrer og skotter på meg. «Har du ingen kjæreste? Der hjemme?»

«Ikke for tiden.» Det er en mild overdrivelse. Jeg vil nødig fremstå som stakkarslig. «Enn du?»

«Ikke akkurat nå, jeg heller. Men jeg har sikkert hatt hundre.» Et øyeblikk vakler hun mellom latter og fortvilelse. Heldigvis vinner latteren. «Den drittsekken!» sier hun ut i rommet.

Jeg tier. Å takle andres kjærlighetssorg er ikke min sterkeste side. Jeg har problemer nok med mine egne.

Hun ser meg inn i øynene. Jeg forsøker å se tilbake. Det er ikke helt enkelt. Det dårlige synet mitt har utviklet sammentrekninger i øyemusklene. Lidelsen heter nystagmus. Legene tror det skyldes et forsøk på både å fokusere og å fordele lyset som flommer gjennom iris. Men for folk flest ser det ut som nervøs flakking med blikket.

«Du er ikke som de andre,» sier hun.

Forretten kommer på bordet. Vi spiser i taushet.

Først da kelneren har servert hovedretten og skjenket i vin og hvest *bon appétite* og buktet seg tilbake til det mørke, fuktige skjulestedet sitt ved kjøkkenet, livner Diane til. En lang stund sitter hun og betrakter meg mens hun vekselvis smiler og biter seg i underleppen. Hun spidder en bønne som hun putter i munnen.

«Så – hvorfor ble du arkeolog?» spør hun.

Jeg forteller at jeg ble arkeolog fordi jeg har sans for historie, systematikk, deduksjon, tolkning, forståelse. Teoretisk kunne jeg ha blitt psykolog. Psykologi er kunsten å utøve sjelelig arkeologi. Men jeg er altfor sjenert til å kunne bli en god psykolog. Dessuten interesserer jeg meg minimalt for andres problemer. Ikke fordi jeg er egoistisk, men fordi mine egne er store nok for meg.

«Hva er det med dette skrinet, *Bjorn*?» spør hun.

Jeg skyver en asparges frem og tilbake på tallerkenen mens jeg svarer: «Det er noe de skjuler. Noe veldig stort.»

«Hva skulle det være?»

Jeg ser ut av vinduet. En varebil med sotede vinduer står feilparkert inntil fortauskanten. Jeg stikker gaffelen i aspargesen og grøsser. Jeg ser for meg kameraer og mikrofoner bak de sorte rutene. Av og til har jeg problemer med paranoiaen min.

«Noe som er stort nok til at de vil gå veldig langt i å holde det hemmelig,» sier jeg lavt.

«Hvem er *de*?»

«Alle. Ingen. Jeg vet ikke. MacMullin. Llyleworth. Professor Arntzen. SIS. Riksantikvaren. Alle sammen. Kanskje du også?»

Hun sier ingenting.

«Det siste var en spøk,» sier jeg.

Hun blunker og geiper med tungespissen.

«De må ha kommet over noe i 1973,» sier jeg. «I Oxford.»

«I Oxford?»

«Alle trådene samles der.»

«I '73?»

«Ja?»

Et drag av smerte glir over fjeset hennes.

«Er noe i veien?» spør jeg.

Bak oss velter noen en flaske. Kelneren kommer styrtende til med et bebreidende glefs.

Diane rister på hodet. «Neida,» sier hun fjernt.

«Det er så mye jeg ikke får til å stemme,» fortsetter jeg. «Ting som ikke henger sammen.»

«Kanskje det er du som ikke ser sammenhengen,» foreslår hun.

«Hva tror du?» spør jeg. «Hvordan kunne SIS vite nøyaktig hvor skrinet lå nedgravd?»

Spørsmålet overrumpler henne. «Visste vi?»

«Åpenbart. Professor Llyleworth, DeWitt og pappa spekulerte allerede i sin avhandling fra 1973 på om det lå et helgenskrin på funnplassen. Først i år fant de det for godt å lete.»

«Ikke så rart. Det var først i fjor at vi fikk satellittbildene som avslørte nøyaktig hvor oktogonen befant seg.»

Det burde jeg ha innsett.

«Virkeligheten er aldri slik vi oppfatter den,» sier jeg. «Noen trekker i tråder vi ikke kan se.»

«Hva mener du med det?»

«De visste nøyaktig hva de lette etter. Og hvor de skulle lete. Og de fant det de lette etter. Og så kom jeg og blandet meg inn.»

«Det er det jeg liker med deg! Du blandet deg inn!»

«De er nok ikke så begeistret for meg.»

«De har seg selv å takke.»

«Nå er jeg en stein i skoen på dem.»

«Til pass for dem!»

Jeg ler. «Du har virkelig mye imot dem, du.»

«De er bare så –» Hun rister på hodet og biter tennene sammen.

«Likte du bønnegryten?»

«Nydelig!»

«Kunne du tenke deg å bli vegetarianer?»

«Aldri! *Too fond of meat!*» Hun blunker til meg.

Det skjer ikke så ofte at jeg går gjennom London tett omslynget med en nydelig pike. Sant å si er det ikke så ofte jeg går tett omslynget med en pike i det hele tatt.

Luften er varm, tett, ladet. Eller så er det meg. Jeg vinker til bilene som farer forbi. Jeg blunker til jentene. En tigger sitter og halvsover inntil en telefonkiosk. Diane har stukket hånden sin ned i baklommen min.

Jeg har aldri fortalt Diane hvilket hotell jeg bor på. Likevel er det hun som leder meg opp Oxford Street og videre opp Bayswater Road. Eller så er det underbevisstheten min. Jeg tar sjansen på å legge armen min rundt skuldrene hennes.

«Jeg er glad jeg møtte deg,» sier jeg.

Vi løper over en tverrgate mot rødt lys. En Mercedes tuter.

«Virkelig glad,» sier jeg og trekker henne mot meg.

Plutselig bråstanser hun og vifter med hånden. Jeg skjønner

ikke hva hun driver med. Jeg ser etter mygg. I den grad det eksisterer mygg i London sentrum. En drosje svinger inn til fortauet. Da hun snur seg mot meg, flommer øynene hennes over av tårer. «Unnskyld meg!» sier hun. «Takk for i kveld. Du er søt. Unnskyld!»

Hun smeller igjen døren. Jeg åpner munnen for å si noe, men det er ingen ord der inne som vil ut. Diane sier noe til sjåføren. Jeg hører ikke hva. Sjåføren gjør et kast med hodet. Bilen skyter fart. Diane snur seg ikke. Drosjen runder hjørnet. Tafatt står jeg rett opp og ned på fortauet og ser på trafikken.

Slik blir jeg stående.

Det er fortsatt Linda som har vakt i resepsjonen. Kattedyret. *Linda the long-legged leopard.*

«Hyggelig kveld?» spør hun profesjonelt.

Jeg nikker mutt.

«Jeg har en beskjed til deg igjen. Og et brev.» Hun rekker meg sin håndskrevne lapp og en konvolutt.

Jeg leser at DeWitt har ringt og ber meg ta kontakt.

På vei opp til rommet river jeg opp konvolutten. Den inneholder et hvitt ark med en kort melding:

Du vil motta 250 000 pund for skrinet.
Vennligst avvent videre instruksjoner.

Jeg lurer på hvor mye det vil koste å kjøpe meg. Stoltheten min. Selvbildet. Selvrespekten. Jeg er sannelig ikke sikker. Men selv ikke 250 000 pund er i nærheten av å friste meg.

Jeg burde ha oppsøkt en psykolog.

14

«DIANE HAR ET TEMMELIG SKRUDD FORHOLD til mannfolk.»

Jeg sitter på en hard stol i lesesalen i biblioteket i The British Museum. Over meg kupler taket seg i svimlende toogtredve meters høyde. Lesepultene stråler ut fra salens sirkelrunde sentrum. Den anglosaksiske sivilisasjons skriftlige hukommelse. Et berg av tykke bøker tårner seg opp på pulten foran meg. På gulvet står to pappesker med dokumenter fra manuskriptarkivet. Alt – luften, klærne mine, fingertuppene – lukter av papirstøv. Men Lucy dufter av Salvador Dalí.

Jeg har bladd og notert i fire timer. Jeg har fylt tolv A4-sider med anmerkninger, kommentarer, observasjoner. Nå har Lucy kommet tilbake. Hun har plantet den søte stjerten sin oppå den ledige pulten ved siden av meg og sitter og dingler med bena sine. Hun har rødt hår, blåsminkede øyenlokk og posete genser. Miniskjørt. Det er åpenbart at hun synes at jeg understreker Dianes skrudde forhold til mannfolk.

Jeg er ikke vant til å bli omtalt som noe «mannfolk». Jeg er ikke vant til at kvinner snakker om meg i det hele tatt. Med mindre de synes synd på meg.

«Ja, mannfolk er mannfolk,» mumler jeg og forsøker å kamuflere hvor beklemt jeg føler meg.

«Kjekt til sitt bruk!» kurrer hun.

«Fant du noe mer? Om Værne kloster?»

«Sorry, du har fått alt vi hadde.» Hun er hes, som om hun har ranglet litt for lenge og litt for ofte. «Mest brev og henvisninger i manuskripter. Men til gjengjeld har vi plenty mer om johannittene, hvis du vil kikke igjennom det. Hvorfor er du interessert?»

«Det gjelder et arkeologisk funn.»

«Hun sa du var arkeolog. Finner du det du leter etter?»

«Jeg vet ikke engang hva jeg leter etter.»

Hun klukker. «Diane sa du var ganske snodig.»

Johannitterordenen ble stiftet i barmhjertighet i et hospital i Jerusalem i året 1050 og viet til døperen Johannes. Munkene pleiet gamle og syke, men senere (inspirert av Tempelridderordenen som ble dannet i 1119) påtok de seg også å verne de hellige steder militært.

Da Jerusalem ble inntatt i 1187, flyttet johannittene sitt hovedsete til korsfarerborgen Acre. Herfra kjempet de mot muslimene sammen med tempelherrene. Samtidig reiste munkene ut i verden. Merkelig nok også til Norge. Da Acre falt i 1291, flyttet johannittene sitt sete først til Kypros og så til Rhodos.

Opp gjennom århundrene ble johannittene drevet fra slag til slag, fra flukt til flukt, fra storhetstid til nederlag og nye storhetstider. Johannitterordenen vokste seg mektig og rik. De mottok gaver fra konger og fyrster. Korsfarerne bragte med seg storslåtte skatter hjem fra sine plyndringstokter. Det sier sitt at ordenen eksisterer den dag i dag.

Mens brødrene i Europa kriget mot mektige fiender, nøt johannittermunkene på Værne kloster i begynnelsen godt av beskyttelse. Paven i Roma utstedte vernebrev, lokalbefolkningen og kongen voktet vel over dem. Men snart møtte også munkene på Værne kloster motstand. I et brev fra pave Nicolaus 2. til biskopen i Oslo, ber han om at munkene får tilbake de eiendommer som er tatt fra dem. En kan jo bare gjette hva som lå bak.

Ordenens Stormester anerkjente bare paven som sin overherre. Johannittenes tre klasser – ridderne, prestene og de tjenende brødrene – spredte ordenen utover i Europa. I klostrene stelte de fortsatt gamle og syke. Men under all denne fromhet dirret Stormesterens ønske om enda større eiendommer, enda mer gull og edelstener, enda mer makt. For kongene, fyrstene og de geistlige ble Johannitterordenen og Tempelridderordenen farlige konkurrenter. I 1312 gjorde Filip 4. av Frankrike kort prosess og oppløste den mektigste av dem, Tempelridderordenen. De mer ufarlige johannittene overtok mye av tempelherrenes ufattelige rikdommer, men de fikk ikke nyte velstanden lenge. Eiendommer og skatter ble konfiskert. I 1480 nedkjempet johannittene et tyrkisk angrep mot Rhodos, men kapitulerte overfor den tyrkiske sultan Suleiman i 1522. Tyrkerne lot Stormesteren reise til Messina, og under forhandlingene med keiser Karl 5. overtalte de ham til å gi dem Malta, Gozo og Tripoli i 1530.

To år senere var johannittenes tid på Værne kloster forbi.

Lucy har på seg røde nylonstrømper. De distraherer meg. Nylonet lager en gnissende lyd mellom lårene hennes hver gang hun rører på bena. En lyd som lett kan sette fantasien i sving.

Jeg spør: «Hvem var han? Den forrige?»

«George. En drittsekk. Han bare utnyttet henne. Hun er så godtroende.» Hun lager en talende grimase. «Hun kom over ham sammen med en – tøyte.»

«Slo hun opp?»

«Diane? Hah! Hun var helt på tuppa etter ham. Jeg sa det til henne: Han er bare kropp! *Body and muscles! Nice ass, no brain.* Men det var greit for henne.»

«Hun virker mer intelligent enn som så.»

«Diane er sylskarp. Men å være smart gjør deg ikke til noen ekspert på mannfolk. Diane, hun er genuint rotløs. Søkende. Jeg vet ikke hva det er med henne. Hun er litt spesiell.»

«Hun virker normal på meg.»

«Jada. Men hun hadde en trist oppvekst. Det gjør vel noe med deg som menneske.»

«Hvordan trist?»

«Diane vokste opp på kostskoler. Faren besøkte henne hver måned. Hun forguder ham. Og hater ham, tror jeg.»

«Gikk han fra henne?»

«Faren?»

«Den forrige. George.»

«Det skal jeg love deg! Flyttet rett inn hos denne tøyta si. Som var mer veldreid enn Diane. Men ti ganger dummere. Et mer passende par, spør du meg.»

«Og du? Er du gift?»

«Jeg?» Hun setter i et hyl. I stillheten rundt oss ser de andre opp. Hun slår seg for munnen og hysjer på seg selv. «Gift? Jeg?» hvisker hun. «Jeg er 23!»

Som om det skulle være en forklaring.

Hadde det ikke vært for Lucy, hadde jeg brukt en dag bare på å få adgang til biblioteket og manuskriptene. Lucy skaffet meg et Reader's Pass og et Manuscript Pass utenom tur. Jeg er blitt fotografert og har levert mitt norske pass og fylt ut et to siders skjema.

I den store, linjerte notatboken har jeg skrevet en del data som jeg ikke vet om er betydningsfulle. Store deler av arkivet til Værne kloster – *Domus hospitalis sancti Johannis in Varno* i de latinske kildene – var intakt i 1622. Det eldste av de pavelige

153

privilegiebrevene, undertegnet av pave Innocens 3., ble utstedt til *giffuett munckenne ij Werne closter* i 1198. Da hadde paven lyst kong Sverre i bann. Ergo må klosteret være eldre. Senest fra 1194. Mer trolig fra 1188 – rett etter at johannittene måtte gi opp Jerusalem og flytte til Acre. Pave Clemens 3. (som aldri ble anerkjent som pave) skrev da et brev til johannittenes overhode. I ettertid har forskerne hatt problemer med å tolke betydningen. I korthet var brevet en befaling til ordenen om å oppfylle den hellige anvisning om å skjule og vokte helgenskrinet. Det er ikke noe sentralt brev i religionshistorien. Det er ikke engang helt. Men på kopien av det istykkerrevne dokumentet ser jeg, midt i den avrevne bruddflaten, tre bokstaver. V-A-R. Ingen har vel stusset over bokstavene. Som sagt er det bare ett av mange tusen dokumenter. Men en kan ikke utelukke at bokstavene skulle forme ordet Varna.

Utpå dagen henter Lucy meg til et kontor, der et telefonrør ligger og venter på meg.

Inni hører jeg Diane.

Nesten hviskende ber hun om unnskyldning for i går kveld. Stemmen hennes har en kjølig distanse. Som om hun ikke riktig vet hva hun vil eller mener. Det var ikke hennes mening å forlate meg så plutselig, men hun følte seg uvel. Hun håper ikke jeg ble fornærmet.

Jeg sier at hun kanskje ikke tålte vegetarmaten.

Hun spør om jeg ble lei meg.

Lei meg? hoier jeg muntert uforstående. Vi var da på vei hjem uansett, haha.

Hun spør om hun kan gjøre det godt igjen. Om jeg vil møte henne samme kveld? Hjemme hos henne?

Hvorfor ikke? sier jeg, jeg tror ikke jeg har noe fore.

15

JEG HAR LAGT MERKE TIL HAM EN STUND ALLEREDE. En eldre herre iført en altfor varm kasjmirfrakk. Trekkene er en anelse eksotiske, som om en av hans fjerne forfedre var en orientalsk prins på vift i London. Håret er sølvhvitt og lengre enn vanlig for menn på hans alder. Han må være rundt de sytti. Han er høy og slank. Distingvert. Øynene er mandelformede og våkne. Han rusler omkring og trekker bøker og registreringskort ut på måfå. Men hele tiden holder han et våkent øye med meg. Nå nærmer han seg langsomt pulten der jeg sitter.

Jeg er sliten. Jeg har tilbragt hele dagen over bøker og dokumenter som ikke løser noen gåter. Jeg har lest side opp og side ned om johannitter og religiøse myter og korstog. Jeg har nettopp funnet et knippe dokumenter som omhandler hendelsene i Rennes-le-Château. Jeg har studert skrifter om middelaldermunkers verdensanskuelse og om den historiske utviklingen i Kirkens holdning til materielle verdier og eiendommer. Innimellom spør jeg meg selv hvorfor jeg gidder. Spiller det noen rolle? Kan jeg ikke bare gi fra meg det helvetes skrinet? Det er ikke mitt. Det er ikke mitt problem. Men noe i min natur stritter imot. Og vil vite.

«Mr. Beltø? Mr. Bjørn Beltø?»

Han er den første engelskmann som har klart å uttale navnet mitt riktig. Ø'ene klinger skarpt, ikke ullent. Det må skyldes at han engang i tiden har lært seg den presise uttalen. For eksempel fordi han var pappas kollega og venn.

For eksempel i Oxford.

For eksempel i 1973.

Charles DeWitt ...

Endelig har jeg funnet ham. Skjønt egentlig er det vel han som har funnet meg.

Jeg lukker det besynderlige heftet om rosenkreutzerkoder (som av en eller annen grunn lå blant dokumentene om Rennes-le-Château) og ser opp på ham.

«Det er meg,» bekrefter jeg og legger heftet fra meg på pulten.

Han står halvveis bøyd over meg. Den ene hånden hans hviler på skilleveggen mellom lesepultene. Med et fort øyekast kikker han på heftet, dernest flytter han blikket over på meg. Utstrålingen hans er monumental. Han minner om en gammeldags aristokrat – en 1700-talls-lord som har tatt et steg ut av tiden. Normalt ville jeg ha gjort meg liten under hans intense blikk. Men jeg møter blikket med et fandenivoldsk flir.

«Med mitt utseende har jeg visst vondt for å stikke meg bort. Selv i London,» sier jeg bråkjekt.

Jeg kan ikke riktig beskrive de neste sekundene. Egentlig skjer det ikke noe mer enn at han smiler av min selvironiske spøk. Men det er som om smilet og blikket løfter oss begge ut av The British Museum og inn i et vakuum der tiden har stanset. Et sted dypt bak i hodet hører jeg raslingen i urverket på bestefarsklokken i farmors stue på landstedet ved fjorden, jeg hører mamma hviske «Lille prins! Bjørn!«, jeg hører pappas skrik, jeg hører Grethe som sier «Jeg hadde håpet du aldri skulle få vite det» – ord, stemmer, lyder vevet sammen i et lynglimt av minner.

I det samme klikker virkeligheten tilbake på plass. Jeg rykker til i stolen. Det virker ikke som om han merket noe.

«Du har spurt etter meg?» sier han.

Jeg tenker: Gode gud, hvis dette skjer igjen, må jeg ringe doktor Wang når jeg kommer hjem!

«Jeg har vel det,» mumler jeg. Jeg er ør og forvirret. Hva i all verden var det som skjedde?

«Hva vil du meg?» spør han.

«Det vet du vel?»

Han skakker på hodet, men svarer ikke.

Jeg sukker. «Alle vet mer enn de vil innrømme,» sier jeg. «Men de later som om de ingenting vet.»

«Slik er det gjerne.»

«Vi har en del felles interesser.»

«Har vi? Interessant! Hvilke?»

«Jeg har noen spørsmål. Og jeg tror du har noen svar.»

«Det kommer selvsagt an på spørsmålene.»

«Og den som stiller dem.»

Han retter seg opp og skuer utover lokalet. «I sannhet et fascinerende sted. Visste du at Sir Hans Sloanes testamentariske gave i 1753 på femti tusen bind dannet grunnlaget for museets bibliotek? Og at det i 1966 ble laget en katalog over museets samlinger – og at katalogen alene var på 263 bind?»

«Noen har glemt å fortelle meg det,» smiler jeg.

«Jeg beklager at jeg har latt deg vente, herr Beltø – jeg kom nettopp fra utlandet. Jeg har en bil stående utenfor, du beærer meg kanskje ved å akseptere en invitasjon hjem til meg på en kopp te? Så kan vi diskutere våre felles anliggende i noe mer private omgivelser.»

«Hvordan visste du at jeg var her?»

Et forlegent smil kruser leppene. «Jeg er godt orientert.»

Jeg tviler ikke.

Han bor i et fasjonabelt strøk med brede trapper opp til hoved-inngangen og en smal trapp (bak et smijernsgjerde) ned til kjøkkeninngangen. En limousin med mørke vinduer rullet opp langs fortauet da vi viste oss utenfor The British Museum. I tyve minutter har sjåføren, som jeg skimter bak skilleglasset, snirklet seg gjennom en labyrint av sidegater. Jeg lurer på om det kan være for å forvirre meg. Derfor legger jeg merke til ga-teskiltet da vi stanser. Sheffield Terrace.

Jocelyn DeWitts adresse var Protheroe Road.

DeWitt låser opp døren. To skruehull og en mørkere tone viser hvor navneskiltet skulle ha vært.

Det er en fornem bolig, og i likhet med mange fornemme boliger virker den ubebodd og nyinnredet. Hverken møblene eller bildene eller teppene makter å gjøre det hjemmekoselig. Jeg ser ikke noe rot. Ingenting som er personlig. Ingen liten meningsløs gjenstand som bryter med helheten, men som står fremme fordi beboeren forbinder noe gledelig med den. Alt er så sterilt som man kan vente for eksempel når en nyskilt mann har flyttet hjemmefra og skal innrede sin nye bopel.

«Så din kone beholdt husholdersken?» sier jeg da vi henger fra oss ytterklærne.

DeWitt ser forurettet på meg. «Min kone?»

Jeg kunne ha bitt av meg tungen. Det var en ufin og uover-veid bemerkning. Typisk meg. En slik sleivete kommentar man kan tillate seg overfor en god kamerat. Men for en aristokrat som Charles DeWitt må skilsmissen – jeg kan ikke skjønne an-net enn at det må dreie seg om en skilsmisse mellom ham og fru

Jocelyn – være en sosial katastrofe. Som ikke egner seg til vittigheter fra en vilt fremmed.

«Jeg beklager,» sier jeg spakt. «Jeg slo opp i telefonkatalogen og ringte henne. Din kone. Men hun var ikke hjemme.»

«Hva behager?» sier han kort. Han virker forvirret.

«Jocelyn?» sier jeg prøvende.

«Hva?»

«Jeg fikk ikke tak i henne.»

«Åh!» utbryter han plutselig. Han ser lattermildt på meg. «Jocelyn! Jeg skjønner! Ah… Jeg skjønner!»

Vi går inn i stuen og setter oss inntil et vindu hvor solen skjærer søyler av sølv i svevestøvet.

«Du ville snakke med meg?» spør han.

«Du vet kanskje hva det gjelder?»

«Kanskje. Kanskje ikke. Hva bringer deg til meg? Til oss?»

«Jeg fant navnet ditt på avhandlingen. Hos Grethe.»

«Grethe.» Stemmen er skjør, øm; slik en far vil snakke om sin datter i et fjernt land.

«Du husker henne?»

Han lukker øynene. «Å ja,» sier han bare. Så martres ansiktet av et trist drag.

«Kjenner du henne godt?»

«Vi var kjærester en periode.» Han sier *sweethearts*. Det kaster et sukkersøtt lys over romansen. Kjenner jeg Grethe rett, var forholdet alt annet enn sukkersøtt. Men det forklarer i det minste litt av oppførselen hennes. Så skjer noe overraskende. Han blir blank i øynene. Han klør seg i øyekroken.

«Vær så snill,» humrer han forlegent, «ikke se så forbauset ut. Grethe har alltid vært en – hva skal vi si? – lidenskapelig kvinne. Varmblodig. Og en vennlig sjel. Altfor snill og ettergivende. Det var ikke rart hun hadde mange mannlige – ah, venner opp gjennom årene. Det var mange år siden, dette her.»

«Jeg ba henne om et råd. Om et arkeologisk funn. Og så kom jeg over dette,» sier jeg og rekker ham visittkortet hans fra London Geographical Association.

Han stirrer på det gulnede visittkortet med en fjern mine. Han anstrenger seg for å holde noe tilbake.

«De har visst aldri hørt om deg der,» sier jeg.

«Alt skyldes en misforståelse.»

«Hvilken misforståelse?»

«Tenk ikke på det. Men de burde selvsagt ha kjent igjen navnet Charles DeWitt.»

«Jeg har kommet på grunn av et arkeologisk funn.»

«Ja?»

«Vi fant et skrin.»

«Interessant.»

«Av gull.»

«Du har det kanskje med deg?»

«Hvordan det?»

«Så vi får tatt en titt?»

«Du forstår ikke. Saken er at jeg må beskytte skrinet!»

Han hever det venstre øyenbrynet. «Jaså?»

«De forsøkte å stjele det. De ville føre skrinet ut av landet.»

«Hvem er det vi snakker om?»

«Llyleworth. Arntzen. Loland. Viestad. Mine overordnede! Alle sammen! Alle er involvert. På et eller annet vis.»

Latteren hans klinger ikke ekte.

«Tror du jeg overdriver?» spør jeg. «Eller at jeg finner på alt sammen?»

«Jeg tror nok du misforstår en hel del ting. Ikke så rart, i bunn og grunn.» Han ser på meg. «Du høres ut som en mistenksom person, Bjørn. Meget mistenksom.»

«Det er mulig jeg er paranoid. Men det skyldes kanskje at jeg har grunn til å være det.»

Det er tydelig at han fryder seg. Selv om jeg ikke forstår hvorfor.

«Så hva har du gjort med skrinet?» spør han.

«Jeg har gjemt det.»

Igjen farer øyenbrynet hans i været. «Her? I London?»

«Nei.»

«Hvor?»

«På et trygt sted!»

«Det håper jeg virkelig!» Han trekker pusten, forsøker å samle tankene. «Fortell meg hvorfor du utviser dette engasjementet?»

«Fordi alle vil ta det fra meg. Fordi jeg var kontrolløren. Fordi de prøvde å lure meg.»

Fjeset får en lød som av tilfredshet. «Beskytteren,» hvisker han.

«Unnskyld?»

«Du ser deg selv i rollen som beskytteren. Det kan jeg like.»

«Jeg ville foretrukket om jeg slapp å beskytte noe som helst.»

«Det forstår seg. Fortell meg om utgravningen.»

«Vi arbeidet i en åker ved et gammelt middelalderkloster i Norge. Utgravningen ble ledet av professor Graham Llyleworth fra SIS. Under norsk overoppsyn av professor Trygve Arntzen og instituttets direktør Frank Viestad. Og riksantikvar Sigurd Loland. Jeg var stedlig kontrollør. Ha ha. Vi lette etter en rundborg. Ble det påstått. Så fant vi ruinen av en oktogon. Du kjenner kanskje myten? Og i ruinen fant vi skrinet. Simsalabim!»

«Og ut fra dette utleder du en sammensvergelse?«

«Professor Llyleworth stakk av med skrinet. De reiste inn til professor Arntzen med det. Min overordnede.»

«Likevel foresvever det meg at alt, så langt, har gått forskriftsmessig for seg? Hvorfor grep du inn?»

«Fordi de planla å smugle gullskrinet ut av Norge.»

«På hvilken måte?»

«Trolig med et privatfly. De hadde tilkalt noen fra Frankrike.»

«Jaha? Og hvordan vet du det?»

«Jeg lyttet ved døren.»

Han ser på meg og knegger. «Da forstår jeg! Det forklarer en hel del! Du lyttet ved døren!» Han ler hjertelig, klarer ikke riktig å gi seg.

«Jeg tillot meg å avbryte denne lille sammensvergelsen.»

«Det får'n si!»

«Jeg stjal skrinet tilbake.»

«Hvilken pliktfølelse!»

Jeg vet ikke om han driver gjøn med meg.

«Så hva bringer deg til nettopp meg?» spør han.

«Jeg hadde håpet du kan forklare hva det er med dette skrinet.»

«Hvorfor skulle jeg vite noe som helst om det?»

«Alt leder tilbake til Oxford. 1973. Og avhandlingen.»

«Jaså?» sier han nølende.

Jeg vrir meg i hendene. «Nå beveger jeg meg ut på tynn is, men siden du ikke er involvert i utgravningen, forestiller jeg meg – håper! – at du kan hjelpe meg.»

«Hvordan?»

«Ved å fortelle meg hva det var dere kom over for femogtyve år siden.»

Ettertenksomt stryker han seg over haken mens han ser på meg. «La meg være ærlig,» sier han. «La oss begge være ærlige med hverandre. Jeg vet mer enn jeg later som.»

Vi måler hverandre med øynene.

«Vet du hva skrinet inneholder?» spør jeg.

«Først vil jeg vite hvor det befinner seg.»

«På et trygt sted.»

«Du har vel ikke åpnet det?»

«Selvsagt ikke.»

«Godt! Bjørn, stoler du på meg?»

«Nei.»

Mitt likefremme svar løsner latteren i ham enda en gang.

«Min venn,» sier han, «jeg forstår deg. Jeg forstår din skepsis. Men tenk deg om… Du kjenner ikke rekkevidden av hva du gjør. Det er så mye du ikke vet! Du må levere skrinet tilbake.» Blikket hans er bønnfallende, insisterende.

«Hvorfor?»

«Kan du ikke bare stole på meg?»

«Nei. Jeg vil vite hva det inneholder.»

Han lukker øynene og puster en stund gjennom nesen. «Tro meg når jeg sier jeg forstår deg. Du er nysgjerrig. Mistenksom. Usikker. Og redd? Og du tror kanskje at det til syvende og sist handler om penger.»

«Tanken har streifet meg.»

«Men slik er det ikke.»

«Så hva handler det om?»

«Det er en lang historie.»

«Jeg har tid nok.»

«En komplisert og omstendelig historie.»

«Jeg er flink til å lytte.»

«Jeg tviler ikke.»

«Nå venter jeg bare på en forklaring.»

«Det forstår jeg. Men jeg må be deg om å akseptere at gåtens løsning er så delikat, så ømtålig, at den ikke kan deles med deg.»

«For noe pompøst sludder!»

Utbruddet mitt morer ham. «Ikke så dumt sagt, Mr. Beltø! Det må jeg si! Ikke så dumt! Du virker som en mann man kan betro en hemmelighet.»

Det er ikke et spørsmål. Det er en konstatering. Eller aller helst en befaling. Men jeg sier ingenting.

«En kan si jeg ikke har noe valg,» fortsetter han. Det er ikke meg han snakker med. Han snakker med seg selv. Og lar meg lytte til samtalen. «Jeg er simpelthen nødt til å sette deg inn i vår lille – hemmelighet. Nødt!» gjentar han. «Jeg har ikke noe valg!»

Fortsatt sier jeg ingenting. Jeg tenker: Han kan umulig bli mer melodramatisk nå.

Men jeg tar feil.

Han skal til å reise seg, men blir sittende. «Hr. Beltø, kan du avlegge en ed?»

«En ed?»

Jeg tenker på eden som direktør Viestad tok så alvorlig.

«Jeg må be deg, som gentleman og som vitenskapsmann, om å love aldri å røpe det jeg nå skal fortelle deg.»

Det er ikke godt å si om han spøker med meg.

«Lover du?» spør han.

Jeg venter halvveis at veggen skal åpne seg og at et tyve-mannsteam fra «Skjult kamera» skal velte frem med blomster og mikrofoner og latter. Men ingenting skjer.

«Okay. Jeg lover,» sier jeg, men vet ikke om jeg mener det.

«Godt,» sier han ut i luften, fortsatt ikke henvendt til meg, men liksom til et åndevesen som svever et eller annet sted over hodet på meg.

«Hvor skal jeg begynne?» spør han seg selv. «Tja ... Man kan gjerne kalle det en gutteklubb. En klubb for de innvidde. For de kunnskapsrike. En gutteklubb for arkeologer.»

162

«En arkeologisk klubb?»

«Ikke for hvilken arkeolog som helst. Vi er de fremste. Vi kaller den simpelthen The Club. Den ble stiftet av Austen Henry Layard for hundre år siden. Layard samlet rundt seg femti av datidens fremste arkeologer, oppdagelsesreisende og eventyrere. Tallet på medlemmer kan aldri overstige femti. Når ett medlem dør, samles de øvrige for å stemme over hvem de vil invitere med i klubben. Ikke ulikt et pavelig konsil. Ah, skjønt ikke så viktig, naturligvis,» tilføyer han på en måte som etterlater en ørliten tvil om han egentlig mener det.

«Og i The Club er du så heldig å være med?» spør jeg.

Det syrlige tonefallet går ham hus forbi.

«I all beskjedenhet,» sier han selvhøytidelig, «er jeg The Clubs president.»

Han betrakter meg mens han lar denne avsløring gjøre inntrykk. Hvilket den ikke gjør. Men jeg kan jo alltids late som.

«Det er viktig for deg å forstå hvilken tyngde vår lille klubb har. Uformelt og i en gemyttlig tone samles, helt fortrolig, verdens femti fremste arkeologer. Det skjer to ganger i året. De fleste innehar professorater på større universiteter. Vi diskuterer, vi utveksler erfaringer, vi vurderer teorier. Og, det skal ikke underslås, vi morer oss.»

«Nei, så moro!» utbryter jeg.

Han mønstrer meg. «Absolutt,» sier han. Holdningen min forvirrer ham. Han må være vant til å bli møtt med respekt og nesegrus beundring.

«Du skulle ikke ha plass til en albino amanuensis fra Norge?»

«Hr. Beltø, jeg tror ikke du tar dette helt alvorlig.»

Jeg bare ser på ham, for han har fanden så rett.

Øynene hans smalner, han ser ut i rommet. «Diskusjonene i klubben vår har munnet ut i noen av de siste tiårenes mest oppsiktsvekkende arkeologiske oppdagelser. Helt uoffisielt, naturligvis. Klubben har aldri tatt æren for noe som et av våre medlemmer har stått bak. Selv om klubben som kollegium nok kan sies å være den direkte foranledning til at utgravningen ble påbegynt eller at utgravningen fant sted nettopp der den gjorde. Klubben tjener som en kunnskapsbank. En felles bank der hver av oss setter inn vår kunnskap, og hvor vi til gjengjeld kan hente ut rente i form av den samlede viten hos våre femti medlemmer.»

Jeg lener meg tilbake i stolen og legger armene i kors. Mennesker som vet en hel masse, kan lett henfalle til høyttravende plattheter når de skal fortelle om seg og sitt. De oppfatter det bare ikke selv.

«Du tror kanskje vi er en gjeng inntørkede, humørløse gamle akademikere?» Han skratter. «Min venn, vi nyter bordets gleder og forsyner oss av de beste viner og de nobleste sherryer.»

«Og kanskje noen snerte unge ryper utpå kveldingen?»

Han ser forurettet på meg. «Nei. Men vi leker.»

«Leker?»

«Vi arrangerer konkurranser. Oppgaver. Noe helt for seg selv. En kombinasjon av historiske rebuser, kartografi og selvsagt arkeologi. Kall det en avansert skattejakt. Hvert femte år presenterer vi en ny oppgave. Den som først finner løsningen, og som bringer oss artefaktet vi har gjemt, innlemmes i klubbens presidentskap. Som for tiden teller fem medlemmer.»

Jeg begynner å øyne hvor han vil.

«Sist hadde vi skjult en runestav i et mesopotamisk gravkammer. En riktig fornøyelig anakronisme.» Han klukker. «Vi utformet en rebus med utgangspunkt i Layards fembente, vingede oksesfinkser på The British Museum, som ledet den våkne videre til Nimrud.»

«Og i år,» avbryter jeg, «hadde dere gravd ned et skrin av gull på Værne kloster.»

«Du er skarp. Men det er ikke fullt så enkelt. I år markerer vi klubbens jubileum. Derfor ønsket vi oss en spesiell utfordring. Vi tildelte,» han kremter, nøler, «vi ga Michael MacMullin ansvar for å utforme rebusen. Han tok utgangspunkt i myten om *The Shrine of Sacred Secrets*. I sin studietid på syttitallet skrev din far, sammen med Graham Llyleworth, en avhandling der han antydet at helgenskrinet kunne ligge begravet i en oktogon på Varna i Norge.»

Jeg nevner ikke for ham at han beskjedent unnlater å påpeke at han selv var avhandlingens tredje forfatter.

«Det var en ganske finurlig rebus,» sier han. «Mulig å løse, men vrien. En strålende utfordring.»

Jeg forutser hva han vil si. «Og så gikk noe galt,» foreslår jeg.

«Ganske riktig! Dessverre. Ganske så riktig. Det ble svært pinlig. For vår anonyme klubb. For SIS. For The British Museum. Faktisk for det britiske fagmiljø.» Han lager en grimase. «Det kunne ha blitt en skandale. En delikat skandale.» Han huker blikket i meg. «Men skandalen er fortsatt ikke avverget.» Han trekker pusten. «La meg fortelle om Michael MacMullin. Han er et av The Clubs mer fremtredende medlemmer. Han sitter i presidentskapet. En fremragende professor. Du kjenner kanskje til ham? MacMullin er en mann med visjoner. Men også uten hemninger. Han stjal skrinet fra The British Museum.»

«Stjal? Skrinet?»

«Gullskrinet dere fant, er et artefakt som opprinnelig ble ekskavert i Khartoum i 1959 og som har befunnet seg på The British Museum siden.»

Opplysningen fyller meg med ubehagelig forbløffelse. Khartoum i Sudan er stedet pappa skrev om i brevet som lå i avhandlingen hos Grethe. Hvorfor har ingen visst, eller sagt, at relikviet ble funnet for førti år siden? Holder Grethe noe skjult for meg?

Jeg vil nødig røpe hva jeg vet og ikke vet, så jeg lar ham fortsette.

«MacMullin forlot museet med skrinet i attachékofferten sin,» sier han. «Øyensynlig gravde han det ned på Værne kloster i Norge.»

Jeg kunne ha presisert at jeg var tilstede da skrinet ble gravd opp. Hadde han ikke selv vært arkeolog, ville jeg ha forklart ham om jordstrukturer, om hvordan jord og sand i århundrenes løp presser seg sammen i parallelle lag som forsvinner når noen graver en grop og fyller den igjen. Jeg kunne ha forklart hvordan jorden lå hardpakket rundt skrinet, og hvordan lagstrukturen var ubrutt. Men jeg gjør det ikke.

«Det ble litt av en skandale. Han gikk himmelvidt utover

sine fullmakter. Jeg tør vel påstå at The Club aldri har vært rystet av en lignende skandale. Men vi kunne bare gjøre én ting – å rette opp fadesen. Vi skjønte selvsagt hvor MacMullin hadde gravd ned skrinet. Problemet var å vite nøyaktig hvor. Til vi fant satellittfotografiet som han hadde spesialbestilt. Det var tatt med infrarød film, slik at vi kunne se strukturene under bakken. Der kunne vi se både en oktogon og, faktisk, en rundborg på Varnas grunn. Resten var relativt enkelt. Operasjonen fikk til og med et kodenavn. *Operation Shrine.* Vi arrangerte en utgravning. Det ville være umulig å lokalisere oktogonen uten et visst slingringsmonn basert på satellittfotografiene. Vi ville blitt avslørt om vi forsøkte å grave frem skrinet i dølgsmål. Derfor gikk vi frem slik vi ville ha gjort om vi lette etter en rundborg. Vi fulgte spillereglene. Vi søkte om lov. Vi betalte for oss. Vi godtok til og med en norsk kontrollør. En skarp ung mann som skulle vise seg å skape uventede problemer for oss.»

Han ler lett og ser på meg.

«Den britiske regjering har orientert norske myndigheter om rekkevidden av denne affæren. Den britiske ambassade i Oslo bistår oss i arbeidet. Hr. Beltø, jeg tror knapt du har noe valg. Du er nødt til å levere tilbake skrinet.»

Det føles som å være barn på julaften. Når presangene er delt ut og du synker sammen i sofakroken, varm og tom og matt fordi spenningen er utløst. Rundt deg sitter dine foreldre og besteforeldre og tanter og onkler og smiler og nipper til sine glass, og du vet at det er over og at det er et år til neste gang. Hvor fantastisk den enn er, kommer forklaringen som en kalddusj, et antiklimaks.

«Jeg forstår,» sier jeg. Denne gang er det jeg som snakker ut i luften.

«Du – forstår?»

«Dere skal få det.»

«Det gleder meg. Meget. Har du det med deg?»

«Dessverre. Jeg har det i Norge.»

Han reiser seg. «Kom,» sier han, «jeg har et fly på Stanstead.»

«Jeg har en avtale i kveld. En avtale jeg overhode ikke har tenkt å gå glipp av. Men vi kan dra i morgen.»

«En pike?»

«En gudinne.»

Han blunker til meg. Om årene har kjølnet hans lidenskap, ulmer det fortsatt i minnene.

På vei ut må jeg innom WC. Rullen med toalettpapir er limt sammen. Såpen er ikke brukt. Håndkleet er nystrøket. Men speilet er fullt av fingeravtrykk og fettmerker. Ingen har brydd seg med å pille av prislappen. £9,90. Et røverkjøp, spør du meg.

DeWitt trykker hånden min da jeg går. Vi avtaler å møtes utenfor hotellet mitt klokken ti i morgen tidlig. Han takker meg fordi jeg er så samarbeidsvillig.

Limousinen svinger inn til fortauet idet jeg går ned trappen. Jeg åpner døren og setter meg inn. DeWitt vinker. Han ser ut som en rik einstøing av en onkel. Limousinen starter. Jeg har ikke sagt hvor jeg skal. Men etter fem minutter stanser den utenfor hotellet.

16

«JEG REISER HJEM I MORGEN,» sier jeg.

Diane har lukket seg inne i en osteklokke av fjern likegladhet. Hun ser opp på meg. «Allerede?» spør hun. Det er noe sigent ved blikket hennes. Som om hun har søkt tilflukt i en stripe med hvit trøst.

Hun bor i en leilighet i nittende etasje i en høyblokk med en utsikt som forleder meg til å spørre om det ikke er Eiffeltårnet jeg skimter der i det fjerne. Entreen er et sjakkbrett i sort og hvitt, forlenget av en speilmosaikk på kortveggen, og med en buet åpning inn til en smal tarm av et kjøkken. Stuen forsvinner rett ut i himmelen. Hele den ene veggen er et vindu. I denne høyden må Diane ut på balkongen hver morgen og tørke bort skyer.

Skinnsofaen i salongen glinser i sort og rødt. Glassbordet er så tykt at du kan søke beskyttelse under det hvis noen skulle finne på å skyte på deg med bazooka.

Jeg stiller meg ved vinduet. Under meg folder London seg ut i en vifte av hus og gater og parker.

Jeg sier: «Flott utsikt!»

Hun sier takk.

Noe vibrerer mellom oss. Men jeg får ikke tak på hva det er.

«Litt av en leilighet!» utbryter jeg. Jeg holder på å tilføye at det ser ut som om den er møblert av en interiørarkitekt. Men jeg vet ikke om hun vil ta det som et kompliment eller en sarkasme.

«Det meste er Brians verk.»

«Hvem?»

«En kis. Som jeg var sammen med. Brian. Han var interiørarkitekt.»

En brannutrykning trekker en hale av blå glimt nedover gaten.

«Lucy hjalp meg i dag,» sier jeg. «Hun var storartet.»

«Kom du noen vei?»

«Ikke på museet. Men det skjedde noe da jeg var der.»

«Hun ringte meg. Hun syntes du var søt.»

«Søt?»

«Og ganske snodig.»

«Snodig?»

Hun ler av meg. «Hva var det som skjedde på museet?»

«En mann jeg har forsøkt å komme i kontakt med, fant meg.»

«Hvem?»

«Han heter DeWitt. Charles DeWitt.»

Hun sier ikke noe. Men jeg skjønner at navnet vekker gjenkjennelse og undring. Likevel får jeg meg ikke til å spørre.

Hun har laget en vegetarrett etter oppskriften i et magasin som fortsatt ligger oppslått på kjøkkenbenken.

«Jeg håper jeg har gjort alt riktig,» sier hun og slår hendene sammen med en nervøsitet som er rørende og typisk for alle som tror at vegetarmat krever en innsikt som bare er de utvalgte forunt.

Jeg sitter ved et rundt spisebord i den kroken av stuen som er nærmest kjøkkenet. Diane svinser frem og tilbake, husker stadig på noe hun har glemt. Jeg forsyner meg med gratinert squash i ostesaus og salat. Hun skjenker i hvitvin. Rekker meg en pariserloff, som jeg bryter i to, og skålen med hvitløksmør. Med hendene på stolryggen blir hun stående og se avventende på meg.

«Nydelig!» sier jeg med munnen full av mat.

Hun smiler og strammer skjørtet bak lårene før hun setter seg. Det er noe urkvinnelig ved måten hun gjør det på. Hun hever hvitvinsglasset og sender meg et nikk. Vinen er tørr.

«Fascinerende type, denne DeWitt,» sier jeg.

«Kunne han hjelpe deg?»

«Han forsøkte.»

«Så hva fortalte han?»

«En lang historie. Full av hull.»

«Javel?»

«Merkverdigheter.»

«Stoler du ikke på ham?»

«Jeg lurer på hvor mye han unnlot å fortelle.»

«Verden er full av løgnere,» sier hun innett. Øynene blir til glass.

«Jeg tror de fulgte etter meg hit,» sier jeg om litt.

«Hva?»

«En bil kjørte etter meg fra hotellet. Håper ikke det gjør noe.»

«Forfulgte de deg?» spør hun indignert, overrasket. «Hit? *Those bastards!*»

Hun skal til å si noe, men tar seg i det. Hun fester blikket sitt i mitt med borrelås. Det er som om hun vil si meg noe leit. Kanskje at jeg ikke må ta invitasjonen altfor alvorlig. At jeg ikke må tro vi ment for hverandre. Men at jeg er en hyggelig fyr som hun overveier å føye inn på listen sin. Sammen med Brian og George og de nittiåtte andre.

Vi spiser nesten uten å veksle ord. Til dessert har hun laget en himmelsk fromasj. På bunnen av skålen, begravet under fromasjen, oppdager jeg et jordbær og en sjokoladebit. Hun kaller retten Arkeologens Fristelse.

Diane setter på en gammeldags LP med «Chicago». Hun demper lyset. Hun tenner to røde stearinlys på glassbordet. Nylonstrømpene hennes er blanke i skjæret fra de små flammene.

Det knirker i skinnet da hun synker sammen i sofaen ved siden av meg. Slik det knirker i musikken. Hun må ha spilt platen mange, mange ganger. I noen minutter sitter vi lydløse, usikre, redde for å komme nær hverandre. Eller for ikke å gjøre det.

Hun spør om jeg vil ha en drink. Jeg sier ja takk. På kjøkkenet henter hun Beefeaters gin, Schweppes tonic, to glass og isbiter. Vi skåler og fniser da vi klinker glassene mot hverandre. Etterpå blir vi sittende og drikke i taushet. Ingen vet hvem som skal begynne. Jeg leter etter noe romantisk å si. Noe som kan løse opp i forlegenheten.

Hun kommer meg i forkjøpet: «Synes du at du kommer noen vei? I etterforskningen din?»

Det er kanskje ikke så romantisk. Men det er bedre enn den forknytte stillheten.

Jeg sier: «Jeg vet akkurat like lite nå som da jeg dro. Til gjengjeld er jeg enda mer forvirret.»

Hun ler stille. «Det er så rart å tenke på at du har et … liv der i Norge.»

«Liv og liv. Sånn føler jeg det også. Men det finnes dem som ikke vil karakterisere det som rare livet.»

«Jeg vet ingenting om deg!»

«Da er det to av oss.»

«Fortell meg om deg selv!»

Jeg forteller om meg selv. Det er fort gjort.

Utenfor demrer London i en milliard knappenålstikk av lys.

«Drittsekkene!» hvisker hun for seg selv.

«Hvem?»

«De tror de eier meg!»

«Hvem gjør?»

«Pappa. Og alle de ivrige små tjenerne hans. *Gjør ditt, gjør datt. Diane, vær nå lydig. Diane, gjør som vi sier!* De er til å spy av!»

Diane har tømt drinken. Glasset mitt er fortsatt halvfullt. På øynene hennes ser jeg at hun begynner å bli bedugget. Hun skjenker seg enda en drink og setter på en ny LP. «Hotel California». Hun har CD-spiller, men i kveld spiller hun bare plater fra syttitallet. *On a dark desert highway … Cool wind in my hair* ... Et mildt blaff av nostalgi hvirvler gjennom meg. *Warm smell of colitas ... rising up through the air ...* Jeg lukker øynene og svinner hen i minnene.

«Du får meg til å tenke på en gutt jeg kjente engang,» sier hun.

Jeg åpner øynene og ser taust på henne.

Hun tar et par slurker av drinken sin og slipper oppi to isbiter. «Han het Robbie. Robert. Vi kalte ham Robbie.»

Fortsatt sier jeg ingenting.

«Egentlig oppdaget jeg det ikke før nå i kveld. Hvem det var du minnet meg sånn om. Men nå ser jeg det. Du minner om Robbie.» Hun ser på meg og forbi meg på samme tid. «Robbie Boyd. Vi var sammen en sommer.»

«Mange år siden?»

«Vi var femten. Vi gikk på hver vår kostskole.»

«Var han albino?»

Blikket hennes er forbauset.

«Du sa jeg minner deg om ham,» forklarer jeg.

«Ikke på den måten. Dere er like av vesen.»

«Hvor ble det av ham?»

«Han døde.»

«Å.»

«Bilulykke.»

«Å.»

«Jeg hørte det tilfeldig. Ingen visste at vi var sammen. Jeg kunne ikke fortelle det til noen. På en måte har jeg aldri kommet over ham. Hver gang jeg er sammen med en mann, føles det som om jeg svikter Robbie. Kanskje det er derfor jeg aldri klarer å binde meg til noen.» Diane kniser ettertenksomt, trekker pusten dypt inn og slipper den langsomt ut. «Er du noengang ensom?» spør hun og rufser meg i håret.

«Det hender.»

«Jeg mener ikke – sånn uten en partner. Jeg mener – ensom!»

«Noen ganger.»

«Da jeg var ung, følte jeg meg som det ensomste menneske på denne jord. Jeg hadde aldri noen mamma. Hun døde da jeg ble født. Og pappa, han ...» Hun drikker en slurk.

«Hva med ham?»   .

171

«Han …» Hun hever skuldrene. «Han har alltid vært fjern. Han kunne like gjerne ha vært en snill onkel. Det var vel derfor jeg ble så forferdelig glad i Robbie. Endelig hadde jeg funnet noen, om du skjønner.»

«Jeg mistet faren min da jeg var gutt.»

«Det må ha vært verre,» sier hun. «Du kjente ham. Du mistet en du var glad i. Jeg hadde aldri noen mamma å miste.»

«Så har hun heller ikke noe tomrom å fylle.»

«Eller kanskje tomrommet er så stort at jeg ikke oppdager at jeg befinner meg midt inni det.» Hun ser på meg. «Noen ganger føler jeg meg så forbannet ensom. Selv når jeg er sammen med en gutt.»

«Du kan føle deg ensom i en folkemengde.»

«Har du vært sammen med mange piker?»

«Ikke veldig mange.»

«Det har jeg! Vel, ikke piker, da! Gutter! Menn! Og vet du hva?»

«Nei?»

«Du føler deg like forbannet alene. Om du har hatt hundre kjærester, føler du deg like forbannet alene.»

Jeg hever skuldrene. Hundre kjærester er for meg teori på linje med Fermats siste sats, jeg fatter ikke engang problemstillingen.

Jeg spør: «Har du hatt hundre kjærester?»

Hun kniser. «Sånn føles det! Niognitti! Jeg vet ikke. På en måte har jeg bare hatt én kjæreste. Robbie. De andre har bare vært – du vet…» Hun lener seg mot meg. Jeg legger venstrearmen om skuldrene hennes.

«Noen ganger hater jeg ham!» utbryter hun.

«Robbie?»

«Nei, pappa! Ikke misforstå. Jeg er glad i ham. Men noen ganger hater jeg ham noe så inderlig!» Hun sukker, snur seg mot meg og ser nøye på ansiktet mitt. «Har noen sagt til deg at du er ganske søt?»

«Joda. Etter to–tre drinker.»

«Jeg tøyser ikke. Det er så lett å like deg.»

«Diane, jeg vet hvordan jeg ser ut.»

172

«Du er søt!»

«Det er du også.»

Hun ler rått og stikker en pekefinger i siden på meg. «Du smigrer!»

Blikket hennes synker inn i mitt. «Jeg er så glad jeg traff deg!» sier hun.

«Hvorfor det?»

«Fordi jeg liker deg. Fordi jeg aldri har møtt noen som deg. Som er seg selv fullt og helt. Som gir faen i verden. Du er noe for deg selv.»

«Jeg har liksom ikke noe valg.»

«Du *tror* på noe. Du gir deg aldri. Samme hvem du setter deg opp mot. Jeg har alltid sett opp til sånne som deg. Mens de drittsekkene ...!»

«Hvem?»

«De innbiller seg at de bare kan –» Hun holder inne. «Hvis du bare visste... *Oh screw'em!*» sier hun innett.

Nå skjer det noe, tenker jeg.

Så lener hun seg frem og kysser meg.

Første gang jeg kysset en pike, var jeg seksten. Hun var fjorten. Hun het Suzanne. Hun var blind.

Da jeg kysser Diane, tenker jeg på Suzy. Jeg vet ikke hvorfor. Jeg har ikke tenkt på Suzy på mange år. Men noe ved måten Diane kysser på (en viss klønete pågåenhet, som om hun vil og ikke vil på samme tid), har åpnet en skuff med glemte minner. Jeg husker Suzys spede kropp og uferdige former, hvordan vi pustet tungt inn i munnen på hverandre.

Ånden til Diane smaker av gin. Tungen hennes er en vilter mark. Jeg vet ikke hvor jeg skal gjøre av hendene.

Hun trekker seg litt tilbake, holder meg om fjeset og ser på meg. Øynene hennes har det vasne, rødsprengte preget som man får når man er uvant med å drikke. Det er noe annet der inne også – sinne? sorg? forvirring?

Uten ord begynner hun å kneppe opp blusen. Nummen av forventning følger jeg hver bevegelse. Da hun har kneppet opp, tar hun hånden min og fører fingertuppene mine over BH'en.

Hun gløtter på meg. *Bjorn the kind albino.* Én blant hundre.

173

Hun leier meg inn på soveværelset. Veggene er ildrøde. Over dobbeltsengen ligger et sort teppe som flerres av et gult lyn. På nattbordet er en bunke med glansede motemagasiner.

Hun flenger av sengeteppet, kryper opp i sengen og åler seg ut av skjørtet. Hun har kledd seg for anledningen. Den røde, gjennomsiktige brystholderen matcher trusen. Hun velter seg rundt i sengen mens hun venter på meg. Jeg knepper opp skjorten og strever med beltet. Jeg får alltid problemer med beltet når jeg må ta det av foran øynene på utålmodige kvinner. Skjønt hyppig tilbakevendende kan problemet knapt kalles.

Da jeg setter meg på sengekanten, lener hun seg frem og kysser meg sultent. Jeg føler meg dum. Hjelpeløs. Jeg vet hva jeg burde gjøre, men jeg gjør det ikke, jeg sitter tafatt og lar henne lede vei.

Litt av en vei, forresten. Hun åpner nattbordskuffen og trekker ut fire korte silketau.

Hun fniser nervøst. «Har du lyst til å binde meg?»

Hun er full. Definitivt full.

«Hva behager?» mumler jeg. Jeg hørte hva hun sa. Men det synker ikke riktig inn.

«Vil du binde meg?»

Jeg ser på tauene.

«Er du sjokkert?» spør hun.

«Nei da!»

Som om jeg ikke gjør annet enn å binde kvinner og elske dem til vanvidd.

«Du er sjokkert! Jeg ser det på deg!»

«Slett ikke! Jeg har lest om det!»

«Har du ikke lyst? Bare si ifra hvis du ikke har lyst!»

Men det er klart jeg har lyst. Jeg skjønner bare ikke riktig hva hun mener. Hun viser meg hvordan det skal gjøres. Jeg binder håndleddene og anklene til hver av de fire sengestolpene. Hun puster tungt. Vi har alle våre lyster.

Jeg har aldri gjort det på denne måten. Jeg er ikke prippen. Men jeg har alltid gått rett på sak.

Usikker legger jeg meg inntil henne. Det er så hun ikke holder det ut når fingertuppene mine antenner henne.

Så oppstår et problem. Jeg har aldri vært borti det før. Hun har fortsatt på seg trusen. Men de sprikende bena er bundet fast. Hvis jeg løsner repene, svinner magien. Jeg funderer på hvordan jeg skal bli kvitt trusen. Til slutt gir jeg opp. Jeg trekker simpelthen trusestrikken til side. Nok om det.

Etterpå, da vi ligger sammenfiltret under dynen, spør hun: «Du? Kan jeg få bli med deg? Til Norge?»

Hun misforstår tausheten min.

«Jeg mener ikke å trenge meg på. Unnskyld,» sier hun.

«Nei, nei, nei. Det høres – koselig ut.»

«Jeg har et par uker ferie til gode,» sier hun. «Jeg tenkte det hadde vært morsomt. Å se Norge. Sammen med deg.»

«Jeg reiser hjem i morgen.»

«Det spiller ingen rolle. Hvis du vil ha meg med.»

«Klart jeg vil ha deg med.»

Klokken tre om natten vekker hun meg. «Du har vel gjemt det godt?» spør hun.

Jeg forstår ikke hva hun mener.

«Skrinet!» sier hun. «Jeg kom til å tenke på noe. Noe du sa. Jeg håper det ligger trygt?»

Jeg er så trett at jeg ser to av henne. De fortryllende tvillingsøstrene Diane.

«Det ligger trygt,» mumler jeg.

«Du vil ikke tro hvor flinke de er til å finne ut av ting. Hvis de bare vil. Det er ikke hvem som helst du har satt deg opp mot.»

«Hvorfor sier du det?»

«Fordi jeg vil du skal vite at jeg er på din side. Selv om jeg jobber for SIS og alt det der. Jeg skjønner at du ikke kan stole fullt og helt på meg. Men uansett hva som skjer, så vil jeg alltid være på din side.»

«Klart jeg stoler på deg.»

«Det håper jeg. Men ikke gjør det likevel. Kanskje de har puttet en mikrofon i vesken min. Eller noe sånt. Så du må aldri fortelle meg hvor du har gjemt skrinet eller noe annet viktig. Okay?»

«Han er en venn. Du kjenner ham ikke. Og jeg stoler på deg,» sier jeg og velter meg rundt. Hun legger seg inntil meg. Brystene hennes presser mot den følsomme huden på ryggen. Slik glir jeg inn i søvnen.

17

JEG HAR IKKE SETT RESEPSJONISTEN FØR. En mann. Han er høy og lysblond og ser ut som en arisk krigergud. Men når han åpner munnen, er stemmen så nasal og tonen så kokett at jeg tror han driver gjøn med meg. Med et søtt øyekast forteller han at jeg må være en ettertraktet herremann. Så rekker han meg to beskjeder. En telefaks og en håndskrevet beskjed fra nattens dronning, Linda. Beskjeden hennes er kort og nesten uten skrivefeil. Jocelyn DeWitt har ringt.

Telefaksen er håndskrevet på Riksantikvarens brevpapir:

Bjørn! Har forsøkt å ringe. Hvor f- er du?
   Får ikke tak i Grethe. Sorry. Har hun noen slektninger hun kan ha oppsøkt?
   Slå på tråden, ok?

                                                              C–

På rommet er alt slik som da jeg forlot det. Nesten. Før jeg gikk, stakk jeg en tannpirker innunder koffertlokket under sengen. Bare for sikkerhets skyld. For å overbevise meg selv om at jeg er en paranoid tosk. Nå ligger tannpirkeren på teppet.

I dusjen vasker jeg av meg alle Dianes dufter og størknede safter.

Da jeg har skiftet, og før jeg går i gang med å pakke, ringer jeg til Jocelyn DeWitt. Ikke fordi jeg trenger å snakke med henne. Men fordi jeg er en høflig ung mann. Og fordi jeg, det er bare å tilstå, er nysgjerrig.

Det er husholdersken som svarer. Selv om hun holder hånden for røret, hører jeg at hun forteller at det er herren som ringte vedrørende Mr. Charles.

Jocelyn DeWitt løfter av et biapparat.

Jeg presenterer meg. Bjørn Beltø. Arkeolog fra Norge.

«Arkeolog?» utbryter hun. «Jeg forstår. Det forklarer jo en hel del.»

Stemmen hennes er myk og mild og når meg som fra et forgangent århundre.

«Forklarer?»

«For Charles var arkeologien selve livet. Selv om det også ble – nåja. Det er så lenge siden. Tyve år.»

Noe holder meg tilbake. «Det er ikke så mange DeWitt'er i London,» sier jeg.

«Min manns slekt var fransk. De flyktet til England under revolusjonen. Hva var det du lurte på vedrørende Charles?»

Jeg tilstår at jeg ringte på måfå til den eneste DeWitt som sto oppført i London-katalogen.

«Jeg ble selvsagt svært nysgjerrig,» sier hun. «Jeg har lurt sånn på hva du ville og hvem du kunne være. Du må unnskylde meg, men Charles har vært død i så mange år nå. Hva kan jeg hjelpe deg med?»

Klokken er halv ni. Om halvannen time kommer de for å hente meg.

18

JOCELYN DEWITT ER EN SVANEAKTIG KVINNE med lang hals, grasiøse bevegelser og et søvnig tonefall med gjenklang av krystall og revejakt og late afternoons i lysthusets svale skygge. Blikket rommer en lystig og tilbakelent selvsikkerhet. Alt ved henne forteller at hun aldri har måttet hustre seg opp i otta for å legge koks i ovnen. Derfor er det desto mer forbløffende hver gang et saftig kraftuttrykk sniker seg inn i det forfinede språket og eksploderer som en granat på leppene hennes.

Hun dirigerer sin tykkfalne, farvede husholderske omkring med kjappe fingerbevegelser. De må ha utviklet et kodespråk. Slik herskap og tjenere gjør når de har holdt sammen så lenge at de er blitt én organisme. Husholdersken skjønner når viftingen og knipsingen betyr *pell deg ut av rommet og lukk døren etter deg* eller *hent bananlikøren* eller *hvorfor byr du ikke nordmannen en sigar.*

Jeg har aldri vært her før. Ikke engang strøket er det samme som da jeg var hjemme hos Charles DeWitt. Eller gjenferdet hans.

Vi har gått inn i en stue tynget av lysekroner og buede vinduer, gobeliner og tykke tepper, barokke møbler, en overdimensjonert peis og forsyne meg en kakkelovn i hjørnet.

Hun tar hånden min og fører meg bort til den elefantsyke peisen.

«Her er han!» sier hun. «Min kjære Charles og de andre. Det ble tatt i 1973.»

Hun har hengt en kornet forstørrelse av et fotografi i glass og ramme på hedersplassen på peiskappen. Farvene har falmet. Mennene er langhårete, t-skjortene har psykedeliske mønstre. Du fylles av vissheten om at menneskene stirrer på deg fra et øyeblikk som er låst fast i tiden.

De er samlet i en klynge ved en utgravningssjakt. Noen hviler seg på spadene. Noen har bundet lommetørklær rundt issen for å beskytte seg mot solen.

Ytterst til høyre, bak Grethe, står pappa.

Grethe ser fremmed ut. Ung og lekker. Leken. Øynene glitrer. Hun holder hendene over maven.

Oppå en slagghaug, slik at han rager høyere enn alle de andre, troner Charles DeWitt med armene i kors. Han ser ut som en slavedriver som eier hele den fordømte flokken. Så var det altså ham. Den gamle mannen har ikke lurt meg. Han har bare lurt sin kone.

Jeg vet ikke hvilken hemmelighet han skjuler. Eller hvorfor han lot som om han døde. Eller hvordan han har klart å leve i skjul i alle disse årene. Uten å bli avslørt. Midt i London.

Jeg tenker: Jeg er for feig til å fortelle henne sannheten.

Kan han ha gått lei av henne? Og flyttet sammen med en annen kvinne? Eller møtte han en uimotståelig liten altergutt? Kanskje oppdaget han noe i Oxford i 1973, sammen med pappa og Llyleworth, noe som fikk ham til å opphøre å eksistere?

Mrs. DeWitt viser meg til en salong i Louis XVI-stil. Der setter vi oss. Med bena i kors. Som en ånd i lampe dukker husholdersken opp med en krystallkaraffel. «Litt bananlikør?» nøder Mrs. DeWitt. Jeg nikker høflig. Mrs. DeWitt har dressert husholdersken til ikke å se noen i øynene, så hun skjenker i to små glass uten å møte blikket mitt. Likøren fyller munnhulen med sukkerlake. «Fordømt deilig!» smatter Mrs. DeWitt. Det er neppe hennes første i dag.

«Hva var det du ville vite?» spør hun og lener seg fortrolig mot meg.

«Som sagt er jeg arkeolog ...»

«Men hvorfor spurte du etter Charles?»

«Jeg har gjort et funn som krever en del undersøkelser. Og i den sammenheng dukket din – avdøde manns navn opp.»

Bananlikøren er som sirup i munnen på meg. Jeg blir sittende og smatte på tungen.

«På hvilken måte?» spør hun.

Det går opp for meg at jeg ikke aner hvordan jeg skal forklare henne noe som helst. Og slett ikke at mannen hennes lever i beste velgående. Jeg forsøker å omgå hennes nysgjerrighet: «Du nevnte noe om at DeWitt-familien flyktet fra Frankrike under revolusjonen?»

«Charles var mektig stolt av anene sine. *Friggin' French frogs!* De unnslapp giljotinen med et nødskrik. En familie av aristokratiske oppkomlinger, spør du meg! Men de pleiet da omgang med kongen og adelen, særlig kvinnene. Overklassehorer! Så skvatt de over kanalen. Charles' oldefar grunnla en sakførerforretning, Burrows, Pratt & DeWitt Ltd. Bestefaren og faren overtok etter tur. Det var forventet at Charles skulle overta etter sin far. Charles hadde – oppdragelse, vet du. Han begynte å studere juss. Så, helt uventet, kastet han seg over arkeologien. Det var professor Michael MacMullin som så å si omvendte ham. For Charles' familie var det et opprør. En jævla revolusjon! Faren nektet å snakke med ham på flere år. Først da Charles fikk sitt professorat, tok faren kontakt. For å gratulere. Men han tilga ham aldri.»

«Og din mann døde i –?»

«1978,» sier hun.

179

Svaret iser i meg. Jeg ser for meg en fjellnabbe. Et tau. En bylt i ura.

Hun sanser ikke sinnsbevegelsen som river i meg.

«Men si meg nå, unge mann, hva er det du vil vite?» spør hun.

«Hva vet du om omstendighetene rundt din manns dødsfall?» stotrer jeg.

«De lette etter en slags skatt. Gærningene! Han var svært hemmelighetsfull. Vanligvis fortalte han meg mer enn jeg ville vite om arbeidet. Åh, som han kunne kjede vettet av meg med pratet sitt. Akademisk pisspreik! Men denne gangen fikk jeg ikke vite annet enn at de lette etter et skrin. Et fordømt forhistorisk helgenskrin!»

Å himmel ...

«Fant de det?» spør jeg.

«Hvem faen bryr seg? Da Charles døde, reiste jeg til min søster i Yorkshire. Jeg bodde hos henne et års tid. For å – komme meg over sjokket. Har du mistet noen som sto deg nær?»

«Min far.»

«Da vet du hva jeg snakker om. En trenger tid. Stillhet. Tid og stillhet for å minnes. Reflektere. Bearbeide sorgen. Kanskje søke kontakt ved hjelp av et medium. Du vet. Si meg, har Charles etterlatt seg papirer som får deg til å komme?»

«Bare et visittkort. Hvordan døde han?»

«En infeksjon. Han fikk en rift i den venstre armen. En bagatell, egentlig.»

«Som tok livet av ham?»

«Det gikk betennelse i såret. Hvor som helst ellers ville det ha vært temmelig ufarlig.»

«Så hvor befant de seg?»

«Langt fra folk! Innen de fikk bragt ham til sykehus, hadde han fått koldbrann.»

«Hvor?»

«I armen, sier jeg jo! De amputerte den! Hele armen! Men de hjerneløse bavianene – *pardon my french* – var ikke vant med å hanskes med kompliserte tilfeller. Han døde to dager etter amputasjonen.»

«Men hvor?»

«I en jævla jungel!»

Jeg sitter taus noen sekunder før jeg spør: «En jungel?»

«Det var det jeg sa, var det ikke?»

«Du mener – i Afrika?»

Hun himler med øynene. «Jeg mener garantert ikke på Oxford Circus!»

«Det skjedde ikke tilfeldigvis i Sudan?»

«Hvorfor spør du når du hele tiden vet svaret?»

«Hvordan gikk det med utgravningen?»

Hun kaster på hodet. «Ikke peiling! Sant å si har jeg aldri tenkt over det. Rettere sagt: Jeg har gitt faen. Før han døde, skrev han til meg. Et avskjedsbrev, skulle det vise seg.»

Hun knipser med fingrene. Husholdersken, som står som en stiv og fet Buddah-figur i et hjørne, våkner til liv og åpner et skatoll og bringer fruen en eske. Inni esken ligger fem håndskrevne ark bundet sammen med sort silkebånd. Hun løsner sløyfen og rekker meg de sprø arkene.

Jeg nøler.

«Gå i gang!» kommanderer hun.

Ved Nilen, i det sydlige Sudan
mandag, 14. august 1978

Min kjæreste Jocy!

Snakk om uflaks! På vei fra teltleiren til utgravningsområdet var jeg uoppmerksom (ingen kommentarer, takk!) og snublet i en rot og falt utfor en bratt skrent av grus og leire. Ikke bli redd, kjære, det var ikke rare fallet, men jeg forstuvet kneet en smule, og en spiss sten flenget meg opp i armen. Det blødde stygt en stund, men en boy forbandt såret og hjalp meg tilbake til leiren. Og så viste det seg at vi ikke kan finne førstehjelpsskrinet. Er det ikke typisk? MacMullin beordret meg inn i tel-

181

tet for at jeg skal holde meg i ro i dag, slik at såret kan gro.
Det er ikke så grusomt dypt, så jeg håper det ikke blir nødvendig å sy.

Men vi får se det positive i det, for nå sitter jeg her i feltsengen og kjeder meg, så får jeg i hvert fall – endelig! – anledning til å skrive noen linjer til deg. Jada, jada, jeg vet jeg burde ha skrevet tidligere, men MacMullin er ikke den som betrakter fritid og lediggang som et gode for menneskeheten ...!

Det er hetere enn jeg fryktet her nede, sant å si temmelig utholdelig, men det verste er likevel fuktigheten, som kleber seg til meg som lunken maling. Og så alle insektene, da! (Men siden du har slikt et hjertelig forhold til insekter, skal jeg hverken fortelle deg hvor store de er – digre!!!!! enorme!!!!!!!!!!! – eller hvor vi finner dem – i sengen! i skoene! i klærne!)

Vi har kommet ganske langt (eller dypt!!! hehehehe) i utgravningen. Jeg skal ikke kjede deg med fagprat, jeg vet hvor uinteressant du synes det jeg driver med er, men altså: Vi leter etter spor etter et persisk felttog. Jeg vet ikke hvor mange ganger jeg har sagt til MacMullin at skrinet aldri ble med perserne, men at johannittermunkene må ha skjult det ved oktogonen på sitt kloster i Norge. Men ingen hører på meg. Annet enn Birger. Fred være med ham ...

Oooops, maten kommer! Mer siden, pus!

natt

Klokken er halv to (på natten!!!), jeg får ikke sove, utenfor er mørket fullt av fremmede lyder og tunge dunster.

Den afrikanske natten rommer noe jeg aldri har opplevd

hjemme, det er som om den hvisker til deg, akkurat som om noe
våkner til liv. Jeg tenker ikke på dyrene og insektene, men på
noe som er usigelig mye større. Tilgi meg hvis jeg rører.

Tror jeg har feber. Jeg er frossen, enda det må være minst
35 varmegrader her inne i teltet, og fuktig som i et fordømt
drivhus.

Såret i armen verker forferdelig. Faen faen faen –

Jeg får prøve å sove. Savner deg, vennen! Nuss nuss

tirsdag

Det var som jeg fryktet. Jeg har feber. Tror du ikke jeg har fått
en infeksjon i den pokkers riften?

Ikke bli urolig, Jocy! MacMullin har besluttet å bringe meg
tilbake til landsbyen, hvor de har et sykehus. Det vil ta oss en
dag til fots og en dag i jeepen. Det er bare å tilstå: Jeg gruer
meg som fanden!

tirsdag kveld

I hele dag har jeg ligget som et stykke daukjøtt på båren. De
var åtte stykker som vekslet på å bære meg. Innfødte. De snak-
ket og lo om hverandre, og jeg skjønner ikke et kvekk av hva de
sier. Heldigvis har MacMullin sendt med to engelskmenn. Jacobs
og Kennedy. De holder meg med selskap, men det er ikke mye vi
orker å prate i heten!

Varmen og fuktigheten er ikke til å holde ut. Jungelen er
tett og dampende, jeg er milevis fra nærmeste hav, men likevel
er jeg sjøsyk.

183

Det er noe jeg må fortelle deg, Jocy: Det er begynt å lukte av såret. Først trodde jeg det var svetten, men så begynte de andre å merke det også, og da de løsnet forbindingen, veltet stanken frem som en giftsky. Jeg vet ikke om en bakterieinfeksjon kan lukte slik, eller om det er gått koldbrann i såret. Jeg frykter det verste. For å si det som det er, føler jeg meg ikke så bra. I ettermiddag begynte jeg å kaste opp. Men nå er vi heldigvis fremme ved bilene. Vi hadde tenkt å slå leir her i natt, men de andre mener det er best vi kjører med en gang, selv om det er et sant helvete å kjøre på disse veiene midt på svarte natten, jeg kan ikke annet enn å sette pris på deres oppofrelse.

Må slutte, vi drar nå!

For en natt! Får fortelle mer om den siden, når jeg kommer hjem.

Da vi endelig kom frem til sykehuset i morges, ble det stor oppstandelse. Jeg tror ikke de noengang har hatt en hvit pasient. Det lover bra – de kommer til å behandle meg som en gud som har ramlet ned fra himmelen.

Vi venter på legen nå. De må hente ham i en landsby noen mil unna. Å gud, jeg er så spent, Jocy! Stanken er motbydelig. Det må være koldbrann. Men vi er heldigvis tidlig ute.

Føler meg ikke helt tipp-topp.

Å Jocy Jocy Jocy elskling!! Jeg må fortelle deg noe grusomt! Vær en tapper pike for meg lover du!

De har kuttet av meg armen Jocy!

Hører du! De har amputert armen min!! Å min gud. Når jeg ser ned til venstre ser jeg bare en stump med en blodig bandasje! Det var koldbrann som jeg fryktet! Å Jocy!!

Heldigvis er ikke smertene så slemme som en skulle tro men jeg kaster opp hele tiden! De propper meg full av morfin!

Jeg er så lei meg for at jeg må fortelle det til deg på denne måten!

Og for at det er en krøpling som vender hjem til deg! Jeg skulle ha hørt på deg og holdt meg hjemme!

Orker ikke skrive mer nå!

natt

Savner deg! Får ikke sove
Gjør så jævlig vondt
iskald

lørdag

kjære kjæreste jocy i dag – – [uleselig] – – og jeg – – [uleselig] – – for presten

Men – – [uleselig] – – Min J[ocelyn]! jeg elsker deg! – – kan du tilgi – – [uleselig]

natt

klokken er [uleselig] – –
jocy elskede feberen gjør meg [uleselig] –
er så trett!!!!
skriver mer se

185

Det er et betagende stykke diktning. Charles DeWitt må ha glist ondskapsfullt da han skildret sitt dødsleie. Den første siden er skrevet med kraftfulle, høyrevendte bokstaver som presser seg inn i papiret. Møysommelig har han gjort skriften stadig mer svekket og uleselig. Mot slutten er bokstavene utflytende.

Jeg legger arket til side.

«Han døde en gang natt til søndag,» sier Mrs. DeWitt likefrem. «De fant ham med brevarkene i sengen.»

Jeg vet ikke hva jeg skal si.

«Litt av en avskjed, hva?» sier hun.

«Det må ha vært forferdelig å lese dette brevet!»

«På et vis. Samtidig følte jeg at jeg var til stede. Jeg visste hvordan det skjedde. Hva han tenkte og følte. Om du kan fatte hva jeg mener. MacMullin bragte personlig med seg brevet hjem fra Afrika. Og overleverte det til meg.»

Hun nipper til likøren. Jeg reiser meg og går tilbake til fotografiet foran peisen. Mrs. DeWitt kommer trippende etter.

«Vet du hvem dette er?» spør jeg og peker på Grethe.

Mrs. DeWitt fnyser. «Den tøyta! En forpult nymfoman fra Norge.»

Så synker det i henne at også jeg er norsk. Og at kvinnen teoretisk sett kan være min mor. At det er derfor jeg har kommet. «Kjenner du henne?» spør hun spakt.

«Såvidt,» lyver jeg. «Hun underviste på universitetet.»

«Hun ble gravid,» sier hun.

Jeg blir stående og gape.

«Gravid?» stotrer jeg. Med pappa? spør jeg meg selv. Eller DeWitt? Han sa jo selv at de var *sweethearts.* Men jeg våger ikke å stille spørsmålet.

«Alle lot som om de ikke visste det,» fnyser hun.

Jeg peker på Charles DeWitt. «Og dette,» sier jeg lavt, jeg må anstrenge meg for ikke å vise hvilken sinnsbevegelse jeg er i, «dette er din avdøde mann?»

«Du store min, nei!» ler hun. «Ikke at jeg hadde hatt noe imot det!»

Humrende over sitt frivole utbrudd peker hun på en unnselig, mørkmusset fyr som sitter på huk ytterst i venstre billedkant. Han ser ut som en misfornøyd spansk torvhandler. «Det er min Charles! Gud bevare ham.»

«Men –» spør jeg uforstående og prikker med pekefinger-neglen på mannen som troner midt på bildet, «hvem er han?»

«Det,» sier hun lattermildt, «er utgravningslederen. En meget anerkjent arkeolog og vitenskapsmann. En god venn av min Charles. Nevnte jeg ham ikke? Michael MacMullin!»

19

FLYTTEBILEN ER STOR SOM ET TANKSKIP, og den fyller fortauet langs Sheffield Terrace slik at fotgjengerne blir presset langt ut i gaten. Jeg ber drosjesjåføren vente. Fylt av en uforklarlig dommedagsredsel løper jeg bort til en av sjauerne. Han har dumme øyne og armer som tømmerstokker. Jeg spør etter husets eier. Han forstår meg ikke. Han roper på en kar som må være arbeidsformannen. Jeg gjentar spørsmålet. De ser på meg og ler uforskammet av aksenten min. For dem er jeg en slags tivoliattraksjon i lys levende live, en likblek og oppskjørtet sprellemann som henger og dingler rett i åsynet på dem. «Husets eier?» gjentar arbeidsformannen omsider, «dunno nuthin'bout'im». «Hvem har bodd her?» roper jeg for å overdøve en passerende motorsykkel. De hever skuldrene. «Det er viktig,» maser jeg, «jeg er en utenlandsk kirurg, det gjelder en hjertetransplantasjon, det haster, det står om livet til et barn!» De ser usikkert på hverandre, så går arbeidsformannen inn i styrhuset på bilen og kaller opp sentralen. Da han kommer tilbake, ser han forvirret ut. «Du må ha fått feil adresse, dette er en utleieleilighet, ikke sant,» sier han. «Vi har ikke noe navn, vi kan ikke oppgi våre klienters identitet, ikke sant, *company policy* –» Han blir distrahert av de fem pundene jeg stikker i skjortelommen hans, og han lener seg nærmere, «Og dessuten må du snakke med myndighetene, ikke sant, som eier leiligheten. Dette er ikke en hvilken som helst leilighet, ikke sant?»

Det kan selvsagt skyldes et sammentreff. Sammentreff kan være morsomme. Av og til hekter de seg sammen og danner et mønster.

Charles DeWitt, pappas studiekamerat og forskerkollega fra Oxford i 1973, sovnet inn i en sudansk jungel en natt i august 1978. Bare en drøy måned etter at pappa stupte i døden i en ulykke som politiet henla etter bevisets stilling.

Bevisets stilling.

Formuleringen får det til å kildre kaldt i meg. Som om de vet. Men ikke helt.

London Geographical Association er lørdagsstengt. Men jeg ringer på helt til en grinete stemme svarer i porttelefonen. Jeg spør etter Michael MacMullin. Vi har stengt, sier vakten. Jeg hever stemmen og spør etter MacMullin igjen, det er viktig. Du må komme tilbake på mandag, sier vakten. Jeg ber ham kontakte MacMullin og si at *Mr. Beltø from Norway* leter etter ham, det er ekstremt viktig at han får beskjeden. *You miss a bell thrum from nowhere?* spraker stemmen. Beltø! skriker jeg så høyt at fotgjengerne ser skremt på meg og haster videre, *tell him the crazy albino wants to talk to him!* Det slutter å suse. Jeg ringer på flere ganger, men han svarer ikke. Bak overvåkningskameraets linse ser jeg ham for meg; feit og selvtilfreds og trygg bak tykke dører og metervis med kameraledninger. Med leppene former jeg ordene *you call MacMullin right now you motherfucking son of a bitch!* Det er mulig han ikke forstår meg. Jeg viser ham fingeren og løper ned til drosjen.

Den har kjørt sin vei. Sjåføren har ikke engang fått pengene sine.

20

«Å GUD! ER DET DEG? ALLEREDE?»

Selv forvrengt gjennom porttelefonen til SIS gjenkjenner jeg stemmen til min gamle venninne, den gråhårete bestemoren med strikketøyet. Jeg flasher mitt mest tannfylte smil opp mot kameraet og vinker med to fingre.

Det er morsomt med språk. Språket skiller oss fra dyrene. *Allerede.* Slik et uskyldig ord. Men det røper noe. Det røper at hun visste at jeg kom. Fordi noen har fortalte henne at jeg var på vei.

«Gode Gud! Det er ingen her riktig ennå. Ingen sa noe om at …» Mens hun snakker, buzzes jeg inn, og da jeg kommer inn, står hun fremdeles bak skrivebordet med fingeren på knappen og prater til meg i telefonen. Hun har kappen over armen. Jeg vet ikke om hun nettopp har kommet eller skal til å gå. Hun ser på meg med et fåret, forskremt uttrykk. Jeg synes synd på henne. Hun vet ikke riktig hva hun skal gjøre med meg.

«Holder dere åpent i dag? På en lørdag?» spør jeg.

«Slett ikke. Jeg mener – nei, ikke vanligvis. Men i dag … Uff, jeg vet ikke … Hva er det du vil?»

«Jeg må snakke med MacMullin.»

Ansiktet hennes mister noe av det anspente draget. Hun skakker på hodet. «Å. Så pussig. Han er på vei. Han håpet at du ville være her. Dere hadde en avtale –? Om å møtes –? For å reise til flyplassen –? Han sa at hvis du …» Hun tar seg i det og legger kappen over stolryggen. «Nåvel, snart har vi ham her. Kanskje vi skal gå opp på kontoret?»

Hun følger meg opp marmortrappen og bort søylegangen. Akustikken forsterker det faktum at det bare er oss to i hele bygningen. Vi går over mosaikkflisene, forbi universet til Mr. Anthony Lucas Winthrop Jr. og rundt enda et hjørne. Så står vi foran den doble kirkedøren inn til Michael MacMullins kontor. Navnet hans er skrudd fast i det mørke treet med små, nypussede messingbokstaver. Når du har all makt i dine hender, kan du tillate deg å være diskret.

Michael MacMullins forværelse er stort som et norsk konferanserom. Parkettgulvet funkler. Sekretærens skrivebord står ved siden av en eksklusiv fransk salong der gjestene kan sitte og vente til det behager hans eksellense å invitere dem videre inn i det aller helligste. Bokhyllene bugner av førsteutgaver av bøker du bare har lest om. To vinduer vender ut mot gaten; dype sjakter ut mot lyset. Den store kopimaskinen og dataanlegget er skjøvet så langt inn i skyggene som mulig. Døren videre inn til selve kontoret, der MacMullin residerer, er utstyrt med én vanlig lås og to sikkerhetslåser. Karmen er forsterket med metall.

På veggen blinker en rød pære på en boks med tall på panelet. Til daglig må Michael MacMullin føle seg som en lykkelig og trygg liten sparegris i verdens sikreste pengeskap.

«Ja, du får sette deg og vente!» sier bestemor. Hun er andpusten. Så rygger hun ut av forværelset og lukker døren.

Jeg setter meg i vinduskarmen. Mens jeg skotter ned på gaten, pønsker jeg på hva jeg skal si til MacMullin.

Det går ikke så lang tid før en beige BMW 745 runder hjørnet. Den kommer såpass fort at en dame må hoppe tilbake fra fotgjengerfeltet og opp på fortauet. Derfor fanger den min oppmerksomhet. Jeg avskyr bilbøller.

Nede på fortauet under meg bråstanser bilen. Det er nesten så det hviner i dekkene. Fire menn kommer ut. Sjåføren har jeg aldri sett før. Så følger MacMullin (alias DeWitt). Og min gode, gamle venn Graham Llyleworth.

Men det er sistemann som gjør meg urolig. Vi har møtt hverandre før. Det er King Kong.

Jeg lurer på hvorfor de drar med seg fingerknekkeren sin når de bare skal prate med meg.

Da jeg lukker meg ut av forværelset, hører jeg at følget buzzes inn nede i første etasje.

Bestemors stemme: «Han er oppe!»

Jeg tar av meg skoene og løper bortover søylegangen med en sko i hver hånd. Da jeg ser de fire mennene i trappen, hopper jeg til side og presser meg inntil en søyle.

Hvis de snur seg idet de passerer, vil de oppdage meg. Men de gjør ikke det.

Jeg venter til de har rundet hjørnet før jeg løper bort til trappen og stormer ned trinnene. Nederst tar jeg på meg skoene.

Bestemor snur seg. «Men – er det deg?» spør hun forbauset og skotter opp og ned trappen. «Her?»

«Så sannelig,» svarer jeg.

Oppe fra MacMullins kontor lyder et rop.

«Men –» sier hun og tar et skritt mot meg idet jeg passerer. Som om hun har sort belte i jiu-jitsu og egenhendig har tenkt å legge meg i gulvet.

«Stopp ham!» roper en stemme.

Hun tripper etter meg bort til døren mens hun kvinker eng-
stelig.

Jeg styrter ut på gaten og gjør meg usynlig.

21

DIANES KOFFERT STÅR FERDIG PAKKET i entreen. Ansiktsut-
trykket hennes kan tyde på at hun har sittet oppå den og ventet
på meg de siste fem timene.

«Endelig!» glefser hun. «Hvor har du –»

Jeg klipper henne av: «Jeg tror de drepte dem!»

Diane får ikke riktig lukket munnen.

«Vi må dra!» maser jeg.

«Hvem,» stotrer hun, «drepte hvem?»

«Faren min. Og DeWitt.»

«Hvem var det de drepte?»

«De ble drept.»

«Nå skjønner jeg ingenting! Hvorfor ble de drept?»

«De visste noe.»

«Å gud. Om skrinet?»

«Vet ikke. Men de døde nesten samtidig. I ulykker.»

«Så?»

«Det må finnes en sammenheng.»

«Jeg tror ikke –»

«Diane! Dette vet du ingenting om. Kom! Har du sakene
dine klar? Kom, så drar vi!»

«Voldsomt til hast?»

«De er etter meg!»

«Vent nå litt.»

«Vi har ikke tid!»

«Hvem er etter deg?»

«MacMullin! Llyleworth! King Kong! CIA! Darth Vader!»

«Æh –»

«Kom så!»

«*Etter deg?*»

«Jeg unnslapp i siste liten. Før de tok meg!»

Hun ser bekymret på meg. «*Bjørn* ... Tror du ikke at du overdriver litt?»

«Diane!»

«Okay, vi drar, vi drar! Er bagasjen din nede?»

«Den må bli igjen på hotellet.»

«Men –»

«Jeg har pass og penger.»

«*Bjørn*, jeg er redd! Hva har skjedd?»

«Jeg skal fortelle siden. Kom! Vi må skynde oss hvis vi skal rekke flyet.»

«Men bør vi ikke –?»

«Bør vi ikke hva da?»

«Jeg må ringe far.»

«Nå?»

«Vel, han –»

«Ring fra flyplassen! Ring fra Norge!»

«Det tar bare et minutt. Et halvt!«

«Så ring! Skynd deg!»

Diane løfter av røret. Jeg ser på henne. Hun ser på meg. Hun legger på igjen.

«Det er ikke så farlig,» sier hun. «Jeg kan ringe fra Norge.»

I det samme kimer telefonen. Forvirret tar hun røret. Hun svarer «ja» flere ganger, utålmodig, avvisende.

«Hva mener du?» sier hun.

Og lytter.

«Hvilken grunn?» snerrer hun.

Hun ser på meg og himler med øynene.

«Forklare hva da?» roper hun i røret. Så legger hun på. «Jobben,» sier hun. «En skulle tro verden går under bare fordi man tar seg ferie.»

Jeg bærer kofferten bort til heisen. Diane låser, men kommer på at hun har glemt å tisse. Kvinnfolk! Hun smekker seg inn igjen. Hun bruker en evighet. Jeg har holdt på heisen ved å sette kofferten foran detektorstrålen, og det plinger idet døren går igjen bak oss. Diane trykker på en knapp med omrisset av en bil. Heisen summer lavt. Det kiler i mellomgulvet.

I garasjen låser hun opp bagasjelokket på Hondaen. Jeg legger kofferten hennes i.

Diane rygger ut av parkeringsfeltet. Dekkene skriker da hun akselererer, gjenklangen er hul. Jeg synker bakover i setet og trekker pusten. Det verker i bena.

Vi må vente på en luke før Diane kan smette ut av garasjen og inn i trafikken. En av bilene som passerer, og som bråbremser utenfor inngangen til høyblokken, er en beige BMW 745. Jeg får ikke sett inni. Men det kan umulig være dem.

Annen del

Sønnen

IV

Fortielser, løgner, minner

1

DET VAR DEN SOMMEREN DA PAPPA DØDE.

Arret av hugstfelt og kraftlinjer bredte gammelskogen seg som på trass. Det er tyve år siden nå. Men når jeg lukker øynene, kan jeg fortsatt gjenskape bilder og stemninger fra den sommerferien. Lune lommer i min private minnelund. Den lange bilturen ... Over oss var himmelen gjennomskinnelig. Radioen skurret på en glippende frekvens. Slumrende og bilsyk satt jeg i baksetet og skottet ut av det halvåpne vinduet. I grøftekanten svevde skyer av knott over det høye, gule gresset. Heten var tung av ange. Kalde innsjøer skimret lik speilskår mellom trestammene. Jeg husker en morken tømmerkoie som var i ferd med å bli fortært av mose og råte. En slunken plastpose med reklame for Ali kaffe hang på en kvist. Et henslengt bildekk. Veldige klippeblokker. I åssiden surklet bekker som forsvant i grå betongrør. Vi passerte sorte tjern omkranset av kjerr. Jeg svelget brekninger. Mamma strøk meg over pannen. Pappa satt bak rattet, taus og fjern, Trygve Arntzen ved siden av, oppstemt og skrålende, med bena på dashbordet. Gjørmete hjulspor etter anleggsmaskiner krysset skogsbilveien. Gårdsbruk med gjenspikrede vinduer og overgrodde tun. Gravmæler over gårsdagen. På ett av tunene satt en gubbe på en huggestabbe og spikket. Som en gjenglemt nisse. Eller en gammel onkel fastfrosset i tiden. Han så ikke opp. Kanskje han ikke fantes.

Stien slynget seg opp en gressvoll fra parkeringsplassen. Det var mørkt mellom trærne. I det dunkle lyset så de uttørrede røttene ut som forstenede slanger. Den fuktige mosen svellet over stubbene. Pappa var stille. Mamma nynnet. Trygve gikk litt bak henne, jeg til sist. Vi må ha sett ut som fire forvillede sherpaer. Fjelluften skyllet over oss, frisk og rå.

«Lillebjørn!»

Fjern og varm smøg mammas stemme seg inn i drømmen. Som et kjærtegn.

«Bjørnemann?»

Selv gjennom teltduken blendet solen meg. Klokken var snart ni. Jeg så etter Trygve, som jeg delte telt med. Soveposen hans lå tom; slunken, halvveis vrengt, lik en forlatt slangeham. Søvndrukken dukket jeg inn i min egen soveposes klamme mørke.

«Lille prins! Bjørn!»

Med en rislende lyd åpnet mamma glidelåsen og stakk hodet inn i teltet. Et engleansikt omkranset av viltert hår.

«Frooooookoooooost!» sang hun.

Hun begynte å trekke i soveposen. Jeg kjempet imot. Innbitt. Den siste tiden hadde jeg begynt å våkne med stå. Men det kunne jeg knapt fortelle til mamma.

Frokosten var lagt ut på papptallerkener på et pledd mellom teltene. Brødblingser grovskjært med tollekniv. Smør. Salami. Fårepølse. Bringebærsyltetøy. Egg og bacon svartstekt på primus.

Trygve dasket meg kameratslig på skulderen. Han hadde ikke barbert seg på noen dager.

Mamma likte ikke at pappa klatret. Pappa og Trygve hadde demonstrert sikkerhetsutstyret for henne. Tau og plugger og bolter og karabiner og rappellfester. Men det hjalp ikke. Hun var redd for at det skulle skje noe.

Etter frokost ruslet mamma og jeg ned til tjernet for å bade. Vannet var mørkt og blankt. Jeg spurte mamma om hun trodde det fantes blodigler i sivet. Hun trodde ikke det. Da vi vasset uti, føltes vannet lunkent. Rundt oss fløt vannliljer. Som i et trolltjern. Vi svømte over tjernet og klatret opp på en solvarm klippehelle. Mamma lukket øynene og foldet hendene bak hodet. Inne i skogen tok en fugl til vingene, men jeg så den ikke. Med dovent blikk fulgte jeg vanndråpene som rant nedover mammas kropp. Med rykkvise bevegelser, som regndråper på et vindu, sildret de over huden hennes og dryppet ned på fjellet, der de fordampet lenge før de nådde hjem.

Dette er også et øyeblikk:

Jeg fikk to fisk og var svært fornøyd med meg selv og plystret hele veien tilbake til leirplassen. Fiskestangen hvilte på skulderen min. Fiskene lå i en plastpose og luktet vondt.

Det var ingen der da jeg kom tilbake.

Jeg satte fiskestangen inntil et tre og hengte plastposen på en knekt gren slik at ikke en røyskatt eller grizzlybjørn skulle ta fiskene.

Så:

Mammas stemme, gjennom teltduken: «Din tøysekopp!»

Jeg rykket til. Rundt meg var skogen stille. Jeg var en ånd som svevet usynlig, uhørlig, rundt teltet.

Stemmen hennes var ikke slik jeg kjente den. Det var kommet noe fremmed over den. Noe vemmelig. Som ikke var ment for mine ører.

Øm, myk, fylt av klebrig fuktighet.

Dyp, lattermild mumling, fra en sovepose.

Jeg sto dørgende stille i lyngen. Lyttet.

Mamma (som et sukk, nesten ikke hørbart): «Du er så god.»

Stillhet.

Mamma: «Du. Ikke nå.»

Ertende latter.

Mamma (lekent): «Ikke!»

Stillhet.

Mamma: «Du, de kan være her når som helst.»

Bevegelser.

Mamma (kurrende, kvinkende): «Duuuuu!»

Et villdyr snerret i soveposens dyp.

Mamma (knisende): «Du er helt gæern!»

Pause.

Kurring.

Stillhet fylt av lyder. Vinden i trærne. Det fjerne bruset fra elven. Fuglene.

Stemmen min, tynn, sped: «Mamma?»

En lang stund var det stille.

Så rislet det i glidelåsen i teltet. Trygve krabbet ut og så seg om. Da han fikk øye på meg, strakte han seg søvndrukkent og gjespet. «Tilbake allerede?»

«Jeg fikk to fisk. Er mamma her?»

«To? Jøss! Store?»

Jeg hektet plastposen ned fra treet og viste dem frem.

«Er mamma her?»

«Ikke akkurat nå. Skal vi gå og renske dem?»

Han tok hånden min. Det hadde han aldri gjort før. Jeg nølte.

«Vil du ikke gå og renske dem?» spurte han utålmodig og trakk meg av gårde.

Så vi gikk og rensket dem. Det var fort gjort. Da vi kom tilbake, satt mamma på den store steinen og solte seg. Hun smilte til Trygve, litt beklagende, skøyeraktig. Hun syntes fiskene så nydelige ut og lovte å steke dem til lunsj.

Når en tenker tilbake, er det de små episodene det er vanskelig å gi slipp på. Mens alt det man skulle tro man ville gå rundt og huske ned til minste detalj, blafrer flyktig gjennom hukommelsen.

Grytidlig en morgen ble jeg med pappa på jakt. Han vekket meg klokken halv fem. Hverken mamma eller Trygve ville være med. Men Trygve blunket muntert til meg da jeg kledde på meg. Han var lys våken, parat til å stå opp og felle et dusin trær med den lille speiderøksen sin.

Solen skinte blekt. Det dampet kaldt av bakken. Nede i dalsøkket, ved den store innsjøen, strakte tåken lange tunger innover i skogen. Jeg hutret. Søvnfrosten iset i meg. Trettheten lå som våt bomull bak øynene.

Innelukket i våre egne tanker skrittet pappa og jeg opp langs elven og forbi klippene der de pleide å klatre. Det sto et kjølig gufs fra elven. Over skulderen bar pappa Winchesteren. Patronene veide tungt i lommen på anorakken min og raslet mot hverandre som små rullestein i elvekanten.

Skogen var vill og uveisom. Veltede trestammer, kløfter, lynghellinger, himmelen et dugget speil over grankronene. Myrjord og åer surklet under sålene våre. Det luktet ramt av vasstrukken mose og råttent vann. Splintrede stubber, rotvelter, bregner i solglennene. Høyere oppe i åsen klukket en fugl. Den samme tonen igjen og igjen. At den ikke ble gal av det? Lyset var blåblankt og til å ta på.

I brynet ved et gjengrodd hugstfelt, inntil en gran som var felt av en storm for lenge siden, stanset pappa og så seg om. Nikket. Lagde en klikkende lyd med tungen. Ga tegn til at vi skulle sette oss. Jeg ga pappa en håndfull patroner. Han ladde våpenet. Pappa håpet på en rødrev. Han ønsket seg en utstoppet rev i entreen. En han kunne peke på når vi fikk gjester og si henslengt: Den skjøt jeg sist sommer. I juvdalstraktene.

Vi lå tause og så utover hugstfeltet. Det duftet av løv og gress og myrjord. Fugler fløytet og kneppet i ly av vegetasjonen. Men ennå var det tidlig, og kvitringen lød halvhjertet og pliktskyldig. Det var ikke lett å ligge stille. Hver gang jeg gjespet, hysjet pappa på meg. Jeg angret på at jeg var blitt med. Det var mamma som hadde vært så fordømt ivrig på å få meg av gårde.

Jeg så den først. Majestetisk skrittet den ut av skogbrynet på motsatt side av hugstfeltet. Vi hadde vinden mot oss, så den været oss ikke. En praktfull kronhjort.

Langsomt og grasiøst skrittet den ut i rydningen. Nappet til seg blader fra en lav bjerk og stirret utover landskapet med eiermine. Pelsen var rødbrun og blankskimrende. Som bronse. Geviret hadde spisser som formet en krone.

Jeg så på pappa. Han ristet på hodet.

Den skrittet enda nærmere. Pappa og jeg våget nesten ikke å puste. Vi hadde sunket helt ned bak stammen.

Plutselig kastet dyret på hodet.

Tok et skritt tilbake.

Hev seg rundt.

Så falt skuddet.

Jeg bråsnudde på hodet. Pappas Winchester lå inntil stammen mellom oss.

Han førte pekefingeren til leppene.

Hjorten sank på kne og forsøkte å stavre seg i sikkerhet. Det neste skuddet felte den. Den veltet over på siden. I noen redselsfulle sekunder lå den og sparket og dirret.

Et sted nedefra hugstfeltet lød et triumfrop. Og så enda et. Jeg skulle til å reise meg. Men pappa holdt meg tilbake.

De var to stykker. Snikskyttere, forklarte pappa senere. De kom vassende gjennom bregnene og løvspirene. Den ene kauket som en indianer.

Foran det døde dyret stanset de. De ble stående ustøtt og beundre det. Den ene tok frem en lommelerke, drakk noen støyter og rakte den til kameraten. Han hadde en lang kniv i en slire på låret. Han løsnet kniven og rapte. Mens kameraten holdt et plastkrus fra en termos under halsen på dyret, skar han et snitt i pulsåren. De fylte kruset med blod. Og blandet det med brennevinet fra flasken.

Og drakk.

De grep om forbena og veltet hjorten over på ryggen. I en eneste lang bevegelse åpnet den ene mannen buken. Med en motbydelig, surklende lyd trakk han tarmene ut på marken, meter på meter med stålblå tarmer som det dampet av. Så fulgte resten av innvollene. Stanken bølget bort til pappa og meg.

Begge satte seg på huk. De fant det de lette etter. Det varme hjertet. Mannen med kniven stakk tungespissen ut i munnviken og myste mens han skar hjertet i to. Som om han bedrev avansert hjertekirurgi. Midt i svarteste skauen. Han ga kameraten den ene halvdelen.

Så ga de seg til å spise.

Det svimlet for meg. Jeg hørte hvordan de smattet. Blodet rant nedover hakene på dem.

Pappa holdt om meg mens jeg spydde lydløst.

De parterte dyret og trakk med seg skrotten ned gjennom hugstfeltet mens de skrålte og sang. Da pappa og jeg kreket oss på beina, lå hjortens hode igjen på bakken og stirret etter oss.

Fluene var allerede i ferd med å gjøre krav på restene. I skogbrynet hørte jeg en flokk med kråker.

Det finnes de som tror at man blir vegetarianer for å gjøre seg interessant. Det kan ha noe for seg. Skjønt mange av oss har aldri hatt noe valg. Vi er drevet inn i det. Av blodets barbari.

2

GRETHE ER IKKE HJEMME.

Jeg hadde knapt ventet noe annet. Likevel har jeg stått en fem minutters tid og kjærtegnet ringeklokken hennes nede på gaten i håp om at porttelefonen plutselig skal begynne å stønne eller at hun vil komme rundt hjørnet med et forbløffet «hei Lillebjørn!» og en handlepose fra Rema 1000.

Frognertrikken skramler forbi, støyende lik et lass med skrapjern, hvilket ikke er så langt unna sannheten. Over meg, på granittbaldakinen, boltrer en vellystig satyr seg med en nymfe. Motivet minner om Diane og meg.

Gårsdagen er som hentet fra en film du såvidt husker. Litt drømmeaktig. Ikke helt virkelig. Jeg forsøker å gjenskape den hesblesende flukten til Heathrow, flyturen hjem, den drøye kjøreturen i Bolla fra Gardermoen til farmors landsted nede ved fjorden. Men jeg får ikke ordentlig tak på bildene.

Vi var fremme på landstedet tidlig på kvelden. Sjøen lå stille. På kvistværelset mitt, blant Hardy-bøkene og ukebladene og de fillete Det Beste-utgavene fra 1969, og i lukten av solvarmt støv, elsket vi sommersøtt og intenst. Senere på kvelden fant hun frem silketauene sine og ville at jeg skulle binde henne og gjøre det om igjen. Litt hardere. Slik holdt vi på en stund. Til slutt løsnet jeg Diane og lot silketauene henge fra de fire senge-stolpene.

Utpå natten våknet jeg av at hun lå og gråt. Jeg spurte hva som var i veien. Men hun sa det ikke var noe å bry seg om. I nattens varme mørke lå jeg og lyttet til pusten hennes.

En gammel dame som kommer stavrende opp fortauet, har stiftet blikket fast i meg. Hun stanser og setter posene fra seg.

«Ja?» sier hun meg rett opp i fjeset. Høyt og utfordrende.

Som om hun eier gården. Og fortauet. Og store deler av Oslo sentrum. Og har forlagt høreapparatet.

«Jeg søker Grethe Lid Wøien,» sier jeg. Like høyt. Slik ubetenksomme mennesker snakker til gamle og tilbakestående.

«Fru Wøien?» spør hun. Som om Grethe noengang har vært noens frue. Stemmen mildner. «Hun er ikke hjemme. De hentet henne.»

«Hvem hentet henne?»

Spørsmålet kommer litt for fort, litt for skarpt. Hun ser skremt på meg.

«Hvem er De egentlig?» spør hun.

«En venn!»

«Ambulansen!» sier hun.

Grethe sitter oppreist i sengen. Aftenposten ligger brettet utover dynen.

«Lillebjørn!»

Stemmen er tynn. Ansiktet ser ut som et kranium kledt med litt for mye hud. Hendene skjelver slik at avispapiret knitrer. Lyden minner om tørt løv i vinden en tidlig morgen i november.

«Jeg forsøkte å ringe deg på ny fra London. Flere ganger,» sier jeg.

«Jeg var ikke hjemme.»

«Jeg visste ikke at du var innlagt.»

«Bare noen dager. Jeg er et seigt skinn. Jeg ville ikke plage deg med det.»

«Ærlig talt!»

«Jeg vet, jeg vet. Men jeg ville ikke forstyrre.»

«Hvordan føler du deg?»

«Det er ikke så viktig. Hvordan gikk det? I London?»

«Alt er temmelig forvirrende.»

«Hva fant du ut?»

«At jeg vet mindre enn da jeg dro.»

Hun ler stille. «Slik er det med kunnskap.»

Jeg setter meg på sengekanten og griper om hånden hennes. «Du må fortelle meg noe,» sier jeg.

«Så spør, gutten min.»

«Hvem er Michael MacMullin?»

«Michael MacMullin ...» sier hun stille.

«Og Charles DeWitt?»

Langsomt glir øyelokkene hennes igjen, innsiden forvandles til et lerret for minnene.

«Michael ...» Hun holder inne, det skjer noe med stemmen hennes, «en nær og god venn! Han var min overordnede da jeg gjesteforeleste i Oxford. Ja,» ansiktet hennes får et underfundig drag, «mer enn en overordnet. Mye mer. En klok, god mann. Hadde alt vært annerledes kunne han og jeg kanskje ha –» Hun slår opp øynene og smiler bort tanken. «Vi har holdt kontakten opp gjennom årene.»

«Og DeWitt?»

«Charles DeWitt. Din fars venn og kollega. Han skrev av-handlingen sammen med faren din og Llyleworth. En søt liten engelskmann, en underlige skrue, gift med et rivjern av en dame. Han døde. I Sudan. Det gikk koldbrann i et sår.»

«Og alt dette visste du?» spør jeg.

«Selvsagt. De var mine venner.»

«Men du fortalte meg ingenting.»

Hun ser forundret på meg. «Hvordan det? Spurte du? Hvorfor er det viktig?»

Jeg klemmer hånden hennes lett.

«Jeg har enda et spørsmål.» Jeg nøler, fordi jeg vet hvor van-vittig det vil høres. «Kan de ha drept ham?»

Grethe reagerer helt naturlig: med forbauselse. «Kan hvem ha drept hvem?»

«Kan noen ha drept DeWitt?»

«Hva er det du sier?» Hun ser granskende på meg. «Hvem skulle ha gjort noe så fryktelig?»

«MacMullin?»

«Michael?»

«Fordi DeWitt visste for mye? Eller fordi han skjønte noe han ikke burde ha skjønt?»

Hun ler kort, avvisende. «Nei, vet du hva! Det er utenkelig.»

«Eller noen andre? Noen i SIS. Llyleworth? Jeg vet ikke. Noen ...»

Hun humrer. «Du har lest for mange bøker, Lillebjørn.»

«Det skjedde noe. I 1973. I Oxford.»

Hun stivner. Det er noe hun ikke vil gi slipp på.

«Hva var det, Grethe? Hva var det de fant ut? Noe som har med skrinet å gjøre. Hva var det?»

Hun sukker dypt. «Hadde jeg bare hatt en anelse ... De ble trukket inn i noe, Lillebjørn. Men jeg vet ikke om de skjønte det selv engang.»

«Hvem?»

«Din far. DeWitt. Og Llyleworth.»

«To av dem er døde.»

«Jeg skulle også ha blitt innviet.»

«Men?»

Hun snur seg mot vinduet. Hun ser ikke på meg da hun sier det: «Jeg ble gravid.»

Stillheten sveller.

«Et uhell,» sier hun. «Sånt som skjer.»

«Jeg ...» begynner jeg, men vet ikke hvordan jeg skal fortsette.

«Det er lenge siden nå.»

«Hva skjedde videre?»

«Jeg reiste bort de siste månedene. Fødte barnet. I Birmingham. Ingen vet om det, Lillebjørn. Ingen.»

Jeg tier.

«Jeg kunne ikke beholde det,» sier hun.

«Jeg forstår.»

«Gjør du? Jeg tror ikke det. Men slik var det.»

«Har du hatt noen som helst kontakt med –»

«Aldri!»

«Men hvordan –»

Hun holder opp hånden. Ansiktet er vendt bort fra meg. «Jeg vil ikke snakke om det!»

«Det er ikke så viktig. Jeg mener ... ikke for meg. Ikke nå.»

«Har du fortsatt skrinet?»

«I trygg forvaring.»

«Trygg ...» mumler hun, tygger og smaker på ordet.

«Grethe, hva er det i skrinet?»

«Jeg vet ikke.»

Det lyder som en beklagelse.

«Men hva vet du?» spør jeg. «Er det Q-manuskriptet? Eller noe helt annet?»

Hun setter seg halvveis opp i sengen. Det er som om hun forsøker å riste av seg sykdommen, svekkelsen, forfallet. Anstrengelsen gjør henne tungpustet. Hun møter blikket mitt med øyne fylt av gjenstridig iver.

«Visste du at det er de som mener at de eldste franske og britiske adelsslektene er etterkommere av førkristne stammer som ble fordrevet fra Midtøsten?» spør hun.

«Visste og visste.»

«Og at enkelte av dagens kongelige slekter stammer fra våre bibelske forfedre?»

«Jeg har muligens hørt spekulasjoner,» svarer jeg vagt. Jeg lurer på om legene har satt henne på sterke medikamenter.

«Men hva vet jeg ...» sier hun til seg selv, som om mistroen min smitter over på henne. «Det må da være lov å gjette, ikke sant? Dedusere? Resonnere?»

Gjennom døren hører jeg et lite barn som gledesstrålende roper «moffa».

«Det finnes en – gruppering,» sier hun.

Ute på gangen er det noen som ler. Jeg ser for meg hvordan moffa løfter på barnebarnet.

«Jeg vet ikke så mye om den,» forklarer Grethe. Hun veksler mellom å snakke til meg og til seg selv. Som om det er seg selv, og ikke meg, hun forsøker å overbevise. «Men jeg vet at den finnes.»

«En gruppering?» hjelper jeg henne på vei.

«Den har sine røtter i gammel fransk adel. En sammenslutning.»

«Men hva gjør den?»

«Kall den en frimurerorden om du vil. En hermetisk sekt. Hemmelig. Jeg vet nesten ingenting om den. Ingen vet om den.»

«Så hvordan – vet du om den?» Jeg begynner å le. «Jeg mener, hvordan kan du fortelle meg alt dette hvis det er så hemmelig?»

Hun ser fort på meg, skarpt, iltert. Som om jeg burde vite bedre enn å spørre. Men i det samme mildner uttrykket. Hun sier: «Kanskje jeg kjenner noen som ...» Hun avbryter seg selv: «Til og med blant ordenens innvidde er de andre medlemmene ukjente. Et medlem vet i høyden om to-tre andre. Hver person kjenner identiteten kun til én overordnet. Oppbygningen er intrikat og hemmelighetsfull.»

«Hvor vil du hen?»

«Kanskje er det disse som jakter på skrinet, Lillebjørn.»

«En hemmelig orden?»

Spørsmålet klinger temmelig mistroisk. Nedlatende er enda mer presist. Hun svarer da heller ikke.

Jeg spør: «Da vet de vel også hva skrinet inneholder?»

Grethe ser fremfor seg. «De har alltid vært på leting. Alltid. Jeg tror det er skrinet de har lett etter. Alt begynner å falle på plass. Alle brikkene.» Grethe gløtter opp på meg. Øynene hennes ruller. Jeg vet ikke om hun er helt klar.

Jeg reiser meg og går bort til vinduet. Det skarpe lyset tvinger meg til å myse. Noen arbeidere holder på å reise et stillas langs nabobygningen. Det ser vaklevorent ut. Men de vet vel hva de gjør.

«Du er sliten. Jeg skal gå nå,» sier jeg.

«Så meningsløst,» mumler hun. Høyere: «Jeg sa det til Birger!»

Jeg vet ikke hva hun snakker om.

«Jeg advarte ham! Jeg sa det til ham!»

Hun puster tungt, svelger, men så kvikner øynene til. Det er som om hun vender tilbake til virkeligheten. En slags virkelighet.

«Ingenting er slik man tror, Lillebjørn!»

Jeg klemmer hånden hennes. «Det er på tide at jeg går. Du er sliten.»

«Det er så mye vi egentlig ikke vil vite.» Hun ser på meg, som om det er noe hun vil fortelle, eller aller helst: som om det er noe hun vil jeg selv skal forstå.

«Jeg vet det,» sier jeg stille. «Men jeg bør komme meg av gårde nå.»

«Så mye vi ikke vil vite,» gjentar hun. «Selv om vi tror det. Så mye vi heller ikke bør vite. Så mye vi ikke har godt av å vite.»

210

«Hva er det du forsøker å si?»

Hun lukker øynene, og selv ikke gjenklangen av ordene gir noen mening.

«Er du redd, Grethe?» spør jeg.

Hun slår opp øynene igjen. «Redd?» Hun rister på hodet. «Du dør ikke før ingen lenger vet at du har vært til,» sier hun.

På vei fra sykehuset stanser jeg ved en telefonkiosk. Jeg burde vel ha skaffet meg en mobiltelefon. Men jeg liker meg bedre uten. Det gir meg en absurd følelse av frihet. Ingen vet hvor jeg er. Ingen kan nå meg. Ikke hvis jeg ikke vil det selv.

Først ringer jeg Diane. Bare for å høre stemmen hennes. Hun svarer ikke. Hun sitter nok ute på terrassen.

Så ringer jeg til Caspar.

Han er oppskaket, skjelven. Det har vært innbrudd hos ham. Både hjemme og på kontoret. Han fatter ikke hvorfor noen har brutt seg inn begge steder. På samme dag! Han er for oppkavet til å snakke med meg. Det er kanskje like greit.

3

FOR SIKKERHETS SKYLD PARKERER JEG BOLLA i en sidevei nedenfor høyblokken og lister meg frem til oppgangen på stien mellom trærne ved idrettsbanen.

For ti år siden var blokkene grå og funksjonalistiske. Stygge som nøkken. Nå har arkitektene jålet dem opp. Nye fasader, nye farver, nye balkonger, nye vinduer. Stygge som nøkken.

Jeg tar heisen opp i tiende og låser meg inn hos meg selv. Leiligheten lukter innelukket. Slik den lukter når jeg har vært på ferie. Jeg sanser enda en odør: gammel sigar.

Rotet fra innbruddet ligger fortsatt strødd utover. Selv sengetøyet mitt har de flenget av. Bøkene mine står i bunker på gulvet. Skuffene er åpne.

Noe er galt. Jeg vet ikke hva. Det er intuisjonen min igjen. Jeg burde ikke ha stukket innom.

Jeg sjekker telefonsvareren. Fire beskjeder fra mamma. Åtte

fra Universitetet. Én fra SIS. Seks tause. Og tre fra pipestemmen som, med stigende grad av irritasjon, insisterer på at jeg tar kontakt med politiet.

Snarest!

Med et sukk tar jeg av røret og gjør det jeg må. Jeg ringer til mamma.

Hun svarer med én gang, med kjølig stemme repeterer hun sitt telefonnummer. Som om etternavnet hennes er altfor personlig til å dele med en hvilken som helst noksagt som slår hennes nummer.

«Det er meg,» sier jeg.

Hun er taus en liten stund. Som om hun ikke helt klarer å plassere stemmen min. Som om jeg er en hvilken som helst noksagt som har slått hennes nummer.

«Hvor har du vært?» spør hun.

«I utlandet.»

«Jeg har forsøkt å få tak i deg.»

«Jeg måtte utenlands. London.»

«Å.»

«Arbeid,» tilføyer jeg som svar på hennes uuttalte spørsmål.

«Ringer du fra Norge?»

«Jeg kom nettopp hjem.»

«Det er så dårlig forbindelse.»

«Jeg hører deg fint.»

«Jeg har ringt til deg flere ganger. Trygve må også snakke med deg. Det er veldig viktig, Lillebjørn.»

«Jeg måtte dra på kort varsel.»

«Jeg har vært så urolig for deg.»

«Du må ikke bekymre deg, mamma. Jeg tenkte bare å be om unnskyldning.»

«Unnskyldning?»

Hun later som ingenting. Men hun vet utmerket godt hva vi snakker om. Og hun vet at jeg vet.

«For – den kvelden. For det jeg sa. Jeg var ikke helt meg selv.»

«Det er ikke så farlig. La oss slå en strek over det.»

Det er greit nok for meg. For jeg vet ikke hvor oppriktig jeg mener det, heller.

Samtalen renner ut i plattheter. En innskytelse får meg til å spørre om jeg kan stikke innom for å snakke med henne om noe. Jeg angrer straks jeg har spurt, men hun blir så glad at jeg ikke får meg til å trekke meg. Mamma sier morna og legger på. Jeg blir stående med røret i hånden.

Så lyder enda et klikk.

«Mamma?» spør jeg.

Men det er bare stille.

«Er'e deg?» sier Rogern.

Han er lys våken og påkledd. Enda klokken bare er halv ett. Han har tent seg en sneip. Blikket blusser. Han humrer og slipper meg inn.

Stuen dufter av søt, tung røkelse. Det er så du kan bli høy av å trekke pusten. Lukten eser og sveller og presser mot veggene og vinduene for å få mer plass. Rogern kniser.

I en bunke på kommoden i gangen ligger posten han har tatt inn for meg. Blant aviser, reklame og regninger finner jeg, i en konvolutt fra Caspar, en telefaks fra The Schimmer Institute til Riksantikvaren. De ønsker *Mister Bjoern Beltoe* hjertelig velkommen til studieoppholdet som Riksantikvaren har anbefalt. Ikke bare det: De tilbyr meg et reise- og forskningsstipend som vil dekke det meste av omkostningene. De har så dårlig kontakt med norske forskningsmiljøer. De oppgir et telefonnummer og et navn. Peter Levi. Han vil være min kontakt når og hvis jeg velger å komme. Hvilket de håper jeg gjør. Med det aller første. Det er bare å ringe.

Jeg legger brevet i innerlommen og sier til Rogern: «Jeg har noe til deg.»

Han grynter forventningsfullt.

Jeg gir ham CD-platen. Han river av papiret. Da han har lest alle navnene på baksiden, knytter han neven som takk.

«Si meg, hva har du i den sigaretten?» spør jeg.

Spørsmålet utløser en eksplosjon av latter. Han kaster på hodet mot noe bak meg. Jeg snur meg.

Et pikebarn kommer tassende ut fra soverommet. Ved første øyekast kan det se ut som hun leter etter koskluten sin og den

213

lille rosa bamsen. Hun kan ikke være mer enn fjorten-femten år. Hun har et søtt, sminket ansikt og midjelangt, kullsort hår. Hun har på seg en sort, stram truse og en av Rogerns skjorter. Rundt begge håndleddene og anklene har hun snurret flettede snører av lær. På den ene overarmen har hun en tatovering som minner om en rune eller et okkult symbol.

«Nicole,» sier Rogern.

Nicole ser uttrykksløst på meg.

«Bjørn,» forklarer han, «han typen jeg fortalte om.»

Hun synker sammen i sofaen, slenger ett ben på bordet og trekker ett oppunder seg i sofaen og begynner å rulle seg en røyk. Jeg vet ikke riktig hvor jeg skal se. Hun har lakkert tåneglene sorte. Jeg oppdager enda en tatovering. På innsiden av låret. En slange som liksom bukter seg oppover.

«Sprek, hæh?» sier Rogern og dulter borti meg. Jeg står i ubalanse og holder på å falle. Fjeset mitt flammer opp.

Nicole geiper til Rogern. Tungen er rød og spiss. Tungespissen er piercet. Hun tenner sigaretten. Måten hun blåser røyken ut gjennom neseborene på, gir henne et forherdet preg. Som om hun egentlig er femti år gammel og har tilbragt førti av dem på et horehus i Tanger. Øynene hennes fanger mine da jeg gløtter bort på henne. Jeg klarer ikke å se bort. Enda jeg forsøker. Blikket hennes er isblått og mye eldre enn kroppen. Det søker inn i meg, gjennom pupillene og videre inn i hjernen der det romsterer omkring i de mørkeste krokene og løfter på kistelokk jeg trodde var låst. Det smyger seg oljet og glatt rundt hypofysen og klemmer til og får meg til å hikste. Så slipper hun taket. Hun smiler til meg. Søtt og ungpikeaktig. En fortrolig som deler mine hemmeligheter.

«Du har hatt gjester igjen,» sier Rogern.

«Gjester?» spør jeg mekanisk. Jeg forsøker å renske opp og lufte ut i hjernen etter Nicoles visitt og oppfatter ikke hva han snakker om.

«To ganger. Minst. Jeg hørte'rem.» Han skotter opp mot taket.

Virkeligheten treffer meg midt på kjaken. «Mener du innbrudd? I leiligheten min? Igjen?»

«Jepp. Hva har'u tenkt å gjørra nå?» spør han.

214

Jeg aner ikke hva jeg har tenkt å gjørra nå.

«Hva er det dere snakker om?» spør Nicole.

«Noe greier,» sier Rogern.

«Hva skjer?» maser hun.

«Mannfolkgreier!» avfeier han henne.

«Blah,» sier Nicole og stikker ut underleppen.

Det er tilfeldig at jeg går bort til vinduet, og det er like tilfeldig at jeg får øye på den røde Range Roveren. Den kommer i full fart oppover veien.

«Uh oh,» sier jeg.

Rogern følger blikket mitt. «Å faen. Er kåken din overvåka, eller?»

«Trøbbel med snuten?» spør Nicole. «Stilig!»

«Bagen min!» hveser jeg lavt.

«Uno momento!» svarer Rogern. Han har bagen med skrinet i en låst skuff i kommoden med CDer.

«Adios!» roper Nicole etter oss mens Rogern og jeg stormer ut av leiligheten og ned trappene. Trappeoppgangen føles tryggere enn heisen akkurat nå. Bagen bærer jeg under armen.

I første etasje venter jeg bak døren til trappeoppgangen mens Rogern smetter utenfor for å sjekke. Da han kommer tilbake, himler han med øynene.

«Bilen dems står utafor,» hvisker han. «En a'rem sitter i'n. Heisen står i tiende!»

Øynene hans er oppglødd. Det som skjer er ikke helt virkelig for ham. Han er deltager i et tredimensjonalt, interaktivt TV-spill.

Høyt over oss åpnes døren til trappeoppgangen. Fra tiende etasje kikker først ett, så to ansikter ned.

Jeg skysser Rogern til side – «gå rolig ut og ta deg en lang tur!» – og ringer på hos fru Olsen i første. Enken etter gammelvaktmester'n.

Det summer i heisen, hastige skritt klaprer nedover trappene.

Fru Olsen åpner døren på gløtt. Det klirrer i løstenner, smykker og sikkerhetslenker. Hun plirer mot meg med øyne som renner over av mistenksomhet. Hele hennes tilværelse roterer rundt frykten for å bli ranet i sitt eget hjem.

«Det er Beltø,» roper jeg inn i høreapparatet hennes.

«Hvem er død?»

«De kjenner meg vel igjen?»

Hun nikker skeptisk. Vi har hilst på hverandre på vei til og fra kolonialen. Og pratet sammen ved postkassene. Men hun våger fortsatt ikke å utelukke at mitt ytre skjuler en ond demon med røde øyne og hoggtenner.

«Jeg må få sjekke den nye balkongen,» sier jeg.

«Hva er det med kongen?»

«BAL-kongen! Det er fare for at noen av dem kan løsne.»

«Det har jeg aldri hørt noe om,» innvender hun. Hun ser på bagen. Som om den inneholder mitt bærbare sett med tortur-redskaper.

«Jeg kommer fra styret!» roper jeg.

Heisen stopper.

For en sosialdemokratisk gammel krok som fru Olsen er *styret* et magisk ord. Sesam! Hun slipper meg inn og tripper etter meg gjennom leiligheten. Den er pertentlig pyntet og ryddet. Som om Selskabet for Dannede Hjem kan ventes på besøk når som helst. Hun prater i vei om udugelige håndverkere og at borettslaget aldri skulle ha sløst bort penger på de nye balkong-ene og at hun såmenn stemte imot og at hennes Oscar, fred være med hans minne, aldri ville ha godtatt slikt tullball.

Jeg åpner balkongdøren og går ut. For syns skyld later jeg som om jeg inspiserer skjøten mellom gulv og vegg.

«Gode nyheter! Alt er i orden hos Dem, fru Olsen,» roper jeg, «balkongen Deres vil neppe falle ned med det aller første».

«Neppe? Med det aller første?» gjentar hun oppskjørtet.

«Dessuten bor De jo i første. Ha ha! Om det verste skulle skje, mener jeg. En får se det positive i alt!»

Hun skal til å spørre om noe. Jeg sier: «Det er mange bal-konger å inspisere, jeg tror sannelig jeg tar snarveien!» Så klat-rer jeg opp på balkongkanten og hopper ned på gresset. Jeg lan-der litt forkjært. Fru Olsen står og ser etter meg da jeg hinker opp til stien mellom trærne.

Der snur jeg meg. I tiende etasje, bak lysrefleksene i vindue-ne i leiligheten min, skimter jeg omrisset av en mann.

I etasjen under står Nicole i vinduet.

Jeg vinker til henne.

Hun vinker tilbake.

På balkongen sin hever fru Olsen en hånd og vifter den nø-
lende fra side til side.

Jeg blir borte mellom småtrærne.

For å forvirre fiendens varmesøkende missiler rusler jeg
lenge omkring på stikkveiene i nabolaget. Jeg nikker muntert til
søte unge fruer med barnevogner. Jeg nikker muntert til bikkjer
og småfugler. Jeg nikker muntert til småbarna, som glaner hen-
synsløst på den bleke gale mannen.

Til slutt våger jeg meg frem til Bolla. De har ikke oppdaget
henne, stakkars liten.

Bagen med skrinet legger jeg i baksetet. Jeg slenger jakken
min oppå.

4

HAVEN RUNDT PALASSET PÅ NEDRE HOLMENKOLLEN er full av
farver. Buskene blomstrer blidt. Alt er så fordømt vellykket. Til
og med plenen strutter selvtilfreds.

I noen minutter står jeg og hyperventilerer på trappen før
jeg manner meg opp og ringer på. Da mamma åpner, ser jeg på
henne at hun har drukket. Sminken ligger som sparkelmasse i
de hårfine rynkene. Øynene er tunge av vin og Valium. Lep-
pene ser ut som om de er kysset i stykker. Jeg får det for meg at
hun ligner en bordellmamma som nettopp er blitt omvendt av
en obskur religiøs sekt.

«Men kjære, er det deg? Allerede?» sier mamma.

Det er ikke ment som et spørsmål. Hun fornemmer at noe
uunngåelig har innhentet henne.

«Det er meg. Hvor er professoren?»

«Trygve? Han måtte ut og reise. Helt plutselig.»

«Hvor?»

«Hvorfor er det viktig? Er noe i veien? Hva er det du holder
på med for tiden? Hvordan føler du deg?»

Spørsmålene renner ut av henne. Hver gang jeg oppfører meg uvanlig, tror mamma at jeg har fått et tilbakefall. At pleierne fra klinikken løper rundt i byen med nettene og tvangstrøyene sine og leter etter meg. Ofte virker det som om hun skammer seg over nervene mine. At hun ville ha foretrukket noe mer håndgripelig. Som kreft. Infarkt. Creutzfelt Jacobs. Aids. Jeg har forsøkt å fortelle henne at hjernen strengt tatt ikke er noe mer enn et hjerte eller en nyre. En grøt av nerveceller og fibre og fettstoffer og væske der tankene våre – alt vi sanser, alt vi er – i bunn og grunn kan reduseres til kjemiske og elektroniske signaler. Og at en psykisk lidelse ikke er mer enn en ubalanse. Men mamma er en slik type som støkker til når noen forteller at de sliter med nervene. Hun trekker seg tilbake. Som om de har tenkt å hugge hodet av henne. Og å spise det.

Vi går gjennom stuen, i en vid bue utenom det persiske teppet, og inn på kjøkkenet. Breuer løfter på hodet og raper. Halen dasker to-tre ganger i gulvet. Det er alt den klarer å mobilisere av gjensynsglede før den lar hodet synke tilbake på potene.

Jeg setter bagen med skrinet på gulvet. Hun aner neppe hva den inneholder.

Stillhet.

«Så ... du ville ... snakke med meg?» sier hun.

Mamma klarer aldri å gjøre seg til. Hun hadde ment at det skulle lyde tilforlatelig, sånn neimen-så-hyggelig-at-du-stakk-innom, men det kommer ut som et hikst.

Inni meg har jeg øvd på denne samtalen siden jeg var tenåring. Så man kan si jeg er forberedt. Jeg har snekret på replikkene, rettet på dem, filt og pusset, og gjettet meg til mammas svar. Men alt jeg har pugget, forsvinner i et sluk av glemsel.

Jeg ser på mamma. Hun ser på meg.

Til slutt sier jeg bare: «Jeg så dere!»

Jeg vet ikke hva hun hadde ventet at jeg skulle si. Men det var neppe dette.

«Så oss?» spør hun uforstående.

«På teltturen.»

«Teltturen?»

I bakgrunnen hører jeg et surr av stemmer og latter som forvirrer meg inntil jeg skjønner at en radio står på i et tilstøtende rom.

Jeg sier: «Den sommeren. Du. Professoren.»

Hvert ord er en synkemine. Det går noen sekunder før de treffer. Hun kvepper til. Fire ganger. Hvert av ordene har rammet sitt mål på bunnen av hennes sjel.

Først sier hun ingenting. Øynene blir gjennomskinnelige. Jeg ser dypt inn i hjernen hennes. Den er innstilt på *rewind*. Hun spoler tilbake tiden. I hurtig, baklengs film ser jeg hvordan mamma rekapitulerer den sommeren. Og vekker professorens falmede kjærtegn til liv.

«Så oss?» sier hun enda en gang, som for å gi meg sjansen til å si at det hele er en spøk, jeg så ingenting, jeg står her og tuller og tøyser.

Men jeg bare ser på henne.

«Åh herregud, Lillebjørn! Å herregud, vennen min.»

Jeg kjenner hvordan kjevemusklene strammer seg.

Hun trekker pusten dypt. «Det betydde ingenting!» utbryter hun. Stemmen er kjølig, avvisende. En skulle tro det er pappa hun forsvarer seg overfor. «Ikke der og da!»

«Du giftet deg med ham. Så litt må det ha betydd.»

Blikket hennes er støtt, indignert. «Det var senere. Da hadde vi jo… Men den sommeren ...» Hun søker etter ord hun ikke finner.

«Du var utro,» sier jeg.

«Pappa og jeg – vi hadde en avtale. Vi bedro hverandre aldri. Også pappa ...» Hun tar seg i det. «Hadde pappa fått leve –» Ordene setter seg fast i halsen hennes.

«Han var pappas venn,» sier jeg anklagende.

Hun tar hånden min, tvinner fingrene sine nervøst i mine. Litt for fort trekker jeg hånden til meg. «Selv på teltturen holdt dere på. Rett foran øynene på pappa og meg!»

«Men Lillebjørn! Vennen! Det falt meg aldri inn at –! Jeg ante ikke at du –! Jeg trodde ingen av dere –»

«Da trodde du feil!»

Hun klemmer hånden min. Hardt. «Å gud. Lillebjørn ... Jeg vet ikke hva jeg skal si. Jeg visste ikke du merket noe. Eller skjønte. Du var så ung.»

219

«Jeg var gammel nok ...»

«Jeg er så lei meg. Pappa og jeg var åpne om dette. Vi pratet ut om det. Det var en annen tid, Lillebjørn. En annen – tidsånd. Du må prøve å forstå.»

«Jeg tror ikke pappa forsto.»

Mamma ser ned i gulvet. «Nei,» sier hun, «i bunn og grunn tror jeg aldri han gjorde det.» Pusten hennes er full av hakk. «Du kjente aldri pappaen din slik som jeg kjente ham,» sier hun da hun har fått kontroll over stemmen. «Han var ikke alltid –» Trist viker hun unna blikket mitt. «Det virket alltid som han hadde full kontroll, men inni seg var han –»

Vi ser på hverandre.

«Men jeg tror ikke han hoppet,» sier hun. «Hvis det er det du lurer på.»

Spørsmålet må ha gjæret i tankene hennes i over tyve år. Det forundrer meg at det lister seg over leppene som et henslengt tankespinn.

«Han kan ha falt på så mange måter,» sier jeg.

Tvetydigheten og antydningen går henne hus forbi.

«Trygve tok alt så alvorlig. Forholdet vårt, mener jeg. Mye mer alvorlig enn meg. For meg var det en – jeg vet ikke. En flukt? En flørt? En adspredelse? En avveksling? Et avbrekk i hverdagen?»

Hun ser spørrende på meg, men jeg har sannelig ikke noe svar.

Hun blir sittende og tenke. «Det var bare et forhold. En affære. Noe som ville ha gått over. Men så skjedde ulykken.»

En stund er vi stille sammen.

«Og dette har du gått og båret på i alle disse årene?» sier mamma. Hun sier det mest til seg selv.

I taushet lar jeg rekkevidden av spørsmålet virke på henne.

«Hvorfor har du aldri sagt noe?» utbryter hun. Stemmen har fått en skarp kant.

Jeg hever skuldrene, møter ikke blikket hennes.

«Herregud, Lillebjørn, hva må du ikke tro om meg?»

Det vil jeg helst slippe å svare på.

«Da pappaen din døde –» begynner hun, men klarer ikke å

nøste seg videre. «Du må ikke tro det har vært så lett. Hver eneste dag har jeg forsøkt å glemme.»

«Meg også?»

Hun skakker på hodet. «Deg?»

Jeg trekker pusten dypt for å vinne kontroll over stemmen. Hun kommer meg i forkjøpet: «Har du noengang spurt deg selv om du har vært urettferdig mot meg?»

Jeg bare ser på henne. Svelger.

«Det var ikke bare du som mistet pappaen din,» sier hun. «Jeg mistet mannen min. Som jeg var glad i. Til tross for ... dette med ... Trygve. Men det tror jeg aldri du har tenkt over, Lillebjørn. Nå forstår jeg jo hvorfor. Gud så urettferdig du har vært!»

«Jeg ...»

«Ja?»

«Ingenting.»

Hun nikker for seg selv. Øynene hennes er fulle av tårer.

«Det er aldri meningen at ens barn skal få vite om slike ting. Det skjønner du vel!» utbryter hun.

Jeg føler meg som en drittsekk. Kanskje fordi jeg er en.

«Det var vel et sjokk for oss begge,» mumler jeg. Det er ikke rare unnskyldningen. Men det er ment slik.

«Trygve har aldri villet snakket om det som skjedde den dagen,» sier hun. «Aldri. Han bebreider seg selv. Men han vil ikke si hvorfor. Han hadde byttet om på rappellfestene den morgenen de la av gårde. Fordi Birger hadde lånt hans. Så egentlig var det Trygve som skulle ha falt. Men jeg har ikke villet presse ham. En får forsøke å glemme. Å legge det bak seg.»

Mamma er flinkere enn meg til å legge ting bak seg. Kanskje fordi jeg fatter mer enn henne.

5

DEN BLÅØYDE PIKEN I RESEPSJONEN ser forvirret på meg og utbryter: «Neimen Torstein, har du fått deg ny jakke?»

Jeg har aldri sett henne før. Jeg heter ikke Torstein. Jeg har ikke fått meg ny jakke. Men jeg feier forbi med et blunk og et nikk og åpner døren til en klimaregulert jungel av villige yucca-palmer og enda mer villige bregner av plast. Her, i et avlangt kontorlandskap som pretensiøst omtales som sentralredaksjo-nen, sitter tre journalister rundt hver sin datamaskin og ser ut som om de forsøker å formulere De ti bud. På veggen henger en plakat med bilde av en datamaskin som viser musklene i to overarmer som vokser ut fra en dataskjerm der det står: «PC! – muskelbladet for data-Norge».

Jeg skyver opp en matt glassdør. Bak skrivebordet sitter en tro kopi av meg selv.

Torstein Avner er blek i huden og hvit i håret og har gløden-de røde øyne. Når folk ser oss sammen, tror de vi er eneggede tvillinger. I tenårene fablet vi om å prøvekjøre hverandres da-mer. De ville ikke ha sett forskjell på oss. Men det ble aldri noe av. Ingen av oss hadde noen dame å bytte bort.

Han myser mot meg gjennom brilleglass som er enda tykke-re enn mine, og da han omsider gjenkjenner meg i disen som hemmer synet hans, reiser han seg og begynner å kauke.

«Gamle ørn!» roper han og hoier leende. «Faen ta deg, er det deg! Jeg trodde jeg endelig hadde en sånn *out-of-body-experi-ence*!»

Vi tar hverandre i hånden. «Gode gamle Bjørn!» gliser han. Han vil ikke gi slipp på hånden min.

Jeg humrer sjenert. *Long time no see!*»

Omsider slipper han hånden min. Smilet hans er fullt av ten-ner.

«Resepsjonsdamen trodde jeg var deg,» sier jeg.

«Ho Lena?» synger Torstein på nordnorsk. *«Ho* gjør så godt *ho* kan.»

Torstein og jeg ble kjent under et kurs om albinisme for femten år siden. Vi har holdt kontakten. På sett og vis. Han har besøkt meg hjemme av og til. Jeg har stukket innom ham på jobben et par ganger de siste årene. Han begynte i «PC!» som en slags altmuligmann lønnet over trygdebudsjettet. Så ble han journalist og fikk sin egen tekniske spalte – «@vners @vis». Han viste meg noen av artiklene. Jeg skjønte ikke et kvekk. Nå

222

er han teknisk fagredaktør. Jeg skjønner om mulig enda mindre enn før.

«Vel vel. Har harddisken din krasjet?» spør han.

Jeg føler meg som en grisk slektning som besøker sin døende tante. Hver gang jeg oppsøker Torstein, er det fordi jeg har et problem med datamaskinen.

«Jeg trenger litt hjelp,» sier jeg.

«Siden det er du som spør, regner jeg med at det er mer enn litt,» sier han og knegger.

«Kan du hjelpe meg med å finne noe på internett?»

«Klart! Hva er du ute etter?»

Jeg rekker ham et ark der jeg har skrevet ned en liste med søkeord:

Johannittene
SIS
The Schimmer Institute
Michael MacMullin
Værne kloster
Varna
Rennes-le-Château
Bérenger Saunière
Dødehavsrullene
Monastery of the Holy Cross
Likkledet i Torino
Q-manuskriptet
Nag Hammadi

«Whoa!» utbryter han. «Du er sikker på at det ikke var noe mer?»

«Er det mye? Noen av søkeordene må sikkert oversettes til engelsk. Som *Dead Sea Scrolls.* Og *The Shroud of Turin.*»

«Whoa!»

«Jeg trenger det ikke akkurat her og nå,» sier jeg.

«Gi meg iallfall en time!» sier han.

Jeg vet ikke om han mener det eller er spydig.

«Det holder om jeg får svarene i morgen,» sier jeg.

«Hvilken søkemotor vil du jeg skal bruke?»

Jeg later som om jeg vurderer spørsmålet. Sant å si forstår jeg det ikke.

«Yahoo? AltaVista? Kvasir? Excite? HotBot? MetaCrawler?» spør han.

«Hæ?»

«Jeg skjønner, jeg skjønner,» sier han og flirer. «Vil du ha de fem første treffene på hvert søkebegrep? Som URLer?»

«Øh? Kan du ta utskrifter for meg?»

«På papir?» roper han.

«Gjerne.»

Han himler med øynene. «Bjørn Bjørn Bjørn ... Har du ikke fått med deg at vi lever i et papirløst samfunn? Hvis vi bare vil? Og det vil vi! Tenk på trærne!»

«Jeg vet det. Men jeg stritter imot som best jeg kan.»

«La meg heller kopiere nettstedene over på en diskett for deg.»

«Torstein, jeg vil helst ha utskrifter. Dessuten har noen rappet harddisken min.»

«Papir,» sier han foraktelig. Som om han betrakter papir som et medium like gammeldags som kileskrifttavler og papyrus. Hvilket han sannsynligvis gjør rett i. «Rappet harddisken?» spør han fort og forbauset, men bryr seg ikke om å få noe svar.

Før jeg går, låner jeg telefonen ute hos *ho Lena* for å ringe Diane nede på farmors landsted. Lena glaner forvirret på meg mens jeg står og lytter til kimingen i røret. Bak solariumsbrunfarven, kastanjevannet og rougen aner jeg en svak rødme da det går opp for henne at jeg ikke er Torstein.

Diane svarer ikke.

6

PÅ VEI TILBAKE TIL LANDSTEDET VED FJORDEN gjemmer jeg skrinet på det siste sted i denne verden noen vil finne på å lete etter det. Jeg er fornøyd med min egen oppfinnsomhet. Følelsen gir meg i det minste inntrykk av å ha overtaket.

Skumringsbrisen fyller Bolla med en mild og salt duft av sensommer. Jeg triller nedover i hjulsporene i stikkveien til farmors landsted. Hyttehavene bugner av sprekkferdige plommer og moreller. Mellom trærne duver fjorden sølvblank og døsig. Ungdommene skråler nede ved moloen. En liten yacht har ankret opp noen steinkast utenfor Redningsselskapets oppslagstavle. Et sjøfly sleper skyggen sin over svabergene.

Jeg parkerer Bolla helt inntil det krokete furutreet ved enden av veien og roper muntert på Diane. Hyttedøren står åpen. Det blafrer i duken på bordet på terrassen.

Da jeg forlot henne tidlig i morges, sov hun med munnen halvåpen og håret i fjeset. Jeg hadde ikke hjerte til å vekke henne. Luften var hustrig, rutene duggete. Jeg trakk dynen over den nakne kroppen hennes, kysset henne på kinnet og strøk håret bort fra ansiktet. Før jeg dro inn til Oslo, skrev jeg hvor jeg var på en lapp som jeg stakk under vannglasset på nattbordet. Til *My Angel* – undertegnet *Your Prince*. Er vi ikke søte?

Jeg tuter – Bollas horn høres ut som en 17. maiblåse med spytt i – før jeg smeller igjen bildøren og venter på at hun skal komme løpende. *«Bjorn!* Endelig!*»* vil hun rope. Utålmodig, men glad. Sitrende av forventning innser jeg at det første vi kommer til å gjøre når hun har omfavnet meg og spurt hvorfor jeg ble så lenge borte, er å knulle hardt og svett på den knirkete sofaen i stuen.

Langsomt og plystrende, for å gi henne tid til å bli ferdig med hva det enn er hun driver med, går jeg opp steintrappen til terrassen, inn i entreen – *«Diane? It's meee-eeee!»* – og kikker etter henne på kjøkkenet. Hun har vært borte på landhandelen og kjøpt noen småting til middag. Egg, løk, tomater, poteter, øl. Det må ha vært derfor hun ikke svarte da jeg ringte. På kjøkkenbenken ligger kassalappen og en stabel med tiere og kronestykker. Jeg lurer et øyeblikk på hvor hun fant norske penger. En tallerken med mat hun har gjort i stand til meg, er dekket med cellofan. Reker, eggerøre, oppskårne grønnsaker. På en lapp oppå tallerkenen har hun skrevet navnet mitt med store bokstaver. Som for å sikre seg mot at Gullhår skulle forsyne seg først.

Jeg ser etter henne. På badet, der tannbørsten hennes i det rosa plastglasset på glasshyllen over vasken får hjertet mitt til å svulme. I stuen. På farmors soverom. På gjesterommet. På kvistværelset, der kofferten hennes står på gulvet med åpent lokk. I boden. I haven på baksiden av hytta.

Hun må ha gått seg en tur.

Jeg tar med meg maten og en øl og setter meg ut på terrassen. Nede på svaberget står en mann og fisker. Han må komme fra campingplassen, for alle i hyttebyen vet at du ikke får fisk så nær land. Midtfjords skjærer en seilbåt gjennom bølgene. Det blinker i en kikkert på yachten utenfor moloen.

Hvor kan hun være?

Jeg spiser opp maten og tømmer flasken med øl og går inn igjen. Jeg begynner å bli engstelig. Hun ville aldri ha funnet på å gå en lang tur når hun visste jeg var ventet hjem hvert øyeblikk. Jeg setter meg i den grønne velourstolen som farmor var så glad i. Springfjærene knirker. Lyden hvirvler meg tilbake til barndommen da springfjærenes klagesang fikk farmors menneskeetende rottweiler, Grim, til å fare innunder sofaen der han ble liggende og skjelve og pistre. Det slo meg allerede dengang at det må finnes lyder bare noen få kan høre. Slik sett er det heller ingen grunn til at ikke enkelte skal evne å se gjenferd.

Jeg går ut i haven på baksiden og slenger meg ned i hammocken, som gynger duvende. Luften er full av fugler. En passbåt jager over vannflaten. Snoren på metallflaggstangen til naboen slår i vinden og lager en hul, glad lyd. Jeg ser på klokken.

Først nå går det opp for meg.

De har tatt henne.

De har visst om landstedet. De har overvåket oss.

Overtaket mitt er en illusjon. Et selvbedrag.

Jeg går inn og leter etter noe hun kan ha lagt igjen; en lapp, et hemmelig tegn. Jeg ser gjennom alle rommene enda en gang. Det suser i hodet på meg. Som om jeg har drukket for mye. I desperasjon løper jeg ned til svaberget, helt ned til vannkanten. Som om jeg frykter å finne henne flytende i vannskorpen. Med ansiktet noen centimeter under vann.

Da jeg nærmer meg huset igjen, hører jeg at telefonen ringer. Jeg springer opp steintrappen og inn, men når frem akkurat for sent.

Jeg henter meg en øl i kjøleskapet. Tar en slurk. Pusten min er anstrengt.

Jeg forsøker å forstå. Hvorfor har de tatt henne? Hvis det nå er det s^m er skjedd. Hvorfor henne? Hvor er hun? Hva vil de med henne? Bruke henne til å presse meg? Jeg drikker ølet i dype slurker, raper og setter tomflasken blant de døde fluene i vinduskarmen.

Telefonen ringer igjen. Jeg løfter av røret og roper: «Diane?»

«*She is okay*. Diane er hos oss nå.»

Stemmen er dyp, fremmed. Velartikulert. Det er noe lunt over den som gir den et falskt preg.

Jeg får ikke frem noe svar. Interiøret i stuen trer frem i klare detaljer. Som om jeg aldri har sett det før.

«Vi vil gjerne ta en prat med deg,» sier mannen.

«Hva har dere gjort med henne?»

«Ingenting. Du trenger ikke uroe deg. Har du spist?»

«Hvor er hun?»

«Tenk ikke på det. Hun har det bra. Smakte maten?»

«Faen ta maten! Hvorfor har dere tatt henne?»

«Ro deg ned. La oss møtes for en prat.»

«Jeg har hørt mer enn nok av pratet deres. Nå ringer jeg politiet!»

«Gjerne det. Men de kan neppe gjøre noe fra eller til.»

«Diane har ikke noe med dette å gjøre!» roper jeg.

«Når kan vi få skrinet?»

Jeg slenger på røret og styrter ut på terrassen. Jeg trenger luft! Det svimler for meg. Med hendene på gelenderet blir jeg stående og hive etter været.

Langt ute på fjorden har en klynge med småbåter samlet seg ved fiskebanken. Måkene fra Revlingen svever over båtene i en sky av skrik. En usynlig danskebåt slår sine dunkende pulsslag over havflaten. Jeg lukker øynene og masserer neseroten med fingertuppene. Vaklende raver jeg bakover og synker sammen i en kurvstol. Jeg fryser. Kulden sprer seg i stråler fra mellomgulvet og ut i fingertupper og tær. Jeg griper etter bordkanten for å holde meg fast.

Hva er i veien med meg?

Den høyre hjernehalvdelen begynner å ese og prikke. Skallen min er blitt for trang for den svulmende hjernen.

Jeg er tørr i munnen, tungen kleber seg til ganen. Jeg lager noen redselsfulle lyder, tar meg til hodet og forsøker å rope. Bare et hikst hakker seg løs fra leppene mine. Jeg forsøker å reise meg, men lemmene mine har løsnet fra kroppen og ligger i en haug på terrassegulvet.

En bil kommer rullende ned stikkveien. Dekkene knaser mot grusen. Motoren rumler. Den stanser bak Bolla. Jeg klarer såvidt å løfte på hodet. Det er en rød Range Rover.

Jeg tar meg til munnen og raller.

Bildørene går opp.

De er to stykker. To gamle kjenninger fra innbruddet. King Kong. Og den forfinede mannen med dress.

Som om de har all verdens tid, spaserer de opp trappen til terrassen.

«God aften, herr Beltø,» sier den forfinede. Brite til de manikyrte fingerspissene.

Jeg forsøker å svare, men ordene sveller på tungen og blir til meningsløs lalling.

«Jeg beklager på det dypeste,» sier engelskmannen. «Vi hadde håpet du ville samarbeide. Så hadde vi sluppet alt – dette.»

De griper meg under armene og sleper meg bortover terrassen. Bena mine slår i trappetrinnene. Jeg løftes inn i baksetet på en bil.

Så husker jeg ikke mer –

7

DA JEG VAR LITEN, KLARTE JEG ALLTID Å SANSE hvilken dag det var før jeg var riktig våken. Søndagens stille døsighet, onsdagens sukk av kjedsommelighet, fredagens sitring. Med årene mistet jeg denne evnen. Som så mye annet. Nå hender det at jeg rundt middagstider kniper meg selv i å lure på hvilken dag det er. Og hvilket år.

Det haspede vinduet er delt i seks ruter som splintres av solen.

Jeg trekker vatteppet over hodet og bruker noen minutter på å bli meg selv. Det er ikke helt enkelt. Men om litt gløtter jeg frem.

Rommet er nakent. Som meg.

Over ryggen på en pinnestol har noen foldet klærne mine pent sammen. Jeg vemmes: Noen har kledd av meg! Et fremmed menneske har tatt av meg klærne og lagt meg splitter naken i en seng!

Det er en dør og et skap. En radering av Jesus med lammene. Et litografi av en steinborg. Og et fotografi av Buckingham Palace.

Hodet mitt dunker og verker.

På nattbordet står et glass vann ved siden av brillene mine. Jeg svinger bena ned på gulvet. Bevegelsen får hjernen til å svulme opp til dobbel størrelse. Jeg tar på meg brillene. I en lang slurk gulper jeg i meg vannet, men etterpå er jeg like tørst.

Armbåndsuret mitt ligger med lærremmene sprikende til hver side og ser ut som noe som har avgått ved døden. Men det tikker og går og er halv elleve.

Jeg reiser meg og vakler bort til vinduet. Det svimler for meg. Jeg må holde meg fast i karmen. Den er hvit og lukter nymalt.

Haven er ikke stor. Noen biler står parkert på en asfaltstripe langsmed huset. Kastanjetrærne blokkerer utsikten ned til gaten der jeg hører trikken. Altså er jeg vel i Oslo. I annen etasje i et hus i en have.

Jeg kler på meg. Det er vrient å kneppe igjen skjorten. Fingrene skjelver så forbasket.

De har ikke fjernet noe. I baklommen ligger fortsatt lommeboken. Og pengene.

Døren er låst. Jeg røsker i den. På utsiden hører jeg stemmer og skritt. Som i et fengsel rasler det tungt i et nøkkelknippe. Så vris nøkkelen om.

«Hello, my friend!»

Det er Michael MacMullin. Eller Charles DeWitt. Eller hvem han velger å være i dag.

Sekundene blir lange.

Omsider sier jeg: «Til å ha vært død i tyve år, ser du forbløffende frisk ut!»

Normalt er jeg ikke så flink til å improvisere bråkjekke replikker. Denne hadde jeg klekket ut på flyet fra London. Hele tiden har det ant meg at vi ville møtes igjen.

«Jeg skal forklare.»

«Hvor er Diane?»

«Hun er i trygge hender.»

«Hva har dere gjort med henne?»

«Senere, min venn, senere. Jeg beklager virkelig!»

Det underlige er at det virker som om han mener det.

«Vil du være så vennlig å bli med meg?» spør han.

Være så vennlig?

Korridoren har rød fløyelstapet og små lampetter mellom gamle portretter av konger og dronninger, adelige, riddere, korsfarere og paver. Hver og en følger meg med blikket.

Det myke teppet leder oss ned en lang gang og opp en bred trapp og frem til en tung dør. Jeg vet ikke om det kan kalles et møterom eller røykerom eller kanskje aller helst et selskapslokale – en prangende og overmøblert representasjonssalong av bøk og palisander, tunge gardiner og lysekroner. Det lukter av møbelpolish og sigar.

Det første som fanger blikket mitt, er et enormt oljemaleri av to druider ved Stonehenge. Det andre er det mørke, glattpolerte langbordet med grønt skriveunderlag av filt ved hver av de tolv stolene med høye rygger. Det tredje er de to mennene som sitter i salongen i hjørnet. Jeg oppdager dem først da jeg ser røykskyen fra sigaren. Begge har snudd seg og betrakter oss med anspent oppmerksomhet.

Det er Graham Llyleworth og riksantikvar Sigurd Loland.

De reiser seg. Loland vet ikke riktig hvor han skal feste blikket. Først rekker Llyleworth meg hånden. Så gjør Loland det samme. «Takk for sist,» sier han keitet. Som om han husker når «sist» var.

Ingen av oss sier noe.

På bordet står en porselenskanne med kaffe og fire kopper.

«Sukker? Fløte?» spør Llyleworth. Sigaren gløder mellom pekefingeren og langfingeren hans.

Jeg liker ikke kaffe.

Til Loland sier jeg, på norsk: «Jeg kan ikke så mye om strafferett. Men jeg vil gjette på at å kidnappe en utenlandsk kvinne og dernest å dope og kidnappe en nordmann kvalifiserer til mellom fem og syv års fengsel. Såfremt dere ikke har tenkt å senke meg i havet med føttene i en tønne med sement. Da kan det fort bli snakk om enogtyve år. Og sikring.»

Loland kremter nervøst og ser bort på MacMullin.

MacMullin humrer faderlig, som om han har skjønt alt jeg sa. «Jeg beklager, du foretrekker kanskje te?»

«Hvor er Diane?»

«Du trenger ikke bekymre deg. Hun har det fint.»

«Hva har dere gjort med henne?»

«Ingen verdens ting. Vær så snill, ikke bekymre deg. Alt har sin forklaring.»

«Dere har kidnappet henne!»

«Aldeles ikke.»

«Hvem er du? Egentlig?»

«Jeg er Michael MacMullin.»

«Pussig. Sist vi snakket sammen, presenterte du deg som Charles DeWitt.»

Graham Llyleworth ser forbauset på ham: «Gjorde du? Virkelig?» Han klarer ikke å holde tilbake en kort latter.

MacMullin tar en kunstpause. «Ah – men gjorde jeg det?» Han ser lekent på meg, rynker pannen. «Sant nok. Da vi fikk melding fra våre venner i London Geographical Association om at Bjørn Beltø fra Norge hadde spurt etter Charles, la vi en dum liten plan. Du har helt rett, jeg lot deg tro at jeg var *good old Charlie boy*. Men i rettferdighetens navn presenterte jeg meg aldri.»

Jeg spør: «Så hvorfor skal jeg tro at du er Michael MacMullin?»

Han rekker meg hånden. Jeg griper den av refleks.

«Jeg. Er. Michael. MacMullin,» gjentar han med trykk på hvert ord.

Hans aura av trygghet og vennlighet forvirrer meg. Llyleworth, Loland og jeg minner om skvetne bikkjer som knurrer rundt et kjøttbein alle vil ha. MacMullin er annerledes. Han svever liksom over oss andre, hevet over smålig krangling og mistillit. Hele hans vesen – det varme blikket, den dype stemmen, roen – utstråler en mild og vennlig verdighet.

Loland trekker ut en stol til meg. Jeg setter meg ytterst på setet. Vi ser på hverandre.

«Du er en hard negl, Beltø,» sier MacMullin.

De to andre ler nervøst. Loland blunker til meg. De later til å tro at vi alle har krysset en usynlig grense og plutselig er på samme parti, og at vi sitter her og morer oss over noe som er forbi. De kjenner meg dårlig. Jeg er en hard negl.

«Jeg er faktisk glad for at du er så lojal,» sier riksantikvar Sigurd Loland. Fjeset hans er smørblidt. «Vi skulle hatt flere som deg blant oss.»

MacMullin sanser min reservasjon. Han skutter på seg: «Mine herrer, vær så snill. Vi skylder vår venn en forklaring.»

Av og til kan det være klokt å tie. Jeg tier.

De ser på hverandre. Som om alle håper at en annen vil begynne. Igjen er det MacMullin som griper ordet.

«Hvor skal vi starte?» sier han.

«La oss starte med DeWitt,» foreslår jeg.

«DeWitt ... Det var dumt av meg. Jeg undervurderte deg. På det groveste.»

«Hva håpet dere å oppnå?»

«Vi forestilte oss at alt ville bli lettere ved å la deg tro at jeg var Charles. At du ville stole på ham. Altså meg. Vi håpet at du ville betro DeWitt skrinet hvis han ga deg de svarene du søkte. Vi var naive. Jeg ber om unnskyldning.»

«Slik at jeg ikke skulle oppdage at dere har tatt ham av dage?»

«Hva?» spør de om hverandre.

«Den samme sommeren som pappa døde?» Jeg ser på hver og en av dem. «Mener dere å fortelle meg at det var en ren tilfeldighet at de to døde så å si samtidig?»

De forbløffede uttrykkene er så troverdige at jeg et øyeblikk overveier å stole på dem. Men bare et øyeblikk.

«Hvorfor tror du noe annet?» spør MacMullin.

Loland sier: «Nei vet du hva!»

«Et sammentreff bare?» spør jeg.

«Selvsagt!» sier MacMullin.

«Vi er ikke barbarer,» sier Llyleworth.

Loland rister på hodet. «Du leser for mange spenningsromaner! Din far omkom i en ulykke. Charles døde av en infeksjon. At de døde samme sommer, var en tilfeldighet.»

Llyleworth sier: «Livet er fullt av slike sammenfall.»

«For ikke å snakke om døden,» svarer jeg.

Jeg ser på dem. Etter tur. «Vi lar det ligge,» sier jeg omsider. «Inntil videre. Jeg fatter fremdeles ikke hvorfor dere ikke har kunnet fortelle meg sannheten? Jeg har skrinet. Alt jeg ber om, er svar på hva det inneholder. Når jeg har fått vite sannheten, vil jeg levere det tilbake. Alle disse løgnene og villsporene – hvorfor?»

«Sannheten. Ah ... Men hva er egentlig sannhet?» spør MacMullin. Han betrakter meg halvt smilende, halvt utfordrende, mens han lar spørsmålet synke inn.

Jeg hever skuldrene likegyldig.

«Og med hvilken rett krever du innsyn i denne såkalte 'sannheten'?» spør han.

«Jeg representerer norske myndigheter!»

«Tøys!» sier Loland. «Det er jeg som representerer norske myndigheter.»

«Du?» spytter jeg ut. «Du er med på denne sammensvergelsen!»

«Bjørn, Bjørn,» humrer MacMullin, «ikke så sint da! Prøv å se saken fra vår side. Vi visste ikke hvor vi hadde deg. Om du var med oss.»

«Med dere?» kauker jeg.

«Ja, eller imot oss. Om du var oppriktig.»

«Oppriktig?»

«Om du var ute etter penger. Vi forsto ikke hvorfor du hadde stjålet skrinet fra oss.»

«Jeg stjal det aldri! Jeg tok det tilbake. Fordi dere hadde til hensikt å stjele det.»

«Du kan ikke stjele noe du rettmessig eier,» sier MacMullin.

«Dere eier det ikke! Skrinet er norsk. Det er funnet på norsk grunn.»

«Det kan vi komme tilbake til.»

«Det falt dere aldri inn at jeg kan ha ærlige hensikter?» spør jeg. «At jeg simpelthen ønsker å komme til bunns i denne saken?»

«Vi trodde du ville levere fra deg skrinet,» sier MacMullin. «Slik du plikter.»

«Så du gikk inn i rollen som en død mann. Og leide en leilighet og møblerte den for en dag?»

Han skotter forbauset på meg. «Nei? Vi fikk faktisk låne den. Sant å si er det en leilighet myndighetene bruker til – ah, slike ting.» Med en teskje av sølv rører han om i kaffekoppen. «Etter vår lille samtale trodde jeg alt var greit,» sier han, «helt til Diane fortalte hvor skeptisk du var.»

Det iser i meg. Diane?

MacMullin ser det på meg. Han sier: «Engang vil du forstå. Hun har ikke noe med denne saken å gjøre. Ikke egentlig. Det var først da vi ble kjent med ditt – vennskap med Diane at hun ble trukket inn. Temmelig mot sin vilje.» Noe i blikket hans mørkner. «Vi hentet henne ut fordi det er til hennes eget beste.»

De venter på at jeg skal si noe. Det gjør jeg ikke.

Stillheten virker på dem.

«Da vi hørte at du hadde snakket med Charles' enke, forsto vi at vi hadde feilberegnet deg,» sier MacMullin.

«Fullstendig,» istemmer Loland.

MacMullin fortsetter: «Det gikk for fort for seg i London. Du var smartere enn oss, et steg foran oss hele tiden.»

Jeg forsøker å forstå Dianes rolle. Jeg får ingenting til å stemme.

MacMullin hever koppen og slurper i seg kaffe. «Til slutt skjønte jeg at den eneste måten å løse floken på, var å få pratet ordentlig ut med deg,» sier han. «Slik som vi har tenkt å gjøre nå. Forklare deg ting. Få deg til å skjønne.»

«Javel?» mumler jeg mistroisk.

«Da du oppsøkte SIS, trodde vi omsider at vi hadde deg. Og

igjen undervurderte vi deg. Du er en hard negl, Beltø! En hard negl!»

MacMullin skotter bort på Loland, som vever blikket sitt inn i det lodne gulvteppet.

«Og alt dette gir dere rett til å kidnappe Diane og å dope meg ned og kidnappe meg?»

«Et ufarlig medikament i maten, Bjørn. Nærmest et sovemiddel. Jeg beklager virkelig. Men du ville neppe fulgt med frivillig?»

«Det kan du være trygg på at jeg ikke ville!»

«Vi er nødt til å få deg til å forstå.» Han ser ned. «Da må vi av og til bruke uvanlige virkemidler. Det er ikke slik at vi bevisst leter etter de mest dramatiske måtene å løse problemene våre på.»

«Jeg har ett spørsmål,» sier jeg.

«Ja?»

«Hva er det i skrinet?»

«Det er ikke et norsk artefakt,» sier Loland fort.

«Skrinet er av gull,» påpeker jeg. «Gullverdien alene vil beløpe seg til flere millioner kroner.»

«På det kommersielle marked vil skrinet i seg selv være verdt minst femti millioner pund,» presiserer MacMullin. «Men for oss spiller det ingen rolle hva det er laget av. Eller hvor meget det er verdt.»

«Fordi det er noe enda mer verdifullt inni,» sier jeg.

MacMullin lener seg frem. «Og hverken innholdet eller skrinet er norsk!»

«Det ble funnet i Norge.»

«Sant nok. Ved en tilfeldighet befinner det seg i Norge. Men det er ikke norsk. Derfor har norske arkeologiske myndigheter ingen motforestillinger mot at skrinet utleveres.»

Riksantikvaren nikker litt for ivrig.

«Tvert imot,» fortsetter MacMullin, «det er av stor viktighet at de rette instanser får artefaktet til analyse. Norge er en parentes i skrinets historie. Om enn ikke i tid.»

«Jeg forstår ikke hva du mener. Hvilken historie?» spør jeg.

MacMullin trekker pusten dypt. «En lang historie. Ikke sant mine herrer? En lang historie!»

Loland og Llyleworth istemmer – jo, det er en lang historie.

«Jeg har tid nok,» sier jeg, folder armene og lener meg tilbake.

«La meg begynne med SIS,» sier MacMullin, «– Society of International Sciences, mitt støtteapparat. Selskapet ble, i sin nåværende form, stiftet i 1900. Men dets røtter strekker seg hundreår tilbake i tid. SIS forener tverrfaglige vitenskapsgrener og forskere. Men i det skjulte representerer SIS noe du kan karakterisere som en – ah, vitenskapelig etterretningstjeneste. Vi samler data fra alle relevante forskningsgrener og leter etter – spor. SIS har, for det meste i full åpenhet, overvåket alle viktige arkeologiske utgravninger de siste hundre år. Enten ved at vi har sendt våre representanter, som professor Llyleworth, i ly av et forskningsprosjekt. Men som regel ved at vi har fått tilsendt rapporter fra utgravningsledelsen.»

«Jeg sluttet meg til i 1963,» sier Loland. «Jeg har hatt ansvaret for overvåkningen av de norske utgravningene. Og jeg har sendt SIS hver eneste relevant rapport og avhandling som er skrevet her til lands.»

«Så snilt,» sier jeg.

«Og la meg tilføye,» sier Loland, «at alt har skjedd helt legitimt. Vi er ingen skurker.»

«Vi har kontakt med gode menn – som Sigurd Loland og din stefar, professor Arntzen – verden over,» sier MacMullin. «Og menn av professor Llyleworths kaliber som feltagenter.»

«Akkurat som 007,» sier Llyleworth uttrykksløst. Det er første gang jeg hører ham spøke. Selv MacMullin og Loland ser forbauset på ham. Han sender ut en røykring.

«Nå nærmer vi oss kjernen,» sier MacMullin. «Det har seg slik at SIS forvalter en hemmelighet. Som indirekte er knyttet til skrinet.»

«Endelig!»

Han kremter. Det er noe høytidelig over ham. Noe uvirkelig.

Det går noen sekunder.

«Jeg har gjort det på denne måten,» sier han, «at jeg har sett for meg en flod. Og jeg vil at du skal gjøre det samme. Gjør meg den tjenesten, Bjørn. Lukk øynene. Se for deg en flod.»

Jeg ser for meg en flod. Den er bred og siger stille. Som smeltet stål under en tropisk sol. Det er sent på dagen. Insektene henger i dorske klaser over sivet langs bredden. I krusningene hvirvler småkvist og flak med grønske. Floden flyter gjennom et landskap av ørken og sypresser. På en klippe står et marmortempel. Men jeg ser ingen mennesker.

MacMullin lar bildet festne seg før han fortsetter: «Og se for deg en gruppe reisende. Ikke så mange. To-tre stykker, kanskje. På en ekspedisjon. På en farkost. Nedover floden. På vei inn i et fremmed, gåtefullt landskap.»

For mitt indre trer scenen frem som på et filmlerret: Farkosten er en flåte. Tømmerstokker bundet sammen med tykke rep. Bak masten står et leskur av flettede grener og lianer. Mennene sitter foran på flåten. Den ene har stukket de nakne føttene i vannet. Den andre patter på en snadde. Mennene svetter i heten.

«De er utvalgt,» sier MacMullin. «På grunn av sine kvalifikasjoner. Og sitt mot. Reisen er farlig. Ferden går gjennom fremmede land. Gjennom et landskap de aldri har sett. Eller besøkt. Bare lest om.»

Jeg lukker øynene for å se bildene klarere for meg.

«Floden er endeløs. Den flommer videre og videre og videre.»

«Til den ender i havet.»

«Å nei. Den ender ingen steder.»

«Ingen steder?»

«Du må tenke deg at den hverken har utløp eller munning.»

«Litt av en flod.»

«Den bare fortsetter og fortsetter. Og farkosten til de reisende kan bare drive – ikke med strømmen, men mot strømmen. Ekspedisjonen er lenket til å trosse flodens vilje. De kan aldri snu. De kan aldri vende tilbake til utgangspunktet. De må bare seile mot strømmen.»

«Kan de ikke gå i land?»

«De kan gå i land. Men da er de strandet. De kommer seg ikke videre. De kan slå leir. Men de kommer seg hverken tilbake eller videre nedover elven.»

«Som aldri ender.»

237

«Ganske riktig. Som aldri ender.»

«En reise uten ende.»

«Nettopp.»

«Og uten mål?»

«Reisen er i seg selv et mål.»

«Det må bli kjedelig etter hvert.»

Han ler. Så legger han håndflatene mot hverandre og spriker med fingrene, slik at de former fem spir, og sier: «De har ingen kontakt med dem de forlot. Og bare med enkelte utvalgte underveis. Men de etterlater seg en – ja, la oss kalle det en flaskepost. Hjem til dem de forlot. Reiseberetninger, kan du si. Der de forteller om alt de observerer og opplever. Vitenskapelige nedtegnelser. Alt sett i lys av den viten de bringer med seg.»

«Så flaskeposten kan bevege seg tilbake?»

«Hvis de tar tiden til hjelp.» Han nikker for seg selv. «For kan du si meg hva tid er?»

Jeg kan ikke det.

«Tid,» sier han, «er en uendelig lenke av øyeblikk.»

Jeg forsøker å forstå lignelsen. Men klarer det ikke. Jeg forsøker meg: «Er det slik,» spør jeg, «at denne floden er verdensrommet? At ekspedisjonen kommer fra en annen planet? Der ute i uendeligheten?»

Det er et vanvittig spørsmål. Jeg hører det mens ordene triller ut av meg. Likevel ser MacMullin på meg på en slik måte at jeg tror jeg har gjettet riktig. At skrullingen Winthrop Jr. fortalte meg sannheten. At lignelsen handler om en gruppe romvesener med en teknologi så avansert at de har tilbakelagt lysårene mellom et fremmed solsystem og Jorden. Det ville forklare mye. De kunne ha kommet hit for hundrevis av år siden. Og lagt igjen sine teknologiske visittkort. Som ville forbløffe arkeologene som kom over dem innimellom potteskårene og pilspissene. Humanoider. Høyt utviklede vesener med et budskap til oss jordboere.

«Er det slik?» spør jeg ivrig og vantro.

MacMullin rekker meg et utklipp fra Aftenposten, en notis:

Partikler leker gjemsel med CERN-forskere

Meyrin, Sveits.

En internasjonal forskergruppe ved partikkelakseleratoren CERN i Sveits har under forsøk oppunder lysets hastighet oppdaget at masse forsvinner uten å avgi energi.

Lederen for prosjektet, professor Jean-Pierre Latroc, sier til nyhetsbyrået Associated Press at de ikke har noen forklaring på det han karakteriserer som «en fysisk umulighet».

– I henhold til fysiske lover skal ikke masse kunne forsvinne uten videre, sier Latroc. – Derfor fokuserer vi nå vår innsats på å finne ut hvor partiklene er blitt av.

«CERN,» sier MacMullin. «*Organisation européenne pour la recherche nucléaire.*» Han uttaler det prikkfritt, som en innfødt fransktalende.

«Hva er det?»

«Det europeiske laboratorium for partikkelfysikk. Påbegynt midt på femtitallet. Beliggende i Meyrin i Sveits. Enorme dimensjoner! Laboratoriet ligger i en tunnel ett hundre og sytti meter under bakken. Omkretsen er på syvogtyve kilometer. Verdens største.»

«Verdens største laboratorium?»

«Partikkelakselerator!»

«Hva for noe?»

«Et kikkehull inn i Skapelsen!»

«Øh?»

«En partikkelakselerator! Som omskaper en partikkelstråle oppunder lysets hastighet til masse.»

Av og til har jeg problemer med å finne de riktige ordene. «Jøss,» sier jeg bare.

«Slik kan vi studere hva som skjedde i de første milliontedelene av et sekund etter universets fødsel. I eksperimenter klarer vi å gjenskape tilstander lik dem som oppsto rett etter the Big Bang, universets fødsel.»

«Jøss.»

«For å forstå Skapelsen,» sier han, «må vi utforske Universets minste byggesteiner. Atomene, elektronene, protonene, nøytronene. Kvarkene. Antistoffene.»

Han tar en pause som jeg hviler tankene i.

«Jøss,» sier jeg for tredje gang. Ikke rare bidraget til samtalen. Men fysikk har aldri vært min sterkeste side. Særlig ikke eksperimentell partikkelfysikk.

«Snakker jeg for fort for deg?» spør MacMullin.

«Fort eller sakte – jeg skjønner ingenting likevel.»

Han sier: «Det partikkelakseleratoren gjør, er å knuse de minste partikler i, tro det eller ei, enda mindre biter.»

«Jeg tror deg.»

«Ved hjelp av magnetfelter i de enorme akseleratorene sendes partiklene rundt og rundt, helt til de nærmer seg lysets hastighet.»

«Det er fort!»

«Og da lar de partiklene frontkollidere. For å studere de fysiske konsekvensene.»

«Men du? Dette forstår jeg ingen verdens ting av. Hva er det du forsøker å forklare? Hva har dette med skrinet å gjøre?»

MacMullin rekker meg et nytt avisutklipp – fra the New York Times:

Tidsbegrepet under lupen

Av Abe Rosen

Forskerne ved det prestisjetunge CERN, det europeiske laboratorium for partikkelfysikk, har satt tiden under sin enorme lupe. Hvis forskernes teorier og antagelser viser seg å kunne dokumenteres, er perspektivene svimlende.

Under et forsøk i partikkelakseleratoren tidligere i år, oppdaget fysikerne til sin forbløffelse at partikler forsvant uten å avgi energi.

Eksperimentet – som går under betegnelsen *The Wells Experiment* etter H.G. Wells' berømte roman *The Time Machine* (1895) – er blitt gjentatt flere ganger med samme resultat.

Lederen for prosjektet, den franske partikkelfysiker, professor Jean-Pierre Latroc, sier at forskerne ikke har klart å finne en fullgod forklaring på dette fysiske paradoks.

– På dette tidlige stadium er vår teori at partiklene er blitt akselerert ut av tiden, sier Latroc.

Han understreker at teorien utelukkende er å regne som en forskningshypotese.

– Skulle vi klare å påvise at partiklene har flyttet seg i tid og blitt der, sier Latroc, snakker vi om en grunnleggende ny forståelse av naturlovene. Vi kan ikke snakke om noe før eller noe etter. Ikke noen årsak og virkning. En sfære uten tid eller rom. Noen vil definere det som en dimensjon, et parallelt univers, et hyperrom.

Latroc er forsiktig med å trekke konklusjoner, men påpeker at selv fremtredende vitenskapsmenn som astronomene og fysikerne Stephen Hawking og Kip Thorne seriøst diskuterer muligheten for tidsreiser gjennom såkalte «ormehull» i Universet.

Noen antyder at sorte hull er innganger og utganger for disse «ormehullene», som er snarveier mellom de uendelige avstandene i verdensrommet. Hvis denne teoretisk-astrofysiske antagelse har noe for seg, er den magiske og absolutte tidsbarrieren allerede brutt.

Et østerriksk eksperiment med fotodetektor dokumenterte nylig det kvantefysiske fenomenet «ikkelokalitet». Begrepet innebærer at partikler som engang var knyttet sammen, vil forbli sammenknyttet uansett hvor i universet – og hvor i tid og rom – de adskilte partiklene befinner seg.

Teorien til Latrocs forskergruppe har resultert i en akademisk oppstandelse blant fremtredende fysikere ved Europas og USAs ledende universitetsmiljøer.

En av de fremste kritikerne, atomfysiker og nobelprisvinner Adam C.G. Thrust III, sier at tidsbegrepet er vitenskapens siste urokkelige skanse. – Selv i naturen finnes det absolutter, sier Thrust. – Lysets hastighet er blant dem.

Men kritikken overrasker ikke Latroc og hans forskerteam. – Vi er de første til å innrømme at teorien lyder vanvittig, sier Latroc. – Flere av mine egne forskere tror løsningen er en helt annen. Men personlig ser jeg ingen annen løsning på hvor det er blitt av partiklene!

Jeg ser opp fra avisutklippet.

«Skjønner du?» spør MacMullin.

«Overhodet ikke.»

«Ser du ikke sammenhengen?»

«Hvilken? Hva skal jeg få ut av dette? Hva har alt dette med skrinet å gjøre?»

MacMullin trekker pusten veldig dypt og veldig langsomt. Jeg føler meg som en tungnem elev som ikke har lest hjemmeleksen godt nok.

«Tenk deg,» sier MacMullin, «at forskere om to hundre og femti år endelig klarer å bryte gjennom tidsbarrieren. Slik NASA i 1969 lyktes i å sende mennesket til Månen. Tenk deg at morgendagens vitenskapsmenn gjør det mulig for mennesket å reise bakover i tid.»

Jeg prøver å tenke meg det. Men jeg klarer det ikke. «Du snakker om å reise tilbake til fortiden?» spør jeg.

MacMullin puster gjennom nesen med en hvislende lyd.

«Tenk deg,» sier han langsomt, «at disse tidsreisende snubler ut av sin farkost i en fjern fortid. Like ubehjelpelige som Armstrong på Månen. Tenk deg videre at de etterlater seg et budskap. Ikke akkurat et amerikansk flagg, men likefullt et budskap til dem de forlot i fremtiden. Et budskap om at de er kommet vel frem.»

«Vent,» sier jeg og forsøker å lage hode og hale på denne ubegripelige lignelsen. «Da vil de selv kunne lese budskapet sitt – før de legger av gårde på ferden bakover i tiden ... For hvis de lykkes i fortiden, vil de nødvendigvis kunne lese budskapet sitt i fremtiden ...»

«I ytterste konsekvens, ja. Men vi står fortsatt overfor det evige paradoks – hva om man reiser tilbake i tiden og dreper sine foreldre før man selv er født? Vi tror det dreier seg om forskjellige tidsforløp. Parallelle universer eller sfærer.»

Jeg er taus. Til slutt sier jeg: «Mener du å fortelle meg at det er dét skrinet inneholder? Et budskap fra en gruppe med tidsreisende?» Jeg legger armene i kors.

Alle tre ser høytidsstemt på meg. Tiden går. Er det noe jeg har flust av, er det tid. Jeg lar sekundene fare.

«Vi har funnet tidskapselen,» sier MacMullin. «Fartøyet deres. Tidsmaskinen, om du vil.»

«På Værne kloster?»

«Gullskrinet på Værne kloster inneholder budskapet de etterlot seg.»

«Jaha. Javel. Akkurat. Og hvordan havnet så skrinet der?»

«En lang historie. Egypterne betraktet de tidsreisende som guddommelige. Da gullskrinet med skriftene deres ble bragt fra Egypt til Midtøsten, ble det regnet som hellig. Et religiøst relikvie. Etter hvert var det Johannittene som tok hånd om skrinet. Også de trodde det dreide seg om guddommelige skrifter. De mente at Værne kloster var et trygt skjulested. Verdens ende.»

Jeg nikker for meg selv. Som om jeg endelig forstår. «Og hvor var det dere fant denne tidskapselen?»

«I Egypt.»

«Egypt?»

«Det var ikke noe romfartøy de fant under Kheopspyramiden. Det var kapselen.»

Så klarer jeg ikke å holde meg lenger. Enda en gang begynner jeg å fnise. Det er et problem jeg sliter med.

Llyleworth ser ut som om han har lyst til å spasere rett over meg med hvert av sine ett hundre og fem kilo.

«Ærlig talt!» utbryter jeg.

Llyleworth setter seg tungt og tar sigaren fra askebegeret. Den har sluknet. Furtent tenner han en fyrstikk og smatter liv i sigaren.

«Ja?» spør MacMullin avslepent.

«Ærlig talt!» gjentar jeg. «Hva tar dere meg for?»

MacMullin betrakter meg med tomlene under haken og fingrene i spir foran nesen. Hadde situasjonen vært en annen, ville jeg ha trodd at han moret seg.

243

«Dere må gjerne prøve å lure meg,» sier jeg. «Dere må gjerne tro jeg er en lettlurt idiot.»

«Hvorfor tror du vi vil lure deg?» spør Loland i en forulempet tone.

«Tidsreiser? Ærlig talt! Selv en teit amanuensis i arkeologi vet at det er en fysisk umulighet. Science fiction.»

«Det samme sa de om måneferdene. Mye av det vi omgir oss med i dag, var science fiction for femti år siden.»

«Likevel! Skal jeg tro at det i et antikvarisk gullskrin funnet ved Værne kloster i Østfold, skjuler seg et budskap som noen fra fremtiden etterlot seg etter at de hadde reist gjennom tiden og endt opp i fortiden?»

«Nettopp.»

«Nei vet du hva!»

Jeg ler og sukker teatralsk, slår ut med armene, gjør i det hele tatt mye ut av meg. «Gutter, dere glemmer én ting. En viktig detalj.»

De ser spørrende på meg. De er maktmennesker. De er vant til å få det som de vil ha det. Nå er de forvirret over reaksjonsmønsteret mitt.

«Dere glemmer at det er jeg som vet hvor skrinet er.»

«Så sant, så sant,» sukker MacMullin.

Jeg kan ikke la være å serve matchballen: «Dessuten kjenner jeg til Rennes-le-Château,» sier jeg.

MacMullin stivner. Øyeblikkelig gjenvinner han selvkontrollen. Men han har allerede røpet seg.

«Gjør du?» spør han tilforlatelig.

Jeg kremter megetsigende. «Var det noe mer?»

MacMullin legger hånden på skulderen min. «Om litt,» sier han og skotter bort på Llyleworth. «Vi skal snakke sammen om Rennes-le-Château om en stund.»

Med hånden hvilende på skulderen min fører han meg ut i korridoren og tilbake til rommet.

RASTLØS TRAVER JEG FREM OG TILBAKE på det grønne teppet. Luften er tett og varm. Da jeg åpner vinduet på gløtt, dufter det av nyklipt plen og eksos.

En humle slipper inn gjennom glipen i vinduet. Rastløst begynner den å stange mot ruten. Den liker seg ikke her, og jeg kan forstå den. Den er stor og lodden. Det sies at humler ut ifra aerodynamiske beregninger strengt tatt ikke skal kunne fly. Det er noe ved humler som jeg liker. Jeg vet ikke riktig hva. Kanskje kjenner jeg igjen trassen som bor i den. Jeg har det med å identifisere meg med alt mulig.

Jeg fatter ikke hva de har gjort med Diane. Eller hvor de skjuler henne. Jeg spør meg selv hvordan politiet vil reagere hvis jeg tropper opp med en anmeldelse. Og en forklaring som er tilnærmelsesvis lik sannheten. Jeg tviler på om pipestemmen vil kaste alt han har i hendene og ile til for å hjelpe meg. Herregud, jeg vet ikke engang hva Diane heter til etternavn. Da jeg bestilte flybillettene våre, insisterte hun knisende på å bli omtalt som fru Beltø.

Jeg er ingen helt. Å sprenge døren for å lete etter Diane i mylderet av rom er utenkelig. Ikke vil jeg klare å sprenge noen som helst dør – jeg ville sannsynligvis slå skulderen ut av ledd – og om jeg hadde greid å komme meg ut av rommet, ville en hvilken som helst muskelmann ha truet meg til lydighet med et sint blikk.

Jeg er så skvetten at jeg kvepper til da jeg oppdager konvolutten på nattbordet. En hvit, ordinær konvolutt. Navnet mitt står skrevet med store bokstaver.

Jeg åpner konvolutten med pekefingerneglen og tar ut det håndskrevne brevet:

Bjørn!
Hva kan jeg si, kjære, annet enn unnskyld!? Om du bare
kan tilgi meg. Vær så snill! Jeg er så lei meg ...

De vet ikke at jeg skriver dette. Så ikke vis det til dem.
Eller til noen. Disse ordene er mellom deg og meg. Og ingen
andre.

Så mange spørsmål du må ha. Kunne jeg bare gi deg
noen svar, svar som gir mening, som kan forklare iallfall
bitte litt av det som har hendt. Men det kan jeg ikke. Ikke
nå.

Men dette vil jeg du skal vite: Jeg er glad i deg! Jeg har
aldri forrådt deg! Jeg har ikke latt som om jeg har hatt fø-
lelser for deg som ikke har vært ekte. Vær så snill å stole på
meg. Jeg er ingen hore. Men kanskje er jeg det likevel …

Hvem har sagt at ting skal være så fordømt enkle? Livet
er ingen ligning som går opp hvis faktorene stemmer. Livet
er en ligning som aldri går opp. Livet mitt? En sammen-
hengende katastrofe. En katastrofe som begynte den dagen
da jeg ble født.

Bjørn! Jeg beklager at jeg krysset din vei. Tilgi meg at jeg
falt for deg. Og at jeg viklet deg inn i dette. Du hadde for-
tjent bedre. En dag lærer jeg kanskje. Men nå bare babler
jeg i vei. Og du forstår ingenting. Fordi det ikke er mening-
en at du skal forstå.

Hvis du er bekymret for meg, så har du ingen grunn til
det. De har ikke gjort meg noe. Kanskje jeg kan forklare
når alt dette er over. Jeg vet ikke. Kanskje ikke. Men alt har
sin forklaring.

Om vi bare kunne ha rømt!! Du og jeg!! Til en øde øy.
Der ingen kunne plage oss.

Jeg burde jo ha skjønt. Jeg burde ha skjønt hva som ville
skje. Men jeg er så sta, så egenrådig, så oppsatt på å følge
min egen sti. Hvis pappa sa, «Ta på deg den røde kjolen, for
den er du så pen i», så tok jeg på meg de grå buksene og den
lilla blusen. Hvis pappa sa «Den gutten er ikke noe for
deg», så knullet jeg ham helseløs. Jeg sa knullet, jeg sa ikke
elsket. Med deg elsket jeg, Bjørn.

Forstår du noe som helst av det jeg prøver å si? Jeg vet
ikke engang selv hva jeg mener. Annet enn at jeg vil at du
ikke skal hate meg.

Bare glem meg! Glem at du noengang traff en dum jente
som heter Diane! Glem at du kanskje syntes hun var litt
søt! Glem at hun falt for deg! Se her, her er et viskelær, visk
henne ut av hukommelsen din og livet ditt!

Din engel,
xxx
Diane

Jeg flenger lakenet i to og knyter endene sammen med trekket
på vatteppet. Jeg åpner begge vinduene på vidt gap. Tøybylten
tumler ut.

Humlen jubler.

Jeg tvinner stoffet et par ganger rundt den midterste vindus-
karmen. Så klyver jeg opp i vindusposten og firer meg ned. De
siste halvannen meterne lar jeg meg falle.

9

SKRIKET VARTE BARE I ET SEKUND ELLER TO. Men i hodet på
meg har gjenklangen skingret i tyve år.

Kvelden før ulykken var pappa stille og fjern, som om han ante
at noe forferdelig var i emning.

Da det skumret, tente Trygve leirbålet. Kubbene var stilt
opp på skrå og omringet av rullesteiner. På en kjepp tvers over
flammene hang en kullsort kaffekjele. En kjekk liten villmarks-
konstruksjon. Som på en tegning i Hakkespettboken.

Trygve satt med gitaren sin og sang «Blowing in the Wind».

Skogen duftet av kaffe og furunåler og mammas parfyme.
Pappa hadde funnet frem en myggspiral som oset og stinket
noe aldeles forferdelig, men som ellers ikke lot til å plage myg-
gen noe videre. Pappa lå halvveis bakover, med ryggen mot en
stubbe. Mamma satt mellom bena på ham, med kroppen hans
som ryggstø. Pappa snakket om funnet av store mengder perler,
gull og sølv og kunsthåndverk i Gaalaashaugen på Nes i

Hedmark tidligere på sommeren. Mamma hørte ikke riktig etter. Men jeg satt som fjetret og forsøkte å forestille meg den uvurderlige skatten.

Trygve hadde en dyp, ren røst. Når han sang, lukket han øynene. Flammene fikk det lange, lysblonde håret og skjeggstubbene til å gløde. De kraftige underarmene holdt mykt om gitaren. Mamma sendte ham øyekast fylt av usynlige små kyss.

Gitartonene fløt opp mellom trærne. Himmelen var hvit av stjerner. Gjennom løvet blinket tjernet. Oppe i lia avsluttet en løvsanger dagen. Skogen lukket seg om oss, trolsk og veldig.

Utpå kvelden gikk pappa for å sjekke klatreutstyret. Han var alltid så engstelig. Jeg ser ham fortsatt for meg. Han hadde båret ryggsekkene bak teltet, og han sto fremoverbøyd og fiklet med utstyret da jeg overrasket ham. Han snudde seg bort med et fåret uttrykk. Som om jeg hadde knepet ham i noe. Like etterpå glemte jeg det, og bildet av pappa, krumbøyd over utstyrssekkene, ble til et hakk i tiden, et glimt som lyste opp tyve år senere.

Trygve åpnet en øl til ham. Men han var ikke tørst. Senere tømte han hele flasken i en lang slurk.

Pappa la seg tidlig. Mamma og Trygve ble sittende oppe – lattermilde og hemmelighetsfulle, med hver sin øl og sine lave stemmer – og steke marshmallows over bålet.

Det var mørkt og stjerneklart da jeg krøp inn i teltet. Jeg var småkvalm og urolig. Før jeg sovnet, ble jeg liggende og lytte til natten. Og mammas lave latter.

Jeg satt på en stubbe og spikket på en seljefløyte da pappa falt. Jeg var ikke så langt unna.

Da jeg stormet gjennom buskaset, håpet jeg med hele mitt hjerte at det var Trygve som hadde skreket. Men innerst inne visste jeg at det var pappa.

I slike øyeblikk stykkes bevisstheten opp i fragmenter – fastfrosne billedglimt og lydbrokker som risser seg inn i hukommelsen.

Den blå himmelen.

En fugl.

Skingrende stemmer.

Det gråblanke berget som reiser seg opp av ura.

Trygve, en klatt av farver på fjellhyllen høyt der oppe.

Et rop: Bjørn! Gå! Gå!! Gå din vei!

Fjellets loddrette linje.

Tauet som kveiler seg i ura.

Mammas hyl.

Blodet.

Haugen med klær ved foten av fjellveggen. Ikke klær. Pappa.

Trestammen mot ryggen min. Barken som skraper meg opp i nakken mens jeg synker sammen.

Først neste morgen fikk redningsmannskapene hjulpet Trygve ned fra fjellhyllen. Pappa hadde dratt tauet med seg i fallet.

Det ble en granskning. Det ble skrevet en rapport.

Som den mest erfarne hadde Trygve vært ansvarlig for sikkerheten. Det var derfor han sto igjen på hyllen. For å passe på at alt var som det skulle. Hvilket det ikke var. Rappellfestet hadde røket tvert av under nedfiringen. Materialtretthet, ble det fastslått i rapporten. Selv om ingen kunne forklare hvordan svikten var oppstått. Det var en slik feil som bare ikke skal kunne skje. Pappa hadde ikke en sjanse.

Men ingen ville klandre Trygve Arntzen. Hverken mamma eller granskningskommisjonen. Han tok ulykken svært tungt.

Et halvt år senere giftet han seg med mamma.

V

Ørkenen

1

SOLEN GLØDER. HIMMELEN ER UTEN FARVE.

Jeg har nettopp åpnet øynene. Det burde jeg ikke ha gjort. Solstrålene splintres bak hodet. Lyset spidder pupillene og borer seg gjennom skallen. Da jeg sovnet, med pannen mot det kjølige vinduet, var det ennå mørkt. Og litt kjølig. Det er fire timer siden flyet landet. Solen har brukt tiden effektivt. Omgivelsene fortoner seg som en trykkoker. På full steam.

Jeg vender hodet bort fra ørkenlyset og fomler frem et par solbriller som jeg kjøpte på Gardermoen for 745 kroner. På tilbud. RayBan. Men 745 kroner? På tilbud? Hadde ikke ekspeditrisen vært så søt, hadde jeg nok snøftet foraktelig og latt solbrillene ligge igjen på disken. Men nå skyver jeg dem på plass på nesen.

Veien skyter snorrett inn i et goldt, kupert landskap. Asfaltstripen blir borte i varmedisen som visker ut den skimrende horisonten.

Jeg sitter i en luftkjølt buss. I en steinørken. Eller kanskje på en annen planet. For eksempel Jupiter. Klippene i synsranden er rustrøde. Opp mellom steinene i grøftekanten vokser en og annen gjenstridig vekst som minner om noe man ville vente å finne i et terrarium. Eller herbarium. Eller mellom hellene i en bortglemt og forfallen have. Langs åsranden står en rad med sypresser. Som i et bibelsk landskap på en brodert sofapute hos en overstadig religiøs tante på sørvestlandet.

For fem tusende gang på denne reisen tar jeg frem brevet fra Diane og leser det; ord for ord, linje for linje. Jeg kan det utenat. Men jeg forsøker fortsatt å finne en mening.

Det er bare meg og bussjåføren. Uten ord kjører vi gjennom en ørken som aldri ender. Sjåføren har et preg som får meg til å lure på om han satt fastmontert bak rattet da bussen rullet ut fra fabrikkens samlebånd. At han er designet og utviklet av et team med flinke bioingeniører og genetikere og senere konstruert, med flid og møye, i en egen fløy av produksjonsanlegget. Han har kortermet skjorte og hårete armer. Svetteringer under armene. Tynn i håret, ubarbert. Kraftige øyenbryn. Av og til ser han på meg i det digre sladrespeilet. Men han anerkjenner ikke mitt nærvær med så mye som et nikk.

Jeg har aldri hatt lett for å komme innpå mennesker. Opp gjennom årene har jeg dekket over sjenansen med et kamuflasjenett av påtatt munterhet og sarkasmer. Det finnes dem som ville benyttet denne anledningen til å engasjere den sortsmuskede sjåføren i munter passiar. Om jøder og arabere. Eller sportsbiler og europeisk fotball. Om kristendom og islam. Om fluefiske i Namsen eller horene i Barcelona. Men ikke jeg. Og på ansiktsuttrykket hans skjønner jeg at han er glad til.

Vi runder et klippefremspring; en frodig oase folder seg ut i dalen foran oss. En Edens have av oliventrær, olibambusker, sandel, kamfer og sedertrær. En fikenlund kler åssiden i falmende grønt. Fra en brønn med en pumpe som drives av et støyende dieselaggregat, renner kildevann ut i forseggjorte vanningskanaler.

Det er i denne oasen de har valgt å henlegge The Schimmer Institute. Spør meg ikke hvorfor. Stort lenger fra folk kan du knapt komme.

Så får du iallfall arbeidsro.

Instituttet er et slående bevis på at mennesket alltid vil søke å forene det eldgamle med det hypermoderne. Med vekslende hell. For syv hundre år siden anla munkene sitt kloster midt i oasen. Et byggverk reist av ørkenstein, tilhugget i geometrisk presisjon, finslipt og tilpasset, og satt sammen til et kompleks av celler og ganger og saler. Et sanktuarium for religiøs kontemplasjon og fordypelse. Rundt dette århundregamle ørkenklosteret bygde arkitektene og ingeniørene tidlig på 1970-tallet en mastodont av glass og speil og aluminium. Et skrik av modernitet i tidløsheten. Instituttet hever seg ikke i høyden, men brer seg flatt utover lik noe som eser og vokser og som blinker og funkler i solskinnet.

2

«Bjorn! My friend! Welcome!»

Bussen har svingt inn på den overdådig beplantede rundkjø-ringen, stoppet og sluppet ut luft etter den lange reisen.

Han står og venter på det brolagte fortauet utenfor institut-tets resepsjon. Han er liten og tykk, øynene muntre og lune, han har måne og bollekinn, og hadde han båret munkekappe, hadde han sett ut som en parodi på en munk.

Hans navn er Peter Levi.

The Schimmer Institute er et forskningssenter som tiltrek-ker seg studenter og forskere fra hele verden. I uker og måne-der kan man leie rom i instituttets hotell og ellers begrave seg i det rikholdige biblioteket. I en egen fløy restaurerer de manu-skriptrester og fortolker ord festet til pergament eller papyrus for tusener av år siden. Teologer, historikere, lingvister, paleo-grafer, filosofer, arkeologer, etnologer i en salig blanding. Alle vil de kaste et forklarelsens lys på fortiden.

Peter Levi kommer meg i møte med en begeistring som får meg til å føle at han må tro jeg er en annen. Men enda en gang utbryter han *«Bjorn!»* og trykker hånden min mens han ser meg i øynene og gliser bredt.

«Welcome! Velkommen til oss! Jeg håper vi kan stå til din tjeneste!»* Han snakker engelsk med en tykk, skarrende aksent.

Vi har pratet sammen én gang. For to dager siden. Jeg ringte ham fra Torstein Avners leilighet da jeg hadde flyktet fra MacMullin. Han var et navn på brevet med invitasjonen fra in-stituttet. Et navn, bare, en tilfeldig kontaktperson. Han skal være min guide og veileder. Enhver besøkende på instituttet blir tildelt en fastboende fadder. Men Peter Levi oppfører seg som om vi er gamle krigskamerater. Som reddet hverandre i skyttergravene mens prosjektiler hvislet over hodene på oss og sennepsgassen lå tykk som grøt og vi broderlig delte en gass-maske. Som var lekk.

Jeg vet ikke om jeg stoler på ham. Men jeg liker ham.

Han insisterer på å bære kofferten min, som sjåføren har løftet ut av bussens buk. Med venstrehånden på skulderen min fører Peter meg inn i resepsjonen, der vi henter et nøkkelkort og registrerer meg:

NAME: *Bjørn Beltø*
TITLE: *Research assistant/archaeologist*
ORIGIN (CITY/COUNTRY): *Oslo, Norway*
ACADEMIC INSTITUTION: *University of Oslo*
ACADEMIC SPECIALITY: *Archaeology*
PURPOSE OF VISIT: *Research*

Peter viser meg opp til rommet mitt, rom 207, som ligger i en egen fløy og som ser ut som et værelse på Holiday Inn. Her overlater han meg til meg selv for 'å vente til sjelen har innhentet kroppen etter reisen'. Jeg pakker ut av kofferten og henger klærne på plass i skapet. Med et sukk som skyldes utmattelse mer enn kjedsomhet, slår jeg meg ned i den lille, grønne sofaen. I fanget har jeg alle utskriftene som Torstein Avner har sendt med meg.

Han har vært effektiv. Basert på stikkordene og navnene jeg ga ham, har han søkt seg rundt på internett og skrevet ut alle de nettstedene der han fant informasjon som jeg søkte. Her er opplysninger jeg ikke riktig øyner sammenhengen i. Som at søkeordet «johannites» ga ham trettito treff på AltaVistas søkemotor og sytten på MetaCrawler. Historiske og kvasivitenskapelige nettsteder om johannitter, frimurere og hermetiske sekter. Jeg blar gjennom utskriftene med utålmodig irritasjon. Jeg vet ikke hva jeg leter etter og bombarderes med kunnskap jeg ikke trenger.

Jeg er urettferdig som kanaliserer irritasjonen mot Torstein. Han har gjort det jeg ba ham om. Det er min egen maktesløshet jeg forbanner.

Hvor er Diane? Hva er hennes rolle i dette spillet? Hva betyr antydningene i brevet hennes?

Hvorfor lyver de om alt mulig? Hvorfor dopet de meg for så å servere meg de mest gjennomskuelige løgner? Prøver de å forvirre meg?

Hva er det i skrinet? Hvilken hemmelighet er det egentlig de skjuler?

Prøver de å tilsløre én hemmelighet ved å dikte opp en enda mer fantastisk en? Slike spørsmål tumler rundt og rundt. Men jeg er ikke i nærheten av å øyne noe svar.

Torstein maste om at jeg måtte gå til politiet med alt jeg visste. Og ta med meg skrinet. Jeg var fristet. Men enhver som kjemper mot noe stort og ikke helt synlig, utvikler et snev av forfølgelsesvanvidd. Jeg stoler ikke på politiet. De ville ha fulgt læreboken og logikken og levert skrinet tilbake til Oldsaksamlingen. Og anmeldt meg for simpelt tyveri. Dermed ville vi være like langt.

Og hvordan skulle politiet kunne finne Diane? Jeg vet ingenting om henne. Annet enn at hun heter Diane. Og bor i en skyskraper i London. Og jobber for SIS. Og at jeg var forferdelig naiv som trodde godt om henne. Skjønt jeg vet at hun aldri gjorde seg til når vi elsket.

I en times tid sitter jeg og blar i den tykke bunken med papirutskrifter fra Torstein. Jeg leser om johannitter og fransk adel, om The Schimmer Institutes verdensomspennende anseelse, om Værne kloster, jeg leser om Rennes-le-Château og Bérenger Saunière, om Dødehavsrullene og Monastery of the Holy Cross, om Likkledet i Torino og Q-manuskriptet og Nag Hammadi. Jeg finner til og med en artikkel signert Peter Levi om mandeernes påvirkning av ikke-kristelige sekter, jeg finner trettifire sider hentet ut fra SIS' egen hjemmeside, inkludert kortfattede biografier om både MacMullin og Llyleworth.

Men ingenting hjelper meg videre.

3

JEG HVILER. SJELEN INNHENTER KROPPEN engang utpå ettermiddagen.

Etter den litt for lange luren labber jeg formålsløst rundt på instituttet med en uggen fornemmelse av at jeg trenger meg på. Jeg har så lett for å føle at jeg ikke hører til. En hektisk rastløshet gjennomsyrer The Schimmer Institute. En akademisk maurtue. Jeg er en gjestende svartmaur på besøk hos de flittige rødmaurene. Målbevisst haster de av gårde langs sine usynlig oppmerkede stier. Stanser. Prater. Forter seg videre. Ivrige studenter piler (summende! gestikulerende!) bortover en korridor som varer og varer. Kanskje helt til Dronningens kammer? Hele tiden mens de skotter på meg, vurderer meg, analyserer meg, tisker og hvisker om meg. Doktor Wang ville vel ha sagt: Det er bare noe du innbiller deg, Bjørn.

Hva er det med dette stedet? spør jeg meg selv. Og grøsser.

Midt i resepsjonen, i en sirkelformet øy av bregner på skifergulvet, står en stolpe med piler og skilt som viser vei til forskningsavdelinger, laboratorier, undervisningsanlegg, forelesningssaler, konferansefløyer, spisesteder, kiosker, bokhandel, kino, bibliotek, studioer, lesesaler.

I hjørnene oppunder takene henger små overvåkningskameraer med røde pærer. Jeg er ikke uoppmerksom.

4

KVELD.

Peter Levi sitter i en ørelappstol og drikker kaffe og konjakk i et mørkt, overfylt lokale som omtales som Studerkammeret. En fasjonabelt utstyrt bibliotekbar der sigarettrøyken driver tett. Som i en britisk herreklubb. Vinduene er forblendet for å skape en illusjon av evig natt. Stearinlys på bordene. Dempet pianomusikk. Stemmene er lave, intense. Noen ler støyende og blir hysjet på. Heftige diskusjoner på fremmede språk. Idet Peter får øye på meg, vifter han meg til seg. Iveren hans, og gleden over å se meg, forbauser meg.

Peter signaliserer til en servitør, som kommer ilende med et brett med en kopp te og et tulipanformet glass med konjakk. Teen er kruttsterk. Jeg vet ikke om konjakken er ment for å skylle den ned. Jeg tenker: te?

«Jeg er glad du orket å komme,» sier Peter.

«Orket?»

«Du må være utslitt etter reisen.»

«Jeg har vondt for å takke nei når noen lokker med konjakk.»

Vi ler litt for å dekke over alt det usagte.

«Vi har mye å snakke sammen om,» sier Peter.

«Har vi?»

«Forskningen din,» forklarer han, halvt spørrende. «Din interesse for johannittene, myten om det hellige skrin. Og om hva vi kan hjelpe deg med.»

Jeg spør om Peter kjenner Uri, som var utsendt fra The Schimmer Institute til utgravningen på Værne kloster. Det gjør han. Uri er fortsatt ute på oppdrag.

Peter tenner seg en cigarillo. Han inhalerer med velbehag. Gjennom røykskyen betrakter han meg nysgjerrig.

«Hvorfor,» spør han og ruller cigarilloen mellom fingrene, «har du egentlig kommet hit til oss?»

Jeg forteller. Iallfall litt. Jeg sier ikke noe om alle løgnene og de mystiske episodene knyttet til skrinet, men later som om jeg ettergår det spesielle arkeologiske funnet. Jeg forklarer at jeg er på jakt etter informasjon om johannittene. Og om alt som kan knytte forbindelser til Værne kloster og *The Shrine of Sacred Secrets*.

«Alt dette kjenner jeg til. Men jeg sa – egentlig?»

Vi mønstrer hverandre.

«Hvis du mener at jeg bærer på en hemmelighet, vet du også hvorfor,» sier jeg tvetydig.

Peter sier ingenting. Han bare ser på meg og inhalerer dypt. Gloen på cigarilloen spiser seg innover.

For å fylle tausheten forteller jeg om utgravningen på Værne kloster, som interesserer ham sånn måtelig. Mens jeg snakker, begynner han å rotere konjakkglasset i hånden. Han stirrer inn i den gyllenbrune hvirvelen, som om tankene hans sviver rundt og rundt i konjakken. Øynene er signe. Akkurat nå ser han ut som en slik fyr du venter å finne på en krakk ved en respatexdisk i en bar i en sidegate i New York City. Ved siden av noen med sorte nettingstrømper og blytungt blikk.

Da jeg omsider tier, ser Peter på meg med et uttrykk som

minner om overbærenhet, men som trolig er ren og skjær nysgjerrighet. «Tror du på Jesus?» spør han.

Spørsmålet kommer brått på. Jeg gjør som ham: snuser inn konjakkens aroma. «Den historiske?» spør jeg. En mild beruselse har alt begynt å prikke i blodet. «Eller den guddommelige?»

Han nikker bare, som om jeg har gitt et svar. Men det var ikke ment slik. Jeg spør ham hvordan han har endt opp her på instituttet. Lavmælt, som om han ikke riktig vil at noen andre skal høre, forteller han meg om sin oppvekst i en fattig bydel i Tel Aviv, om en religiøst fanatisk far og en oppofrende mor, om sin søken etter en tro, og om sine studier. Peter er religionshistoriker. Spesialist på sekter som blusset opp og døde hen rundt Kristi dager, og hvordan de har påvirket kristendommen.

«Er du interessert i tidlig kristendom?» spør han på en måte som mer enn antyder at jeg bør svare ja.

«Absolutt!»

«Godt! Det ante meg at du og jeg har mye felles. Mye å snakke om. Visste du,» sier han og lener seg over bordet med et skrått smil, «at johannittene har mange likhetstrekk med den gnostiske sekten mandeerne?»

«Det,» svarer jeg langsomt, mens jeg nipper i meg av den sterke teen, «tror jeg ikke riktig at jeg har fått med meg.»

«Men slik er det! Mandeerne forkastet Jesus og regnet døperen Johannes som sin profet. Og de trodde at frelse kom gjennom kunnskap, *manda*.»

Jeg tenker for meg selv at sannelig må mamma ha vært mandeer da jeg var skolegutt.

Peter fortsetter: «Mandeernes hellige skrifter, 'Skatten' og 'Johannesboken', var fem hundre år gamle da Johannitterordenen ble stiftet. Mandeerne har sin Lyskonge. Poenget, min forvirrede venn, kommer nå.» Han nøler før han slipper bomben: «Jesus og hans samtidige hadde detaljert kjennskap til esseernes skrifter!»

Han ser triumferende og utfordrende på meg.

«Hva så?» spør jeg.

Slukkøret over min mangel på forståelse og entusiasme tømmer han konjakkglasset i en eneste lang slurk. Han hiver etter pusten. Så sier han: «Du har rett. Det er gammel kunnskap. Alt dette vet du allerede.»

Jeg trekker på det. «Tja. Ikke akkurat detaljene.»

Han ser spørrende på meg og dytter meg i skulderen med en lav latter. Jeg prøver meg på teen igjen og må beherske meg for ikke å skjære en grimase. Et sted i baren begynner taffelpianisten å spille igjen. Jeg la aldri merke til at han sluttet. En kelner dukker opp fra intet med et nytt glass konjakk til Peter.

«Du dør vel etter å fortelle meg om esseerne,» sier jeg.

«Det er virkelig interessant!»

Han hever glasset med konjakk. Vi skåler.

Han setter fra seg glasset og kremter: «Esseerne, eller nasareerne som de også ble kalt, hadde en tro preget av den babylonske religion. De trodde at sjelen besto av lyspartikler fra en lysskikkelse som var sprengt av onde makter. Disse lyspartiklene ble holdt fanget i menneskekroppen til verten døde. Da kunne lyspartiklene gjenforenes med lysskikkelsen.»

«Peter,» jeg leter etter ordene, «hvorfor forteller du meg dette?»

«Jeg trodde du var interessert?»

«Det er jeg. Så snart jeg forstår hva det er du forsøker å forklare.»

Han lener seg fremover og legger sin brunbarkede hånd oppå min. Han skal til å si noe. Men et eller annet får ham til å tie.

«I morgen kommer jeg til å ha glemt alt,» sier jeg.

Han hikker. Vi humrer.

Så sier han: «Det er kanskje like greit. Jeg snakker for mye.»

«Hvis du bare forklarer meg sammenhengen, vil jeg faktisk synes dette er ganske spennende.»

«Visst er det spennende!» Den forsiktige rosen min gjør ham ivrig: «Poenget er at den esseiske påvirkning på den opprinnelige kristendommen synes å være langt større enn antatt.»

«Jeg ante ikke at den hadde hatt noen påvirkning i det hele tatt.»

Han senker stemmen, som om han vil avsløre en hemmelighet. «Mange mener at deler av Det nye testamente gir et fortegnet og idealisert bilde av kristendommens religiøse fundament.»

«Vel ...» Jeg drar på det, spiller liksom med. «Det begynner jo å bli en stund siden. Det er kanskje ikke så farlig.»

«Likevel lever vi fortsatt i pakt med Bibelens ånd!»

«Fordi mange tror det er Guds ord,» sier jeg.

«Og fordi Bibelen er den mest inspirerende bok som noensinne er skrevet.»

«Og den vakreste.»

«En veiledning i liv og død. I moral og nestekjærlighet. En ABC for menneskeverd og respekt.»

«Store ord ...»

«En stor bok,» sier Peter andektig.

Begge ser vi ut i luften fremfor oss. De skjulte spotlightene i taket skjærer stråler av sølv gjennom disen av sigarettrøyk. Stemmene, latteren, musikken – alt er en vegg av lyd som ikke riktig når inn i oss. Peter stumper cigarilloen i askebegeret og setter blikket i meg. «Men er Bibelen virkelig Guds ord?» sier han overraskende heftig.

«Spør ikke meg.»

«Gud skrev ikke en linje! Det nye testamentes syvogtyve skrifter ble utvalgt gjennom en langvarig og smertelig prosess.»

«Ved guddommelig inngripen?»

«Jeg mener ved ren og skjær krangel.»

Jeg ler, men tar meg i det da jeg ser at han ikke spøker.

Han setter konjakkglasset til leppene, snuser inn, og drikker. Han lukker øynene et øyeblikk. Varsomt setter han glasset fra seg på bordet.

«Det var jo ikke slik,» sier han, «at en gruppe hellige forfattere satte seg ned og *skrev* Bibelen en gang for alle. Kirken hadde mange manuskripter til vurdering opp gjennom århundrene. Noen ble forkastet, andre innlemmet. Det er viktig å vite at kanoniseringen av Det nye testamente skjedde samtidig med, og som ledd i, en maktkamp både innad i Kirken og ute i det svekkede, døende Romerriket.»

«Maktkamp? Det klinger kaldt.»

«Men husk at Kirken var en iherdig deltager i striden om

kulturell, politisk og økonomisk makt i det vakuum som Romerriket etterlot seg.» Peter ser seg rundt, halvt smilende. «Hadde ikke Romerrikets fall sammenfalt med splittelsen blant jødene og fremveksten av en helt ny religion, ville verden i dag ha sett helt annerledes ut.»

«Det har jeg aldri tenkt over,» innrømmer jeg. «Vår sivilisasjon er en salat av romerske, greske og kristne verdier og skikker.»

«Hvis vi beveger oss tilbake til Bibelens plass og rolle i denne prosessen, så gikk det nesten fire hundre år fra Jesu fødsel til den bibel vi har i dag, ble anerkjent. Men selv mange av tekstene som ble inkludert i Det nye testamente, og som i dag er helt sentrale, var svært omstridt.»

«Hvem bestemte disse tingene?»

«De geistlige, selvsagt. Urkirken.»

«Prestene ...»

«Rettere sagt biskopene. Som fikk sin autoritet direkte fra apostlene.»

«Slik som paven?»

«Samme prinsipp. Biskopene kranglet heftig om hva som skulle få være med i Bibelen. Den tekstsamling som utgjør dagens bibel, ble anerkjent på synodene i Roma i 382, i Hippo i 393 og Kartago i 397. Det var slett ikke Gud som redigerte Bibelen. Det var biskopene. Og senere trossamfunnene. Protestantene anerkjenner eksempelvis ikke samtlige av tekstene i Det gamle testamente, slik katolikkene gjør. Den protestantiske kirke forholder seg til en gammeltestamentlig kanon som hebraiske lærde satte sammen i Jamnia i år 90 e.Kr. De godtok kun de 39 skrifter som var skrevet på det hebraiske språk og på palestinsk territorium. Den romerskkatolske kirkes kanon ble oversatt til gresk i Alexandria i Egypt 200 år før Kristus og inneholder 46 skrifter. Det er denne versjonen Det nye testamente henviser til over tre hundre ganger. Og ennå har vi ikke engang berørt jødenes hellige skrifter!»

Jeg klarer ikke å holde tilbake et flir: «Jeg ser for meg feite geistlige som nonchalant inkluderer og ekskluderer bibelmanuskripter.»

Peter suger luft inn mellom fortennene med en ekkel lyd.

«En vulgarisert og forenklet oppfatning. Men likefullt med et snev av sannhet.»

«Mektige menn.»

«Mektige, beregnende, målrettede. Hvilke motiver hadde de? Var de troende? Var de kristne? Var de sjarlataner som brukte den nye tro som springbrett for egne ambisjoner?»

«Hvorfor spør du? Det ble som det ble.»

«Fordi spørsmålet er om skriftene i Bibelen gir et representativt bilde av Jesu lære.»

«Det må de da? Det står tross alt i Bibelen.»

«Hmm. Men tenk om utvelgelsen og redigeringen av skriftene i Det nye testamente var en politisk prosess. Et ledd i en kamp om herredømme. Allerede kort tid etter Jesu død ble Kirken splittet i menigheter og sekter med vidt forskjellig teologisk syn. Og tenk deg videre at de skriftene som omsider ble utvalgt, var de som passet biskopenes og Kirkens ambisjoner. Jeg bare spør?»

Jeg forsøker å fordøye det han sier. En gryende mistanke har slått rot i mellomgulvet. Jeg får ikke helt tak på den. Men det aner meg at Peter er jødisk. At The Schimmer Institute er jødisk. Og at noe i skrinet fra Værne kloster vil befeste den jødiske oppfattelsen av bibelhistorien.

«Sier du at Bibelen fortegner det som virkelig skjedde?» spør jeg.

Han lager en langtrukken, hummende lyd. «Jeg spør ... Jeg spør om utvalget av de bibelske skrifter gir et fullstendig og riktig bilde av Jesu lære. Jeg spør om noen hadde behov for å tilpasse den nye religionen slik at den passet med Kirkens og biskopenes personlige mål.»

Jeg hever skuldrene. «Mange vil uansett hevde at Bibelen er en bok om hvordan jødene oppfattet tilværelsen og sin samtid.»

Peter griper etter konjakkglasset, men ombestemmer seg. «For ikke å glemme et sett med leveregler,» sier han.

Jeg tømmer mitt eget glass med konjakk og reiser meg. Jeg er trett. Jeg har fått nok av bibelhistorien. Nå vil jeg sove.

«Selv,» sier jeg, «er jeg tilbøyelig til å betrakte kristendommen som en to tusen år gammel overtro fra Midtøsten.»

5

EN EIENDOMMELIG LUKT, SOM AV PAPIR og brente karameller, fyller The Schimmer Institutes bibliotek.

Det er tidlig på morgenen. Ørkenlyset faller inn gjennom glasskuplene i taket og hviler lik skjeve søyler på rekkene med bokhyller. Støvet svever over rad på rad med bøker og esker fylt av manuskripter på papyrus, pergamenter og papir. Krumbøyd over lesepulter sitter et menasjeri av forskere og studenter: langhårete amerikanere, ortodokse jøder, kvinner med sjal og hestehaler, energiske asiater, bebrillede små menn som tygger frenetisk på blyantene sine. Det slår meg at jeg glir inn som en naturlig del av de lett eksentriske omgivelsene.

Boksamlingen og mengden med manuskripter knytter seg særlig til Midtøsten, Lilleasia og Egypt. Det er egne seksjoner for bøker på språk jeg ikke engang klarer å tyde tegnene til. Samlingen med engelsk faglitteratur er forbausende liten.

Og overalt: kvinner og menn lukket inne i sine egne verdener av sære spesialiteter og fagområder, mennesker hvis identitet er å være verdens ledende ekspert på de mest obskure emner – sumeriske kileskrifttavler, Pentatevkens egentlige forfattere, tolkning av gammel-babylonske myter og egyptiske dødsriters påvirkning på førkristne dogmer. Rundt om i denne eter av kunnskap vandrer jeg som en forvirret liten skolegutt som ikke riktig vet hvor han skal gjøre av seg. Jeg er ikke ekspert på noe som helst. Og mistrøstig begynner jeg å undre meg over vår grenseløse higen etter kunnskap om det forgangne. Jeg er med ett arkeologen som spør hvorfor vi trenger å vite så mye om fortiden, når det er så mye vi ikke vet om verden av i dag.

Jeg oppdager ikke Peter før jeg går rett i ham. Han står på tå og leter etter en bok i en hylleseksjon merket «Ancient Mythology: Egypt-Greece». Jeg sier oops. Vi hilser. Han smiler uutgrunnelig, som om mitt oppsyn bestandig fyller ham med glede. «Takk for i går,» sier han og blunker.

«Selv takk.»

«Og formen er bra?»

Det siste er mest for spøk å regne. Kanskje han synes jeg ser en smule blek ut.

Vi rusler unna slik at vi ikke forstyrrer de som sitter fordypet i bøkene sine. «Vondt i hodet!» sier han med et tilgjort sukk.

Vi stanser ved en disk med mikrofilmer. Ser prøvende på hverandre. Lik to elskere som lurer på hvor alvorlig den andre egentlig tok gårsdagen.

«Du fortalte meg noe,» sier jeg prøvende.

«Gjorde jeg? *My oh my.* Jeg fortalte deg nok altfor mye. Jeg blir så løsmunnet når jeg drikker. Jeg må be deg om å behandle alt jeg sa med diskresjon.»

«Du vet du kan stole på meg.»

«Gjør jeg? Jeg vet vel knapt noe som helst om deg. Men du har rett, jeg stoler på deg.»

«Det du sa, gjorde meg nysgjerrig.»

«Ikke så rart. Skjønt jeg husker ikke hva jeg sa. Eller aldri burde ha sagt.» Med en lav latter ser han utover biblioteket. «Kom!» Han griper meg i armen og fører meg gjennom en labyrint av korridorer, opp trapper, ned trapper, inn dører, til et lite kontor med navnet hans på døren. Kontoret er avlangt og smalt, fylt av bøker og papirbunker. For vinduet henger en persienne. I taket roterer en vifte.

Han sukker tilfreds. «Her! Her er det bedre å snakke,» sier han og setter seg i en kontorstol. Selv forsvinner jeg dypt ned i en saccosekk på andre siden av skrivebordet. Jeg må kjempe meg opp i en stilling som føles noenlunde komfortabel og ikke altfor uverdig.

«Så hva er det de inneholder, disse manuskriptene dere analyserer her?» spør jeg.

«Detaljer. Detaljer. Detaljer. Jeg skal si deg én ting: Vi bruker det meste av tiden på å gjennomgå gamle manuskripter på nytt.»

«På nytt? Hvorfor det?»

«Fordi vi har lært. Vi vet mer enn de som sist gjennomgikk og oversatte manuskriptene. Vi leser og oversetter med dagens viten. Hvor presise er oversettelsene av de bibelske skriftene?

Kan dagens kunnskap kaste nytt lys over forståelsen og fortolkningen av de gamle skrifter? Påvirker nyoppdagede manuskripter, som Dødehavsrullene, forståelsen av tidligere oppdagede bibeltekster?»

«Du spør og spør,» sier jeg.

«Og jeg søker nye svar. Å oversette tekster som er flere tusen år gamle handler like mye om ny forståelse og kunnskap som om lingvistikk og språkforståelse.»

«Og kanskje om tro?»

«I høyeste grad tro.»

«Hva om dere kommer over fakta som kan rokke ved troen?»

Han ser meg i øynene. I lyset som unnslipper persiennene, ser jeg hvor grumsete det hvite øyeeplet hans er.

«Hvorfor tror du vi er så hemmelighetsfulle?» spør han innett.

Jeg vrikker på meg i et nokså fånyttes forsøk på å komme høyere opp i saccosekken.

«La meg gi deg et eksempel,» sier Peter. «Skilte Moses Rødehavet ved Guds hjelp, slik at de flyktende israelittene kom seg i sikkerhet og faraoens hær druknet da vannet flommet tilbake?» Han lener albuene på skrivebordet, folder hendene og hviler haken mot tomlene. «Instituttet har brukt mange år på å granske myten om Moses og delingen av havet. Våre lingvister oppdaget en mulig feiloversettelse, eller feiltolkning, av det hebraiske uttrykket 'Yam suph'. Hvilket utlagt er 'et sted der det er så grunt at det vokser siv'. 'Yam suph',» gjentar han langtrukkent.

Jeg forsøker å uttale det, men det høres ut som en talefeil.

Frem fra en bokhylle trekker Peter et historisk atlas og blar opp på S – Sinai. «I oldtiden strakte Suezbukten seg mye lengre nordover,» han holder opp boken og peker på kartet, «og hele området var grunt og dekket av rør og siv. Våre forskere – et tverrfaglig team av lingvister, historikere, geografer og meteorologer – grep fatt i denne språklige detaljen. De fant ut at israelittene kan ha krysset havet ved det vi i dag kaller Bardawilsjøen.»

Han presser pekefingeren hardt ned i papiret. Jeg myser mens jeg orienterer meg i geografien.

«Vi prøvde ut en del modeller i datasimulatoren vår,» sier han. «Her er grunnforholdene slik at hvis vinden var kraftig nok, og varte lenge nok, ville den klare å presse det tre-fire meter dype vannet bort.» Med fingertuppene feier han liksom bort vannet. «Dermed kunne Moses krysse den nesten tørrlagte sjøen. Men –» han holder opp pekefingeren, «da vinden enten løyet eller endret retning, ville vannmassene komme fossende tilbake.» Med et smell klasker han håndflaten i atlaset.

«Wow,» utbryter jeg. Det lyder neppe så vitenskapelig. Men det er alt jeg finner på.

Han lener seg selvtilfreds bakover i stolen. «Eller syndfloden? Hva skjedde egentlig? Våre arkeologer, paleontologer og geologer har funnet bevis for at en oversvømmelse fordrev en jordbrukskultur ved Svartehavet for godt over syv tusen år siden.»

«Jeg trodde syndfloden rammet bosetningene mellom Eufrat og Tigris?»

«Tja. En gjetning blant mange. Alt baserer seg på gjetninger. Hypoteser. Men vi har rekonstruert det som kan ha skjedd ved å granske gamle kilder.»

«Hvilke?»

«Å, mange. Bibelen. De fire tusen år gamle kileskrifttavlene, Gilgamesj-eposet, den indiske skriftsamlingen Rigveda. Og andre, mindre kjente overleveringer.»

«Så hva fant dere ut?»

«La oss begynne med geologene. De fant syv tusen år gamle avleiringer av saltvannsdyr i Svartehavet. Disse avleiringene har skjedd hurtig. Som under en flodbølge. Husk at Svartehavet opprinnelig var en ferskvannssjø, et innlandshav, skilt fra Middelhavet av en landtunge ved Bosporosstredet. Og tenk deg hvordan Middelhavet gradvis, og med stigende intensitet, har trengt gjennom den skjøre landbarrieren. Inntil den brast. Hvor majestetisk det må ha vært! Et hav som oversvømmer et annet ... Brølet fra vannmassene har vært hørbart i femti mils omkrets. Tre hundre dager tok det for de to havene å utjevne vannstanden. Svartehavet steg med hundre og femti meter. Men fordi områdene er så enorme, må de fruktbare jordbruksområdene i nord ha blitt oversvømmet langsomt. Dag for dag er menneskene blitt fordrevet innover i landet av det stigende havet.»

«Litt av en opplevelse,» grøsser jeg.

«Og nå kommer vi til neste indisium. For arkeologiske funn viser at en høyt utviklet jordbrukskultur dukket opp i Øst- og Sentraleuropa nettopp på denne tiden.»

«Flyktninger fra Svartehavet?»

«Vi vet ikke. Men sannsynligvis. Språkvitenskapen støtter en slik antagelse. Nesten alle indoeuropeiske språk stammer fra et urspråk som beretter myten om en fryktelig oversvømmelse. Disse overleveringene har vandret fra munn til munn til de ble nedtegnet to tusen fem hundre år senere, da mennesket fikk sitt skriftspråk. Vi tror dette kan ha dannet utgangspunktet for myten om den bibelske syndfloden.»

«Myten? Jeg trodde dere var mer opptatt av å bevise at Bibelen hadde rett.»

Han lager en uforståelig grimase. «Jeg sier ikke at Gud ikke hadde en finger med i spillet.» Så reiser han seg brått, forelesningen er over, og vi går tilbake til biblioteket. Ingen av oss sier noe på veien. «Vi snakkes senere,» mumler han, dunker meg i skulderen og forlater meg.

Jeg blir stående tafatt tilbake, alene og forvirret over alle de uforløste antydningene.

6

OVER TOPPEN AV POTALA VAIET EN ENSOM DRAGE.

Jeg har alltid følt en dragning mot klostre. Stillheten, kontemplasjonen, tidløsheten. Den lavmælte mystikken. Nærheten til noe større, uhåndgripelig. Men ingenting ved The Schimmer Institute gir meg følelsen av å befinne meg i et kloster. Jeg tenker på Potala – det sagnomsuste klosteret i Lhasa, med sine gylne tak og kupler. Innrammet av Tibets tinder. «Over toppen av Potala vaiet en ensom drage.» Så stemningsladet slutter boken som ga meg mitt første møte med livet i et kloster. Hippiebibelen *Det tredje øye* fra 1956 er en selvbiografi skrevet av den tibetanske lama Lobsang Rampa. En besnærende beretning om livet i og omkring tibetanske klostre – en tilværelse som inkluderte studier, flyveturer festet til drager, bønner, filosofi og astralreiser. Stor var min forbauselse da jeg fikk vite at Lobsang Rampa slett ikke var en kortvokst munk svøpt i Østens gevanter, men tvert om en høyreist engelskmann med devonshire-dialekt og en fascinasjon for new age-mystikk lenge før begrepet var oppfunnet. Ikke bare så han på seg selv som en tibetansk lama i en engelskmanns kropp. Han hevdet at katter var inkarnert på Jorden fra en annen planet for å observere oss. Er det rart jeg ikke kan utstå katter?

Jeg er var for illusjoner. Alt som ikke er helt slik vi forestiller oss. Jeg får ikke riktig tak på The Schimmer Institute. Det behøver ikke bety så mye. Av og til får jeg ikke riktig tak i kontoret mitt på Oldsaksamlingen heller. Eller leiligheten min grytidlig en søndag morgen.

Etter middagshvilen sitter jeg lenge og skriver i dagboken. Jeg liker den skrapende lyden av pennestiften mot papiret. Det er som å lytte til tanker. En av tankene mine, og som nå skraper mot papiret, er at The Schimmer Institute er et redskap for MacMullin. Det er mulig jeg er paranoid. Men jeg er i det minste hårdnakket.

Jeg lar tankene vandre inn i en mørk, tåkefylt skog av spørsmål og frykt. Hvis instituttet har et jødisk fundament, er det kanskje i deres interesse å avdekke skrinets innhold for å avsløre en gang for alle at de kristne tok feil. Men hvis instituttet er kristent, ønsker de kanskje å ødelegge innholdet i skrinet for å beskytte troen, kirken, makten. Skogen er litt for stor for meg, tåken litt for tett. Men det er bare å velge. To konspirasjoner for prisen av én!

7

UTPÅ KVELDEN, TYNGET AV MINE EGNE tvangstanker og absurde forestillinger, trekker jeg ned i resepsjonen og videre inn i baren. Jeg ser ingen jeg kjenner. Men etter et par minutter kommer Peter hastende. Vi hilser og finner et bord bak pianoet. Kelneren er oppmerksom. Han kommer med kaffe, te og konjakk før vi har bedt om det. Peter hever glasset og skåler.

«Kan jeg spørre deg om noe?» sier jeg prøvende og nipper til konjakken.

«Naturligvis.»

«Hva tror du skrinet inneholder?»

«*The Shrine of Sacred Secrets*,» sier han dvelende, andektig. Han rynker pannen ettertenksomt. «Som enhver myte er den en forvrengning av sannheten. Opp gjennom århundrene har Kirken pyntet på historien. Slik Kirken har for vane.»

«Hva legger du i det?»

«I et av manuskriptene vi har gjennomgått her på instituttet, og vi snakker om skrifter fra 200-tallet, antydes det at Jesus Kristus etterlot seg en samling med tekster som han selv dikterte eller skrev.»

«Mener du det alvorlig?»

«Mm.»

«Hva slags tekster?»

«Hvordan skal jeg kunne vite det? Ingen har lest dem. Tross alt er det en hypotese.»

«Men hva sto det i manuskriptet der du leste dette?»

«Det antydes at det kan dreie seg om et sett med leveregler. Påbud. Nye bud, om du vil. Manuskriptet lå i en forseglet krukke i et egyptisk gravkammer. Vi har holdt informasjonen tilbake. Inntil vi forstår den bedre. I begynnelsen fattet vi ikke rekkevidden av det vi hadde funnet. Men så innså vi sammenhengen med myten om *The Shrine of Sacred Secrets*.»

«Det er ikke til å tro.»

«Vatikanet gikk fullstendig fra konseptene da nyheten nådde dem. Vi hadde en pavelig delegasjon på døren her. Men vi involverte dem aldri. Vatikanet har så mange hensyn å ta. Sannheten er bare ett av dem, og sant å si et temmelig underordnet hensyn. Nå ligger Vatikanet og vaker i vannskorpen og vet at vi vet noe, men ikke riktig hva. De er ikke helt begeistret.»

271

«Vent! Sier du nå at gullskrinet vi fant på Værne kloster, kanskje inneholder et manuskript diktert av Jesus Kristus?»

Peter slår ut med armene. «Alt kan tenkes.» Han skutter på seg.

«Kan det være Vatikanet som har pusset sine agenter på meg? I jakten på skrinet?»

«Agenter?» Han ler. «Vatikanet har nok sine metoder. Men de er så vant til lydighet at de neppe vet hvordan de skal håndtere noen som nekter å gjøre som de sier. Nei, jeg tror nok ikke Vatikanet er etter deg.»

«Hvis dette manuskriptet eksisterer, om enn bare som en teori, så burde vel flere ha hørt om det?»

«Eller så har noen hatt behov for å hemmeligholde denne kunnskapen.»

«Hvorfor det?»

«Det kan du vel tenke deg.»

Jeg tar meg en støyt av konjakken. «Det ville være fantastisk. Avvikende religiøse fakta... Fakta som vil endre vår forståelse av kristendommen.»

«En skremmende tanke for mange.»

«Skremmende?»

«Verdenshistoriens mest oppsiktsvekkende nyhet. Større enn månelandingen. Jesus Kristi eget evangelium.»

Tanken får det til å gå rundt for meg. Hvis det ikke skyldes konjakken.

8

BIBLIOTEKBAREN STENGER KLOKKEN ELLEVE. Flinke forskere legger seg tidlig. Iallfall i ørkenen, der syndene ikke venter i kø. Vi siger ut i den marmorglinsende resepsjonshallen, som er nesten tom for folk. Peter er bedugget.

«Skal vi trekke frisk luft?» spør han.

Jeg sier jeg synes det er en god idé.

Ute er det bekmørkt og stjerneklart. Luften har en søtladen ange og torner av frost. Peter viser meg vei rundt anlegget og opp i åssiden, inn i lunden av fiken og oliven. Vi tumler frem i det svake skjæret fra himmelen og instituttets opplyste vinduer.

Et stykke oppe i åssiden stanser vi under et tre som strekker ut sine grener som et tak. Barken er furet av århundrenes klør. Månen skimrer i løvet lik en japansk papirlykt. Den overraskende kjølige ørkenluften har en mildt berusende virkning. Som om det rett rundt svingen står en luring av en kaktus og lekker narkotiske gasser og safter.

«Engang lå det en naturlig oase her,» sier Peter. Han trekker pusten dypt inn gjennom nesen, som for å smake på duftene. «Det var munkene som plantet trærne. Og pleiet dem. Det er et under at noe som helst vokser opp her ute.»

«Hvem var de? Munkene?»

«En gruppe jødiske og kristne. Utbrytere, opprørere. De ville finne et nytt fellesskap.» Han ler, latteren har en giftig snert.

Blikket mitt søker ut i mørket. Her oppefra ser instituttet ut som et romfartøy som har krasjlandet og som ligger og gløder og smelter utover landskapet. Som et forhåndsbestilt filmtricks flerrer et stjerneskudd over himmelen.

«For et syn!» sier jeg.

«Strengt tatt ikke mer enn et sandkorn som brenner opp i møtet med jordatmosfæren,» sier Peter.

Alt er mørkt, stort, stille. Stemningen maner frem en fortrolighet i meg.

«Hvem er du, Peter?» spør jeg.

Glisende finner han frem en lerke fra innerlommen. Han skrur av korken og rekker meg den flate, lærkledte flasken.

«I den store sammenheng?»

«La oss begynner der.»

«Absolutt ingen,» sier han.

Jeg drikker. Konjakken trekker en brennende hale etter seg. «Og i den lille sammenheng?» Jeg gir ham lommelerken med et nødende nikk.

Peter tar en slurk, grøsser, så en slurk til. «I den lille sammenheng er jeg den flittigste bien i kuben,» utbryter han.

Vi ser på hverandre. Han blunker til meg, som om han innser at svaret hans aldeles ikke var noe svar.

«Du later til å vite mye om skrinet?»

«Teorier,» sier han lavt. «Jeg er en vitenskapsmann. Det er livet mitt å vite slike ting.»

«Men det du vet, er så presist.»

«Hvem har sagt at jeg vet? Jeg gjetter.»

«Så la oss fortsette å gjette,» sier jeg.

«Hva er det du lurer på?»

«Hvis *The Shrine of Sacred Secrets* virkelig finnes, og det er dette relikviet vi fant på Værne kloster …» begynner jeg og holder inne mens jeg skotter bort på ham, «hvorfor ville det være viktig for noen å sikre seg skrinet?»

«De er vel helst ute etter det som er inni det.»

«Hvem?»

«Det kan være så mange. Forskere. Samlere. Vatikanet. Hemmelige grupperinger.»

«Og hvorfor?»

«Forestill deg at budskapet i manuskriptet er av delikat art.»

«Som for eksempel?»

«For eksempel noe som kan berøre dogmene.»

«På hvilken måte?»

«På en slik måte at bibelhistorien vil måtte omskrives.»

«Hva så?»

«Nå gjør du deg dum. Bibelen inneholder per definisjon ingen feil. Den kan ikke rettes.»

«Men får det noen praktisk betydning hvis dette manuskriptet snur opp ned på noen forestillinger?»

Han rynker pannen. «Dette mener du ikke, min venn. Tenk deg om! Kristne leveregler vil kunne stå for fall. Folks tro vil begynne å vakle. Kirkens posisjon kan bli truet. Slike småting.»

Jeg plystrer. Tonen er skjør og skjelvende.

«I ytterste konsekvens!» tilføyer han. Han løfter lommelerken og drikker mens han ser på meg. Han svelger tungt. «Men jeg bedriver ren og skjær gjetning.»

«Spennende teorier!»

«Historie *er* spennende. Ikke minst fordi historie er fortolkning.»

«Tolket med ettertidens øyne.»

«Nettopp! For sine samtidige var Jesus Kristus først og fremst en politisk figur.»

«Og Guds sønn.»

«Nåja. Det er helst ettertiden som har fokusert på hans guddommelighet.»

«Ettertiden?»

«Langt på vei. For å plassere Jesus i historien må du gå både til jødedommens tusenårige forventning om Messias og til den politiske situasjonen i Judea og Palestina.» Han slikker seg om leppene og tørker dem med håndbaken.

«Jeg er knapt noen ekspert på akkurat det,» innrømmer jeg.

«Romerriket hadde vokst seg mektig,» sier han. «Judea var et slags lokalt kongedømme med Herodes som konge, men i realiteten styrt fra Roma via Pontius Pilatus. For innbyggerne var Roma en fjern, men irriterende verkebyll. Samfunnet var et sant menasjeri av sekter og grupperinger, svikere og landsforrædere, presteskap og profeter, banditter, mordere og svindlere.»

«Som en hvilken som helst storby av i dag,» sier jeg og griper flasken. Konjakken smaker varmt, bedøvende.

Peters ansiktsuttrykk er fjernt, en slik oppslukt mine enkelte får når de er grenseløst opptatt av et emne og tror at alle andre er like fascinert. «Det var opprørstider!» sier han. «Selotene samlet fariseere, esseere og andre i en politisk og militær bevegelse rundt tiden for Jesus fødsel. Jesus ble født rett inn i begynnelsen på en 140 år lang revolt. Og alle, alle sammen, ventet de på Messias. Frelseren. En politisk og religiøs fører.»

«Og de fikk ham.»

«Nja ...» Han rynker på nesen. «Gjorde de? La oss søke til språket, semantikken. I våre dager har Messias og Frelser en annen mening enn på den tiden. 'Messias' på gresk er 'Christos' – 'Kristus'. På hebraisk og gresk betyr det 'den utvalgte' eller 'den salvede'. En slags konge eller leder.»

«En førerskikkelse?»

«Nettopp. Faktisk hadde alle de jødiske kongene som nedstammet fra David, båret betegnelsen Messias. Selv de prestene som romerne utropte til småkonger, brukte betegnelsen

'Messias' om seg selv. Men for selotene var ingen av dem den rette Messias. Deres frelser skulle nedstamme fra Davids ætt. Drømmen om Messias grenset til hysteri. Men husk: det var ikke først og fremst en guddom de ventet på, men en konge. En fører. En leder! 'Messias' var en politisk betegnelse. Tanken på Guds sønn, slik vi i dag kjenner Jesus, var dem nok temmelig fjern. Derimot trodde de at Guds rike skulle komme hvilken dag som helst.»

«Men det er Guds sønn vi tror på og tilber i vår tid,» sier jeg. «Fortsatt. Hundrevis av millioner mennesker. Over store deler av verden.»

Peter plukker opp en stein og kaster den ut i mørket. Vi hører hvordan den treffer bakken og spretter et par ganger før den faller til ro. «Slik er det,» sier han.

Jeg tar en slurk av konjakken. «Men nå forteller du meg at gullskrinet kan inneholde noe som kan rokke ved den troen?» spør jeg.

«Jeg vet ikke. Jeg vet virkelig ikke! Kan hende –» Han trekker pusten dypt. «Du spør meg hva jeg tror? Jeg tror at skrinet ditt inneholder noe –» Han stanser, som om han er blitt var at noen der ute i mørket står og lytter til oss. Jeg forsøker å myse inn i mørket, lytte etter en lyd, rislingen i tøy, en fot mot en kvist. Men jeg hører ingenting. Jeg vender meg mot Peter. Han ser bort. Jeg rekker ham lerken. Han drikker flere små, forte slurker. Etterpå kjøler han strupen med dype drag av frisk luft.

Vi lytter til stillheten.

«Du sa,» sier jeg, «at du tror at skrinet inneholder noe –»

«– som kan endre vår forståelse av historien,» fortsetter han. «Og av kristendommen.»

Jeg sier ikke noe. Men jeg tenker at dét ville saktens forklare den hysteriske interessen for skrinet.

Han finner en ny stein og kaster den ut i natten. Kanskje den har ligget uforstyrret i fem hundre år. Lufteturen i mørket må være litt av et sjokk. Men nå ligger den stille igjen. Kanskje for nye fem hundre år.

«Kan du være mer presis?» spør jeg.

Han rister svakt på hodet.

«Men hvorfor må manuskriptet nødvendigvis være så viktig?» spør jeg. «Kanskje skrinet inneholder ... salmer? ... dikt? ... en paves hemmelige kjærlighetsbrev? Eller noe slikt.»

Han knegger, sparker skoen mot en rot som såvidt stikker opp av jorden. «Min venn, et manuskript som bringes i et skrin av gull til et kloster ved jordens ende, inneholder ingen anvisning i kjøp og stell av esler, så mye kan jeg fortelle deg.»

«Så hva tror du det kan handle om?»

Han tenker. Mens han står og grunner over spørsmålet mitt, gransker han meg usjenert. «Noe om kristendommen?» spør han. Eller fastslår. Jeg er ikke riktig sikker.

«Q-manuskriptet?» prøver jeg meg.

Han lager en bifallende lyd. «Kanskje. Kanskje ikke. Det ville faktisk ikke overraske meg. Men jeg har en følelse ... nei, jeg tror ikke det er Q.»

«Hvorfor ikke? Det ville stemme med hypotesen din.»

«Bjørn,» parerer han, «hva vet du om The Schimmer Institute?»

Jeg kaster et blikk ned på det glødende palasset. «En av verdens ledende forskningsinstitusjoner for studier av jødisk og kristen historie?» prøver jeg.

«Riktig. Vårt akademiske alibi og ry.» Han lener seg nærmere, og ånden hans er ram av konjakk. «La meg dele en hemmelighet med deg.»

Han tier, og jeg venter. Han gir meg flasken. Jeg tar en liten slurk bare.

«Det meste av forskningen vi driver med, publiseres i verdens ledende fagtidsskrifter. Eller utkommer i form av rapporter, avhandlinger, doktorgrader. Men vi bedriver også forskning som vi aldri utveksler med kolleger. Forskning som er myntet på noen ganske få utvalgte.»

«Om hva?» spør jeg.

«Gamle tekster.»

Heldigvis skotter han ikke bort på meg, for jeg ser neppe særlig imponert ut. Jeg hadde vel håpet på noe mer spennende. Om skjulte skatter. Glemte kongegraver. Oldtidsgåter som aldri er blitt løst. Pyramidenes hemmelighet. Mystiske kart til avsides og utilgjengelige fjelldaler der ungdomseliksiren renner blank og blå ned fra de prehistoriske isbreene. Jeg har en nokså enkel forestillingsevne.

«Gamle tekster,» gjentar han og smatter med leppene, «sivilisasjonens og kunnskapens DNA-koder, om du vil. Kildene til vår forståelse av fortiden. Og dermed forståelsen av hvem vi er i dag.»

«Svulstige ord. Men jeg skjønner hva du mener.»

«Originalmanuskripter. Nedtegnelser og overleveringer. Brev. Lover og forordninger. Hymner. Evangelier. Bibeltekster. Dødehavsrullene. Nag Hammadi. Manuskripter som mer enn gjerne kunne ha blitt med i Bibelen, men som aldri nådde opp. Fordi noen ville det slik.»

«Ikke Gud?»

Han snøfter. «Slett ikke Gud.»

Jeg sier: «Hvis ingen vet hva som er i gullskrinet, eller hva som måtte stå i det eventuelle manuskriptet, hvorfor leter de så desperat etter det da?»

Peter ser opp. Luften er klar. Stjernene er som melk gjennom løvverket. Jeg overveldes av tanken på at lysene som blinker på himmelen er fortiden. De fjerneste stjernene sluttet å skinne lenge før Jorden ble til.

Vi rusler noen skritt bortover. Peter setter seg på en klippestein. «Hvis jeg får lov til å gjette,» sier han, «så tror jeg det kan dreie seg om bibelske tekster.»

Jeg dumper ned ved siden av ham. Steinen føles kjølig gjennom buksestoffet. «Mener du bibelske originalmanuskripter?»

«For eksempel. Enten helt ukjente, men likevel sentrale tekster. Eller originalmanuskripter til kjente tekster, som beviser hvordan ettertiden har endret på innholdet.»

«I Bibelen?»

Han skakker på hodet. «Ja? Overrasker det deg?»

«I grunnen. Har noen våget å tukle med Bibelen?»

«Selvsagt.» Peter fisker frem en cigarillo og tenner den. Lighterflammen er et lyshav i mørket. Jeg fornemmer svermer av insekter som vi ikke ser. Røyklukten fordriver oasens ange av blomster og trær.

«Bibelen ble aldri skrevet én gang for alle,» sier han. «Bibelen var en kollektiv forståelse og fortolkning. Noen begynte. Andre avsluttet. Innimellom pyntet de på historiene.» Han inhalerer og slipper ut røyken gjennom neseborene. «For å forstå Det nye testamente, må vi også forstå historien,» sier han. «Du kan ikke lese Bibelen løsrevet fra den historiske virkelighet som profetene og evangelistene befant seg i.»

Jeg grynter. Tar meg en ny støyt. Noen tenner lyset i biblioteket. Glasskuplene i taket blinker neonblått og gjenstridig. Som om lysstoffrørene hadde falt i dyp søvn og stritter imot å bli vekket.

«Jeg har problemer med å se forbindelseslinjene fra bibelhistorien og til johannittene,» sier jeg.

«De kom til så meget senere. Som forvaltere og beskyttere av den kunnskap som skrinet skjulte. Og skjuler. Johannittene flyttet sitt hovedsete til korsfarerborgen Acre da Jerusalem falt i 1187. Her var de i over hundre år.» Han nøler. «Det er ikke mange som vet at johannittene ble delt i to under Acre-tiden.»

«Delt i to?»

Jeg fornemmer at denne opplysningen er viktig, men vet ikke hvorfor. I mørket er øynene hans som glør. «Det kan synes betydningsløst. De færreste historikere og religionsforskere vet at ordenen ble delt. Og langt mindre hvorfor. Den historisk kjente fløyen flyttet videre til Kypros og Rhodos og senere til Messina og Malta i 1530.»

«Og den andre?»

«Forsvant! Eller rettere sagt – den gikk under jorden.»

«Hvorfor?»

«Jeg vet ikke.»

«Men?»

«La oss spekulere. Hva om den skjulte fløyen forvalter en hemmelighet? Om dens eneste funksjon er å bære videre en kunnskap? Og å vokte denne kunnskapen.»

«Og hvem skulle sørge for alt dette?» spør jeg.

«Kanskje det fortsatt finnes en Stormester?»

«Du mener at johannittene fortsatt har en Stormester?»

«En Stormester som ikke engang medlemmene i Johannitterordenen vet om. En hemmelig Stormester.»

«Hva skal de med ham hvis han er så hemmelig?»

«Kanskje det er han som bærer videre kunnskapen om fortiden. Kanskje det er han som trenger manuskriptet.»

«Spør du?» sier jeg.

«Jeg gjetter.»

«Du *vet* noe.»

Peter himler med øynene. «Jeg? Hva vet vel jeg? Hva i all verden hadde johannittene å gjøre i Norden? Fjerne, kalde Norge? Hvorfor skulle de finne på å skjule noe som helst i en oktogon nær verdens ende?»

Jeg svarer ikke. Jeg bemerker heller ikke at han kjenner til oktogonen. Det er ikke jeg som har nevnt den for ham. Han må være ualminnelig godt orientert.

«Kanskje,» sier jeg, «handler det om en anvisning?»

«Til hva?»

«Til en skatt?»

«Skatt?» Peter virker uforstående. «Hvilken skatt?»

«Tja ... Det merovingiske dynastis gjemte og glemte formue?»

Han brister i latter. «Så du er en av dem som tror på disse røverhistoriene? Som tror at det engang i historien fantes mennesker som faktisk gjemte formuene sine så godt at de fortsatt ikke er kommet til rette?»

«Jeg tror ingenting, egentlig. Jeg spekulerer. Slik du gjør.»

«La meg bare si dette: I likhet med historiske konspirasjonsteorier om frimurere og jøder, må disse skattehistoriene være de mest levedyktige og evigvarende som finnes.»

«Så? Kanskje de har noe for seg?»

«Problemet er at de forutsetter at et ufattelig rikt menneske ville finne på noe så ufattelig dumt som å grave ned eller skjule sin formue i stedet for å plassere den i trygg forvaring hos noen han stolte på.» Han gliser. «Husk at rike mennesker stort sett er blitt rike fordi de elsker penger og alt som medfølger! Ingen ville stuve bort formuen sin uten at deres nærmeste visste hvor.»

«Hvis noen skulle kunne finne det ut, måtte det vel være dere,» sier jeg.

Han snøvler noe som antagelig er en bekreftelse.

Jeg kremter nervøst. «Peter, har du en kristen eller jødisk tro?»

Han trekker pusten, en hvislende og anstrengt lyd. «Hva jeg tror,» sier han lavt, «spiller liten rolle. Jeg er mest opptatt av hva jeg vet.»

Senere, da vi har tømt lommelerken og rusler tilbake til instituttet, holder Peter på å snuble i en rot. Bare min lynraske reaksjon hindrer ham i å tumle utfor et brattheng. Han mumler takksigelser som enten er rettet mot meg eller en gud hvis rettferdighets flamme brenner i Peters hjerte i akkurat dette øyeblikk.

Vi sier god natt i resepsjonen.

Jeg er full og svimmel og ikke så rent lite kvalm. Før jeg siger i seng og sentrifugeres i søvn, kneler jeg (ikke ulik en munk) foran det hvitfunklende porselenstoalettet og spyr.

9

ETTER EN FROKOST SOM JEG INNTAR SÅ SENT at den med en viss rimelighet kan karakteriseres som lunsj – og som består av ristet loff, eggerøre som ikke er stekt godt nok, sviskeyoghurt og råpresset appelsinjuice – rusler jeg ned til biblioteket. I det gammeldagse, alfabetiske kartoteket blar jeg meg frem til Varna, som henviser meg en centimeter tilbake til Vaerne, der jeg finner referanser til fire bøker og en manuskriptsamling som jeg bruker tre kvarter til å oppspore på en hylle to meter over gulvet i bibliotekets kjellermagasin. En bibliotekar, som virker som om han er utdannet på en underoffiserskole i Uruguay og som mer enn noe annet ønsker å gjenoppfriske knepene han plukket opp i valgfaget «Raffinert tortur V–IX», løfter manuskriptene ut av esken og over på et skrivebord dekket av filt. Men jeg ser straks at jeg ikke vil ha noen nytte av dem: Skrifttegnene er hebraiske.

Den neste timen sitter jeg og blar i et britisk verk om ridderordener, der johannittene er viet over to hundre sider og tem-

pelridderne tre ganger så mange. Jeg finner en amerikansk dok-
toravhandling fra 1921 som analyserer evangelisten Lukas' lit-
terære grep. Ifølge forskeren er legen Lukas (som trolig var rei-
sekamerat med apostelen Paulus) det nærmeste vi kommer en
moderne romanforfatter. Lukas skriver med en episk snert som
falt i smak hos hans dannede, sofistikerte, gresk-romerske lese-
re. I sitt evangelium, og i Apostlenes gjerninger, tegner han et
bilde av Jesus som en gammeltestamentlig og majestetisk pro-
fet. Inspirert av de greske dikterne portretterer Lukas ham som
en halvgudelig helteskikkelse. Leser jeg.

Jeg finner en seksti år gammel avhandling som behandler
den fremstilling Lukas og Johannes gir av bruddet mellom jø-
dedommen og den gryende kristendommen. Jeg leser at Lukas
skaper begrepet «kristne» i sin skildring av den nye tros frem-
vekst i Romerrike. Forundret leser jeg at Lukas selv var hed-
ning og at hans lesere først og fremst var mennesker som lurte
på om det var mulig å være både kristen og en lykkelig borger
av keiserens rike. Fullt så pragmatisk anlagt er ikke Johannes.
Mer enn de andre evangelistene er han opptatt av ånd, guddom,
den himmelske mystikk. Forskeren, som heter J.K. Schulz og
ifølge tittelbladet ble født i 1916, fremhever hvordan Johannes
lar Jesus tale i lange monologer der han åpent erklærer seg som
guddommelig. Johannes skildrer hvordan de jødisk-kristne
skyves ut av synagogen og videre ut av jødedommen. Men det-
te er mer enn en teologisk strid, påstår forfatteren. Kampen
mellom jøder og kristne er en strid om politisk og økonomisk
makt. Kort sagt om herredømme.

I timer sitter jeg og setter meg inn i andres tanker, andres
fortolkninger. Jeg leter etter noe som kan bringe meg videre,
bringe meg forståelse. Men jeg vet ikke hva jeg søker, og jeg fin-
ner det heller ikke.

Da jeg ser at en av dataterminalene blir ledig, skynder jeg
meg over gulvet og kommer en jødisk forsker i forkjøpet.
Terminalen er knyttet opp mot bibliotekets og instituttets data-
base.

Jeg logger meg på ved hjelp av et felles brukernavn som er
skrevet med tusj over dataskjermen. Søkeprogrammet er en-

kelt: Jeg kan søke på temaer, stikkord og forfattere. Og kombinasjoner.

For å begynne et sted taster jeg inn *The Shrine of Sacred Secrets*. Jeg får ni treff. Det første er avhandlingen til pappa, Llyleworth og DeWitt. Et blaff av stolthet hvirvler gjennom meg. Videre finner jeg en oppsummering av myten. Så en serie med krysshenvisninger til Bérenger Saunière, Dødehavsrullene, Varna, Johannitterordenen, Monastery of the Holy Cross, Kambyses, Rennes-le-Château, likkledet i Torino, Clemens 3., Esekiel, Q, Nag Hammadi og The Schimmer Institutes bibliotek. De andre dokumentene om myten er passordbelagt.

Noe ved henvisningene vekker en uklar og ubehagelig kribling i meg. Som når du gjenkjenner fjeset til din barndoms plageånd i busskøen.

Jeg vinker på en av bibliotekarene og spør om han kjenner passordet som gir meg adgang til de sperrede dokumentene. Han ber meg se bort mens han taster inn de hemmelige tegnene. Så kremter han avvergende. Jeg ser på skjermen.

Unauthorized. Level 55 required, skimrer bokstavene.

Det risler kaldt gjennom meg.

10

TANKEFULL TUSLER JEG NEDOVER DEN LANGE gangen til rommet mitt. Teppet i korridoren er mørkegrønt. Skrittene mine er lydløse. Jeg fisker nøkkelen frem fra bukselommen og låser meg inn.

Jeg ser det med én gang.

Bunken med utskrifter fra internett ligger akkurat der jeg forlot den. Men den grå sytråden jeg stakk inn mellom to av arkene, er borte. Limbåndstumpen som jeg klebet til toppen av skapdøren, har løsnet. Fyrstikken jeg stakk inn i koffertsprekken, ligger på gulvet.

Jeg blir ikke redd. Jeg blir forbannet. På dem. På meg selv, som ikke har innsett at de er overalt. Også her. Kanskje her mer enn noen andre steder. Peter Levi kan få lønnen sin direkte fra

SIS for alt jeg vet. Kanskje han er Michael MacMullins person-
lige assistent. Kanskje Llyleworth sitter i et rom fylt av monito-
rer og høyttalere og holder oppsikt med meg ved hjelp av sine
overvåkningskameraer og mikrofoner. Og ler av løgnene Peter
serverer meg for å tilsløre hva skrinet inneholder.

Jeg snur meg mot taket og hytter neven mot overmakten.
Ifall den holder øye med meg gjennom en usynlig linse.

11

MAN SKAL RESPEKTERE SINE VANER. Selv de vaner man har pro-
blemer med å holde i hevd. Jeg er glad i å hvile middag. Selv når
jeg ikke har spist middag. Det er en måte å skru av hjernen på.

Jeg slår av lyset, trekker for de beige gardinene og går til
sengs. Trekker det kjølige, stive lakenet over meg. Krøller meg
sammen til en ball av bein og hud og hår.

Jeg sover i to timer. Drømmene gir meg ingen ro. De er has-
tige, skremmende, oppkavede. Jeg føler meg omringet av fien-
der som flirer hånlig av meg. Blant dem ser jeg professor
Arntzen og mamma. MacMullin og Llyleworth. Sigurd Loland
og pappa. De hvisker, antyder, gliser. Men trekker seg unna og
forsvinner i drømmedisen når jeg forsøker å nærme meg.

Da jeg våkner, føles det som om det er gått hull på meg. Og
at alt inni meg er i ferd med å renne ut på gulvet. Jeg trenger tre
kvarter på å la bevisstheten finne tilbake til seg selv.

Peter Levi sitter og venter på meg, halvt skjult i barens skygger,
da jeg ankommer utpå kvelden. Øynene hans reflekterer stearin-
lysets flamme. Han hever konjakkglasset som hilsen. Jeg vinker
tilbake.

«Vi kan ikke fortsette å møtes på denne måten,» spøker jeg
og setter meg.

«Fant du noe spennende i dag?»

«Gjorde dere?» parerer jeg.

Han later som om han ikke forstår.

«Jeg har nettopp hvilt middag,» sier jeg.

«Så sent?»

«Jeg sover når jeg er trett, ikke når klokken min synes jeg burde gjøre det.»

«Men da får du ikke sove til natten,» påpeker han omsorgsfullt.

«Det er ikke så farlig. Jeg får alltids nok søvn når jeg er død.»

Han knegger.

«Du sa noe i går som interesserte meg,» sier jeg.

«Ja, det håper jeg da!»

«Noe om hvordan Bibelen var en prosess. Og hvordan noen pyntet på historiene.»

Han griper meg om underarmen. «Jeg liker ikke å snakke om disse tingene her inne. Så mange ører!»

«Kan vi ikke gå ut i lunden? Jeg likte meg der.»

Han tømmer konjakkglasset sitt. Uten ord reiser vi oss og forlater baren. Det føles som om hundre blikk brenner i nakken på meg. Men da jeg snur meg, er det ingen som ser etter oss.

12

VI SPASERER OVER BROLEGNINGEN og den asfalterte plassen og inn i lunden. Alt er stille. Jeg begynner å føle meg hjemme under trekronene.

«For å forstå tankerekken min,» sier Peter mens vi rusler oppover åssiden, «må du forstå den tiden vi skuer tilbake på. De fleste har vel et indre bilde av Jesu samtid. Men det er farvet av Bibelens versjon. Og i Det nye testamente roterer alt rundt Jesus Kristus.»

«Og slik var det ikke?»

«Jesus kom inn i en turbulent tid. Og det ble ikke noe bedre da han gikk bort. Evangeliene ble skrevet lenge etter at Jesus levde og døde. De gjenfortalte hva de selv var blitt fortalt. De omskrev skriftlige kilder. Men også de, kronikørene, var barn av sin samtid. Farvet av sine omgivelser, av tidsånden.»

Vi hjelper hverandre over en trestamme som har veltet. Grenene er fulle av tilfredse blader som fortsatt later til å tro at alt er i skjønneste orden. Peter børster bark av buksen før vi fortsetter.

«Vi må ta utgangspunkt i det jødiske opprøret,» sier han, «Jerusalems fall og ødeleggelsen av Templet. Og i jødenes selvforståelse etter det forsmedelige tapet. De mest innbitte opprørerne flyktet til klippeborgen Masada. Da de romerske soldatene omsider inntok festningen, fant de ingen. Absolutt ingen. Alle hadde begått selvmord, heller enn å underlegge seg romerne. Således kom Masada til å symbolisere jødisk ære.»

«Selv om de tapte?»

«De led et nederlag, javel, men likefullt et nederlag fylt av stolthet og fryktløshet. De var for få, overmakten for stor. Men det mislykkede opprøret dannet grobunn for tvil både hos jøder og ny-kristne. De trengte svar. Jerusalem var ødelagt. Templet lagt i ruiner. Hvor var deres Gud? Hva ville Han? Hva mente Han? Uten Templet som samlingspunkt mistet det gamle presteskapet sin maktbase.»

«Men noen sto vel klar.»

«I høyeste grad. Nemlig fariseerne, altså rabbinerne. De fylte det tomrom som presteskapet etterlot seg. Det var rabbinerne som førte jødedommen i dagens retning.»

«Og de kristne?»

«De ny-kristne tilhørte fortsatt jødedommen. De var om mulig enda mer forvirret. Hvor ble det av det lovede Gudsriket? Hvor ble det av Messias? Det var alle disse spørsmålene Markus søkte å besvare. Han forfattet sitt evangelium i år 70 e.Kr. Førti år etter korsfestelsen. Han skrev det første evangelium, selv om det er plassert som nummer to i Det nye testamente. Men han skrev det altså førti år etter Jesu død. Det er lang tid.»

Vi stanser. Peter tenner en cigarillo, snur den mot seg selv og betrakter gloen mens han tegner sirkler i mørket.

«I disse årene ble historien om Jesus overlevert som muntlige historier og hymner,» fortsetter han. «I de små kristne samfunnene satt de i skjæret fra leirbål og peisild og fortalte hva andre hadde fortalt. Noen endret litt på historiene. Trakk fra litt, la til litt. De fortalte om Jesu lignelser og undre. Om hans ord og handlinger. Det var minner de delte, men farvelagt av håp og drømmer, av historiske lengsler fra fortiden. Fakta smeltet sammen med legender og myter og hymner.»

Et sted ikke langt unna begynner vanningssystemets dieselaggregat å dure.

«Mange forskere tror at Markus satt i Roma og skrev, andre heller til Alexandria eller Syria. Men alle er enige om at både Markus og leserne hans befant seg i eksil, utenfor sitt hjemland, at de snakket gresk, og at de ikke var altfor fortrolige med jødiske skikker.»

«Nesten som utenforstående?»

Han nikker ettertenksomt. «På sett og vis. Disse menneskene søkte sine røtter. Markusevangeliet ble ført i pennen rett etter det mislykkede jødiske opprøret. Tenk deg sinnsstemningen! De var fortvilet. Oppbragt! De trengte ny tro, de trengte håp. I likhet med Jesus på korset, følte Markus' lesere seg forlatt av sin gud. De ble spottet og hundset.»

«Så de søkte til Markus for trøst?»

Han trekker tobakksrøyken helt ned i maven og slipper den ut mens han snakker: «Markus så på seg selv som en inspirator. En som kunne samle jødene om nytt håp. Mange av dem hadde følt overgrepene fra romerne på kroppen.»

En behagelig bris driver gjennom lunden. Den bringer med seg vage dufter som et kort øyeblikk fortrenger lukten av parfymert tobakk.

«I pakt med tidsånden tegnet han et bilde av Jesus som gåtefull, mystisk, guddommelig. Hos Markus er ikke Jesus en opprører, slik mange så på ham frem til revolten. Jesus hadde en dypere dimensjon. En egenskap som har skapt det religionshistorikerne kaller messiashemmeligheten.»

«Som betyr?»

«Folk skal ane, men ikke forstå hvem han er. Han innhyller sin identitet i tåke. Bare Jesus vet hva Jesus må gjøre. Hans misjon på jord er ikke å utføre undere. På den tiden var mirakler noe annenhver vismann kunne utrette. Men bare Jesus visste at han var Menneskesønnen. Han kom til Jorden for å lide og dø. For å frelse menneskeheten.»

«Ikke småtterier,» sier jeg.

Peter holder cigarilloen mellom fingertuppene og trekker inn røyken, øynene er halvt lukket. Nede på instituttet ser jeg at lyset slukkes i ett rom og tennes i et annet. Jeg aner en skygge bak en gardin. Peter finner frem lommelerken sin og gir den til meg. Den er fylt opp. Jeg tar en slurk av konjakken og rekker den tilbake. Han ser fremfor seg, nipper til den, gir lerken til meg igjen.

Han sier: «Matteus hadde en helt annen leserskare enn Markus. Matteus var en jødisk kristen og skrev sitt evangelium femten år etter Markus. Han hadde lest Markus og innlemmet det meste av det i sitt eget. Matteus' lesere er kristne og jøder på samme tid. De har flyktet til landsbyer nord i Galilea eller sør i Syria. Også her har rabbiene overtatt mye av makten. De kristne er i mindretall. Det er viktig for Matteus å få frem at Jesus er jøde god som noen. Det er ikke tilfeldig at Matteus åpner med Jesu stamtavle, som leder tilbake til Abraham. Selv om det er et paradoks at det er Josefs slektsrekke han følger, all den tid Josef ikke akkurat anses som Jesu far.»

Vi klukker stille.

«Matteus prøver å skape et Moses-aktig bilde av Jesus,» forklarer Peter. «Hos ham taler Jesus til sitt folk fra et fjell, lik Moses, og han tillegges fem slike prekener, hvilket korresponderer med de fem Mosebøkene. Jeg tror vel at Matteus ønsket at leserne skulle betrakte Jesus som enda større enn Moses. Når fariseerne er så fremtredende hos Matteus, skyldes det at det nettopp er fariseerne som opprører Matteus' lesere. Deres makt tiltok etter opprøret. Fariseerne og de kristne strides om jødedommens utvikling.»

Peter tar en kort pause og sukker stille. Han ser på cigarilloen, knuser gloen mellom fingertuppene og kaster sneipen fra seg.

«Det skulle bli enda et jødisk opprør som en gang for alle adskilte jødene fra de kristne,» forteller han. «Seksti år etter Masada ledet en populær jødisk opprører, Bar-Kochba, an i en ny revolt mot romerne. Han kalte seg etterkommer av kong David og betegnet seg som den nye Messias. Jødene begynte å røre på seg igjen. Var det ham de hadde ventet på? Var deres Frelser omsider kommet? Mange samlet seg om den nye helten. Men ikke de kristne. De hadde allerede sin Messias. Bar-Kochba førte sine tilhengere til noen huler ikke langt fra Masada. Romerne fant skjulestedet og beleiret det. Noen av jødene ga opp. Andre sultet seg til døde. I Skrekkens hule fant arkeologene nylig førti skjeletter av kvinner, barn og menn. I Brevhulen fant man brev fra Bar-Kochba som viste at han nok hadde håp om å holde stand. Slik ble det ikke. Med Bar-Kochba døde også jødenes håp om en ny Messias.»

«Og de kristne?»

«... ventet fortsatt på at Jesus skulle vende tilbake, slik han hadde lovet.»

«Men ingenting skjedde?»

«Ingen verdens ting. Både hos de kristne og jødene ble håpet om Guds rike mer abstrakt, mer åndelig, og mindre konkret. Du kan si at kristendommen har to stiftere: Jesus, med sin varme og i grunnen enkle lære. Dernest apostelen Paulus, som omskapte Jesus til en mytologisk, guddommelig skikkelse og som tilførte hans lære abstrakte religiøse og sjelelige dimensjoner.»

«Men hvis Jesus kun var en politisk figur, forsvinner kristendommens fundament,» sier jeg.

«Og en av bærebjelkene for den vestlige sivilisasjons kulturarv.»

Med slike tanker står vi og ser ut i mørket.

Noe begynner å pipe. Først skjønner jeg ikke hva lyden er. Men den kommer fra Peter.

«Personsøkeren,» smiler han unnskyldende. Han fikler den lille boksen frem fra en gjenstridig lomme og myser mot beskjeden i det smale vinduet.

«Det er kjølig,» sier han, «skal vi bevege oss tilbake? Vi rekker å få noe varmt å drikke før de stenger.»

Med blikket på den mørke stien går vi forsiktig nedover mot instituttet.

«Tror du det er noe slikt manuskriptet i skrinet kan avdekke? Noe som setter forståelsen av Jesus i et nytt lys?» spør jeg.

«Det er ingen urimelig antagelse.»

«Jeg lurer på hva det kan være.»

«Det,» sier han og humrer, «er du neppe alene om.»

13

Resepsjonen er varm og innbydende, full av lyder. Taffel-musikk og summing av stemmer fra Studerkammeret. En telefon kimer utålmodig. Bak skranken piper en elektronisk alarm lavt, intenst.

Peter skyver meg inn i baren og ber meg bestille mens han utfører et nødvendig ærend. «Blæren,» hvisker han og himler med øynene.

Kaffen og teen er akkurat blitt servert da han kommer tilbake. Ansiktet hans har et underlig drag.

«Er noe i veien?» spør jeg.

«Ingen verdens ting.»

Jeg senker hornene: «Peter ... Kjenner du til SIS i London?»

«Selvsagt.»

Innrømmelsen overrasker meg. Jeg hadde trodd han ville fortsette å spille uvitende.

«Hvordan det?» spør han tilforlatelig.

«Hva vet du om dem?»

Han hever øyenbrynene. «Hva lurer du på? De finansierer mye av forskningen vår. Vi samarbeider nært om flere prosjekter.»

«Involverer noen av dem meg?»

«Jeg visste ikke at du var gjenstand for forskning?»

«Jeg er iallfall gjenstand for oppmerksomhet.»

«Fra SIS?»

«Absolutt.»

«Pussig. De arrangerer en konferanse her til helgen. Ny kunnskap om etruskisk etymologi.»

«Pussig,» gjentar jeg.

«Hvorfor er de interessert i deg?»

«Det vet du vel. De er ute etter skrinet.»

«Aha.» Han sier ikke mer.

«Og jeg begynner å forstå hvorfor.»

«Har du vurdert om de kan ha et rettmessig krav på det?»

Jeg har ventet på det. Signalet som viser at også Peter er mer enn en tilfeldig satellitt i bane rundt min tilværelse.

«Kanskje ...» istemmer jeg.

«De vil vel bare granske hva det enn er som befinner seg inni det.»

«Sikkert.»

«Du virker så skeptisk?»

«De forsøker å lure meg. Alle sammen. Du også, tipper jeg.»

Leppene hans krummer seg i et glis. «Så det er en personlig greie, dette her?»

«I høyeste grad en personlig greie.»

Kelneren som bragte oss kaffen og teen, kommer gående med en lapp som han diskret rekker Peter. Han kaster et blikk på lappen og stikker den i lommen.

«Er det noe på gang?» spør jeg.

Han stirrer ned i glasset. «Du er en hard negl, Bjørn Beltø,» sier han. Det lyder beundrende. Og for første gang greier han nesten å uttale navnet mitt korrekt.

«Det er du ikke den første som sier,» påpeker jeg.

«Jeg har sans for deg!»

Da han har drukket opp, er øynene hans signe og fjerne. Så overrasker han meg ved å reise seg og ønske meg god natt. Jeg hadde trodd han ville sitte og fritte meg ut. Eller komme med et tilbud om penger. Kanskje en dulgt trusel. I stedet rekker han meg hånden og trykker den hardt.

Da han har gått, blir jeg sittende og drikke den lunkne teen mens jeg betrakter menneskene rundt meg; lavmælt støyende, innhyllet i røyk og latter.

Av og til føles det som om alle andre er statister i livet ditt, innleid for å være der du til enhver tid er, men uten å legge merke til deg, og som om hus og landskap er kulisser bygget i all hast for å perfeksjonere en illusjon.

Te har en ekstremt vanndrivende effekt på meg. Etter to kopper må jeg smyge meg gjennom trengselen, forbi nødutgangen og ut på herretoalettet, som er gullende rent og som lukter antiseptisk. Jeg forsøker å unngå å se meg selv i speilet mens jeg tisser.

Det er vel ren flaks. Da jeg kommer ut igjen, skimter jeg, gjennom mylderet av armer og hoder, kelneren i samtale med tre menn. Jeg blir stående bom stille. Hadde noen kastet et blikk på meg, ville de vel trodd jeg var blitt til en saltstøtte. Aldeles hvit og aldeles urørlig.

Gjennom mylderet ser jeg Peter. Jeg ser King Kong. Og jeg ser min gode gamle venn Michael MacMullin.

Utenfor hovedinngangen finner jeg stativ med sykler, moderne mountain bikes, som brukes mellom bygningene i komplekset. De er ikke låst. De er til låns. Hvem ville finne på å stjele en sykkel i ørkenen?

14

MÅNEN SKIMRER. RUNDT MEG ER ALT MØRKT og uten ende. Jeg sanser fjellene i det fjerne, ikke med øynene, men som en fornemmelse av mørkets krumning. Alt er stort og flatt og sort. Det føles som å sykle i løse luften. Oppmerksomheten min veksler mellom himmelen som kupler seg over meg, og sykkellyktens klase med lys som skjelvende sleper sykkelen etter seg bortover asfalten.

Jeg fryser. Jeg er redd. Akkurat slik må astronauten føle seg der han svever stadig lenger bort fra sitt romfartøy.

Det er ingen lyder. Ingen bjeffende coyoter eller fjerne togfløyter eller gnissende sirisser. Alt jeg hører inni denne kuppelen av stillhet, er knirkingen fra sykkelen.

Natten har ingen ende. Måneskinnet er flatt og kaldt. I bekmørket spiser lyset fra sykkellykten midtlinjen meter for meter.

Utpå morgensiden smyger en gul stripe seg langs horisonten. Jeg har forsøkt å sykle meg svett, men hakker tenner av kulde.

Ved en rustrød kampestein stanser jeg, andpusten og hutrende. Her blir jeg sittende på det harde sykkelsetet og nyte demringen.

DA JEG VAR ÅTTE ÅR, TOK PAPPA OG TRYGVE meg for første gang med inn i en badstue. Vi hadde gått en lang skitur i sprengkulden, og da de inviterte meg inn i badstuen, var det som å bli innviet i de voksnes hemmelige ritualer. De første minuttene satt jeg standhaftig og gispet etter luft. Så tømte pappa en pøs med vann på de glødende steinene på ovnen.

I ørkenen er det ingen tredør å styrte ut gjennom.

Varmen omslutter meg som et skoldende håndkle. Luften er tung og mett. Heten strammer rundt kroppen. Det gjør vondt å puste. Solstrålene borer seg tvers gjennom meg og klemmer til.

Jeg sykler med mekaniske bevegelser. Hvert pedaltråkk er en overvinnelse. Plutselig oppdager jeg at jeg har steget av sykkelen og går og triller den.

Luften dirrer. Heten er en vegg av seig gummi.

Jeg hører bilen lenge før den kommer til syne. Derfor rekker jeg å trille sykkelen av veien og gjemme meg i en grøft. Noen minutter senere feier den forbi.

En Mercedes med mørke vinduer.

For sikkerhets skyld, og for å samle krefter, blir jeg liggende i grøften. Engang har det rent en bekk her. Det er lenge siden. Omtrent i oldtiden.

Jeg er tørst. Jeg tok ikke med meg noe å drikke. Det var ikke så varmt da jeg stakk av. Jeg regnet med at det ville ta meg fire-fem timer å sykle fra anlegget til sivilisasjonen. Fire-fem timer skulle jeg alltids klare meg uten vann. Tenkte jeg. Hvis man kan kalle det å tenke.

I det uttørrede bekkefaret ligger skiferstein og rustrød sandjord i ujevne lag. Furen strekker seg mot en fjern, fiolett fjellrand. Rett foran øynene på meg springer et insekt med lange ben. Det ser ut som en radioaktiv mutasjon mellom en bille og en edderkopp. Så bor det altså noen her ute.

Solen klorer meg i ansiktet og på hendene og presser utålmodig mot skuldrene. Solstrålene veier flere kilo. Hadde jeg ikke vært så tørr i munnen, hadde jeg spyttet på en stein for å se om vannet ville frese og fordampe.

Jeg triller sykkelen tilbake til veien. Etter bare noen minutter begynner flammer å krype oppover ryggen min. Et stykke forsøker jeg å gå sidelengs og trille sykkelen. Asfalten koker. Jeg tråkker i lim. Over veien vibrerer disen. Hjertet hamrer. Svetten fra pannen renner ned i øynene. Langsomt suges luften tom for oksygen. Jeg gisper, må konsentrere meg for ikke å hyperventilere. Gjennom filmen av tårer speider jeg etter en bekk, en kilde, noe som kaster skygge. Heten presser meg sammen. Det prikker sort bak øynene. Synsranden snevres inn. Som når du ser feil vei gjennom en kikkert. Men ennå har ikke tørsten drevet meg til vanvidd. Hadde jeg enda fått oppleve en luftspeiling, et fatamorgana, en farvesprakende Donald Duck-oase! Men alt jeg ser, er et goldt hav av stein og hete og fjerne fjell.

16

KNELENDE PÅ EN KLIPPEHELLE VED KANTEN AV EN fordypning som engang i tiden kan ha vært en vannkilde, kommer jeg til meg selv. Sykkelen er borte.

Jeg stavrer meg på bena og står vaklende og speider etter veien, etter sykkelen, etter noe å hekte blikket fast i. Tungen sitter fast i ganen og lager tørre, klikkende lyder. Det sprenger i hodet. Jeg er kvalm. Brekker meg. Men det kommer ingenting opp. Jeg synker på kne og stønner. Jeg gløtter opp. Solen flammer hvitt.

Så husker jeg ikke mer.

VI

Pasienten

1

DE HAR BORET EN GLØDENDE BOLT GJENNOM skallen min og penslet ansiktet med kaustisk soda og stukket hendene mine i krukker med kokende lava.

Jeg hører pulsslagene til et elektronisk apparat. Lyden maner frem gjenklangen av tikkene til veggklokken hjemme i kråkeslottet. Hule og regelmessige. Tidens åndedrett. Hver time brast den ut i klokkeklang.

Mamma sluttet å trekke den opp den dagen pappa ble begravet. Urørlig bar den vitnesbyrd om pappas bortgang og sin egen indre, stille død.

2

«BJØRN BELTØ, DU ER EN HARD NEGL!»

Lyset er dempet. Jeg trekker pusten forsiktig, slipper den ut, trekker inn. Smertene ulmer.

Lillebjørn ... du må våkne ... bjørnemann ... lille prins...

Jeg ligger i et rom der det er uendelig høyt under taket. Værelset lukter gammelt. Murveggene er pusset og kalket. En hårfin sprekk skjærer tvers over taket, som er flekket av fukt.

«Våkne!» sier stemmen.

Et stativ med et lysegrønt forheng, halvveis gjennomsiktig, skjermer sengen.

Da jeg fukter de sprukne leppene med tungespissen, slår huden sprekker fra munnviken og opp til tinningen. Fjeset mitt er en porselensmaske som har stått altfor lenge i ovnen og som krakelerer hvis noen kakker på den med fingertuppen.

297

Lillebjørn, våkne nå ...!

Inn i underarmen min har de stukket en kanyle. Fra en infusjonspose over sengen henger en slange. Langsomt siger væsken gjennom kveilene og inn i blodet mitt. Sannhetsserum? tenker jeg. Sodium Pentothal, som smører sinnets bremseklosser i olje og fett.

Stemmen: «Er du våken?»

Jeg vet ikke om jeg er våken eller om jeg drømmer. Kanskje befinner jeg meg på et sykehus. Det ser ut som om de har stappet et tilfeldig rom fullt av medisinsk utstyr. For å pleie meg. Eller kanskje for å lure meg.

Jeg holder opp de bandasjerte hendene mine. Det er som å løfte to brennende blylodd. Jeg ynker meg.

«Solforbrenning,» sier stemmen.

Det er noe kjent ved den.

Jeg lar hodet velte til siden.

Jeg ser knærne hans.

Hendene som ligger foldet i fanget.

Lik en bekymret bestefar sitter Michael MacMullin på en stol ved sengen. Øynene hans søker opp og ned langs kroppen min. «Annen- og tredjegrads forbrenning på hendene, hodet og nakken,» sier han. «Heteslag, selvsagt. Dehydrering. Det kunne ha gått riktig galt.»

Jeg stønner. Varsomt retter jeg opp hodet. I bunn og grunn føles det som om det *har* gått riktig galt. Med stive bevegelser prøver jeg å sette meg opp. Det svimler for meg. Med begge hender holder jeg meg fast i sengens blanke stålrør.

«Det var såvidt vi fant deg,» sier han.

Han bærer ingen våpen, men det betyr selvsagt ingenting. De har nok mer humane måter å gjøre det av med plagsomme albinoer på. Som en sprøyte. Eller kanskje de binder oss nakne til stolper ute i ørkenen og plystrer på maurene.

Bak forhenget, som en grå skygge, aner jeg en skikkelse; lett foroverbøyd, lyttende.

Det har neppe gått så mange døgnene. Tiden flyr når du har det moro. Utenfor vinduet rasler det i løvverk. Eik? Osp? Jeg ligger for lavt til å kunne se. Men jeg føler på meg at jeg ikke

lenger er i ørkenen. Solen er snillere, lyset mildere. Luften duf-
ter av gjødsel og vegetasjon.

«Hvor er jeg?» harker jeg frem. Ørkenen har penslet stem-
mebåndene mine med sand.

«Det er trygt her, Bjørn. Ikke vær redd.» Stemmen hans er
lun, mild, varm.

Jeg klarer ikke å ta blikket vekk fra skyggen på forhenget.

«De gir deg morfin mot smertene,» sier han. «Og en finfin
salve basert på aloe vera. Morfinen kan gjøre deg noe døsig og
svimmel.»

En isende smerte skjærer gjennom meg.

Han hviler hendene sine lett på dynen min. «Bjørn, min
tapre unge venn. Dette har gått altfor langt. Vær så snill. Vil du
ikke fortelle hvor du har gjemt skrinet?»

Mens jeg ser på ham, uten å svare, glir øynene mine igjen
helt av seg selv. Litt senere hører jeg at han går.

Skyggen er borte.

Den natten drikker jeg sånn omtrent tusen liter vann. En syke-
pleier kommer med jevne mellomrom og sjekker om jeg har det
bra og om morfinen virker. Den virker fint, takk, fantasiene er
liflige, de fleste involverer Diane.

I villelse venter jeg på deres neste trekk.

Det er Diane.

En lett banking på døren vekker meg fra døsen utpå mor-
genkvisten. Jeg leter etter ordene før jeg kommer på at *kom inn*
heter akkurat det samme på engelsk.

En lys stemme sier: «Hvordan er det med deg i dag?» Tonen
er varm og kald på samme tid – sjenert, høytidelig, søkende –
som om jeg har vært to år i krigen og er bragt hjem til min el-
skede uten ben og armer.

Diane går rett bort til vinduet. Der blir hun stående med
ryggen halvveis vendt mot meg. Hun har knyttet nevene og
presser dem mot brystbenet. På ryggen hennes ser jeg at hun
puster fort og tungt. Eller gråter.

Begge venter på at den andre skal si noe.

«Hvor er jeg?» spør jeg.

Hun snur seg langsomt. Øynene hennes er rødkantete og fylt av tårer. «Som du ser ut!» sier hun.

«Jeg gikk meg en tur. I en ørken.»

«Du kunne ha dødd!»

«Det var det jeg var redd for. Det var derfor jeg flyktet.»

Hun sier: «Han er faren min.»

Hun er så søt der hun står. Engleaktig.

«Hører du? Faren min!» gjentar hun.

«Hvem?» spør jeg.

«Michael MacMullin!»

Jeg ser ned på hendene mine. Bandasjene. På fingertuppene som har kjærtegnet henne.

«Han er faren min,» gjentar hun.

Jeg holder fasaden. Ikke en følelse når opp til overflaten. Ikke et ord unnslipper. Jeg ser på henne. Hun venter på at jeg skal si de forløsende ord. Det gjør jeg ikke. Jeg forsøker bare å fatte.

«Du må ikke misforstå,» sier hun lavt. Hun kommer nærmere. Knuger knyttnevene mot brystet. «Det er ikke slik som du tror.»

Jeg er taus.

«Det var tilfeldig at vi ble kjent,» sier hun. «Du og jeg. At vi – likte hverandre. Det var tilfeldig. Jeg ble betatt av deg. Jeg beklager … De oppdaget søkene mine i dataanlegget,» forklarer hun og kremter. «Pappa ba om hjelp.»

Omsider møter jeg blikket hennes. «Og du hjalp dem?» spør jeg.

«Du må ikke tro at –» Hun kommer ikke videre, ordene setter seg fast i halsen hennes.

Selv har jeg problemer med pusten. Det er hjertet som hamrer sånn. «Jeg skjønner hvorfor du absolutt ville være med meg til Norge,» sier jeg.

Hun tar et skritt mot meg og stanser. «*Bjørn*, det er ikke sånn! Ikke sånn som du tror. Alt er så vanskelig. Jeg mente ikke å –. Jeg ville ikke at –. Det er så mye du ikke vet. Så mye du ikke skjønner.»

«Det har du rett i.»

«Det var ikke noe som noen planla. Det var ikke slik at jeg

300

gjorde en jobb for dem. Du og jeg ... det ville ha skjedd uansett. Det med pappa – det bare ødela for oss.»

«Det får'n si.»

«Kan du ikke bare levere det fra deg? Skrinet? Du har ikke bruk for det.»

Slik hun står, minner Diane ikke rent lite om mamma. Både figuren og måten hun gestikulerer på. Pussig at jeg ikke har lagt merke til det før.

«Hater du meg?» Hun setter seg på sengekanten og ser meg dypt inn i øynene.

«Nei.»

«Hører du ikke hva jeg sier?» sier hun innett. Det høres ut som om hun ikke kan utstå det hun har gjort. «Jeg hjalp dem for å få en slutt på dette. For din skyld!»

Jeg fordøyer ordene ett for ett. Lik uimotståelige kanapeer dyppet i langsomtvirkende gift. Jeg gransker øynene hennes. For å se om hun mener det hun sier. Eller om hun like gjerne besitter et arsenal av klisjeer og fraser til bruk i situasjoner som dette.

«Men det er noe annet ...» begynner hun.

«Ja?»

«Vi –»

«Hva?»

«Du og jeg –» begynner hun igjen.

«Hva er det du prøver å si?»

«*Bjørn*, vi –»

Hun kniper øynene så hardt sammen at det ser ut som om hun kryster dem for tårer.

Prøvende: «Diane?»

«Jeg! Klarer! Ikke! Mer!» Hvert ord vrenges ut av henne.

Jeg legger den bandasjerte hånden min oppå hennes. Sammen lytter vi til pusten vår. Apparatenes summing. Utenfor hører jeg en fjern traktor. Vinden stryker gjennom løvverket. Noen hamrer. En moped med defekt lydpotte starter sin ferd og blir langsomt oppslukt av stillheten.

«Kan du ikke bare innse at dette er for stort for deg?» spør hun stille.

«Hva gjør du her, Diane?»

«De hentet meg.»

«I London?»

«De fløy meg hit.»

Pulsslagene gir gjenlyd i pusten min. «Hva er det egentlig som foregår?»

Hun gjør noe pussig. Hun begynner å le. Lyse, høye hikst av latter. På grensen til hysteri. Jeg skjønner ikke hva som rir henne. Men latteren smitter. Jeg smiler, og smilet får fjeset til å flamme opp i en smerte som sender meg inn i en døs.

Da jeg våkner igjen, er hun borte.

Senere kommer sykepleieren med en gigantisk sprøyte. Hun humrer da hun ser den forskremte minen min og vifter avvergende med hånden. *«Medicine!»* kauker hun på gebrokkent engelsk og peker mot infusjonsposen. *«Good for you, oui?»*

«Where am I?»

Hun trer sprøyten inn på treveiskranen i slangen og nikker betryggende da hun injiserer væsken.

«Please ... Where? Am? I?»

«Yes, yes!»

Med blikket følger jeg den gulaktige strømmen som langsomt siger nedover mot kanylen i underarmen og visker ut smertene og spørsmålene.

3

MacMullin besøker meg igjen utpå ettermiddagen. Salven og morfinen døyver smertene, men huden prikker og klør, og morfinen gjør hjernen til en vassen suppe som tankene skvulper omkring i.

«Ah! Så mye bedre du ser ut!» utbryter han.

Løgner.

Han trekker stolen bort til sengekanten.

Jeg forsøker å sette meg opp. Huden er to nummer for liten. Trass i morfinbedøvelsens hinne av nummen likegladhet, klarer jeg ikke å holde tilbake et stønn.

«Det vil gå over,» sier han. «Legen forsikrer at forbrenningen er overfladisk.»

«Når får jeg reise hjem?»

«Så snart du er i form til det.»

«Jeg er ingen fange?»

Han ler. «Fanger er vi vel alle. Men du er ikke min.»

«Jeg vil gjerne tenke igjennom en del ting.»

Han stryker fingrene gjennom sølvhåret. «Du har vel aldri gjort noe overilt, Bjørn.»

«Jeg kan nok være spontan. Iallfall litt om senn. Hvor er Diane?»

«Diane?» Blikket hans mørkner. Han sier ikke noe. Han åpner munnen, men tar seg i det. Jeg forsøker å lese ansiktet hans.

«Jeg vet at du er faren hennes,» sier jeg.

Han svarer ikke med en gang. Det er som om han må tenke seg om. Men så sier han: «Ja.» Lavt. Det lyder som et sukk. Som om han ikke er riktig sikker.

«Det forklarer en hel del.»

Morskt låser han øynene i meg. «Hør her! Hun har aldri gjort noe galt mot deg! Hun har aldri forrådt deg! Aldri!»

«Hun –»

Avvergende løfter han hånden i været. «Ikke mer,» sier han. «Ikke nå.» En tanke som åpenbart morer ham, får fjeset hans til å livne til. Leppene beveger seg taust, halvt smilende. Trollbundet betrakter jeg hans indre sceneskifte. Det er som å tyvlytte til en samtale som en einstøing fører med seg selv. «Vi er to stabukker, Bjørn,» sier han.

«Snakk for deg selv.»

«Du vil ikke gi fra deg skrinet før du har tømt meg for kunnskap.»

«Det er ikke kunnskapen din jeg er ute etter, MacMullin.»

«Hva er det da?»

«Bare sannheten. Om skrinet. Om hva som er inni.»

Han ser meg inn i øynene og puster anstrengt. «Det, min venn, er en hemmelighet som mennesker har dødd for å beskytte.»

«Av og til,» sier jeg, «er du en smule melodramatisk.»

Det forbausede uttrykket hans løser seg opp i glad, trillende latter. Fornærmelser biter aldri på ham. For de av oss som bruker ironi og sarkasmer som våpen, er det en ufordragelig egenskap.

«Pussig hvordan to stabeiser som oss står og drar i hver vår ende av dette tauet,» sier han. «Jeg vil ha skrinet og beskytte dets hemmelighet. Og du vil ikke gi det fra deg før du får vite hva jeg skjuler.»

«Du må ikke tro jeg synes synd på deg.»

«Det ber jeg heller ikke om.»

«Si meg, hvorfor skal jeg tro på deg?»

Han skakker spørrende på hodet.

«Du har fortalt meg om en tidsmaskin. Winthrop påsto det handler om et romfartøy. Peter snakket om sine luftige teologiske teorier. Hva skal jeg tro på? Dere lyver, alle sammen!»

Han ser lenge på meg. Smilet hans er underfundig. «Vi ville forvirre deg,» sier han.

«Dere har lykkes. Gratulerer! *Mission accomplished.* Jeg er forvirret!»

«Ingenting vi gjør, skjer uten grunn.»

«Det skal jeg love deg at jeg tror!»

«Men prøv, om du kan, å forstå. Det var aldri meningen at skrinet skulle ende i dine hender. Du er bare en forstyrrende faktor, Bjørn. Du må ikke dømme oss fordi vi gjør hva som helst for å få det tilbake.»

«Hva som helst?»

«Du skjønner hva jeg mener.»

«Joda. Dere ville forvirre meg ...»

« ... og gi deg en løsning som ingen ville tro på hvis du gikk videre med den. Men som likevel var så fantastisk at den ville forklare alle våre anstrengelser for å berge skrinet.»

«Berge det? Jeg har det jo, jeg.»

«Nettopp.»

Han reiser seg og tar varsomt om den bandasjerte hånden min. Lenge ser han på meg. Til slutt må jeg se bort. Han bøyer seg frem og stryker meg over håret. Det ser ut som om han er blank i øynene. Det må skyldes en lysrefleks.

«Hvem er du?» spør jeg.

Han ser bort. Han svarer ikke.

«Egentlig?» presser jeg på. «Hvem er du egentlig?»

«Snart skilles våre veier. For alltid. Du drar tilbake til Oslo. De sier du vil være over det verste om et par dager.»

«De?»

«Du får med deg en salve. For å døyve svien og kløen.»

«Så fint.»

«Vi skal ordne med et fly til deg.»

«Vi?»

«Du er så skeptisk, Bjørn.»

«Jeg er ikke vant til at alle er ute etter meg.»

«Kanskje det ikke er deg de er ute etter.»

«Ha ha.»

«Kanskje de er ute etter noe du har tatt i besittelse?»

«Kanskje jeg er villig til å gi det fra meg,» sier jeg.

«For hvilken pris?»

Det er fristende å si ti millioner kroner. En Ferrari. Og en uke på Maldivene med en peruansk nakendanserinne som i alle år har hatt syndige fantasier om en albino. Men jeg nøyer meg med dette: «En forklaring.»

«Hva mer vil du vite?»

«Sannheten. Ikke bare en flik av den.»

«Skjønner du ennå ikke?» spør han.

«Nei,» sier jeg. «Men det er dem som mener at albinoer er mer tungnemme enn andre.»

Han humrer humørløst.

«Er det Q-manuskriptet?» spør jeg.

Han hever øyenbrynene. «Q? I skrinet? Det ville være en skuffelse. Skjønt jeg kan ikke utelukke noe som helst.»

Jeg ser på ham, men han akter ikke å fortelle meg noe mer.

«Dessuten er det noe annet jeg vil vite,» sier jeg. «Noe helt annet.»

«Hva mer er det?»

«Sammenhengen mellom dødsfallene til pappa og DeWitt.»

«Det var ingen sammenheng.»

«Kutt ut! Alt henger ihop.»

«De døde. Ingen av dem ble drept. Tilfeldigheter, uhell, omstendigheter. Alle dør før eller siden.»

«Hvordan vet du så sikkert at de ikke ble drept?»

«Jeg kjente dem begge. Jeg var til og med til stede da DeWitt døde. Vi drev en utgravning i Sudan. Jeg hadde en teori om at skrinet kunne ha blitt gravd ned under et felttog som fulgte Nilen. Charles var like overbevist om at jeg tok feil. At skrinet var gravd ned i Norge. Han snublet. En tåpelig infeksjon i et sår. Vi var i tropene, langt fra hjelp. Det gikk som det måtte gå. Men ingen drepte ham. Og ingen drepte din far.»

«Du er så skråsikker.»

«La de gamle historiene hvile.»

«Hvordan døde pappa?»

«Spør Grethe.»

«Jeg har spurt Grethe. Hun vil ikke si noe. Hva vet hun?»

«Grethe vet det meste.»

«Hva betyr det?»

«Du får spørre henne. Grethe og jeg ... vi ... vi ... » Et kort øyeblikk famler han etter ord. Så gjenvinner han selvkontrollen. «Vi var kjærester, som du kanskje vet. Det roet seg med årene. Etter hvert ble jeg hennes venn. Alt jeg vet om din fars dødsfall, har hun fortalt meg.»

«Hun var ikke engang der da det skjedde. Men det var jeg.»

«Hun vet. Og derfor vet vi.»

«Hvordan kan Grethe vite noe om pappas død?»

«Hun var en nær venn av din far.»

«De var kolleger.»

«Og venner! Nære venner.»

En tanke iser i meg. «Elskere?»

«Nei. Men så fortrolige som to mennesker kan være.»

«Det har hun aldri fortalt meg.»

«Hvorfor skulle hun?»

Jeg holder inne.

«De skrev brev,» sier MacMullin. «Vi har dem i arkivet. Tusenvis av brev der de satte ord på alle de tanker og følelser de hadde. Du kan si at de brukte hverandre. Som venner, som terapeuter. Derfor vet vi.»

DEN NATTEN SOVER JEG DÅRLIG. Ansiktet mitt brenner og svir. Hver gang jeg dupper av, kvepper jeg til av drømmene som banker på og vil inn.

I mørket blir jeg liggende og tenke på farmor. Hun bodde i første etasje i kråkeslottet. Om natten lignet hun et innhult gjenferd som romsterte i kråkeslottets mørkeste kroker. Hun hadde tennene sine i et vannglass på nattbordet og et hvitt linnet som subbet i gulvet. Når mamma og pappa skulle ut om kvelden, ville jeg aldri overnatte i det tunge, dunkle soverommet hennes, i duftene av kamfer og balsam. Jeg foretrakk redslene på mitt eget rom og vissheten om at hun ville høre meg hvis jeg skrek.

Om dagen var hun søt og blid og gråhåret. I ungdommen hadde hun vært en vakker og omsvermet sangerinne. Det var vanskelig å fatte at den sammensunkne skrotten engang hadde vakt menns lidenskap. Men gamle gubber kunne komme bort til henne på gaten og spørre om hun ikke hadde opptrådt på Tivoli teater etter krigen. Og da mente de første verdenskrig.

På soverommet sitt, i nattbordskuffen, hadde farmor et programhefte fra en revyforestilling i 1923. Der var det et ovalt fotografi av henne. Hun var ikke til å kjenne igjen. Som en stumfilmstjerne strålte hun opp til meg fra det gulbrune papiret. Under bildet sto pikenavnet hennes: Charlotte Wickborg. Og hvis jeg la fingrene over alt unntatt øynene, så jeg at det var henne. I en annen tid.

Jeg vet ikke mye om bestefar. Det var noe forknytt og fult over ham. Han var radmager og hadde altfor vide bukser som bukseselene trakk langt opp på brystet. Ånden hans luktet av kamferdrops og snus. Og under det hele en stram dunst av Eau de Vie, som han drakk fra flasker han hadde liggende rundt om på gjemmesteder han trodde vi ikke visste om. Livsnødvendige deponier i bestefars tilværelse.

Jeg vet ikke når jeg omsider sovnet. Men det er langt på dag da jeg kjemper meg gjennom den seige membranen av søvn.

ØYNENE HANS ER VARME. I blikket luer en mild forståelse. Pupillene er lik mørke skogstjern. Å se inn i dem er som å synke ned i det lunkne vannet og hengi seg til drukningens langsomme død. Som om det eneste du ønsker her i livet, er å fortape deg i disse øynene og behage ham som viser sitt miskunn over deg ved å la deg stirre tilbake.

Jeg har sovet. Og våknet. Og møtt blikket. Litt av meg henger igjen i drømmenes galskap.

Michael MacMullin sier: «Så var det oss to igjen.»

Han står ved sengen min, med armene i kors, og betrakter meg med et blikk som utstråler noe jeg ikke kan karakterisere som annet enn ømhet. Jeg forsøker å våkne, å kvikne til, å bli meg selv igjen etter søvnen.

«Du har vel med deg en ny kurv med overraskelser?» sier jeg.

«Du er en hard negl, Bjørn Beltø!»

Et sted inni meg er det noe som trekker seg sammen.

Høytidelig sier han: «Jeg kom fordi jeg ønsker å ha en samtale med deg.»

Det er kveld ute. Eller natt. Vinduet er mørkt. En flate så sort at mørket kunne ha vært malt på glasset. Jeg vet fremdeles ikke hvor jeg er. Om jeg befinner meg på sykestuen på instituttet. Eller på et hospital i en by.

«Hva vil du snakke om?» spør jeg.

MacMullin snur seg og går langsomt mot vinduet. Ansiktet hans speiler seg. I glasset forsvinner rynkene, trekkene viskes ut og mildnes, og han ser ut som en ung mann.

«Har du noengang,» spør han, «båret på en hemmelighet så tung at du ville ta den med deg inn i døden?»

Jeg tenker på pappa. På mamma og professoren. På Grethe.

Fremdeles står han vendt bort fra meg og snakker til sitt eget speilbilde. «Min skjebne har jeg fått i arv,» sier han.

Det må være litt av en bør, tenker jeg, kanskje det er derfor du er blitt så pompøs med årene.

«Min far, og alle fedrene før ham, voktet hemmeligheten med sine liv.» Han snur seg mot meg med en avvæpnende mine: «Tilgi meg hvis jeg lyder melodramatisk. Men dette er ikke helt lett for meg.»

«Hvis det er noen trøst, har det ikke vært lett for meg heller.» Med et smil setter han seg tungt på stolen ved sengen.

«Hvor mye har du gjettet deg til?» spør han.

«Ikke noe videre.»

«Jeg forstår at du har snakket med Peter?»

Jeg tier.

«Det er i orden,» sier han fort. «Han gjorde ikke noe galt.»

«Hva er det i skrinet?»

Munnen hans er en tynn strek. Øynene rommer noe dypt, ubestemmelig.

«Jeg tror fortsatt at det er Q,» sier jeg.

«Mon det. La meg få utdype ett av poengene Peter utvilsomt må ha røpet for deg. Da johannittene ble splittet i 1192, skyldtes det en uoverensstemmelse over et relikvie som ettertiden ga navnet *The Shrine of Sacred Secrets*. Selv kalte de det *The Shrine*. 'Relikviet'. En helligdom som mange har forsøkt å oppspore. Datidens og ettertidens konger og herskere, fyrster og yppersteprester, korsfarere og paver.»

«Fordi det inneholder noe verdifullt?»

«Det pussige er at ingen, iallfall de færreste, har visst hva skrinet inneholder. Utover at innholdet var noe fantastisk. Noe hellig. Mange har gjettet. Noen kalte skrinet for Paktens ark. Hvilket, for ordens skyld, er en ren fiksjon. Intet annet enn en middelaldermytologisering.»

«Var det *The Shrine of Sacred Secrets* vi fant på Værne kloster?»

«Etter splittelsen i 1192 var det den hemmelige delen av ordenen som tok kontroll over skrinet. Men hvor kunne de gjemme det? Hvem kunne de stole på? Alle var ute etter det. De måtte skjule det så godt som overhodet mulig. Og så gjorde de en genistrek. De slo følge med brødrene som ble sendt til Værne kloster. Tre munker – kalt 'Skrinets Voktere' – ble med til fjerne Norden. I all hemmelighet. Ingen kjente deres egentli-

309

ge ærend. De var tre høyt ansette, respekterte munker. Den ene var Stormester. Brødrene de reiste sammen med, visste ikke at de tilhørte en fløy som hadde løsrevet seg fra johannittene. De var ute på et hellig oppdrag. Og ingen stilte spørsmål. Alle godtok stilltiende at de tre ble med helt til Norge og levde, avsondret fra de øvrige munkene, på klosteret. Deres eneste fortjeneste, slik de andre munkene så det, var at de lot bygge en oktogon som de tilla hellig kraft.»

MacMullin ser ned. Det sitrer i meg. Vi begynner å nærme oss en kjerne.

«Det var en liten hake ved dette arrangementet,» sier han. «Kun de tre munkene visste hvor skrinet lå skjult.» Han biter seg i leppen. «Det skulle vise seg å være skjebnesvangert. Den ene av de tre døde av sykdom høsten 1201. Den andre ble overfalt og drept av landeveisrøvere da han var på vei til Nidaros i 1203. Og året etter, i 1204, bega Stormesteren seg tilbake for å sikre at hans etterkommer, hans sønn, den neste Stormester, fikk overlevert kunnskapen om skrinet og skjulestedet.»

MacMullin trekker pusten. Som i refleks kjemmer han det grå håret med fingrene.

«Hvordan gikk det med ham?» spør jeg.

«Stormesteren ble rammet av sykdom på reisen. Han ble tatt i pleie hos presten i en kirke i en norditaliensk fjellandsby, der han døde etter bare noen uker. Så spriker historien. Noen vil ha det til at han etterlot seg et skriftlig budskap. Andre mener at budskapet han etterlot sin sønn, ble bragt til ordenen og sønnen via et sendebud. Budskapet som ble overbragt, var mildt sagt uforståelig. Han forklarte at relikviet var skjult i oktogonen. Men ingen visste hvor han kom fra. Skjønner du? Ingen bragte videre det faktum at han hadde vært i Norge. Ingen visste! Ingen evnet å sette all denne informasjonen i sammenheng.» MacMullin rister på hodet og trekker pusten dypt. «På et eller annet punkt i historiens gang forsvant kunnskapen om de tre munkenes ærend. Alt fikk et anstrøk av myter, av mystikk. Det eneste den hemmelige ordenen har hatt å holde seg til i alle disse århundrene, er vissheten om at det bortkomne skrin befant seg i en oktogon.»

Jeg er taus. Jeg fornemmer at jeg endelig hører sannheten.

Iallfall deler av den. De delene som MacMullin vil at jeg skal kjenne.

Han reiser seg. Igjen stiller han seg ved vinduet. «Den dag i dag lever en Stormester,» sier han.

«Hvordan vet du det?»

Han svarer ikke direkte. «Ingen vet hvem han er. Eller hvor han befinner seg.»

«Så hvordan vet man at han eksisterer?»

«Han finnes fordi det er utenkelig at han ikke finnes.»

«Slik kan en troende argumentere for Guds eksistens.»

«Stormesteren er ingen guddom. Han er bare et menneske.»

«Men neppe noen hvem som helst?»

«Lik Stormestrene før ham, nedstammer han fra den aller første Stormester.»

«Og hvem var han?»

«Stormesterens aner kan spores tilbake til bibelhistorien. Til gammeladelig fransk byrd. Til det merovingiske dynasti, den franske høvdingslekten som grunnla det store frankiske riket og beholdt kongemakten til midten av syvhundretallet.»

«Det var da voldsomt ...»

«Men ingen, Bjørn, praktisk talt ingen, vet hvem han er. Den Hemmelige Sekt har et Råd bestående av tolv menn. Disse tolv er de eneste som kjenner hans identitet og som har gitt ham sin lojalitet. Selv plassene i Rådet har gått i arv. Blodsbåndene er hundrevis av år gamle. Ja, mer! Tusenvis av år gamle.»

Han snur seg mot meg. Jeg sier ingenting.

«Rådet består ikke av fanatisk troende,» sier han. «Det er noe meget mer enn som så. Dette er mektige menn. Lik Stormesteren har mange av dem kongelige aner. Noen er adelige. De eier praktfulle slott, enorme landområder. Alle er de rike. Ufattelig rike. Familienes rikdommer stammer opprinnelig fra Kirkens middelalderskatter. Noen av dem er berømte. For sin rikdom. For sine kunnskaper. Men ingen utenforstående vet hvem som sitter i Rådet, ingen vet hva Rådet er, ingen vet hvilken hemmelighet Rådet skjuler. Knapt noen vet at Rådet eksisterer.»

«Så hvordan vet du alt dette?»

«Det var Rådet som i 1900 grunnla og finansierte SIS. De ønsket å intensivere jakten på relikviet. Et nytt århundre var i ferd med å våkne. En ny tid. De innså at de trengte et verktøy for å samordne all den kunnskap som befant seg ute i forskningsmiljøene, på universitetene, blant vitenskapsmenn og amatører. SIS.»

Han kremter, vrir seg i hendene. Jeg innser, uten at jeg kan forklare hvorfor, at han både forteller meg sannheten og tilslører den.

«Det var slik vi omsider kom over løsningen,» sier han. «Etter åtte hundre år. Vi hadde lenge visst at det gikk frasagn om en oktogon på Værne kloster. Men trass i årtier med studier og feltundersøkelser fra 1930-årene og frem til for få år siden, var det umulig å finne så mye som et lite spor som kunne tilsi hvor oktogonen kunne befinne seg. Inntil den moderne teknologien kom oss til hjelp. Så å si over natten. Iallfall i historisk perspektiv. Archaeological Satellite Survey Spectro-Analysis. I fjor fikk vi tilgang til satellittfotografier som klart og tydelig viste oss hvor på Værne kloster oktogonen befant seg. *Just like that!*» Han knipser med fingrene. «Halvannen meter under en åker!» Han knegger lavt. «Kan du tenke deg hvor ivrige vi ble? Etter åtte hundre år hadde vi endelig muligheten til å finne relikviet. Til å åpne det. Til å kle av det trekisten og blottlegge skrinet av gull. Til å åpne gullskrinet og finne det som ligger inni.»

Han puster tungt gjennom nesen.

«Resten var en smal sak,» fortsetter han. «Vi skaffet oss gravetillatelse. Du må huske at Rådet besitter ubegrensede ressurser. Penger, kontakter ... Den norske Riksantikvaren er en venn av SIS. Slik din far var. Slik professor Arntzen er. Men selv ikke de vet en brøkdel av det jeg har fortalt deg nå i kveld. Du er privilegert.»

«Jeg takker og bukker.»

En tanke får ham til å humre, men latteren er rettet innover. Jeg rører meg ikke. Det er som om jeg ikke har rett til å være her. Og at den minste lyd, den minste bevegelse, vil få ham til å kveppe til og stilne.

«Vi ville gå frem på en korrekt måte,» sier han. «Så vi motsatte oss selvsagt ikke at vår utgravning ble overvåket av en norsk kontrollør. En amanuensis. Vi tenkte vel i grunnen ikke over ham i det hele tatt. Våre kontakter forsikret oss at han ikke ville by på noen problemer. En medgjørlig og velvillig ung mann. En vi knapt behøvde å skjenke en tanke.»

«Men der tok dere feil.»

MacMullin ser alvorlig på meg. Så gjør han noe uventet: Han blunker til meg og dunker meg mykt i skulderen med knyttneven. «Det kan du si, kamerat. Der tok vi feil.»

En sykepleier kommer inn med et bekken, men bråsnur da hun oppdager MacMullin.

«Jeg forstår fortsatt ikke hva det er skrinet inneholder som er så ufattelig verdifullt,» sier jeg. «Eller er det gullverdien som gjør det så ettertraktet? Er det så enkelt?»

«Skrinet er bare emballasje. Innpakning.»

«Så –»

«Det er innholdet, Bjørn! Innholdet!»

«Som er?»

«Kunnskap.»

«Kunnskap?» gjentar jeg.

«Kunnskap. Informasjon. Ord!»

«Et manuskript?»

«Som bare er verdifullt i de rette hender.»

«Som er dine?»

«Ikke engang mine. Jeg har bare nøkkelen til forståelsen.»

«Jeg skjønner fortsatt ikke hva du antyder.»

«Tenk deg om. Et manuskript!»

«Så det er Q?» Spørsmålet kommer ut av meg som et sukk. Det lyder så skuffende. Etter alt jeg har vært igjennom, hadde jeg håpet på noe mer håndgripelig. Jesu tornekrans. En flis av korset.

«Et manuskript,» gjentar han stille, andektig. «En håndskrevet overlevering. Men uten den rette forståelsen, er manuskriptet intet mer enn et to tusen år gammelt historisk artefakt. Manuskriptet må leses med de rette øyne for å forstås.»

«To tusen år,» sier jeg.

«Manuskriptet ble tatt godt vare på i tusenåret før johannit-

tene fikk det i sin varetekt. Stormesterne oppbevarte det person-
lig i sine borger og kirker frem til trehundretallet, da skrinet ble
skjult i Monastery of the Holy Cross. Vi vet at det har vært gjort
flere forsøk på å tilrane seg skrinet. Frykten for at noen skulle
stjele det, var trolig årsaken til at Johannitterordenen ble invol-
vert. Uenighet blant johannittene om manuskriptets skjebne
førte til ordenens splittelse.»

«Manuskriptet? Hva forteller det?»

MacMullins ansikt er nesten gjennomskinnelig der han sit-
ter. Under huden ser jeg et nettverk av hårfine årer. Hadde lyset
falt annerledes, er det som om jeg kunne ha sett rett gjennom
ham. Han åpner munnen for å puste lettere. Han bærer på en
hemmelighet han har vondt for å gi slipp på.

Jeg sier: «To tusen år ... Kan jeg få gjette? Dette har noe med
Jesus å gjøre. Den historiske Jesus.»

Leppene hans skrår seg i et smil. «Du har definitivt snakket
med Peter.»

«Og nå vil du ha meg til å tro at Peter ikke handlet på dine
instrukser?»

MacMullin stirrer på meg.

«Og at han ikke røpet for meg akkurat det du ville at han
skulle røpe?» driver jeg på. «Foret meg med fakta og halvsann-
heter?»

Med en kokett mine skakker MacMullin på hodet. Han
smatter med tungespissen. Men fremdeles svarer han ikke på
mine beskyldninger.

«Jeg tror du liker dette spillet,» sier jeg. Et hint av sinne har
sneket seg inn i tonefallet mitt.

«Spillet?»

«Villspor! Løgner! Antydninger! Hemmelighetskremmerier...
Alt er en slags lek for deg. En konkurranse.»

«I så fall er du en verdig motspiller.»

«Takk. Men du har aldri lært meg spillereglene.»

«Det er så. Men du lar deg ikke lure. Det liker jeg.»

Han presser fingertuppene mot hverandre. «Min unge venn,
har du noengang stilt deg spørsmålet: Hvem var Jesus Kristus?»

«Nei!» klipper jeg ham av.

«Hvem var han egentlig?» Han ser på meg. «Guds enbårne? Frelseren? Messias, Jødenes konge? Eller var han en filosof? En etiker? En opprører? En refser? En politiker?»

Han venter vel knapt at jeg skal svare. Jeg svarer heller ikke. «Noen vil si han var alt dette og mer til,» sier han.

«Jeg forstår ikke hvor du vil hen. Peter har alt gjennomgått denne leksen med meg. Han har tegnet og fortalt. Du trenger ikke gjenta. Kom til poenget!»

Min utålmodighet når ikke inn til ham.

«Hvorfor,» spør han, «tror du korsfestelsen er den enkeltstående hendelse i menneskehetens historie som har gjort størst inntrykk på oss?»

«Jeg aner ikke!» nærmest snerrer jeg. «Og ærlig talt er jeg ikke veldig opptatt av å vite det heller.»

«Men har du noengang tenkt over det? Var det brutaliteten i selve korsfestelsen? Var det fordi Gud ofret sin sønn? Eller fordi Jesus lot seg ofre? For menneskenes skyld? For din og min skyld? For våre sjelers frelse?»

«MacMullin, jeg er ikke troende. Jeg har aldri tenkt over det.»

«Likevel kan du sikkert dele dine tanker med meg. Hva er det med korsfestelsen som skapte en religion?»

«Kanskje fordi Jesus sto opp fra de døde?»

«Nettopp! Akkurat. Alt begynner med korsfestelsen! Vår vestlige kulturarv begynner med korsfestelsen. Og oppstandelsen.»

Jeg prøver å tolke uttrykket hans – hva han mener, hvor han vil.

«Korsfestelsen ... Prøv å se det hele for deg, Bjørn ...» Stemmen hans er tander, hviskende. Blikket blir fylt av bilder bare han kan se: «Jesus drives mot Golgata av sine romerske voktere. Han er utmattet. Huden på ryggen er flerret av piskeslag. Tornekronen risper opp huden og får blodet til å blande seg med svetten, som tegner lyserøde strimer nedover kinnene hans. Huden er gusten, leppene tørre. Tilskuerne jubler spottende. Skingrende stemmer skriker etter ham, spotter. Noen gråter i medynk, snur seg bort. Luktene ... Angen fra markene og lundene blander seg med den ramme stanken fra kloakkene, av urin, av svette, av dunstene fra geitene, eselgjødselet. Over skuldrene bærer Jesus tverrstaget som hendene hans er bundet til. Han vakler under vekten. Av og til synker han i kne, men soldatene trekker ham brutalt og utålmodig på bena. Da de møter Simon fra Kyréne, tvinger soldatene ham til å bære korset for ham. Litt senere passerer de en gruppe gråtende kvinner. Jesus stanser, trøster. Ser du det for deg? Kan du leve deg inn i hvordan det må ha vært? Atmosfæren er ladet, elektrisk ... Vel fremme på Golgata får Jesus vin blandet med beroligende, bedøvende myrra. Men han tar bare en liten slurk.»

MacMullin stanser, øynene er fjerne.

Jeg ligger stille i sengen.

«Så spikrer de ham til korset,» sier han.

«Ja,» sier jeg omsider, for å fylle stillheten.

MacMullin kremter før han fortsetter: «Noen har risset navnet hans inn i korset. 'Jesus, jødenes konge'. Mens han ennå henger korsfestet, med ansiktet forvridd i smerte, deler soldatene klærne hans mellom seg ved loddkasting. Tenk deg det. De deler klærne hans. Mens han henger der, spikret opp som et slaktoffer, og følger alt med blikket. De deler klærne hans mellom seg! Så blir de sittende og vokte over ham. På ett tidspunkt roper han, i fortvilelse, på sin far og ber ham tilgi dem. Utmattet, med nesten ikke hørbar stemme, snakker han til sin mor Maria, som trøstes av tre kvinner, blant dem Maria Magdalena. Tilskuere, prester og skriftlærde – ja selv de to røverne som er korsfestet på hver side av Jesus – gir seg til å spotte ham og utfordre ham til å hjelpe seg selv ut av uføret. Så, Bjørn, så faller et mørke over landet. Kanskje er det skyer som kommer drivende, kanskje mørkner solen. Jesus roper: 'Min Gud! Min Gud! Hvorfor har du forlatt meg?' En vind drar over landskapet. Eller kanskje dirrer heten livløst over bakken. Vi vet ikke. Noen henter en svamp med eddik, fester den til et rør og lar ham drikke. Jesus sier: 'Far, i dine hender overgir jeg min ånd!' Og så dør han.»

MacMullin ser på klokken. Uten å møte blikket mitt reiser han seg og går mot døren. Den er tung. Treverket er dekorert med utskårne blomsterranker.

«Hvor skal du?» roper jeg etter ham.

Han åpner døren og snur seg mot meg.

Forvirret spør jeg: «Var det ikke noe mer?»

«Mer?»

«Hvorfor har du fortalt meg alt dette?» spør jeg.

«Bjørn, tenk deg følgende tanke –»

Han nøler, stirrer ut i rommet.

«– tenk deg den tanke at Jesus aldri døde på korset.»

En del av hjernen oppfatter hva han sier. En annen del kleber seg til sekundene før ordene falt og klarer ikke riktig å henge med rundt den uventede svingen.

«Hva?» sier jeg. Selv om jeg oppfattet hva han sa.

Stille lukker han døren bak seg og overlater meg til spørsmålene og natten.

6

FINNES DET, PÅ ET GITT PUNKT I ET MENNESKES LIV, et vendepunkt – et øyeblikk i tilværelsen da en hendelse kaster et forklarelsens lys over alt som har hendt deg hittil i livet og som lyser opp den sti som ligger foran deg?

Livet er en sirkel. Livets begynnelse og slutt lenkes sammen i ett punkt som religionene tyner for alt det er verdt.

For mayaene var tiden en sirkel av gjentagelser. Stoikerne mente at universet ville gå under, men at et nytt univers ville oppstå av det gamle.

Jeg finner en viss trøst i dét.

Men for de kristne er tiden en rett og ufravikelig linje som bærer lukt mot dommedag.

Opphøyd til et kosmisk perspektiv kan alle ha rett.

Og i en slik uendelig syklus kan det være kjelkete for en solbrent stakkar med flisete neglbånd og utgått månedskort til trikken å finne sin rettmessige plass.

Det finnes så mange gåter. Jeg er ikke eslet til å finne ut av dem. I grunnen er det ikke så farlig. I grunnen gir jeg vel faen.

DEMRING. MYKT HEKTER ÅKERLAPPENE SEG I hverandre. Rektangler av duse farver i et puslespill av oker og grønt, gult og grått. Åsene er milde, langstrakte. Tålmodig og nøysomt har bøndene temmet landskapet og pustet liv i jordsmonnet. Men det er noe trassig og gjenstridig over frodigheten. Landskapet har kjempet og strittet imot. Lik svulster bryter berget gjennom jordflekkene, skarpe klipper bretter jorden til side, åkre flerres av steinsår.

Jeg betrakter landskapet gjennom et vindu. Et vindu i en borg. En middelalderborg av rødgrå stein. Det finnes vel dem som ville kalle det et slott. Vindusposten er så dyp at jeg kan sitte i den.

Borgen ligger på et overvokst høydedrag. Jeg aner ikke hvor jeg er. Jeg gjetter på Toscana. Eller kanskje den spanske høyslette? Alternativt på et asyl der alt som hender meg, alt jeg ser og oppfatter, skjer i hodet på meg. Det siste alternativet fortoner seg, akkurat nå, som det mest sannsynlige. Og mest forlokkende.

«HVOR ER JEG?»

MacMullin møter spørsmålet mitt med lett hevede øyenbryn. Han står i døren. Jeg befinner meg fortsatt i den dype vindusposten. Jeg har sittet her noen timer nå. Men landskapet har ikke røpet noen av sine hemmeligheter.

«Du har kommet deg ut av sengen, ser jeg? Det gleder meg at du er på bedringens vei!»

«Takk. Hvor er jeg?»

«I Rennes-le-Château.»

Det søkker i meg.

Rennes-le-Château. Mine damer og herrer, forestillingen kan snart begynne, enda en flik av sceneteppet er trukket til side, i kulissene venter aktørene, men vår ærede forfatter må først skrive ferdig stykket.

MacMullin lukker døren og kommer inn i rommet. «I de østlige Pyreneene. I det sydlige Frankrike.»

«Jeg vet hvor det er,» sier jeg lavt. «Prestens landsby.»

«Du har en god hukommelse.»

«Hva gjør jeg her?»

«Du ble bragt hit.»

«Hvordan? Hvorfor?»

«I mitt privatfly.»

«Det husker jeg ikke.»

«Du var bevisstløs.»

«Hvor lenge?»

«En viss tid. De så seg nødt til å gi deg noe bedøvende og av-slappende. Etter at vi fant deg i ørkenen. Du var svært forkom-men.»

«Så jeg ble dopet ned. Igjen.»

«Vi hadde ikke noe valg.»

«En stygg uvane dere har!»

«Til ditt eget beste.»

«Hvorfor ble jeg bragt hit?»

«Instituttets sykestue er ikke mye å skryte av.»

«Men hvorfor hit?»

«Vi kunne ha tatt deg til et privatsykehus i nærmeste storby. Eller til London. Eller Oslo, for den saks skyld. Men vi bragte deg nå engang hit. Fordi jeg gjerne ville invitere deg hit. Til Rennes-le-Château. Til mitt hjem. Du vil snart forstå hvorfor.»

«Hva slags hus er dette?»

«Sant å si er det en borg.»

«Din egen private lille borg, hva?»

«En gammel korsfarerborg, faktisk. Den har vært i min fa-milies eie noen tid.»

«Jeg vet hva du mener,» sier jeg. «Min familie har også noen middelalderborger stående.»

Senere følger MacMullin meg ut av rommet, bort en dunkel korridor og opp en bred granittrapp. Vi går langsomt. Han hol-der meg under armen.

I toppen av trappegangen åpner han en tykk dør, og så befinner vi oss ute på et tak, mellom tårn og spir, på en smal passasje omgitt av brystvern. Utsikten er formidabel. Luften er lummer og full av dufter.

Vi skuer utover landskapet. «Vakkert?» spør han.

Han peker mot sydøst. «Fjellet du ser, heter Bézu. Der finner du et middelalderfort hvor Tempelridderne hadde tilhold og drev undervisning. Her er hundrevis av kirker. Mange av dem er reist på hellig grunn. I glemte graver ligger angivelig apostler og profeter og helgener. I hundretall! Øst for oss,» han snur seg halvt om og peker, «ligger ruinene av Blanchefort-slottet. Tempelriddernes fjerde stormester, Bertrand de Blanchefort, bodde der i det tolvte århundre.»

«Eiendomsmegleren din kan trygt kalle det et veletablert boligområde hvis du skulle finne på å kvitte deg med borgen,» sier jeg.

MacMullin humrer høflig. «I middelalderen var dette nærmest et pressområde,» sier han. «Det er de som mener at det bodde oppmot tretti tusen mennesker her rundt Rennes-le-Château. Regionen lå nær Middelhavet og handelsrutene, nær Spania og Italia, ja, i en del av Frankrike som lå sentralt i forhold til det meste.»

«Har du tenkt å tilby meg borgen til spottpris? Eller er det noe du vil fortelle meg?»

MacMullin går bort til muren og setter seg i et skyteskår. «På 1960-tallet skrev et fransk magasin en historie som pirret interessen til de lesere som evnet å lese mellom linjene,» forteller han. «Artikkelen bidro til at et knippe pseudovitenskapelige dokumentarforfattere ga seg til å gjette på hvilke gåter dette stedet kan skjule. Disse bøkene har ført til at stadig flere turister finner veien hit.»

«Gåter?»

«Magasinet fortalte historien om Bérenger Saunière.»

«Presten ...»

«En trettitre år gammel mann som kom hit til Rennes-le-Château som landsbyens nye prest i juni 1885.»

«Hva var det med ham?»

«Det var et mysterium hvorfor han havnet her, i en avsides

landsby med et par hundre sjeler. Han hadde fått en storartet fremtid staket ut under sine studier. Noe må ha skjedd. Trolig har han provosert sine overordnede siden han ble forvist til denne utposten.»

«Det er jo pent her, da.»

MacMullin lener seg mot muren. «I årene mellom 1885 og 1891 hadde Saunière en beskjeden årsinntekt, akkurat nok til et anstendig livsopphold. Tross alt var det ikke mye å bruke penger på her.» Han skotter utover det ødslige terrenget. «Saunière var en engasjert prest. Han begynte å studere lokalhistorien med hjelp fra nabolandsbyens prest, abbed Henri Boudet i Rennes-les-Bains.»

MacMullin peker for å forklare meg hvor Rennes-les-Bains befinner seg. En sky formørker åssiden.

«I lang tid ønsket Saunière å pusse opp den forfalne kirken. Selve kirkebygget stammet fra 1059, men var allerede dengang blitt reist på fundamentet fra en kirke fra det sjette århundre. I 1891 begynte Saunière på oppussingen. Han lånte et mindre beløp av landsbykassen og satte i gang. En av de første tingene han gjorde, var å fjerne alterstenene. Da ble det avdekket to søyler. Den ene var hul. Inni hulrommet fant han fire pergamentruller i forseglede, uthulte trerør. To av pergamentene ble sagt å inneholde slektsrekker. De to siste ble sagt å være dokumenter nedtegnet av Saunières forgjenger i 1780, abbed Antoine Bigou. Bigou var også hoffprest for Blanchefort-slekten, som før den franske revolusjon var blant de største godseierne i området. Bigous tekster stammet fra Det nye testamente. Avskrivninger. Men skriftbildet fortonet seg temmelig meningsløst. Ordene var uten mellomrom, og fullstendig overflødige bokstaver var uthevet og drysset likesom tilfeldig utover i teksten. Som om de bar på et skjult budskap. Noen av disse tilsynelatende kodede tekstene lar seg ikke dechiffrere, selv ikke av datamaskiner. Heller ikke Saunière forsto teksten eller kodene. Men han skjønte at han hadde funnet noe som kunne være viktig. Han tok pergamentene med seg til sin overordnede, biskopen av Carcassonne, som kastet et blikk på dem og som for egen regning sendte ham videre til Paris og de fremste geistlige. Saunière ble i Paris i tre uker. Hva som skjedde der, er fremdeles uklart. Men den fattige landsbypresten ble innlemmet i de innerste sirkler. Det ryktes at han innledet et forhold til den feterte operasangerinnen Emma Calvé. Hun oppsøkte ham her i landsbyen flere ganger i årene som fulgte. Etter Paris-oppholdet returnerte han til Rennes-le-Château og fortsatte på oppussingen av kirken. Det uforklarlige var imidlertid hvor velstående landsbypresten var blitt. Finansieringen av kirkeoppussingen var ikke noe problem lenger. Han begynte en utstrakt korrespondanse med brevskrivere i inn- og utland. Han engasjerte seg i forretninger. Han lot anlegge en moderne vei til Rennes-le-Château. Han kjøpte eksklusivt porselen, samlet verdifulle frimerker, bygde opp en formidabel boksamling. Han anla en zoologisk have og en appelsinlund. Han drysset penger og gleder over sine landsbymenigshetslemmer. Han fikk besøk av storheter fra inn- og utland. Tro det eller ei, men frem til han døde i 1917, rakk han å forbruke flere titalls millioner kroner. Hvor kom pengene fra? Det nektet han å svare på. En fersk og mistenksom biskop forsøkte å forflytte ham, men Saunière gjorde noe så uhørt som å nekte. Han ble offer for ondsinnede beskyldninger og suspendert fra sin stilling. Men da grep selveste Vatikanet inn og gjeninnsatte ham som landsbyprest. 17. januar 1917 ble han rammet av slag. Han døde noen dager senere. Men fremdeles spør folk i denne landsbyen seg: Hvor stammet hans plutselige rikdom fra?»

MacMullin reiser seg fra skyteskåret og kommer mot meg.

«Jeg tenker du øyner en sammenheng,» sier han. «Og at du spør deg selv: Hva inneholdt pergamentrullene han fant i den hule søylen under altertavlen? Hva sto det i dokumentene som han bragte til Paris – før rikdom forvandlet den engang så fattige landsbypresten til en holden og hemmelighetsfull mann?»

«Jeg aner ikke,» sier jeg. «Men du har rett i at jeg stiller meg spørsmålene.»

«Jeg tenkte det nok. Du er nysgjerrig av natur.»

«Og du kjenner uten tvil svaret?»

Han griper meg i armen, som om det svimler for ham, men slipper den i samme stund.

«Men du har ikke tenkt å fortelle det til meg?» spør jeg.

«Pergamentene inneholdt, i kodet form, en genealogi, en

stamtavle, en ættetavle, om du vil, som fulgte kongelige slekts-
rekker helt tilbake til vår tidsregnings begynnelse. Og perga-
mentene fortalte på hvilken måte man skulle tolke avsløringene
om slektsrekken.»

«En kongelig stamtavle?»

«Navn for navn. Konge for konge. Dronning for dronning.
Land for land. Fra århundre til århundre.»

«Har den noe med antydningene dine i går kveld å gjøre?
Om Jesu korsfestelse?»

«Det,» sier han, «ville vel ikke være en aldeles urimelig anta-
gelse.»

Med et fast grep om armen min fører han meg tilbake mot
døren. «Men dokumentene som ble funnet i kirken i 1891 inne-
holdt enda et sett med opplysninger,» sier han. «Vi vet ikke
hvorfra de stammer. Vi vet ikke hvem som har sittet på disse
opplysningene eller hvordan de er bragt videre. Men de ga oss
de første antydningene om hvor det var blitt av *The Shrine of
Sacred Secrets*. De ga oss nøkkelen til jakten. Og det var derfor
SIS ble opprettet ni år senere. Et direkte resultat av de kodede
opplysningene. Nå hadde vi endelig håndfaste spor å gå etter.
Vi visste mer om hvor vi skulle lete etter skrinet. Om oktogo-
nen. Men det skulle likevel ta oss nesten hundre år å lykkes.»

Han låser døren med en diger nøkkel som får låsmekanis-
men til å knirke rustent.

«Strengt tatt,» sier jeg på vei ned trappen, «er det vel noe tid-
lig å si at dere har lykkes.»

9

MAMMA DRO MEG ALLTID MED I KIRKEN på julaften. Midt i
Donald på svensk TV kom hun nynnende, med sine blanke ny-
lonlegger og i en sky av parfyme og latter, og begynte å gjøre
seg klar til kirkegangen. «Vi trenger tradisjoner,» pleide hun å
si. Hun er flink med klisjeer. Hun skjønte aldri at tegnefilmene
var en viktigere tradisjon for meg enn kirken. Hvis det snødde
og kirkeklokkene kimte, og det blafret i fakkelboksene på grav-

lunden, utelukker jeg ikke at opplevelsen vakte en viss jule-
stemning i meg. Men ikke så mye som Donald.

Det samme gjentok seg før hver sommerferie. Men da i bar-
neskolens regi. I klassevise puljer tvang de oss med på gudstje-
neste. Jeg har aldri vært kristen, men under den mektige alter-
tavlen, der Jesus åpnet sine armer, og hypnotisert av orgelbrus
og prestens messende stemme og formaninger, foldet jeg lydig
mine barnehender. I slike stunder våknet den troende i meg; en
liten vanskapning som søker trøst der han kan finne den.

Den religiøse ekstasen varte i omtrent femten minutter.
Dernest overtok sommeren.

Senere søkte jeg andre måter å lindre vanskapningens lengs-
ler. Da jeg ble voksen, fant jeg samme trøst mellom lårene på en
kvinne. Et ønske om å bli omsluttet av varme og ømhet fra
noen som bryr seg om meg og vil meg vel. I all sin patetiske en-
kelhet.

Jeg ligger stille i sengen. Det er mørkt. Ansiktet og hendene
mine svir og klør.

Rommet er stort og tomt og tyst.

En tanke surrer rundt i hodet på meg. Lik en flue som aldri
finner ro. Tanken er denne: Finnes det bare én sannhet?

Jeg vil ikke tro på MacMullins konspirasjoner. Det blir for
stort for meg. For uvirkelig. Korsfestelse, korsfarere, tempel-
riddere, middelalderborger, dogmer, mystiske frimurere, ufat-
telige formuer, skjulte skatter, tidløse hemmeligheter. Det er
ikke slike ting som hører hjemme i virkeligheten. Iallfall ikke i
min virkelighet. Har de virkelig klart å holde noe hemmelig i to
tusen år? Jeg fatter ikke at det er mulig.

Et sted i borgen, nesten ikke hørbart, går det i en tung dør.

Lag for lag skreller MacMullin bort løgner og villspor og
blottlegger en kjerne. Men er selv kjernen et blendverk?

Jeg vet ikke om MacMullin lyver. Jeg vet ikke om han selv
tror han snakker sant. Eller om han virkelig gjør det.

Det samme tenkte jeg alltid om presten. Når jeg satt nede på
den harde trebenken og stirret opp mot prekestolen, funderte
jeg på om han virkelig trodde på alt han sa. Eller om tvilen lis-

tet seg inn også i presten og etterlot i ham et markstukket håp om at alt, på himmel og på jord, forhåpentlig forholdt seg slik han sto der og prediket.

10

JEG HAR DUPPET AV EN STUND DA DØREN går opp og jeg hører Dianes lette skritt bak skjermbrettet.

Jeg må være i ferd med å bli frisk. Min første tanke er at hun er kommet for et kjapt knull. Jeg skyver meg opp på albuene. Jeg er mer enn rede til å spille rollen som den hjelpeløse pasient i den vellystige sykepleierens vold. I fantasien er jeg en helhjertet tilhenger av de fleste obskure fetisjismer.

Men ansiktet hennes er trist. Hun setter seg tungt på stolen. Vil ikke møte blikket mitt. Noe river og sliter i henne.

«Diane?»

«Vi må snakke sammen.»

Jeg venter en stund på at hun skal fortsette.

«Pappa fortalte at ...» begynner hun. Så stilner hun.

Med varsomme bevegelser står jeg opp og kler på meg. Uten å se på meg tar hun hånden min, ømt, som om hun er redd for å gjøre meg vondt, og sammen går vi ut av rommet og ned den brede trappen og ut i lunden.

Det er mørkt. En lykt har lokket til seg en sverm med insekter som den ikke vil gi slipp på. Brisen er sval og lindrende mot huden, som hele tiden ulmer og krisler. Jeg tenker: Hun vil fortelle meg noe jeg ikke vil vite.

Hun fører meg over en gruset gangsti til en benk ved et prydbasseng der grønsken forlengst har fått overtaket og fontenene stilnet. Vannet lukter råttent.

«*Bjorn,*» hvisker hun. «Det er noe jeg må fortelle deg.»

Stemmen hennes rommer noe fremmed.

Jeg setter meg på benken. Hun står foran meg med armene i kors. Hun ser ut som den hvite, vakre statuen 'Den ensomme nonne' i klosterhaven på Værne kloster.

Med ett skjønner jeg. Hun er gravid!

«Jeg har tenkt på det,» sier hun. Pusten hennes er skjør. «Først ville jeg ikke. Men det er bare rett og riktig. At jeg sier det som det er. At du forstår.»

Fremdeles tier jeg. Jeg har aldri tenkt på meg selv som en far. Tanken er fremmed. Da må vi vel gifte oss, tenker jeg. Hvis hun vil ha meg. Og det vil hun vel? Jeg ser for meg det lykkelige ekteparet Bjørn og Diane omkranset av siklende, kravlende smårollinger.

Hun har sluppet hånden min, men nå setter hun seg og griper den litt for hardt. Kommer vi til å bo i Oslo eller London? tenker jeg. Jeg lurer på om det er en gutt eller en pike. Jeg ser på den flate maven hennes. Den neste tanken: Hvordan kan hun vite at hun er gravid etter så kort tid?

«Noen ganger,» sier hun, «får du vite ting du aldri ønsket å vite.»

«Skjønt det vet du ikke før det er for sent,» sier jeg. «For det er først når du vet, at du innser at du slett ikke ville vite.»

Jeg tror ikke helt hun lytter til hva jeg sier. Så lød det da også temmelig kryptisk.

«Det gjelder moren min,» sier hun.

Borte i det stillestående vannet setter en frosk i gang med å kvekke. Jeg forsøker å få øye på den. Men den er bare en lyd.

«Hva er det med henne?» spør jeg.

Diane hikster. Prøvende svarer frosken borte i bassenget.

«Det er rart at jeg måtte bli kjent med deg for å få vite hvem moren min er,» sier hun.

«Hva har jeg med moren din å gjøre?»

Hun lukker øynene.

«Jeg trodde moren din var død,» sier jeg.

«Det trodde jeg også.»

«Men?»

«De lot meg aldri bli kjent med henne. Hun ville ikke vite av meg.»

«Jeg forstår ikke. Hvem er hun?»

«Det kan du kanskje tenke deg. Du kjenner henne.»

Jeg forsøker å lese ansiktet hennes.

Først tenker jeg: Mamma?

Dernest: Grethe?

«MacMullin var sammen med Grethe!» utbryter jeg. «I Oxford!»

Hun er taus.

Nå er det min pust som stanger og hakker. «Er Grethe moren din?»

Frosken har flyttet på seg. Nå kommer kvekkene fra en helt annen kant. Eller kanskje den omsider har fått svar fra en annen?

«Det er mer,» sier hun. «Jeg er pappas eneste datter. Hans eneste barn.»

«Så?»

Hun rister på hodet.

«Det betyr vel ikke noe. Ikke for oss, sier jeg.»

«Det betyr alt. Alt!»

«Du må forklare.»

«Du skjønner, pappa er ikke –»

Pause.

«Er ikke hva?» spør jeg.

«Når han dør, vil jeg –»

Pause.

«Ja? Når han dør, vil du hva for noe?»

Hun holder inne. «Jeg kan ikke noe for det. Tro meg. Men sånn er det.»

«Jeg forstår ikke.»

«Det vil bare aldri fungere,» sier hun.

«Hva vil ikke fungere?»

«Du. Jeg. Vi.»

«Tøys, det er da ikke noe vi ikke kan jobbe oss igjennom.»

Hun rister på hodet.

«Jeg trodde du mente alvor,» sier jeg.

«Vet du ... Da vi ble kjent, var du så annerledes, så forfriskende, så totalt forskjellig fra alle menn jeg har møtt. Det jeg følte da, var – noe virkelig. Noe jeg aldri har følt, aldri på samme måte. Men så kom pappa og ødela alt sammen.»

«Men du fortsatte. Du la an på meg.»

«Ikke for å tekke *dem*. Tvert imot. For å trosse dem. Prøv

å forstå *Bjorn*. Hvis jeg har brukt deg, er det for min egen skyld. På trass. Fordi du betyr noe. Fordi jeg ville vise *dem* at jeg ikke var en del av spillet deres. Men likevel ...» Hun rister på hodet.

«Vi kan få det til å fungere, Diane. Vi kan legge dette bak oss.»

«Det vil aldri gå. De ødela alt for oss.»

«Kan vi ikke likevel –»

«Nei *Bjorn*.» Hun bråreiser seg. «Slik er det bare,» sier hun. Hun ser ikke på meg. «Jeg beklager.» Hun møter blikket mitt, smiler kort, trist.

Så snur hun og går hastig nedover gangstien. Det siste jeg hører av henne, er skrittene som knaser i grusen.

Da pappa døde, var det mye frem og tilbake mellom mamma og begravelsesbyrået om kisten skulle være åpen under minnestunden i kapellet. Begravelsesagenten rådet oss til å lukke kisten. Slik at vi kunne bevare minnet av ham slik han var. Først da mamma nektet å gi seg, ble agenten nødt til å bli ubehagelig.

«Frue, han falt tretti meter, rett ned i en steinur.»

Mamma lot ikke til å forstå. Hun var ikke helt seg selv. «Kan dere ikke sminke ham?» foreslo hun.

«Frue, De forstår ikke. Når et legeme treffer en steinur etter et fall på tretti meter ...»

Til slutt ble det åpen kiste.

Kapellet var pyntet med blomster. En organist og en fiolinist spilte salmer. Ved en bakdør sto fire menn fra begravelsesbyrået. De hadde profesjonelle miner og så ut som om de hvert øyeblikk ville briste i gråt. Eller latter.

Kisten sto på en forhøyning midt på gulvet.

Adagio. Skjøre toner i stillheten. Lave hulk. Sorgen vevet seg inn i musikken.

De hadde foldet hendene hans, som var uskadet, og stukket en bukett med markblomster innimellom fingrene. Det lille som var synlig av ansiktet, lyste gjennom et ovalt hull som de hadde klippet i silkelakenet som omsluttet hodet hans. For å skåne oss. De må ha jobbet med ham lenge. Forsøkt å gjenska-

328

pe utseendet hans med bomull og sminke. Likevel var han ugjenkjennelig. Det var ikke pappa som lå der. Da jeg tok på fingrene hans, var de stive og iskalde. Jeg husker at jeg tenkte: Det er som å berøre et lik.

11

MORGEN. LYSET ER SLØRET. Farvene har ennå ikke våknet i åssidene.

Nummen av tretthet sitter jeg med albuene i vinduskarmen. I hele natt har jeg stirret ut i den store sorte tomheten og sett hvordan mørket har løst seg opp i blekt skimmer, sett flaggermusenes dans mot stjernene. Helt siden demringen har småfuglene flakset og kvitret i treet utenfor vinduet. Lik pilende prikker har de jaget insekter høyt til værs. Nede på tunet stanser en gråsort katt og strekker seg velbehagelig. En søvndrukken lastebil nøkker nedover landeveien med grønnsaker og frukt på planet.

Diane har reist. Jeg så henne dra. Midt på natten bar noen koffertene hennes ut i minibussen og kjørte henne av gårde. I flere minutter fulgte jeg den langsomme kulen av lys før den ble oppslukt av mørket.

12

«HAR DET NOEN GANG SLÅTT DEG AT INGENTING her i livet er helt slik du forestiller deg?»

Han sitter i flammeskjæret foran peisen i biblioteket. Det er kveld. En neandertaler med sammenbitte kjever og vikende blikk har hentet meg på rommet og ført meg, i taushet, gjennom borgens korridorer frem til det MacMullin i overdreven beskjedenhet kaller «lesekroken».

Veggene i det store rommet er dekket av bøker. Tusener på tusener av gamle bøker, fra gulv til tak; en mosaikk av gulbrune rygger og permer med snirklete titler på latinsk og gresk, fransk og engelsk. Rommet dufter av støv og skinn og papir.

MacMullin har fylt to glass med sherry. Vi skåler uten ord. Det knitrer og spraker i kubbene i peisen.

Han kremter. «Jeg hører du har snakket med Diane.»

Jeg ser inn i flammene. «Grethe er moren hennes.»

«Slik er det.»

«Vi har mye felles, du og jeg.»

«Jeg er lei meg for at det skulle ende på denne måten,» sier han. «Med deg. Diane. Og ... alt –»

«Hvorfor heter du MacMullin?» spør jeg.

Han ser undrende på meg. «Hva ville du foretrekke at jeg het?»

«Du tilhører en gammel fransk ætt. Hvorfor et skotsk navn?»

«Fordi jeg liker klangen i det.»

«Så det er bare et kallenavn?»

«Jeg har så mange navn.»

«Mange? Hvorfor det? Og hvorfor skotsk?» spør jeg igjen.

«Det er dét navnet jeg liker best. En av mine forfedre, Frans 2., ektet Maria Stuart, som vokste opp ved det franske hoff og hadde sterke bånd til Frankrike. Du kan vel din historie. Før han plutselig gikk hen og døde, hadde han et eventyr med en fornem frue i den mektige, skotske MacMullin-klanen.»

Han nipper til sherryen. Mellom oss vibrerer en hinne av gjensidig usikkerhet. MacMullin forsvinner inn i seg selv. Selv sender jeg blikket og oppmerksomheten ut på oppdagelsesferd i det store rommet.

Til slutt må jeg gi etter for trykket av stillheten. «Du ba meg komme?» spør jeg.

Blikket hans møter mitt med et lekent glimt. Som om han forsøker å se hvor langt det er mulig å tøye min tålmodighet.

«I går,» sier han, «fortalte jeg deg om pergamentene som presten Bérenger Saunière fant da han pusset opp den gamle kirken.»

«Og i kveld?» spør jeg leende, utfordrende. Jeg føler meg hensatt til 'Tusen og en natt'. Skjønt Sjeherasad var nok søtere enn MacMullin.

«I kveld,» sier han, «vil jeg fortelle deg hva pergamentene røpet.»

«Noe om en stamtavle?»

«En genealogi. Og enda noe mer.»

MacMullin puster dypt inn, holder pusten og slipper luften ut gjennom leppene. Det høres ut som et eneste langt sukk.

«Antydninger om hva som egentlig hendte,» sier han.

«Egentlig?»

Han gnir seg hardt i hendene, som om han forsøker å vri av seg et par usynlige hansker. «Forleden dag fortalte jeg noe som du må ha vondt for å akseptere.»

«Du mener om korsfestelsen?»

MacMullin svarer ikke med en gang. Det er som om han nødig vil røpe noe som helst.

«Jesu korsfestelse,» sier han, «er både en historisk hendelse og et religiøst symbol. Kristendommen er fundamentert på dogmet om at Jesus sto opp fra de døde.»

«MacMullin,» spør jeg og lener meg frem i stolen, «hva er din tro?»

Han overhører spørsmålet. «Hvis Jesus ikke døde på korset, og hvis oppstandelsen er et falsum, ja, hvem var han da?»

«En opprører. En forkynner. Og en stor humanistisk filosof,» foreslår jeg. «Alt dette har vi vært igjennom.»

«Men ingen guddom,» utfyller MacMullin. «Neppe Guds sønn.»

«Du må være jøde?»

«Min tro,» sier han, «er ikke av betydning. Jeg tilhører ingen kirke. Jeg tror på en Kraft som ikke lar seg beskrive med ord eller fange mellom permer. Og som slett ikke eies av prester eller profeter.» Han rister på hodet. «Men hva jeg tror, og hvorfor, kan vi utforske en annen kveld.»

«Forklar meg,» sier jeg, «hvorfor du tror at Jesus overlevde korsfestelsen?»

MacMullin holder prismene i sherryglasset opp mot lyset og snurrer glasset rundt. «Jeg er fristet til å snu på spørsmålet.»

«Du mener – hvorfor døde han?»

«Rettere sagt – hvorfor døde han så fort?»

«Fort?»

Han setter glasset fra seg på det lave, runde bordet mellom

oss. «I evangeliene er det lite som underbygger at skadene som ble påført Jesus, i realiteten kjøttsår, skulle føre til en snarlig død.»

«Han ble korsfestet!» utbryter jeg. «Spikret fast til et kors! Pint! Hvorfor skulle han ikke dø fort?»

MacMullin presser fingertuppene mot hverandre. «Enhver troende, enhver mediciner, enhver historiker har rett til sin egen oppfatning. Men det er et faktum at med mindre du er svært syk, eller påføres store indre skader, tar det lang tid å dø. Kroppen er en robust organisme. Hele dens funksjon er innrettet mot det å leve.»

«Såvidt jeg husker hang Jesus på korset i timevis?»

«Det betyr ingenting. Det tok dager før døden befridde de korsfestede. Ofte mange dager. Hvis da ikke vokterne var barmhjertige nok til å knuse bena på dem eller påføre dem et nådestøt med spyd.»

Jeg forsøker å forestille meg lidelsen.

«For at du skal forstå min tankerekke,» fortsetter han, «må du vite hvordan romerne gjennomførte korsfestelser. Alt skjedde etter gitte rutiner.»

«Jeg vet ikke helt om jeg vil høre om dem.»

«Sommeren 1968 fant en gruppe forskere ledet av en arkeolog ved navn Tzaferis fire gravhuler ved Giv'at ha-Mivtar nord for Jerusalem. I gravhulene lå trettifem skjeletter. Dødsfallene kunne tidfestes til slutten av det andre århundre før vår tidsregning og frem til år sytti. Hvert og et av skjelettene fortalte sin grusomme historie. En treåring fikk en pil skutt inn i hodeskallen. En ungdom i tenårene og en noe eldre kvinne var blitt brent til døde. En dame rundt seksti år hadde fått skallen slått inn. En annen kvinne, i trettiårene, døde i barsel; restene av fosteret lå fortsatt i bekkenet hennes. Men det mest interessante var en mann som var blitt korsfestet.»

«Jesus?»

«Nei,» sier MacMullin, «dét ville ha vært litt av en sensasjon. Vår mann var nok noe yngre enn Jesus. Men den unge mannen, som ifølge gravmælet het Jehohanan, ble korsfestet i samme århundre som Jesus. Ikke bare ble han korsfestet så å si samtidig, men også på samme sted, nær Jerusalem, og av romerne. Vi kan derfor anta at Jesu korsfestelse har hatt mange likhetstrekk.»

«Jeg vil helst slippe å høre detaljer.»

«Henrettelsesmetoden var intet mindre enn grusom. Ubeskrivelig brutal. Etter domfellelsen ble offeret pisket og svekket. Så ble armene festet, enten med reimer eller med spiker, til en tung trebjelke som ble plassert horisontalt bak nakken og skulderne. Denne bjelken ble han tvunget til å bære til retterstedet, der bjelken ble heist opp på en vertikal stolpe.»

MacMullin hviler hendene mot lårene og knytter nevene ubevisst.

«Det interessante med Jehohanan er at den nederste delen av underarmsbenet hans viste tegn på at en spiker hadde gnisset mot benet,» sier han. «Med andre ord – han ble ikke spikret til korset gjennom håndflatene, men gjennom underarmen. Håndflatene kan ikke bære vekten av en voksen mann. Videre var Jehohanans ben blitt presset sammen og bøyd til side, slik at knærne pekte rett ut fra korsets stolpe. En spiker var blitt drevet gjennom begge hælene. Forskerne regner med at korset var utstyrt med en liten støtte som Jehohanan kunne hvile bakenden mot. Han hang med andre ord på en svært unaturlig og fordreid måte.»

MacMullin nipper til sherryen. Vi ser inn i flammene i peisen.

«Å henge fremover etter armene på denne måten gjorde det vanskelig å puste,» fortsetter han. «Utspekulerte som de var, forlenget bødlene ofte lidelsen ved å la føttene eller setet få et feste som den korsfestede kunne hvile seg mot. Han ble mer stående enn hengende, om du forstår. Med støtte for føttene kunne en frisk og sterk mann leve en dag eller to – noen ganger oppmot en uke – på korset.» MacMullin ser på meg og svelger. «Det finnes knapt en mer inhuman henrettelse. Ofrene døde ikke av smerte eller blodtap. De døde av utmattelse, av tørst, av kvelning, av blodforgiftning!» Han gnir fingertuppene mot kinnbena mens han henter seg inn. «Det hendte at bødlene hadde barmhjertighet med de dømte. Paradoksalt nok ved å brekke bena på dem. Det var en måte å hjelpe dem til å dø. For med knekte ben orket de ikke å holde kroppen oppreist, og de ble kvalt. Dette skjedde med Jehohanan. Mens han hang på korset, ble bena hans knust. Til hans eget beste.»

«Og Jesus?»

«Jesu føtter var festet til korset. Han hadde god støtte for kroppen. Likevel hang han på korset bare i timer før han utåndet. Det finnes ingen medisinske holdepunkter for at han skulle omkomme så fort. Intet i Bibelens beskrivelse tilsier at torturen han ble utsatt for – piskeslagene, tornekransen, fastspikringen, spydstikkene – i seg selv skulle lede til en snarlig død.»

«Hvorfor ikke?» innvender jeg. «Kan han ikke simpelthen ha vært så svekket av torturen at korsfestelsen ble for mye for ham?»

«Romerne hadde en viss erfaring med dette. Selv Pontius Pilatus var forbløffet over hvor fort Jesus døde. Han var så uforstående at han kalte til seg en offiser for å få Jesu dødsfall bekreftet.»

Jeg vrir på meg i stolen. Jeg vet ikke hvorvidt jeg skal la meg rive med av MacMullins besynderlige entusiasme, eller om dette er enda et villspor ment for å forvirre meg og tåkelegge sannheten.

MacMullin reiser seg og går bort til peishyllen. Han snur seg og folder armene. «Hva kan Jesus ha dødd av så hastig? Neppe av å bli spikret fast til et kors. Ikke av spydsårene i siden, som ifølge Skriften ble påført ham etter at han var død. Den eneste sannsynlige dødsårsak er, som du antyder, utmattelse av påkjenningen forut for selve korsfestelsen. Men Jesus var en ung, frisk, sunn mann. Han var altfor utholdende til at det lyder sannsynlig at han skulle dø av utmattelse.»

Jeg sier: «Jeg har alltid tenkt på korsfestelse som noe ubeskrivelig grusomt. Noe som tar livet av deg fort og smertefullt.»

MacMullin sukker tungt. «Grusomt, ja. Men det gikk ikke fort. Tvert imot. Korsfestelsen var en lang og pinefull drapsmetode.»

Han setter seg i stolen igjen og tømmer sherryglasset i en fort slurk. «Enda et poeng: Jesus blir gitt en svamp med eddik å drikke rett før han oppgir ånden. Eddik? Hvorfor gir de ham eddik? Eddik er en stimulerende drikk som er ment å holde ofrene ved bevissthet. I stedet for å dø, skulle han ha kviknet til ved å drikke eddik.»

MacMullin ruller det tomme glasset mellom fingrene. «Men det er nå vi kan begynne vår tankelek, vårt intellektuelle eksperiment.» I noen sekunder fortaper han seg i en indre monolog. «Tenk deg,» sier han, «at svampen ikke inneholder oppkvikkende eddik, men noe helt annet. For eksempel et bedøvende, narkotisk stoff. Et stoff som får Jesus til å besvime, til å falle sammen. For alle som overvar korsfestelsen, ville det fortone seg som et plutselig dødsfall.»

Jeg prøver å se bildene for meg. Men jeg vet fortsatt ikke hva jeg skal tro.

MacMullin lener seg tilbake i stolen og betrakter meg med et forsiktig smil krusende i munnviken. Som om han utmerket godt forstår hva som farer gjennom hodet mitt i dette øyeblikk.

«Spørsmålene står i kø når du først begynner å lese evangeliene med kritisk blikk,» sier han. «Ifølge Bibelen fant korsfestelsen sted på Golgata, som oversatt betyr Hodeskallen. Nær en have ... en have med en privat gravgrotte i berget. Haven tilhørte Josef fra Arimatea, en av Jesu tilhengere. Det er ikke hvem som helst til del å ha sin private grav i haven. Han må ha tilhørt overklassen. Samtidig var korsfestelse en henrettelsesmetode romerne forbeholdt underklassen. Det hele er temmelig uforståelig. Bibelens skildringer antyder at korsfestelsen kan ha vært av privat karakter og på privat grunn. Og at den slett ikke fant sted på noe offentlig rettersted. Men det var en offentlig prosess.»

«Hvorfor skulle noen ha iscenesatt en slik bløff?»

«Hvordan,» sier han lavt, «stiller du deg til påstanden om at korsfestelsen var et blendverk støttet av herskerne?»

«Hva mener du? At romerne var med på bløffen?»

«Hvorfor ikke? Hvem var Pontius Pilatus om ikke en korrumpert skurk? Hvor vanskelig tror du det var å bestikke ham for å se gjennom fingrene med en falsk korsfestelse? Et snedig lite arrangement som også løste alle hans problemer med denne jødiske oppvigleren Jesus.»

Jeg himler med øynene, men han ser det ikke.

«Vi må se på omstendighetene rundt korsfestelsen ut ifra samtidens forståelse av Jesus,» sier MacMullin. «Hvem var han for dem? En politisk opprører! Ikke noen guddom! Husk at det florerte av selvutnevnte profeter på den tiden. Forkynnere, sannsigere, fakirer, spåmenn, orakler ... Annenhver sjarlatan kunne utføre mirakler.»

«Så hvorfor tilber vi ham fremdeles? Noe må ha skilt ham fra mengden?»

«Han hadde ordet i sin makt. Ordet!»

«Og det var alt?»

«Hans ord var annerledes. Hans menneskebilde var annerledes. Han skapte et nytt verdensbilde, med menneskeverdet som tilværelsens nav. Jesus var klok. Mild. Han truet ikke sine tilhengere til lydighet, slik som de gammeltestamentlige dommedagsprofetene. Han innførte kjærlighetens evangelium. Han lærte oss om godhet. Fromhet. Nestekjærlighet. Ingen av delene fantes det, med respekt å melde, særlig mye av på den tiden.»

«Men han var, som du sa, ikke den eneste profeten.»

«Bare noen ganske få trodde at Jesus var Det gamle testamentes Messias. Jødene ville slett ikke ha ham. Han talte de skriftlærde midt imot. Han angrep eldgamle jødiske læresetninger. Det er ettertiden, anført av apostlene og evangelistene, som har skapt bildet av Jesu guddommelighet. Ved å pynte på historien om Jesu liv og lære. Ved å skreddersy evangeliene for sine lesere og sin samtid. De strøk, de tilføyde. Andre rettet og tilføyde enda mer. Hvorfor skal vi stole på så gamle og uetterrettelige avskrifter av avskrifter? Det finnes ingen skriftlig dokumentasjon skrevet om Jesus fra hans egen samtid. Alt vi har å holde oss til, er nedtegnet i ettertid.»

«Du snakker og snakker. Ingenting av det du sier bekrefter at korsfestelsen var en bløff.»

«Men den var ingen bløff!» MacMullin lener seg mot meg. «Hør hva jeg sier! Korsfestelsen fant sted. Det jeg forklarer deg, er at den fikk helt andre følger enn det bibelhistorien forteller.»

«Og en så absurd påstand baserer du på indisier?»

MacMullin ler klukkende. «Du er stri! Det liker jeg! Jeg forsøker ikke å bevise påstanden min. Jeg kjenner sannheten. Jeg forsøker å vise deg hvordan en del av Bibelens og historiens paradokser først gir mening i en ramme av helt ny forståelse.»

«Ny forståelse? Hvilken forståelse? Jeg forstår overhodet ingenting!»

Det glimter muntert i øynene hans. «La meg gi deg enda et eksempel.»

«Et bevis?»

«Et indisium. Etter korsfestelsen brøt Pontius Pilatus alle romerske regler ved å la Josef fra Arimatea få Jesu lik. I den greske bibeloversettelsen ber Josef om å få utlevert *soma* – en levende kropp. Pilatus svarer med *ptoma* – et lik. Hvordan oppsto den feiltolkningen?»

«Spør du meg? Jeg er ikke spesielt stiv i bibeloversettelser.»

«Hvorfor skulle Pilatus i det hele tatt tillate at Jesu lik ble utlevert til en tilhenger? De risikerte å skape en martyr av ham! Ofte ble ikke korsfestede begravet i det hele tatt. Tvert imot ble de korsfestede gjerne overlatt til naturkreftene og fuglene. For romerne var Jesus først og fremst en brysom rebell. En bråkmaker og agitator de helst så forsvant fra samtiden og folks oppmerksomhet. Påstanden om at han skulle være Guds sønn, betraktet de helst som en kuriøs pussighet. Romerne hadde sine egne guder. De forsto vel ikke riktig hvorfor jødenes Jehova skulle avle sin menneskesønn med en fattig ungpike som var forlovet med en tømmermann. All tradisjon talte imot den velvilje romerne utviste etter Jesu korsfestelse – med mindre mektige menn hadde kjøpt og betalt Pontius Pilatus.»

«Du virker så sikker.»

«Du har selv besøkt The Schimmer Institute. Det finnes andre manuskripter, overlevering, hemmelige skrifter som antyder hva som kan ha skjedd. Men selv i de kjente skriftene vil du kunne finne spor som støtter teorien.»

MacMullin går bort til bokhyllen og trekker ut en bibel innbundet i rødt skinn.

«La oss søke til Markusevangeliet,» sier han, fukter fingertuppene og blar opp. «Markus er det evangelium som ble skrevet først. I de opprinnelige, eldste håndskriftene – avskriftene – slutter historien med at Jesus dør og blir bragt til sin grav. Når kvinnene kommer til graven, er den åpen og tom. Hans legeme borte. En mystisk hvitkledt mann – en engel? – forteller at han er gjenoppstått. Kvinnene flykter i redsel. Og sjokkerte som de er, forteller de ingen om hva de har opplevd. Skriver Markus. Hvordan han da i det hele tatt fikk vite om tildragelsen, er litt av et mysterium. Men: Dét var ingen happy ending slik samtiden krevde. Ingen godtok en slik meningsløs slutt. Så hva gjorde de? De endret den. De skrev til en ny slutt.»

«Hvem?»

«Skriverne! De andre evangelistene!»

Med en frenetisk iver blar han seg frem til kapittel 16 og leser høyt:

«Og da sabbaten var til ende, kjøpte Maria Magdalena og Maria, Jakobs mor, og Salome velluktende urter for å gå og salve ham.

Og meget tidlig på den første dag i uken kom de til graven, da solen gikk op.

Og de sa til hverandre: Hvem skal velte bort stenen fra døren til graven for oss?

Og da de så op, blev de var at stenen var veltet bort; for den var meget stor.

Og da de kom inn i graven, så de en ung mann sitte på høire side, klædd i en hvit, sid kjortel; og de blev forferdet.

Men han sier til dem: Forferdes ikke! I søker Jesus fra Nasaret, den korsfestede; han er opstanden, han er ikke her; se, der er stedet hvor de la ham.

Men gå bort og si til hans disipler og til Peter at han går i forveien for eder til Galilea; der skal I se ham, som han har sagt eder.

Og de gikk ut og flydde bort fra graven; for beven og forferdelse var kommet over dem; og de talte ikke et ord til nogen, for de fryktet.»

MacMullin ser opp: «Her slutter Markus' evangelium.»

«Men det er jo mer!» sier jeg.

«Ja. Det er mer. Men det var ikke Markus som skrev det.

Markus, den første av evangelistene, den som de andre evangelistene baserer seg på, avslutter selv sin historie utelukkende med et løfte om den oppstandne Jesus. Ja, ser du hvor naturlig historien slutter her? Men ettertiden var ikke fornøyd med denne slutten. De ville ha en mer håndfast og konkret slutt. En slutt med *schwung!* En slutt som bar på løfter og håp. Derfor føyde noen på resten. Og legg merke til stilbruddet – ja, hvor påklistret og oppsummerende de øvrige versene er:

Men efterat han var opstanden tidlig den første dag i uken, åpenbarte han sig først for Maria Magdalena, som han hadde utdrevet syv onde ånder av.

Hun gikk bort og fortalte det til dem som hadde vært med ham og nu sørget og gråt; og da disse hørte at han levde og var blitt sett av henne, trodde de det ikke.

Bit deg merke i dette,» sier MacMullin. «De trodde ikke på henne da hun fortalte hva hun hadde sett. Og det er mer:

Derefter åpenbarte han sig i en annen skikkelse for to av dem, mens de gikk ut på landet.

Også disse gikk bort og fortalte det til de andre; heller ikke dem trodde de.

Og dette er påfallende,» sier MacMullin. «For Jesus hadde selv varslet sin gjenkomst. Hans aller nærmeste ventet på ham. De forventet at han skulle komme tilbake. Står det i Bibelen. Så hvorfor er det ingen av hans nærmeste tilhengere som tror det når det skjer? Jesus oppfyller alt han har lovet – og ingen av hans tilhengere godtar det? De skulle ha jublet! De skulle ha priset Herren! Men nei, hva skjer? De tror ikke på det. De avviser det! Hvis du leser disse versene nøye, ser du snart hvordan hele åpenbaringen fremstår som noe som er hektet på i ettertid. Hvorfor? Jo, manuskriptene var fikset på. Rettet. Forbedret. Akkurat som et filmmanuskript. Det var skriverne og de andre evangelistene som lot Jesus gjenoppstå, i kjøtt og blod, med sine befalinger om å forkynne evangeliet for all verden. En langt mer leservennlig avslutning, det er så en skulle tro Hollywood hadde vært inne som manusdoktor.»

MacMullin drar fingeren ned til 14. vers og leser:

«Men til sist åpenbarte han sig for de elleve selv, mens de satt til bords, og han refset dem for deres vantro og hårde hjerte, fordi de ikke hadde trodd dem som hadde sett ham opstanden.

Og han sa til dem: Gå ut i all verden og forkynn evangeliet for all skapningen!

Legger du merke til hvordan iveren griper forfatteren?» spør MacMullin. «Hvordan han forsøker å bringe beretningen til et apeks, et stormende litterært klimaks? Og nå tar han helt av – først med løfter og trusler:

Den som tror og blir døpt, skal bli frelst; men den som ikke tror, skal bli fordømt.

Og disse tegn skal følge dem som tror: I mitt navn skal de drive ut onde ånder, de skal tale med tunger, de skal ta slanger i hendene, og om de drikker noget giftig, skal det ikke skade dem; på syke skal de legge sine hender, og de skal bli helbredet.»

MacMullin rynker pannen. «Skal vi ta dette bokstavelig? Eksorsisme? Tungetale? Motstandskraft mot gifter? Håndspåleggelse? Eller ser vi her for oss en forfatter fylt av glødende tro og iver som vil bringe en beretning til et åndfylt klimaks? Slik slutter beretningen:

Så blev den Herre Jesus, efterat han hadde talt til dem, optatt til himmelen, og satte sig ved Guds høire hånd.

Mens de gikk ut og forkynte ordet allesteds, og Herren virket med og stadfestet ordet ved de tegn som fulgte med.»

MacMullin klapper permene igjen.

«Hos Markus var avslutningen vag, diffus, ufullendt. Selv etter at Markus' opprinnelige slutt var jazzet opp av dem som

340

skrev av og spredte hans skrifter, fremsto den som blodfattig. De andre evangelistene var slett ikke fornøyd med hans beretning. Så de farvela sine egne versjoner enda mer. De ville ha patos. *Action!* De lar den gjenoppståtte Jesus, og ingen engel, møte kvinnene ved graven. De lar Jesus treffe disiplene ansikt til ansikt. Hvilken versjon er riktig? Hvilken evangelist forteller sannheten, og hvilken har misforstått? Så jeg spør meg: Hva er det de andre evangelistene vet som den første av dem, Markus, slett ikke kjente til? Hvorfor er de så mye bedre orientert enn Markus? Ingen av dem var der – de har alle de samme kildene å støtte seg til. Hvordan kan de være så detaljerte og presise i sine skildringer av Jesu oppstandelse og åpenbaring – når den første av dem slett ikke var det?»

MacMullin mener det muligens som et spørsmål. Men jeg forsøker ikke engang å svare.

«Evangeliene,» sier han, «ble til ut ifra urkirkens behov for å bekrefte sin tro på Jesus som kirkens oppstandne herre. Dogmet om Jesu oppstandelse var en premiss. En nødvendighet. De trengte oppstandelsen som fundament for sine skildringer. For uten oppstandelsen, hadde de i bunn og grunn ingen religion. Evangelistene var ikke så opptatt av den historiske Jesus. Det var den åndelige Jesus de skildret. Og de trodde på ham. De var overbevist om at Jesu ånd var blant dem. De hadde ikke som mål å gi noen historisk eller kronologisk oversikt over Jesu liv. Deres eneste mål var forkynnelse. Å overbevise leserne om at Jesus var Guds oppstandne sønn. Basert på urkirkens tallrike overleveringer satte de sammen sine evangelier. Men fjerner du oppstandelsen fra Bibelen, sitter du igjen med løsrevne historier om en stor humanists heroiske liv.»

Han skjenker i sherry til oss begge. Vi sitter i taushet. Minuttene går.

Jeg spør: «Så hvis alt du forteller meg er riktig – hva var det egentlig som skjedde?»

Han super i seg av sherryen og smatter med tungen for å fornemme hver lille nyanse. Langsomt og konsentrert – som om han løfter et lodd med ren og skjær tankekraft – flytter han blikket fra flammene i peisen og over til meg.

«Det er ikke enkelt å gi deg en forklaring som umiddelbart fremstår som tilforlatelig,» sier han og setter fra seg glasset.

Jeg nikker langsomt.

«Når en viss forestilling er blitt hamret inn i oss med to tusen års tyngde,» sier han, «skal det mye til for å godta en helt annerledes fremstilling. Man er simpelthen ikke åpen for å tro på en ny versjon.»

«Du har allerede fortalt meg det viktigste: Jesus overlevde korsfestelsen.»

Først nå legger jeg merke til hvor sliten MacMullin ser ut; gammel, trett. Det er som om samtalen har tappet ham for krefter. Huden er gusten og klam, øynene matte.

«Noen vil vel kalle det et komplott,» sier han. Ordene kommer langsomt, ettertenksomt. «Andre vil kalle det en genistrek. Uansett må det være verdenshistoriens største bedrag.»

«Men hva skjedde med Jesus?»

Ansiktet hans gjennomgår en forvandling. Det er som om han forteller meg noe han selv overvar, men som han har problemer med å huske fordi det er så lenge siden.

Han sier: «Hva skjedde?» Lenge sitter han taus før han fortsetter: «Bevisstløs ble Jesus løftet ned fra korset og svøpt i likkledet som senere skulle bli så berømt og omstridt. Joda, det var hans avtrykk på likkledet i Torino. En kjemisk prosess, hverken mer eller mindre. Tilsynelatende livløs ble han bragt til grotten. Bare hans aller nærmeste krets var med ham. De som visste at han ikke var død. For alle andre – tilskuerne, soldatene – var det åpenbart at han hadde forlatt oss.»

«Og så?»

«Ingen kjenner enkelthetene rundt det som videre skjedde. Vi har kun dulgte hentydninger i eldgamle, hermetiske skrifter å forholde oss til. Men på et eller annet tidspunkt, da man anså det som trygt, og sannsynligvis i ly av mørket, ble Jesus viklet ut av likkledet, som ble etterlatt i grotten. Han ble fraktet til et hemmelig skjulested. Vi antar at han må ha tilbragt flere uker i skjul, mens kvinnene pleiet sårene hans og stelte for ham. Og ellers sørget for å spre historien om engelen ved den tomme grav.»

«Som evangelistene spant videre på mer enn førti år senere,» utfyller jeg.

MacMullin betrakter meg med en uutgrunnelig mine.

«Fortsett!» maser jeg.

«Det er ikke så mye vi vet om akkurat denne tiden. Men vi kan vel anta at han langsomt gjenvant kreftene. Jeg ser ham for meg bak et forheng i en rikmanns bolig. Omgitt og pleiet av sine mest trofaste. Og da han omsider var frisk og rede ... så flyktet han fra Det hellige land.»

«Flyktet?» utbryter jeg. En hittil skjult sammenheng begynner å demre for meg.

«Hans tid var omme. Han hadde ikke noe valg. Annet enn døden. Sammen med sine nærmeste flyktet han fra overmakten. I forkledning forlot han Jerusalem. Sammen med Maria Magdalena, Josef av Arimatea og en gruppe av sine mest trofaste og hengivne tilhengere. Selv ikke alle apostlene var kjent med flukten. De ble servert dekkhistorien. Gjenoppstandelsen. Den offisielle versjonen. Og som du utmerket godt vet, godtok de beretningen. Den ble til et historisk faktum. Og en religion.»

«Hva skjedde med Jesus?»

«Han reiste.»

«Hvor?»

«Til et sted der han kunne leve trygt.»

«Jeg har lest noe om at han skulle ha dratt til Kashmir og grunnlagt en menighet der?»

«Kashmir-legenden er et dyktig konstruert falsum.»

«Så hva skjedde?»

«Jesus og hans gruppe reiste vestover, langs landeveien, til kysten, der et skip lå og ventet. Derfra tok de seg til et fredet skjulested.»

«Hvor til?»

Han ser forbauset på meg. «Har du ikke skjønt det ennå?»

«Skjønt hva? Hvor dro de?»

«Hit,» sier MacMullin. «Jesu siste skjulested var Rennes-le-Château.»

13

Av og til må man søke til naturen for å gjenkjenne seg selv. Til humlene som trosser aerodynamikken, til revene som gnager av sin egen labb for å unnslippe snaren, til fiskene som går i ett med korallene for ikke å bli slukt. I planteriket har jeg alltid hatt en forkjærlighet for *Argyroxiphium sandwicense*. Du husker vel planten jeg fortalte min lærerinne at jeg gjerne ville ligne? Sølvsverd. I år etter år vokser den, unnselig og beskjeden, og vil ikke gjør for mye ut av seg. Jeg kjenner meg igjen i den.

Langsomt blir den til en halv meter høy kule dekket av sølvskimrende hår. Så skyter en to meter høy stilk opp av kulen.

Etter tyve år blomstrer den plutselig. En blomstring så overdådig at den tar sin død av det.

En kan ikke annet enn beundre dens standhaftige tålmodighet.

14

MacMullin henter meg i grålysningen. Midt i en drøm slår jeg opp øynene, og i det klebrige lyset er det som om han svever over meg lik en jordbunden dauing.

Jeg forsøker å våkne. Jeg forsøker å skjønne hva han vil. Og om han er en del av drømmen som ennå ikke har gitt slipp på meg.

«Hva er det?» mumler jeg. Ordene bølger frem og tilbake inni skallen min som et seigt, skurrende ekko.

For første gang virker han usikker. Han gnir knyttneven i den venstre håndflaten. «Bjørn –» sier han. Som om det er noe han vil slippe å si meg.

Jeg setter meg opp. Prøver å riste søvnen av meg. Rommet vider seg ut i alle retninger. Jeg ser to av MacMullin. Hodet mitt faller tilbake på puten.

«De har ringt,» sier han.

Jeg kniper øynene hardt sammen og sperrer dem opp, kniper dem sammen og sperrer dem opp. Jeg ser neppe helt normal ut. Men jeg forsøker bare å komme til meg selv.

«Hvem har ringt?» spør jeg.

«Det gjelder Grethe.»

«Er hun –»

«Nei! Ikke ennå. Men hun har spurt etter deg.»

«Når kan vi dra?»

«Nå.»

15

DET PRIVATE JETFLYET VENTER PÅ FLYPLASSEN i Toulouse. MacMullins hvite limousin passerer sperringer og kontrollposter og stanser mykt ved Gulfstreamen. Vi er i luften etter tyve minutter.

«Snart er vi ved veis ende,» sier han.

Jeg sitter i en dyp lenestol ved et stort, ovalt vindu med utsikt lukt inn i himmelen. Det ubegripelige samspillet mellom aerodynamikken og ingeniørkunsten har løftet oss til syv tusen fots høyde. Under oss er landskapet et lappeteppe av utvannede nyanser og skygger.

Mellom MacMullin og meg er en bordplate felt inn i flyskroget. Midt på bordet står en bolle med røde og grønne epler. Han fanger blikket mitt. «Det er vel ikke helt enkelt for deg å fatte,» sier han.

«Nei,» svarer jeg tvetydig, for jeg vet ikke om han sikter til alt han har fortalt meg eller til Grethe, «det er ikke helt enkelt.»

Gulfstreamens to Rolls-Royce-jetmotorer lager en bakvegg av jevn støy. I det fjerne skuer jeg en skybanke, som minner om hvit maling helt ut i vann.

MacMullin skreller seg et eple. Med den lille fruktkniven strimler han det røde skallet i en eneste lang spiral. Han deler eplet i fire og rensker bort kjernen. «Vil du ha?» spør han, men jeg rister på hodet.

«Når alt kommer til alt,» sier han og putter en eplebit i munnen, «er mye i livet tuftet på illusjoner. Vi vet det bare ikke. Eller vil ikke erkjenne det.»

Igjen gjør han det vanskelig for meg å svare konkret. Jeg skjønner ikke hva han mener. «Det blir litt stort for meg, det hele ...» mumler jeg.

Han blir sittende og tygge og nikke.

«Jeg venter jo ikke at du skal tro meg,» sier han.

Først svarer jeg ikke. Så sier jeg: «Kanskje nettopp derfor gjør jeg det.»

Han putter enda en bit av eplet i munnen. Den syrlige fruktsaften får ham til å skjære en grimase. «Å tro er et valg,» sier han. «Enten det gjelder å tro på noe et menneske forteller deg, eller å tro på Ordet.»

«Det er ikke lett å vite hva man skal tro,» sier jeg unnvikende.

«Usikkerhet og skepsis er i seg selv en verdi. Fordi det viser at du *tenker*.»

«Mulig. Jeg vet fortsatt ikke hva jeg skal tenke om alt du fortalte meg i går.»

«Det forventer jeg heller ikke.»

«Det er ikke småtterier du ber meg om å godta.»

«Du trenger ikke godta noe som helst, Bjørn. For meg må du gjerne avfeie alt jeg har røpet. Bare du gir meg skrinet,» tilføyer han med en lav latter.

«Du avskriver hele Bibelen,» sier jeg.

«Men hva er egentlig Bibelen? En samling eldgamle skrifter om en tidsånd. Forordninger, leveregler, etikk. Håndskrevne overleveringer, fortolkninger og drømmer, pyntet på og redigert, beretninger som har gått fra munn til munn, og til slutt samlet mellom to permer og stemplet *godkjent* av de geistlige.» Han knasker i seg de siste eplebitene og fukter leppene med tungespissen.

«Og din versjon?» spør jeg. «Hvordan ender din versjon av historien?»

«Den er ikke min. Jeg bare formidler den.»

«Du vet hva jeg mener.»

«Det er ikke mye vi kan fastslå med sikkerhet,» sier han.

«Ikke etter så lang tid. Overleveringene er sparsomme. Uklare bruddstykker. Fragmenter av informasjon.»

«Slik har jeg også hatt det de siste ukene.»

MacMullin humrer lett og rugger på seg i stolen, som om han ikke sitter godt.

«Vet dere egentlig hva som skjedde etter korsfestelsen?» spør jeg.

«Vi vet en hel del. Langt fra nok. Men vi vet en del.»

«Som at Jesus tok seg til Rennes-le-Château?»

«Vi vet mye om flukten. Kort og godt fordi vi besitter manuskripter fra to av deltagerne. De skildrer flukten fra Det hellige land til Rennes-le-Château.»

«Ja?»

«Da Jesus var sterk nok etter korsfestelsen, flyktet han i et ventende skip sammen med sin gruppe av nære tilhengere. De tok seg først til Alexandria i Egypt. Derfra dro de nordover til Kypros, videre vestover til Rhodos, Kreta og Malta, og til slutt nordover igjen til 'Vieux Port', den gamle havnen i Marseille. Derfra reiste de langs landeveien et stykke sydvestover i landet og etablerte seg i Rennes-le-Château.»

«Det er vanskelig å tro.»

MacMullin presser leppene sammen og skotter ut av flyvinduet. Flymotorene suser. Så slår han ut med armen med en selvsikker mine. «Men når alt kommer til alt – er Bibelens versjon så veldig mye mer troverdig?»

En liten stund grunner jeg på nettopp det spørsmålet.

«Du er virkelig overbevist om at det er sånn,» sier jeg.

Han ser på meg. Lenge.

«Hvor gammel ble han?» spør jeg.

«Det vet vi ikke. Men sammen med kvinnen han ektet, Maria Magdalena, fikk han flere barn.»

«Jesus giftet seg? Og fikk barn?»

«Hvorfor skulle han ikke det?»

«Det høres bare ... jeg vet ikke.»

«De fikk syv barn. Fire sønner og tre døtre.»

En flyvertinne, som har stått bak i det smale pantryet og klargjort maten, serverer oss frokost på varme tallerkener. Hun smiler til meg. Jeg smiler tilbake. MacMullin beskuer maten og smatter fornøyd med leppene. Vi skjærer rundstykkene i to, heller appelsinjuice i smale glass med isbiter, åpner de små glasskrukkene med hjemmelaget marmelade.

MacMullin tar en bit av rundstykket og tørker munnviken med servietten som bærer hans monogram.

«Jesu barn voktet hemmeligheten om sitt opphav,» sier han. «Det var hans sønner og sønnesønner, slett ikke Jesus selv, som beredte grunnen for det som tusen år senere skulle bli til ridderordener, frimurerbevegelser, hermetiske samfunn. Konspiratoriske små sammenslutninger hvis grunnleggende formål er å bevare en hemmelighet de nå for tiden ikke engang vet hva er.» Han rister tankefullt på hodet. «Det finnes hundrevis av dem. Sekter. Klubber. Bevegelser. Losjer. Hver og en berører de ytterkanten av sannheten. Det er skrevet hundrevis av bøker. Diktere har spunnet videre på kvasivitenskap og myter. På internett finnes det egne samtalegrupper og hjemmesider viet til spekulasjoner og gjetninger. Men ingen av dem ser helheten. Ingen av dem har den rette forståelsen. De er som fluen som ikke vet at det er en glassrute den stanger mot.»

«Eller humlen,» sier jeg fort, men det gir selvsagt ingen mening for MacMullin.

«Eller humlen,» gjentar han uforstående.

Jeg griper det kalde glasset. Appelsinjuicen er nypresset og frisk. «Hvor ble det av Jesu etterkommere til slutt?» spør jeg. Jeg suger og tygger på en isbit som skramler og knirker mellom tennene på meg.

«Det er et spørsmål som ikke lar seg besvare.»

«Hvorfor ikke?»

«Fordi de 'ble ikke av'. De levde sine liv. De fikk sine barn. Og de lever fortsatt blant oss. En mektig og stolt slekt. Midt iblant oss.»

«Vet de selv hvem de er?»

«Praktisk talt ingen. Bare noen ganske få vet den egentlige sannhet. Færre enn tusen. Og nå også du.»

«Hans etterkommere lever fremdeles,» sier jeg andektig og ettertenksomt.

«Vel, ja, jo. Selvsagt. Men to tusen år har gått. Du må ikke glemme at også denne slekten er blitt utvannet. Det er tross alt mange slektsledd vi snakker om. Jesu eldste sønn var den første Stormester. Det var han som anskaffet og forseglet gullskrinet. Da den første Stormester døde, overtok hans eldste sønn ansvaret for skrinet. Slik ble *The Shrine of Sacred Secrets* overlatt fra far til hans førstefødte opp gjennom århundrene. Inntil skrinet forsvant.»

«Men hva med alle antydningene om at Jesus er stamfar for Europas kongelige slekter?»

«Som så meget annet er det en overdrivelse. Men ikke uten et snev av sannhet. Etter noen århundrer giftet Jesu etterkommere seg inn i det merovingiske dynasti, og ble en del av den høvdingslekten som beholdt kongemakten i det frankiske rike til år 751. Men nesten ingen, med unntak av noen få kongelige og de vekslende Stormesterne og deres aller nærmeste krets, fikk kjennskap til den store sammenhengen. Hemmeligheten. Altså kunnskapen om Jesu flukt og hans etterkommere. Og etter hvert ble også den til en myte, noe selv ikke de innvidde riktig visste om de skulle tro på.»

Jeg spiser opp rundstykket mitt og drikker opp juicen. Det begynner å bli litt mye for meg.

«Og hva,» spør jeg tilforlatelig, «er det skrinet inneholder?»

MacMullin ser ut som om han mest av alt ønsker at jeg skal trekke spørsmålet tilbake.

Så jeg spør igjen: «Hva er det i skrinet?»

«Vi tror –» han nøler, «vi tror det inneholder to ting.»

Han folder hendene på bordplaten. Han svelger. Han vil ikke gi slipp på hemmeligheten. Å tie er en sentralnerverefleks i ham. Å røpe sannheten for en utenforstående er noe han aldri har gjort. Det stritter i ham. Men han innser at han ikke har noe valg. Jeg er en hard negl.

Han betrakter meg bønnfallende. «For siste gang Bjørn ... vil du gi meg skrinet?»

«Jada.»

Svaret overrumpler ham. «Ja?»

«Når du har fortalt meg hva det inneholder.»

Jeg fornemmer hvordan de siste, gjenstridige restene av motstandskraft brytes ned i ham.

Han presser øynene igjen. «En anvisning,» sier han. «Sannsynligvis et kart.»

«Et kart?»

«En anvisning som viser vei til Jesu grav. Trolig en grotte der han ble stedt til hvile. Hans jordiske grav. Men enda viktigere –»

Han slår opp øynene, men ser ikke på meg.

Jeg tier.

Han ser forbi meg. «Jesu evangelium,» sier han. «Beretningen Jesus selv skrev om sitt liv, sitt virke, sin tro og sin tvil. Og om årene etter korsfestelsen.»

MacMullin snur seg og ser ut av vinduet – på himmelen, landskapet under oss, det lodne lyset, skyene.

Gjennom korte, forte åndedrag slipper han ut alle de små demonene som herjer inni ham akkurat nå.

Jeg gir ham tiden han trenger.

Etter en stund snur han seg mot meg. Øynene er tomme.

«Slik er det,» sier han.

«Et manuskript,» sier jeg. «Et manuskript og et kart.»

«Slik tror vi det er.»

En stund blir vi sittende i taushet.

«Det høres ut som en eller annen form for jødisk konspirasjon,» sier jeg.

«Du er svært opphengt i konspirasjoner.»

«Hva om du leder et jødisk nettverk som en gang for alle skal vise verden at Jesus ikke var Guds sønn.»

«Alt kan tenkes.»

«Hvis manuskriptet beviser at Jesus aldri døde på korset, og at han heller ikke gjenoppsto, vil det føre til et sammenbrudd i den religiøse verdensorden.»

«Ganske så riktig. Men jeg har ingen jødisk tro.»

«Hvis du derimot har en kristen tro, vil det være i din interesse å ødelegge beviset som avslører at kristendommen er bygget på en løgn.»

«Igjen en treffende analyse. Men jeg har ingen fordekt grunn for å mene at verden ikke har godt av å få vite sannheten. Jeg sier det rett ut. Det er best for alle at dette holdes hemmelig. Alternativene er altfor skremmende. Ingen, absolutt ingen, vil ha godt av å få kjennskap til sannheten. Vi har ingen rett til å rive historien fra hverandre. Det vil ikke komme noe godt ut av det. Vi vil ødelegge millioner av liv. Ta troen fra nasjoner. Det er ikke verdt det. Ingenting er verdt det.»

«Et manuskript forfattet av Jesus ...» sier jeg stille. «En anvisning til hans jordiske grav ...»

«Det er slik vi tror det er.»

«Tror?»

«Vi kan aldri være helt sikre. Ikke før vi har åpnet skrinet og sett selv. Men uansett hva skrinet inneholder, vet vi at den første Stormester – Jesu eldste sønn – forseglet det og voktet det til han overlot det til sin førstefødte, den neste Stormester i rekken. Hver og en av dem viet sitt liv til å vokte skrinet. Helt til det ble borte for oss. På Værne kloster i 1204.» Så tilføyer han: «Ja, og så i dine hender selvsagt. Åtte hundre år senere.»

«Skrinet har aldri vært åpnet?»

«Selvsagt ikke.»

«Så hva vil skje med det nå?»

«Jeg vil personlig bringe det til The Schimmer Institute.»

«Det overrasker meg ikke. Kanskje Peter er en av dem som venter på det?»

«Peter, selvsagt! David, Uri, Moshe ... Og flere dusin av verdens ledende forskere, rekruttert av SIS. Historikere. Arkeologer. Teologer. Lingvister. Filologer. Paleografer. Filosofer. Kjemikere.»

«Du har invitert hele venneflokken din, skjønner jeg.»

«Vi har bygget en fløy som er klargjort for å motta skrinet. Vi kan ikke risikere at fuktig eller tørr luft, kulde eller hete, får manuskriptet til å smuldre opp. Våre fagfolk har utviklet en metode som gradvis vil tilpasse den to tusen år gamle atmosfæren inni skrinet til luften i laboratoriet. Bare å åpne skrinet er beregnet å ta måneder.»

«Slik sett er det vel en fordel at jeg ikke åpnet det på kontoret mitt.»

MacMullin gyser.

«Når vi omsider har åpnet skrinet,» sier han, «må vi varsomt ta ut innholdet. Ark for ark. Kanskje papyrusen er gått i oppløsning slik at arkene må limes sammen, bit for bit, lik et puslespill. Vi må avfotografere fragmentene og preservere dem. Vi vet ikke hvilken tilstand vi vil finne dem i. Men på samme måte som du kan tolke skrift i flak av aske, vil vi kunne tyde tegnene. Arbeidet er møysommelig. Først teknisk, så språklig. Vi må tolke skrifttegnene. Oversette dem. Forstå dem ut ifra en sammenheng, en kontekst. Hvis det er snakk om et lengre manuskript, vil arbeidet ta år. Mange år. Hvis vi finner et kart eller en anvisning til Jesu grav, står professor Llyleworth klar til å rykke ut med sitt team av arkeologer. Alt er tilrettelagt. Vi mangler bare skrinet.»

Blikket mitt finner ikke feste noe sted.

«Jaja,» sukker han, «nå er alt opp til deg.»

«Det har det vært hele tiden.»

«Jeg innser det.» Han ser ut av vinduet. Vi er på vei inn i en skybanke. «Bjørn.» Han snur seg mot meg. «Vær så snill. Vil du gi meg skrinet?»

Blikket hans veier flere tonn. Jeg ser på ham. Jeg skjønner jo hvem han er. Jeg vet ikke hvor lenge jeg har innsett det. Men jeg er ikke lenger i tvil.

Inni meg er det noe som løsner. Selv i den mest gjenstridige vil motstandskraften gi etter en eller annen gang. Jeg tenker på de siste ukenes opplevelser. På løgnene. Villsporene. Menneskene som har lurt meg. På rekke og rad er de stilt opp. Brikkene har falt på plass. Jeg er nødt til å godta MacMullins forklaring. Fordi jeg stoler på ham. Fordi jeg ikke lenger har noe valg.

«Selvsagt,» sier jeg.

Han skakker på hodet, som om han ikke riktig fatter hva han hører.

«Du skal få skrinet,» bekrefter jeg.

«Takk.»

Han er stille. Så sier han igjen: «Takk. Takk skal du ha.»

«Jeg har et spørsmål.»

«Det forbauser meg ikke.»

«Hvorfor har du fortalt meg alt sammen?»

«Hadde jeg noe valg?»

«Du kunne ha diktet opp en løgn jeg hadde trodd på?»

«Jeg prøvde det. Flere ganger. Men det gikk ikke. Du er en mistroisk satan.» Det siste sier han med et flir.

«Tenk om jeg forteller alt dette til noen?»

Uttrykket hans er ettertenksomt. «Muligheten foreligger naturligvis.»

«Jeg kan gå til avisene.»

«Jo.»

«Jeg kan skrive en bok.»

Han holder inne.

«Selvsagt kan du det,» sier han.

Det oppstår en kort pause.

Så legger han til, skjelmsk: «Men, finnes det noen som vil tro deg?»

Sirkelens ende

1

HUN SER UT SOM OM HUN ER DØD. Det lille spurvehodet hviler på en stor pute. Huden kleber seg til hodeskallen. Munnen er halvåpen, leppene tørre og farveløse. En grønn surstoffslange er stukket inn i neseboret og festet til kinnet med hvitt limbånd. De magre og blåflekkede armene ligger i kors oppå dynen. Fra en infusjonspose på et stativ føres væske inn i en blodåre i underarmen.

De har gitt henne enerom. De mente det godt. Men jeg husker en gang hun fortalte meg at hennes største redsel var å dø alene.

Rommet flommer over av varmt lys. Jeg henter en stol ved vasken. Stålrørsbena skraper i gulvet.

Varsomt tar jeg hånden hennes i min. Det er som å løfte en lunken skinnpose fylt med knokler. Jeg stryker henne over huden og folder de slappe fingrene hennes i mine.

Lyder. Pusten hennes. Tikkingen fra et elektronisk apparat. Rusingen fra en bilmotor nede på gaten. Et sukk. Fra hennes lepper.

På veggen, over døren, henger en klokke som går fem minutter for sakte. Med rykkvise bevegelser kjemper sekundviseren for å holde tritt med tikkene. Noe i urverket er i ferd med å briste.

På nattbordet står en bukett i sykehusets blanke vase. Kortet henger halvåpent. Beskjeden er skrevet med fyllepenn og kaksete formskrift:

Peaceful journey, Grethe!
Eternally Yours,
MMM

MacMullin har gitt meg en flik av sannheten. Ikke noe mer. En flik av sannheten. Kan hende vet jeg ingenting. Jeg vet ikke hvilken forklaring jeg skal tro på. Jeg vet ikke engang om jeg skal tro på noen av dem. Men dette vet jeg: Når jeg overrekker skrinet til MacMullin, forsvinner skrinet og innholdet for alltid. Har de bevart sin hemmelighet i to tusen år, klarer de vel å holde på den i to tusen til. Værne kloster vil aldri bli noe internasjonalt turistsenter. Aldri vil åkrene bli til overfylte parkeringsplasser, aldri vil amerikanske turister stå i utålmodige køer for å stirre ned på den blottlagte oktogonen gjennom skuddsikre pleksiglassruter, eller studere kopiene – med oversettelser på seks språk – av manuskriptet i skrinet. For dette vil aldri bli kjent.

Det vil være som om det aldri har skjedd.

Øyelokkene hennes vibrerer. Hun gløtter opp. Blikket er tungt, disig, forankret i drømmeløst mørke. Langsomt gjenkjenner hun meg.

«Lillebjørn,» hvisker hun.

«Grethe ...»

Øynene hennes forsøker å fokusere og etablere et bilde av en virkelighet hun ikke lenger er en del av.

«Som du ser ut!» mumler hun.

Først svarer jeg ikke. Så skjønner jeg hva hun mener.

«Jeg er bare solbrent,» forklarer jeg.

Blikket hennes svinner hen. Så kvepper hun til:

«Fant du ut noe?» spør hun.

«Ja,» sier jeg.

Og så forteller jeg henne alt sammen.

Etterpå sier hun ikke noe. Hun bare nikker for seg selv. Som om ingenting overrasker henne.

«Så det var slik det var,» sier hun omsider.

Stillheten rundt oss er full av lyder.

«Hvordan er det med ham?» spør hun plutselig.

«Med hvem?»

«Michael? Har han det godt?»

«Han har det godt. Han kom til Oslo sammen med meg. Men han ville ikke – forstyrre.»

«Han er hos meg. På sin måte.»

«Jeg skal si det til ham.»

«Alltid på sin måte,» fortsetter hun og ser opp på blomstene.

«Det er noe mer,» sier jeg.

«Ja?»

«Du og MacMullin –» hjelper jeg henne på vei.

«Ja.» Hun hvisker. Det er som om hun demper smertene ved å snakke lavt. «MacMullin og jeg. I Oxford.» Øynene hennes ser ømt på meg. «Han er slik en fin mann. Som deg. Slik en fin mann.»

Jeg skotter bort på klokken, følger sekundviserens seige kamp mot urverket.

«Hvordan døde pappa, Grethe?»

Hun lukker øynene. «Det var så meningsløst.»

«Men hvordan?»

«Han var sjalu! På din mor og Trygve.»

«Så han visste om det, han også.»

«Han mestret ikke å se din mor forelske seg i Trygve.»

«Det kan jeg forstå.»

«Men det behøvde ikke engang å ha betydd noe. Ikke i det lange løp. Hun ville ha kommet tilbake til ham. Men han klarte ikke å se sin kone gi seg hen til en annen.»

«Men hva skjedde?»

«Det er ikke min sak. Eller din.»

«Men du vet det?»

Hun sukker.

«Vær så snill, Grethe. Hva skjedde?»

«Ikke plag meg med dette nå, Lillebjørn!»

«Vær så snill.»

«Spør din stefar, Lillebjørn. Han vet.»

«Drepte han pappa?»

«Nei.»

«Vet mamma hva som skjedde?»

«Nei.»

«Men hvordan …»

«Ikke spør mer.»

«Hvorfor vil du ikke fortelle meg det?»

«Fordi det er best slik.»

«Best?»

«For deg.»

«Hvordan?»

Øynene hennes er matte, livløse. «Du vil ikke vite det.»

«Vær så snill?»

Hun tvinner fingrene oppå dynen, en skjør og tander bevegelse.

«Stol på meg! Du vil ikke vite!»

«Jo!»

«Som du vil,» sukker hun.

Hun venter en stund før hun fortsetter: «Du kjenner vel til alt om din mor og Trygve …»

Jeg ser ned. Som om jeg skjemmes over min mor. Hvilket jeg gjør. «Jeg skjønte det allerede den gangen,» sier jeg.

«De ble glad i hverandre.»

«Merkelig hvordan alle ble glad i alle andre.»

«Det er slikt som skjer.»

«Og så sto pappa i veien.»

«Slik det alltid er når to mennesker finner hverandre og den ene tilhører en annen.»

«Og så drepte de ham?»

Jeg er overrasket over hvor hverdagslig jeg får spørsmålet til å lyde.

Hun gløtter bort på meg.

Jeg driver på: «Var de to om det? Var det bare professoren? Eller var mamma med på det?»

Hun biter tennene sammen. «Nei,» sier hun så lavt at hun nesten hvisker, «det var ikke slik!»

«Hvem av dem var det?»

«Ingen drepte din far.»

«Men …»

«Kan du bare slå deg til ro med det? Ingen av dem drepte Birger.»

«Så det var en ulykke?»

«Nei.»

«Jeg forstår ikke.»

«Tenk deg om, Lillebjørn.»

Jeg tenker. Men det hjelper ikke.

Så brister en hinne i henne. En tåre renner nedover kinnet.

«Vennen min ...» sier hun. «Det var Trygve som skulle ha dødd den dagen. Ikke Birger!»

«Hva?»

«Fatter du nå?» spør hun. Stemmen er amper. «Trygve skulle ha dødd!»

Jeg forsøker å samle tankene, forsøker å forstå det som vaker under overflaten.

«Skjønner du hva jeg sier?»

Jeg hever skuldrene. «Nei...» sier jeg.

«Det var Birger som hadde gjort noe med rappellåtteren. Slik at Trygve skulle falle.»

Hun snur seg bort. Makter ikke å møte blikket mitt. Som om det er hennes skyld, det hele.

«Det var Trygve som skulle ha dødd den dagen,» sier hun igjen. Kort, kaldt. «Rett før dere dro, fortalte Birger meg at han hadde tenkt å ...» Hun holder inne. «Noe med rappellåtteren! Jeg vet ikke hva! Slik at den skulle ... Men jeg trodde aldri at han virkelig ... Jeg trodde jo aldri – aldri. Aldri!» Hun snur seg mot meg, søker med hånden sin etter min: «Det var faren din som forsøkte å drepe Trygve. Og så gikk noe galt.»

Lenge sitter vi og holder hverandre i hånden. Jeg har ingen ord inni meg. Bare løsrevne bilder: det gråblanke berget, tauet som kveilet seg i ura, mammas hyl, haugen med klær ved foten av fjellveggen, blodet, trestammen mot ryggen min, barken som skrapte meg opp i nakken mens jeg sank sammen.

Jeg lurer på om mamma og professoren har visst dette i alle disse årene.

Grethe døser av. Jeg går ut på gangen. Dumper ned på en stol rett utenfor døren. Tankene mine har floket seg sammen.

På den motsatte veggen, mellom to dører, teller jeg femten fliser i høyden og hundre og førti i bredden. To tusen ett hundre grå fliser. På et rullebord i aluminium har de samlet et herbarium av vasne blomsterkvaster.

Litt senere går jeg tilbake til henne. Øynene har glidd igjen. Hun ligger stille.

«Grethe?»

Usynlige tråder napper i øyelokkene. De kjemper seg opp. «Jeg er et seigt gammelt skinn,» sier hun.

«Du fødte et barn.»

Med halvlukkede øyne ser hun på meg. Blikket gjennomgår en hastig forandring.

«Jeg har møtt henne,» sier jeg.

Grethe stirrer opp i taket.

«Hun har det bra. Diane. En flott ung kvinne,» sier jeg.

Smilet hennes kommer dypt innefra. «Verdens skjønneste lille pike.» Stemmen hennes er så skjør, så tynn. Smilet mister kraften. Hun sukker dypt. «Jeg var ikke den moren hun trengte.» Et lavt stønn slipper over leppene hennes. «Jeg hadde det ikke i meg. Michael – det var annerledes med ham. Jeg tenkte det var best slik. At hun ble – hos ham. At hun aldri fikk vite – om meg.»

Hun hoster sårt. Hun vil si noe. Jeg hysjer på henne. Leppene hennes beveger seg. Hun forteller meg noe uten stemme.

«Jeg blir hos deg,» sier jeg lavt.

«Så trett,» hvisker hun.

Jeg stryker hånden hennes. Hun klynker. Og ser på meg. Hun forsøker å si noe, men kroppen vil ikke. Hun fortsetter å hoste. Selv hostingen er uten kraft. Pusten er lav og anstrengt.

Hun prøver å reise seg opp på albuene, men synker sammen.

«Hvil deg,» hvisker jeg og stryker henne over pannen. Den er kald og klam.

Det går en time –

Jeg holder hånden hennes. Hun driver ut og inn av søvnen. Av og til ser hun opp på meg.

Nølende legger jeg hånden hennes på dynen og går ned i

kantinen, der jeg spiser en sandwich som er pakket inn i cello-fan og smaker slik. Da jeg kommer tilbake, ligger Grethes hånd akkurat slik jeg slapp den. Jeg griper om den og klemmer til. Jeg kjenner at hun forsøker å klemme tilbake.

Slik sitter vi en lang stund. Til slutt puster hun så lavt at jeg ikke hører det. Lydene fra korridoren siver inn til oss. Lave skritt, dempet latter, et barn som sutrer. En sykepleier roper på en annen.

Grethes hånd er slapp i min. Jeg klemmer den. Hun orker ikke å klemme tilbake. Vi kunne ha sittet slik i timer. Hadde det ikke vært for apparatet. Noen ledninger som stikker opp gjen-nom sykehuspysjamasen, er tilkoplet et scop med brytere og vinduer med lysende tall. Nå begynner apparatet å pipe. Samtidig tikker en papirremse med to blekkurver ut av appara-tet. Det går en rykning gjennom Grethe. Hun sperrer opp øynene og gisper.

Jeg stryker hånden hennes.

En sykepleier kommer farende. Så en lege.

Jeg slipper hånden. Den faller ned på dynen. Idet jeg reiser meg, rygger jeg bakover og velter stolen som smeller i gulvet. Jeg tar et skritt til siden for å slippe til legen.

Først slår han av apparatet. Pipingen dør hen. Stillheten er øredøvende. Han presser fingertuppene mot halsen hennes og nikker til sykepleieren. Varsomt knepper han opp Grethes pyjamas og trykker stetoskopet mot brystet.

«Skal dere ikke gjøre noe?» spør jeg.

«Det er best slik,» sier legen.

Sykepleieren stryker meg på overarmen. «Er du sønnen?»

Legen lukker Grethes øyne.

Utenfor, gjennom vinduet, ser jeg en mann som balanserer på et stillas.

«På sett og vis,» sier jeg.

Ingen sier noe.

«Hun har det godt nå,» sier sykepleieren og klemmer armen min.

Jeg ser på Grethe.

«Vil du være alene med henne?» spør sykepleieren.

363

«Alene?»

«Før vi steller henne? Og kjører henne ned?»

«Jeg vet ikke ...»

«Hvis du ønsker litt tid for dere selv.»

«Det er ikke så farlig.»

«Vi kan gå ut noen minutter.»

«Det er snilt. Men ellers takk.»

«Bare si ifra.»

«Takk. Det er snilt av deg. Men det er ikke så farlig.»

Likevel går de ut og lar meg være alene med henne.

Jeg forsøker å finne en forståelse, en varme, en fredfylt ro i ansiktet hennes. Men hun ser bare død ut.

Jeg går ut av rommet uten å se meg tilbake. Idet jeg forlater sykehuset, begynner det å regne, lett og yrende.

2

UTENFOR DET ORANSJE NETTINGGJERDET AV PLAST blir vi sittende og se ut gjennom frontruten på Bolla. Regnet sildrer og drypper. Teltene er pakket ned. Det meste av utstyret står fortsatt i den låste containeren. Vinden feier over åkeren og pisker med seg slør av regn. Plastremsene som er knyttet øverst på markeringsstavene, blafrer som vimpler. Regissørstolen min har blåst over ende borte ved kjerret av hegg. Ingen har brydd seg med å rydde den inn i containeren.

Jeg ser for meg gravelagene, professoren under lakentaket, Moshe og Ian som sirklet rundt gravelagene lik blodtørstig mygg.

Da professor Llyleworth forsvant, gikk arbeidet i oppløsning. Nå lurer vel alle på hva som skal skje før bulldoseren velter haugene med matjord over sjaktene.

Jeg snur meg mot Michael MacMullin. «Hun spurte etter deg,» sier jeg.

Han ser fremfor seg. Øynene er dype, fuktige.

«Det er så lenge siden nå,» sier han. Ordene er vendt innover. «Et annet liv. En annen tid. Snart er det vel min tur. Da treffer jeg henne kanskje igjen.»

Ansiktet er gammelt, pergamentaktig, men fylt av en gutteaktig glød, en utålmodig iver. Han ser yngre ut enn noensinne. Som om vissheten om hvor nær han er målet, får en indre pære til å lyse opp og skinne gjennom det tynne laget av hud.

Noe inni meg bevrer.

«Hvem er du?» spør jeg.

Først er han stille. Så sier han: «Du har vel tenkt ditt. Siden du spør.»

Stillheten vibrerer mellom oss.

Han gnir håndflatene sine mot hverandre. «Du er ingen dum gutt.»

Vantro sier jeg: «Jeg vet hvem du er. Jeg har skjønt det nå.»

«Jaså?»

«Du er ikke bare med i Rådet, er du vel,» sier jeg.

Han ler avmålt.

Jeg slipper ham ikke med blikket. Han retter ut fingrene. Neglene er manikyrerte. På venstre hånd ser jeg for første gang en signetring med en enorm opal.

Jeg plystrer lavt, innover. «Du *er* Stormesteren!» sier jeg.

Han åpner munnen for å si noe. Kinnene flammer opp.

«Jeg? Bjørn, du må forstå, det er bare tolv menn i hele verden som kjenner Stormesterens identitet. Tolv menn!»

«Og du er Stormesteren!»

«Du vet jeg ikke kan svare på det spørsmålet,» sier han.

«Det var ikke noe spørsmål.»

«Likevel …»

«Milde faen,» humrer jeg. «Du er Stormesteren!»

«Kan vi dra og hente skrinet nå?» spør han.

Jeg trenger litt tid på å hente meg inn. Det er ikke til å tro. Jeg mønstrer ham. Lenge. Utseendets esoteriske trekk. De varme, milde øynene.

«Det var dét Diane mente,» sier jeg stille. «Hun er ditt eneste barn.»

Han ser på meg.

«Skal vi hente skrinet?» spør han igjen.

«Vi trenger ikke dra noe sted.»

Han ser spørrende på meg.

«Det er her.»

Forvirret: «Her?» Han ser ut i regnet.

«Vil du se oktogonen?»

«Er skrinet her?»

«Bli med meg!»

Vi går ut av bilen, inn i regnet. Jeg smyger meg gjennom en sprekk i det oransje plastgjerdet med ADGANG FORBUDT-skilt og holder glipen åpen for MacMullin. Bevegelsene får vannet til å dryppe av plasten.

Ved sjakten stanser jeg. MacMullin ser ned på den åttekante-de grunnmuren.

«Oktogonen!» sier han bare. Det har kommet noe andektig over ham.

Regnet har vasket jorden bort fra steinstumpene som stikker opp av jordsølet.

«Oktogonen,» gjentar jeg.

Han er utålmodig: «Kan vi finne skrinet nå?»

Jeg hopper ned i sjakten, setter meg på huk og begynner å grave.

Først nå går det opp for ham.

MacMullin begynner å le. Først stille. Så høyt og rungende.

Og mens han ler, mens latteren hans triller og bobler over sjaktene og åkerlappene, gjennom regnbygene, graver jeg frem skrinet fra skjulestedet mitt. På nøyaktig samme sted som vi fant det. Det siste stedet de ville lete.

Jorden surkler da jeg trekker bagen med skrinet ut av gjør-men som omfavner det. Varsomt snur jeg meg og rekker skrinet til Michael MacMullin. Rundt oss er lukten av jord og regn ram og tidløs.

3

MED SKJELVENDE SKRIFT VEVER JEG MITT SPINDELVEV av minner. Utenfor vinduet, på tunet på farmors landsted, klamrer bladene seg fast til grenene på eika. Som om de ikke fatter at høsten snart vil hente dem til seg.

Den kvelden for lenge siden da jeg innrømmet for Grethe at jeg var forelsket i henne, og hun avviste meg så ømt og omsorgsfullt at jeg i lang tid etterpå trodde hun skjulte sine dypere følelser for meg, lusket jeg hjem fra leiligheten hennes på Frogner til hybelen min på Grünerløkken i duskregnet. Jeg ble søkkvåt. Fremdeles husker jeg avskjedsordene hennes. Hun satt med hånden min i sin og strøk den ømt, lik en mor som ville trøste sin sønn.

Ingenting tar noengang slutt, sa hun, det bare fortsetter på en annen måte.

Mennene i den røde Range Roveren har reist av gårde sammen med MacMullin. De sto og ventet da jeg parkerte Bolla foran landstedet. De er vel aldri langt unna.

Før han dro, trykket MacMullin hånden min og sa at jeg hadde gjort den riktige tingen.

Det var siste gang jeg så ham.

Da Range Roveren hadde kjørt opp til landeveien og de røde baklysene var blitt borte i løvverket, låste jeg meg inn og gikk opp den knirkende trappen til gutteværelset.

De har selvsagt vært her.

Lik usynlige ånder har de gjennomsøkt huset fra kjeller til loft. Uten å etterlate seg spor. Forlengst har de fjernet Dianes ting. Men ufeilbarlige er de ikke. De fire silketauene hennes henger slapt fra sengestolpene. Kanskje de trodde de var mine. Og tenkte sitt.

4

JEG SKYVER SKRIVEBORDET INNTIL VINDUET og tar frem dagboken. Regndråpene rykker og napper nedover den duggete ruten. Gjennom trådene av vann minner fjorden om en stille flod – blank og kald bak det nakne kjerret.

Huden min gløder og krisler.

Jeg tenker. Jeg skriver. Ordene løser seg opp i intet; ord om hendelser som likesom aldri har skjedd og mennesker som aldri har levet. Flyktige, forgjengelige. Lik ordene i en bok du engang leste og stakk inn i bokhyllens glemsel.

5

SLIK ENDTE HISTORIEN. Eller slik kunne den ha endt. For det finnes i bunn og grunn aldri noen slutt. Alt bare fortsetter på en annen måte. Hvor begynner, og hvor ender, en sirkel?

Etter at MacMullin tok skrinet med seg inn i stillheten, ble jeg værende på landstedet for, i mangel av en bedre forklaring, å samle tankene. I dagene som fulgte, ventet jeg på en avslutning som aldri kom. Hver kveld håpet jeg at noen skulle banke på døren – Diane, MacMullin, Llyleworth, Peter. Eller at noen skulle ringe. Men ingenting skjedde.

Etter en ukes tid stengte jeg av vannet og forhåpningene og reiste hjem til Oslo.

Langsomt og lydig vendte jeg tilbake til min gamle tilværelse.

Hver morgen spaserte jeg bort til Storokrysset for å ta trikken ned til sentrum. På kontoret skjøttet jeg mine arbeidsoppgaver med en sløv, likeglad pliktoppfyllelse. Av og til spurte noen om hva det egentlig var som skjedde der nede på Værne kloster sist sommer, men jeg avfeide dem med livstrette bortforklaringer.

Enkelte kvelder, når vintermørket ble for knugende, kom Diane til meg som et hvisk av smak og lukt og savn. Det hendte jeg tok opp telefonrøret og slo alle sifrene i nummeret hennes unntatt det siste. Etter hvert som jeg ble modigere, lot jeg det ringe et par ganger før jeg la på. En lørdag formiddag ventet jeg helt til hun tok av røret. Jeg ville bare ønske henne godt nyttår. Men det var ikke Diane. Hun var vel bundet opp i noe. Som sengestolpene. Jeg slengte på før den søvndrukne mannen fikk spurt hvem jeg var eller hva jeg ville.

En gang i januar glapp jeg taket i virkeligheten. Jeg husker ikke nøyaktig når eller hvordan det skjedde. Men jeg uteble fra jobben i flere dager. Professoren og mamma fant meg sittende i en stol i stuen i leiligheten min. Jeg ble bragt til klinikken i sykebil. Det var som å komme hjem. På klinikken slipper du å forstille deg. Slipper å late som om solen skinner og at alt skal bli bedre i morgen. Som om ingen uoverstigelig, blåblank bergvegg reiser seg i tåkedrevene mellom deg og den solfylte dalen hvor du kunne ha levd som en lykkelig hobbit i skogholtet ved den klukkende bekken. På klinikken kan du hive deg ut i stormhavet og la deg synke. Og bli værende på dypet så lenge du vil. I din tilværelses dykkerklokke. Etter måneder med venting og grubling var jeg overbevist om at de hadde lurt meg. Jeg fant sprekker i forklaringene, brister i logikken, himmelropende hull i svarene. Jeg innbilte meg at jeg var offer for en nøye planlagt og velregissert køpenickiade. At jeg hadde spilt rollen som den lettlurte, selvrettferdige Vokteren med slik innlevelse at navnet mitt allerede var inngravert i sokkelen på en Oscar-statuett. *Thank you! Thank you …! First of all I'd like to thank my mother and father …* Jeg så for meg hvordan alle satt og ristet og lo av meg. Selv om jeg presset hendene for ørene og rugget frem og tilbake, hørte jeg den skingrende, hysteriske latteren deres. Tidsmaskiner! brølte Llyleworth og Arntzen i kor. Flyvende tallerkener! hikstet Anthony Lucas Winthrop Jr. Bibelmanuskripter! skrålte Peter Levi. Jesus-konspirasjoner! skrattet MacMullin. Merovingiske skatter! hoiet Diane og mamma. Og så slo de seg på låret og ga seg ende over. En gang, skummende av raseri, ringte jeg SIS og forlangte å få snakke med MacMullin. Han var selvsagt ikke til stede. «*MacWho?*» Fånyttes forsøkte jeg å oppspore telefonnummeret hans i Rennes-le-Château, der ingen lot til å ha hørt om ham. Flere ganger ringte jeg til The Schimmer Institute, men klarte aldri å kjempe meg forbi sentralbordets finmaskede nett av høflig avvisning.

Smått om senn svant sinnet og indignasjonen. Javel, så hadde de lurt meg. Big deal! Jeg hadde i det minste gitt dem en helvetes kamp. Når alt kom til alt, kunne det neppe spille noen avgjørende rolle for menneskehetens ve og vel om skrinet etter åtte hundre år i jorden havnet i hendene på skurkene og ikke i et sterilt glassmonter i et søvnig museum i Frederiks gate. Det var MacMullins fortjeneste at det overhodet kom til rette. Uten ham ville jorden ha skjult det i åtte hundre nye år. Hemmeligheten i skrinet er ham vel unt. Om det så er eliksiren til evig liv.

Jeg ble friskmeldt og sendt hjem fra klinikken i mai. Mamma hentet meg i Mercedesen sin og fulgte meg helt opp i tiende etasje.

Sent i juni dro jeg tilbake til landstedet ved sjøen. På ferie, denne gang. Underveis passerte jeg Værne kloster. Alt var ryddet bort. Bonden hadde jevnet ut slagghaugene våre og sådd til med korn. Bare sjakten rundt oktogonen var sperret av med oransj plastnetting. Antikvariske myndigheter spekulerer fortsatt på hva de skal gjøre med fornminnet.

Da jeg låste opp døren til sommerhuset, var det som om duften av Dianes parfyme slo imot meg. Fjetret ble jeg stående med hånden på dørklinken. Jeg ventet halvveis å høre stemmen hennes, «*Hi honey, you're late!*», og få et vått kyss på kinnet. Men da jeg lukket øynene og snuste inn, luktet det bare innestengt og støvete.

Stille ruslet jeg fra rom til rom, trakk fra gardinene, børstet bort døde fluer, åpnet vinduene på gløtt, strevde en stund med å skru på vannet etter vinteren.

Så lot jeg ferien synke inn i meg, tung og dorsk og varm. Solfylte dager og lumre kvelder lenket seg sammen i harmonisk kjedsommelighet.

Jeg har satt meg ut på terrassen, i solen, iført khakishorts og sandaler. På radioen ramser de opp badetemperaturene. Det er svært varmt. I det fjerne svever Bolærne i disen. Rett over fjorden er Horten og Åsgårdstrand uryddige prikker i den blå kyststripen. Jeg føler en dyp ro. Jeg har hentet en kald øl og åpnet den med en skrutrekker. Noen ungdommer hoier og skråler ved stupebrettet nede på svaberget. Hvinende faller en jente i vannet. En gutt stuper etter. Med en slapp bevegelse vifter jeg bort en veps som viser en utidig interesse for pilsen min. To terner ligger og vipper mot vinden.

En innskytelse får meg til å kreke meg opp og gå ned til ha-
veporten for å sjekke postkassen. Innimellom reklamebrosjyrer
og falmede informasjonsskriv fra Fuglevik vel finner jeg en
stor, brungul konvolutt. Det er ikke godt å vite hvor lenge den
har ligget der. Det står ingen avsender på konvolutten. Men den
er poststemplet i Frankrike.

Søvngjengeraktig tar jeg konvolutten med meg opp på gut-
teværelset. Jeg spretter den opp med en neglesaks og heller inn-
holdet utover skrivebordet.

Et kort brev. Et avisutklipp. Et fotografi.

Brevet er håndskrevet, skriften er knudrete, snirklete:

Rennes-le-Château, 14. juli

Herr B. Beltø!

*De kjenner meg ikke, men mitt navn er Marcel Avignon og
jeg er pensjonert landsbylege her i Rennes-le-Château. Jeg
henvender meg nå til Dem på oppfordring fra en gjensidig
venn, Michael MacMullin, som har forsynt meg med Deres
navn og sommeradresse. Det smerter meg å fortelle Dem at
grandseigneur MacMullin døde natt til i dag. Han sovnet
stille inn etter et kort og, heldigvis, smertefritt sykeleie.
Klokken var halv fem om morgenen da han gikk bort.
Sammen med hans kjære datter, Diane, som hadde tilbragt
natten hos ham, var jeg til stede gjennom hans siste timer.
Noe av det siste han gjorde, var å instruere meg om hva jeg
skulle skrive til Dem og hva jeg skulle vedlegge. Han sa vi-
dere at De (og nå må jeg sitere etter min skrantende hu-
kommelse), «som den harde neglen han er, vil gjøre akkurat
hva han vil med opplysningene». For egen regning vil jeg
tillate meg å tilføye at han sa disse ordene med en hengiven-
het som røpet for meg at De er en venn han satte umåtelig
stor pris på. Derfor er det meg en udelt ære og glede å utføre
den lille tjeneste som herr MacMullin ba om, nemlig å sende*

*Dem et avisutklipp og et fotografi. Han mente at De ville
skjønne sammenhengen. Det håper jeg De gjør, for jeg kan i
sannhet ikke hjelpe Dem. La meg til slutt få kondolere, med
min dypeste og mest ektefølte medfølelse, da jeg skjønner at
tapet av Deres venn vil smerte Dem slik det har smertet
meg. Kan jeg på noen måte bistå Dem videre, må De ikke
nøle med å ta kontakt med undertegnede.*

*Deres hengivne,
M. Avignon*

Fotografiet er i sort-hvitt. Det viser bruddstykker av et eld-
gammelt manuskript på en hvitmattet glasskive med underlys.
En hånd i en latexhanske pensler bort usynlig støv.

Det er et puslespill av papyrusflak, et tilsynelatende kaos av
fragmenter som søker en helhet.

Skrifttegnene er uforståelige. Håndskriften er jevn, rett.

Øynene mine krisler fuktig.

Et manuskript ...

Selv om jeg hverken klarer å lese skriften eller tolke noe som
helst ut av de fremmedartede tegnene, blir jeg sittende og gran-
ske dem. Jeg vet ikke hvor lenge. Men da jeg kommer til meg
selv, tungpustet, bøyd over skrivebordet og med dagboken
oppslått ved siden av fotografiene og avisutklippet, er klokken
snart elleve.

Avisutklippet er fra avisen «La Dépêche du Midi» som ut-
kommer i Toulouse:

**Prester protesterer mot restaurering
av oldtidskirken Le Lieu**

BÉZIERS – Lokale aksjonister, blant dem to prester, ble i går
ettermiddag pågrepet av politiet i Béziers under en ulovlig
demonstrasjon utenfor oldtidskirken Le Lieu, på folkemun-
ne kjent som «Kristi hvile».

Den forfalne kirken, som ligger en kilometer vest for Béziers, ble i forrige måned kjøpt for fem millioner franc av en ukjent finansaktør med base i London. Opplysninger La Dépêche du Midi sitter inne med, antyder at det oppsiktsvekkende og overraskende kjøpet ble godkjent av lokale myndigheter etter påtrykk fra Regjeringen.

Ifølge den velrenommerte britiske arkeologen, professor Graham Llyleworth, som leder arbeidet ved kirken, har den hemmelige investoren «et genuint ønske om å restaurere kirken tilbake til fordums prakt». Kritikerne har protestert heftig på arbeidet, som medfører at kirkebygget må rives og gjenoppbygges stein for stein. – Vanhelligelse! tordner Jean Bovary, som er en av de to prestene som ble anholdt under gårsdagens aksjon.

Det har ikke dempet gemyttene at arkeologene har reist et tre meter høyt gjerde rundt anleggsområdet, at det er flombelyst om natten og at en egen vaktstyrke patruljerer området og holder nysgjerrige på avstand. Professor Graham Llyleworth uttaler på generelt grunnlag at «ethvert arkeologisk arbeid må omfattes av en viss grad av avskjerming fra offentligheten».

Kirken er ifølge lokale legender bygget over en fjellhule der en ukjent helgen skal være gravlagt. Prest Jean Bovary, som leder den nyopprettede «Støtteaksjonen for Le Lieu», sier at kirken er en av de eldste i Pyreneene og trolig i Frankrike.

– Kirken, slik den står i dag, ble reist i år 1198, sier Bovary. – Men vi kan med sikkerhet tidfeste deler av det opprinnelige kirkeanlegget, den såkalte østfløyen og ruinparken, til år 350 e.Kr. Men ifølge lokale overleveringer befant det seg også før dette en helligdom på stedet.

Bovary frykter at arkeologene vil forsøke å ta seg ned til gravhulen som ifølge legenden er forseglet i fjellet under altertavlen. – La de døde få hvile i fred! sier han.

Professor Graham Llyleworth avviser at de leter etter et påstått gravmæle. – At det skal finnes noen grav eller en hule under kirken er ukjent for oss, sier han. – Skulle det stemme, vil vi selvsagt respektere de dødes verdighet.

Tankefullt stirrer jeg på brevet, på avisutklippet, på fotografiet av papyrusmanuskriptet.

Jeg tenker på Diane og Grethe. På Michael MacMullin. På ørkenklosteret. På hva som skjuler seg under kirken ved Béziers.

Jeg ser ut av vinduet. Glør av nysgjerrig forventning luer opp i meg. Et sted der ute venter gåtene. Spørsmålene.

Nede i stuen rasler det i urverket i den gamle bestefarsklokken. Den tikker og går, men aldri riktig. Den lever i sin egen tid og er fornøyd med det. Plutselig brister den ut i glad klokkeklang. Tretten over elleve. *Ding-dang-dong!*

Inni meg begynner noe å krible. En gjenstridig drift. Etter å vite. Etter å forstå.

Pennen min skraper mot papiret. En vev av ord og minner. Men det er alltids plass til noen flere. Ingenting tar noengang slutt. Utålmodig lukker jeg dagboken. Historien er ikke over. Jeg må bare finne ut hvordan den fortsetter.

Takk

Ingen bøker blir til uten andre bøker.

Det eldgamle johannittersetet Værne kloster – med sine arkeologiske gåter og sin mystikk – finner du den dag i dag hvis du kjører gjennom Moss og fortsetter sydover mot Fuglevik. Informasjonene om Værne kloster og johannittenes over tre hundre år lange norgesvisitt har jeg funnet bl.a. i bøkene *Gårder og slekter i Rygge* av Ingeborg Flood (Rygge Sparebank, 1957) og *Bygdehistorien i Rygge* inntil 1800 av Lauritz Opstad og Erling Johansen (Rygge Sparebank, 1957).

Hvis du fengsles av mystikken rundt Bérenger Saunière og Rennes-le-Château, vil jeg henvise til *The Holy Blood and The Holy Grail* (1982) av Michael Baigent, Richard Leigh og Henry Lincoln (utkommer på norsk i løpet av kort tid med tittelen *Hellig blod, hellig gral*). Selv om jeg har trukket mange veksler på deres omstridte hypoteser, berører jeg bare ytterkantene av deres villnis av religiøse konspirasjonsteorier.

For grundigere analyser om den historiske vs forkynnelsens Jesus, anbefaler jeg Jacob Jervells tynne, men kloke bok *Den historiske Jesus* og *Mannen som ble Messias* av Karl Olav Sandnes og Oskar Skarsaune.

Takk til Tom Koch i tv-selskapet WBGH. Jeg står i gjeld til deres dokumentarserie *From Jesus to Christ*.

Q-manuskriptet eksisterer som en hypotese. Forskere ved Institute for Antiquity and Christianity i California har rekonstruert Q – ord for ord, vers for vers.

Thomasevangeliet er, etter at *Sirkelens ende* utkom første gang, blitt oversatt til norsk.

I likhet med menneskene som tumler gjennom sidene i denne boken, finnes SIS og The Schimmer Institute kun i min og din fantasi.

Jeg vil rette en takk til alle tålmodige fagfolk og institusjoner som har hjulpet meg med opplysninger, synspunkter, forslag og korrektiver: Universitetet i Oslo, Riksantikvaren, The British Museum og CERN (det europeiske laboratorium for partikkelfysikk). For å ha lest manuskriptet og ha kommet med uvurderlige innspill vil jeg takke min redaktør i Aschehoug, Øyvind Pharo, samt Knut Lindh, Olav Njaastad, Ida Dypvik og som alltid: Åse Myhrvold Egeland. Takk til Jon Gangdal, Sebjørg J. Halvorsen og Anne Weider Aasen. Bjørn Are Davidsen har, i tillegg til å gi *Sirkelens ende* hyggelig offentlig omtale i blesten rundt *Da Vinci-koden*, bistått meg med spennende kreativ motstand i mine teologiske utlegninger. Takk til journalist Kaja Korsvold i Aftenposten, som trakk *Sirkelens ende* ut av de støvete bokhyllene. Takk til min agent Johan Almqvist i Aschehoug Agency, og til Øyvind Hagen i forlaget Bazar, som begge har bidratt til å lansere boken internasjonalt. Og til Øyvind Pharo, Even Råkil, Alexander Opsal og de andre i Aschehoug forlag, som med fornyet entusiasme vekket en glemt, tre år gammel bok til nytt liv.

Ingen av bøkene eller fagfolkene jeg har brukt som kilder eller konsulenter, står ansvarlig for de tankespinn og tallrike dikteriske friheter jeg har tatt meg.

Størst takk til Åse, Jorunn, Vegard og Astrid ... for tiden.

Tom Egeland

Etterord

Sirkelens ende og Da Vinci-koden
– kilder og tankespinn

Tenk om ...

Slik begynner enhver forfatter det arbeid som med tid og stunder kanskje blir en bok.

Tenk om ...

De første spirene til *Sirkelens ende* grodde ut av følgende besnærende tankelek: Tenk om en arkeolog fant en skatt som inneholdt et eldgammelt manuskript som vil endre verdenshistorien.

Skjønt veien er lang fra idé til roman. I løpet av de fem årene jeg brukte på å researche og skrive denne boken, vurderte jeg mange ganger å gjøre den til en rendyrket thriller – komplett med utsendte agenter fra Vatikanet, fanatiske mordere, skuddvekslinger og heseblesende biljakter. Men Bjørn Beltø strittet imot. *Sirkelens ende* ville heller bli en lavmælt bok om en gåte.

Da jeg leverte manuskriptet til Aschehoug forlag høsten 2000, kalte jeg den en kriminalroman uten en forbrytelse. Intrigen er bygget opp som i en kriminalroman, men i mangel av et drap – og der den eneste forbrytelse synes å være noe så uspennende som et brudd på norsk kulturminnelov – er den dramaturgiske motoren opprullingen av et mysterium.

Sirkelens ende utkom påsken 2001. Som hovedbok i bokklubben Dagens Bøker oppnådde den etter norske forhold et brukbart salg. Men i likhet med bøker flest, forsvant den raskt inn i bokhyllenes glemsel.

Da Vinci-koden: En suksess før den utkom

18. mars 2003 – to år etter at Aschehoug utga *Sirkelens ende* – utkom en thriller som er grunnen til at du holder *denne* boken i hånden og at *Sirkelens ende* nå står foran utgivelse i en rekke land.

Allerede første salgsdag solgte den ukjente forfatteren Dan Browns roman *Da Vinci-koden* hele 6000 eksemplarer.

Dan Brown, sønn av en matematiker og en musiker, flyttet etter universitetsstudiene til California der han livnærte seg som popkomponist, pianist og sanger. I 1993 returnerte han til New Hampshire og begynte som engelsklærer på sitt gamle college. Fem år senere utga han sin første thriller, *Digital Fortress*, fulgt av *Angels and Demons* (2000) og *Deception Point* (2001). De tre bøkene solgte til sammen 20 000 eksemplarer.

Da Browns redaktør sluttet i forlaget Pocket Books og gikk til det anerkjente storforlaget Doubleday i 2001, tok han Dan Browns forfatterskap med seg. *Dan who?* spurte forlaget. Det var før Brown leverte et forslag til en ny roman han pønsket på. Tenk om … Forlaget tente (for å si det forsiktig) på ideen hans. De kjøpte rettighetene. Og Dan Brown gikk i gang med å skrive *Da Vinci-koden*.

Som alle forfattere og forlagsfolk vet, er det slik at enkelte bøker bare tar av – supernovaer på litteraturens funklende stjernehimmel. Noen ganger skyldes det bokens litterære kvaliteter. Andre ganger skyldes det obskure markedsmekanismer. Det er ikke nok at en bok er god. Boken må treffe markedet til rett tid.

Hvorfor er *Da Vinci-koden* blitt en verdenssuksess?

"En thriller for mennesker som ikke liker thrillere," sier forlaget. Spennende, utfordrende og kunnskapsrik, sier begeistrede lesere. *Da Vinci-koden* er, trass i tunge temaer som teologi, historie og symbolikk, en lettlest thriller. Den utfordrer oss.

Den pirrer. Den gir oss følelsen av å få ny innsikt. "Som Umberto Eco på steroider," konstaterte The San Francisco Chronicle lakonisk.

Men også de litterære markedskreftenes snøballeffekt har bidratt til suksessen.

For å pirre interessen, sendte Doubleday ut hele 10 000 forhåndseksemplarer av boken til kritikere og utvalgte bokhandlere – mer enn totalopplaget på en normal amerikansk hardcoverutgave. De ville skape *a bullet* – "en kule" – altså en superbestselger. Og de ville vise at en bok av en fullstendig ukjent forfatter kunne lage forlagshistorie. Lenge før den offisielle utgivelsesdatoen var *Da Vinci-koden* en snakkis i bransjen. Forhåndsoppmerksomheten toppet seg da The New York Times gjorde noe så uvanlig som å bryte sperrefristen og trykke en anmeldelse – som i ett ord kan oppsummeres i *wow!* – på kulturseksjonens førsteside 17. mars 2003.

Da Vinci-koden var i ferd med å bli en selvoppfyllende profeti og markedsavdelingens våte drøm: Forlaget hadde forberedt en massiv annonsekampanje og en voluminøs utsendelse av bøker til USAs bokhandlere. De sendte Dan Brown ut på en omfattende lanseringsturné. Og siden bokhandlerne trodde på forlagets løfte om at denne thrilleren ville bli en bestselger uten sidestykke, hadde de aller fleste bestilt så mange eksemplarer at de pent måtte tapetsere utstillingsvinduene og salgsmontrene med *Da Vinci-koden* for ikke å brenne inne med usolgte bøker på lager.

Ingen fare.

Da Vinci-koden var en slik bok man bare må lese. Alle snakket om den. En maskulin actionbok, og samtidig en tenksom bok med dyp respekt for feminine verdier. En bok som appellerer til kvinner og menn, til intellektuelle og til de mer handlingssøkende bokleserne. Innen utgangen av den første uken hadde boken solgt nesten 25 000 eksemplarer og dundret inn på bestselgerlistene. Der har den holdt seg siden. I skrivende stund har boken solgt svimlende tolv millioner eksemplarer på minst 42 språk. *Da Vinci-koden* har for lengst skapt forlagshistorie.

Her i landet sikret Bazar – som for øvrig er *Sirkelens endes* utgiver i Sverige, Danmark og Finland – seg rettighetene til *Da*

Vinci-koden. Bazar er et norsk-eid, nordisk forlag som ble startet av forlagsmannen Øyvind Hagen i 2002. Hagen, som fikk øynene opp for suksessboken lenge før konkurrentene, er den samme som introduserte *Alkymisten* og Paulo Coelhos forfatterskap i Norden og som i 1998 oppdaget en annen bok som ingen andre norske forlag trodde på: *Harry Potter.* I Norge er *Da Vinci-koden* i skrivende stund trykt i over 125 000 eksemplarer og har ligget på bestselgerlistene siden lanseringen i mai 2004.

Og dette skriver jeg lenge før julesalget har startet ...

Likheter og ulikheter

Hva har så *Da Vinci-koden* å gjøre med *Sirkelens ende?*

Ingen verdens ting.

Vel, ingen verdens ting utover en del pussige og helt tilfeldige likhetstrekk.

Selv om *Sirkelens ende* og *Da Vinci-koden* er to vidt forskjellige bøker, er det ikke vanskelig å sammenligne dem. Som jeg svarte da Aftenpostens Kaja Korsvold i september 2004 lagde en reportasje om likheten mellom de to bøkene: "Jeg er glad jeg skrev min bok først. Ellers ville jeg nok blitt beskyldt for plagiat."

For:

* Begge bøkene handler om gåter knyttet til Jesus.

* Begge bøkene stiller spørsmål ved Det nye testamentes fremstilling av Jesu liv og lære – og død.

* Begge bøkene er kritiske til dogmene og mytene rundt Jesus.

* Begge bøkene antyder at Kirken i ettertid har tilpasset deler av Jesu lære for å passe kirkefedrenes syn.

* Begge bøkene hevder at Jesus giftet seg med Maria Magdalena og at deres etterkommere ble inngiftet i de europeiske kongehus.

* Begge bøkene hviler tungt på teoriene i *The Holy Blood and The Holy Grail.*

* Begge bøkene fråtser i teologiske konspirasjonsteorier.

* Begge bøkene tar for seg hemmelige ordener, brorskap og frimurere.

* Begge bøkene har, underlig nok, en albino i en bærende rolle.

* Begge bøkenes hovedperson er en vitenskapsmann.

* Begge bøkenes hovedperson reiser rundt i Europa på jakt etter gåtens løsning.

* Begge bøkene leker med vår sans for det ukjente, det skjulte, det dulgte – og avslører hemmeligheter som de få, de innvidde, har båret på i århundrer.

Det er disse likhetene som trekker *Sirkelens ende* inn i det markedsmessige dragsuget til *Da Vinci-koden*.

Samtidig er det lett å peke på ulikhetene. *Da Vinci-koden* har, med sitt amerikanske utgangspunkt, et særlig kritisk søkelys mot den katolske kirkes posisjon og dogmer. Den vever kunsthistorien inn i sitt historiske blendverks bakteppe. *Sirkelens ende*, derimot, tar utgangspunkt i arkeologien. Og den albino arkeologen Bjørn Beltø er sannelig ingen Indiana Jones. Der hvor *Sirkelens ende* er lavmælt og stedvis langsom, har Dan Brown skrevet en page-turner av dimensjoner, et intellektuelt rebusløs i actionthrillerens innpakning. En akademisk James Bond-beretning som fascinerer og underholder oss. Den utfordrer vår forståelse av alt fra kunsthistorien til teologien.

Eller?

Sant – eller usant?

I kjølvannet av *Da Vinci-kodens* braksuksess, har det oppstått en høyst uvanlig, internasjonal litteraturdebatt. En debatt om bokens innhold og teser – og om de dulgte grensene mellom sannhet og fiksjon, mellom vitenskap og diktning.

Debatten bølger særlig i kristne kretser, men også blant historikere, kunsthistorikere og selvsagt teologer. Selv om Dan Brown understreker at *Da Vinci-koden* er og blir en roman, går han, både i bokens innledning og i enda større grad i intervjuer og på sin hjemmeside **www.danbrown.com**, langt i å antyde at mange av bokens kontroversielle tankespinn – om alt fra den hellige gral og skjulte budskaper i Leonardo da Vincis kunstverk til Jesu vesen og budskap, Sion-ordenen og andre hemmelige brorskap – er reelle eller basert på hemmeligholdte sannheter. En roman, ja vel, men en roman som avslører historiske hemmeligheter.

Mange leseres forestilling om at bakgrunnen for mye av det som står i *Da Vinci-koden* faktisk er sant, har forårsaket tallrike avisinnlegg, webdebatter og kronikker verden over. I Norge er kritikken anført av Bjørn Are Davidsen, som i en kronikk i Aftenposten 30. juli 2004 refset de bokanmelderne som var nesegruse i sin beundring for Browns "researchmessige mesterverk". Her til lands har det meste av debatten foregått på internett og på leserbrevsidene. På **www.forskning.no** har religionshistorikeren Asbjørn Dyrendal skrevet anmeldelsen "Bråket om Da Vinci-koden" der han kritisk og nitid gjennomgår mange av de teologiske og kunsthistoriske påstandene i boken. Et av Dyrendals anliggender er at Dan Brown, ved å antyde at kriminalintrigen er bygget rundt en skjult sannhet, inviterer til debatt og kontrovers som igjen genererer oppmerksomhet og salg.

Internasjonalt har *Da Vinci-koden* utløst en underskog av motbøker som på faktisk og vitenskapelig grunnlag angriper tesene i romanen (bøker som for øvrig ikke bare selger godt i *Da Vinci-kodens* kjølvann, men som paradoksalt nok skaper ny oppmerksomhet og blest rundt thrilleren – så å si en markedsmessig evighetsmaskin). På forlaget Ignatius' nettsted **www.ignati-us.com/books/davincihoax** belyser forfatterne Carl Olson og Sandra Miesel – som har skrevet den kritiske boken *The Da Vinci Hoax (Da Vinci-bløffen)* – påstandene i Dan Browns roman. Mange av Browns teser fra teologien og kunsthistorien blir ettergått og avvist. De stemmer simpelthen ikke. Det er ikke teologisk eller historisk belegg for påstanden om at Jesus i bunn og grunn var en gnostisk filosof, eller at Leonardo da Vinci har lurt hemmelige budskap om kristendommen inn i sine kunstverk. Leonardo var nok en luring, ja vel, men du skal ha velutviklede konspiratoriske antenner og en god porsjon fantasi for å skimte Maria Magdalena i maleriet Nattverden eller finne historiske avsløringer i andre av hans verdenskjente malerier.

Det Brown har gjort, er akkurat det samme som de fleste romanforfattere gjør: Han har lett etter tilgjengelig stoff som passer inn i og kler fiksjonen. Dermed har han funnet og hentet frem et knippe spennende teorier, teser og spekulasjoner som bakgrunn for sin oppdiktede historie. De færreste av teoriene eller spekulasjonene er nye eller påfallende sanne. Det nye er at en bok som selger tolv millioner eksemplarer når ut til store lesermasser med tankespinn som før holdt seg lydig og beskjedent på plass i okkulte diskusjonsgrupper på internett, i new age-bøker og i hjemmetrykte hefter for svært spesielt interesserte.

De mest fiendtlige av kritikerne synes å laste Brown for å trekke frem slike mildt sagt udokumenterte alternativteorier. Men vent! Dan Brown skriver romaner. Han appellerer til vår fantasi. Han påstår ikke å ha skrevet en doktorgradsavhandling. Han driver ikke med forskning. Romaner er ikke sanne. Så får heller forskere og vitenskapsmenn sette fiksjonen i perspektiv.

Kritiske eksperter burde glede seg i stedet for å gremme seg: Hvor mange andre romaner utløser denne type vitenskapelige debatter blant legfolk og stimulerer leserne til å søke ny kunnskap? Når var teologi og urkirkens undertrykkende kvinnesyn sist tema i selskapelige sammenhenger? Dan Brown har skrevet en bok som engasjerer, provoserer og tenner millioner av lesere, legfolk og fagfolk side om side. Ingen ubetydelig bragd av en sølle thrillerforfatter!

Sion-ordenen: Det store falsum

Både *Sirkelens ende* og *Da Vinci-koden* henter noen av sine teser fra *The Holy Blood and The Holy Grail* (1982) av Michael Baigent, Richard Leigh og Henry Lincoln, en bok som har solgt i over to million eksemplarer og som snart utkommer på norsk. Kort fortalt er hovedteorien i denne kvasivitenskapelige dokumentarboken at Jesus ikke døde på korset, men at han overlevde korsfestelsen (hvilket igjen rokker ved kristendommens mest bærende dogme: oppstandelsen) og at han flyktet til Sør-Frankrike og giftet seg med Maria Magdalena. De fikk flere barn hvis etterkommere ble inngiftet i de franske kongerekker, det merovingiske dynasti. "Den hellige gral" – en middelaldermyte om begeret som Jesus først brukte under nattverden og som senere ble fylt av hans blod under korsfestelsen – utlegges som blodslinjen fra Jesus og Maria Magdalena.

Denne fantasifulle forestillingen har sine røtter i århundregamle konspirasjonsteorier, angivelig beskyttet av hemmelige ridderordener og brorskap. Påstandene ble igjen vekket til liv basert på historien om presten Bérenger Saunière i landsbyen Rennes-le-Château. Under restaurering av den eldgamle landsbykirken på slutten av 1800-tallet, kom han angivelig over dokumenter, skjult i hemmelige hulrom, som han tok med seg til Paris og som skal ha gjort ham umåtelig rik.

Dessverre for alle tilhengere av konspirasjonsteorier generelt og Sion-ordenen spesielt, er hele denne historien like fiktiv som *Da Vinci-koden* og *Sirkelens ende*. Sion-ordenen, *Priory of Sion* – som skal ha vært ledet av storheter som Leonardo da Vinci, Sir Isaac Newton, Boticelli og Victor Hugo og som skal ha hatt tette og mystiske forbindelser med tempelridderordenen – er en ren konstruksjon skapt av høyreekstreme franske nasjonalister, intet annet enn en okkult gutteklubb. Både politiet og mediene har avslørt at franskmannen Pierre Plantard og hans tilhengere skapte Sion-ordenen i 1956 og forsynte den med røtter i 1100-tallets tempelriddere. I 1956 begynte de første ryktene om "den store hemmeligheten" i Rennes-le-Château å bli kjent. Mange av Sion-ordenens bærebjelker var plagiater fra rosenkreutzerne. Denne opprinnelig tyske ordenen fra 1400-tallet ble reformert både på 1600- og 1700-tallet og var assosiert med alt fra alkymi og magi til filosofi, og ble gjenopplivet av den franske forfatter og mystiker Josépin Péladan i tiårene rundt århundreskiftet 1900.

Pierre Plantard produserte midt på 1960-tallet falske dokumenter som inneholdt navnene på lederne i Sion-ordenen og to genealogier angivelig fra 1244 og 1644 og diverse avskrifter (de samme dokumentene som presten Bérenger Saunière altså skulle ha kommet over på slutten av 1800-tallet) og klarte å lure dokumentene inn i arkivene til Nasjonalbiblioteket i Paris.[1] Bløffmakerne smuglet også andre "historiske" dokumenter inn i franske biblioteker. Funnet av Les Dossiers Secrets i 1975 vakte naturlig nok oppsikt. Plantards kompanjong Philippe de Chérsiey har i flere sammenhenger påtatt seg ansvaret for å ha fabrikkert disse dokumentene. Ifølge franske medier og myndigheter innrømmet Plantard, som døde i år 2000, under avhør i 1993 at dokumentene var fabrikkert, og at Sion-ordenen var et falsum. (Riktignok fantes en ekte Sion-orden som opphørte å eksistere i 1617 og ble innlemmet i jesuittordenen, men dette var en katolsk orden fjernt fra Plantards påståtte hermetiske brorskap og uten forbindelse til tempelriddere eller andre voktere av mystiske hemmeligheter). BBC avslørte mange av Plantards metoder i et dokumentarprogram i 1996. Nettstedet **www.priory-of-sion.com** er verdt et besøk for den som vil sette seg mer inn i disse spørsmålene.

Disse avsløringene spiller selvsagt ingen rolle verken for *Sirkelens ende* eller *Da Vinci-koden* som romaner, men de styrker naturlig nok ikke formodningen om at Dan Brown har fundert sine mange "avsløringer" på teologiske, historiske, kulturelle og kunsthistoriske fakta. Mange begeistrede lesere av *Da Vinci-koden* blir nok skuffet når de innser at bokens tallrike "avsløringer" av hemmelige koder og skjulte sannheter enten er utslag av god, gammeldags diktning, tankespinn i kvasivitenskapelige bøker og på internett, eller i beste fall løse hypoteser som er gjenstand for faglig usikkerhet og strid. Turistene som besøker den majestetiske Saint-Sulpice-kirken i Paris, der albinomunken Silas håper å finne Den hellige gral, blir eksempelvis møtt av en plakat som begynner slik: «I kontrast til fantasifulle påstander i en fersk bestselger, er ikke dette et tidligere hedensk tempel.» Plakaten fortsetter med å tilbakevise andre av bokens påstander om den tradisjonsrike kirken. Men også Saint-

[1] *Dokumentfaksimilen på omslaget stammer fra Les Dossiers Secrets, som er like så oppdiktet som denne romanen.*

Sulpice nyter godt av litteraturens markedskrefter: I løpet av et halvt år var ti tusen turister innom kirken på grunn av *Da Vinci-koden*.

Da Vinci-koden er en roman. Punktum. Den avslører ingen ukjente, skjulte sannheter utover myriader av udokumenterte og internasjonalt kjente tankespinn, new age-spekulasjoner og fantasifulle konspirasjonsteorier som få seriøse forskere stiller seg bak. Men slapp av! *Da Vinci-koden* er like spennende for det. Om mange av teoriene i *Da Vinci-koden* ikke "stemmer" vitenskapelig og faktisk, og om mange av de oppsiktvekkende påstandene kan tilbakevises, er boken likevel en spennende og underholdende thriller. De som virkelig blir bergtatt, kan jo selv granske hva som mon har et fnugg av sannhet i seg!

Å glede og utfordre leserne er enhver romans fremste funksjon. I så måte har Dan Brown lykkes bedre enn de fleste av oss. I motsetning til thrillere flest, stimulerer *Da Vinci-koden* leserne til å søke seriøse svar på mange av de kompliserte og utfordrende spørsmål og påstander som kommer frem i romanen.

Et spørsmål om tro

På denne bakgrunn spør kanskje mine lesere: Hvor mye av *Sirkelens ende* er sant?

Svaret er enkelt: Boken er en roman fra ende til annen. En tankelek. Noen historiske og teologiske opplysninger er isolert sett "sanne". Noen er faglig omstridte og kontroversielle. Noen er pyntet på. Atter andre er oppdiktede. Men som forfatter har jeg brukt "de historiske sannhetene" i en dikterisk sammenheng som i sum gjør at boken utelukkende blir en fiksjon fra begynnelse til slutt. Når jeg har fråtset i teologiske og historiske konspirasjonsteorier, er det fordi de passer i romanen. Når jeg hviler meg på kontroversielle teologiske vurderinger, er det fordi de kler fiksjonen. Denne romanen skulle handle om en gåte *larger than life*, og tankespinnene i en bok som *The Holy Blood and the Holy Grail* passet – i likhet med avvikende teologiske standpunkter – som hånd i hanske.

Likevel …

Jeg er ingen teolog. Jeg er ikke engang troende. Men mange av de spørsmål som *Sirkelens ende* reiser vedrørende Det nye testamentes tilblivelse, er spørsmål jeg oppriktig undrer meg over selv. Jeg har ikke svarene. Men det har sannelig ikke teologene heller. Til syvende og sist koker de grunnleggende spørsmålene og svarene ned til et spørsmål om tro. Teologi er langt på vei et fag uten fasit.

Hvis du ble besnæret av denne bokens tankespinn rundt Det nye testamente, finnes det et vell av seriøse fagbøker som grundig belyser alle de faktiske forholdene, og usikkerhetene, knyttet til den redaksjonelle tilblivelse av det som er vår Bibel, og som former grunnlaget for den vestlige verdens tro.

Bibelen er et intellektuelt produkt. Noen har skrevet tekstene. Andre har kan hende pyntet på og omskrevet dem. I mange tilfeller har tekstene vandret fra munn til munn før de ble festet til papiret. Til slutt har noen valgt ut de tekstene som ble innlemmet i Bibelen.

Hvis man betrakter de bibelske tekster som hellige og indirekte diktert eller inspirert av Gud, trenger man knapt underlegge Bibelen kildekritikk. Men hva om man fjerner troen fra bibelforståelsen og betrakter Bibelen og dens budskap som et historisk og filosofisk manifest?

Jesus-forskningen er mangfoldig og har utviklet seg i rivende fart det siste hundreåret og ikke minst de siste tiårene. Allerede tidlig på 1900-tallet påviste Albert Schweitzer hvordan forskere formet Jesus basert på idealene i sin egen samtid. Som innen all annen vitenskap, finnes det ulike retninger, tendenser og "skoler" innenfor teologien. Mange av tankespinnene i *Sirkelens ende* er basert på en relativt kildekritisk og radikal amerikansk tradisjon. Andre forskere er mer konservative og kildepositive.

Felles for de fleste teologiske forskerne, er at de i varierende grad er preget av sin tro (eventuelt: mangel på tro). Teologi er ingen absolutt vitenskap. I stor grad farges standpunktene av forskernes personlige tro og teologiske (og til en viss grad politiske) ståsted. Ulike forskere vektlegger fakta og hypoteser ulikt.

Sammen med min romanfigur Bjørn Beltø, surfer jeg bare på overflaten av det spennende faget teologi. Fagteologer vil nok smile overbærende, eller provosert, over mange av dialogene og tankene i denne boken. Som forfattere flest har også jeg valgt et ståsted, og bokens fiktive teologer og forskere står for holdninger som passer i denne bokens handling. De er ikke dermed representative for det brede flertall av teologer. Jeg har, i likhet med Dan Brown, skrevet en roman. Jeg påstår ikke å ha funnet sannheten.

Har forskerne?

Evangeliene som aldri nådde opp

Hvor bokstavelig, eller kritisk, skal man lese Det nye testamente?

Hver leser må finne sitt svar.

Det nye testamente er en samling skrifter, en såkalt kanon, som i stor grad forelå som skriftsamling allerede på 100-tallet, men som ble endelig sammensatt og anerkjent av kirkefedrene på synodene i Hippo (393) og Kartago (397).

De fire evangelistene – Markus, Matteus, Lukas og Johannes – var etter alt å dømme annengenerasjons kristne som skrev sine tekster mot slutten av det første århundret (enkelte teologer mener at Johannesevangeliet faktisk kan ha blitt skrevet av apostelen Johannes). Markus skrev trolig sitt evangelium, det første av de fire, rundt år 70. Matteus og Lukas hadde begge kjennskap til det Markus skrev. Men før noen av de fire evangeliene forelå, ble det som senere ble kjent som Q forfattet.

Q-evangeliet "finnes" ikke. Likevel er det av mange ansett å være "det første evangeliet", som Matteus og Lukas senere brukte som kilde (derav Q for "quelle" – tysk for kilde). Det var tyske bibelforskere som kom til den konklusjon av det måtte foreligge en skriftlig kilde for Jesu ord i Matteus- og Lukasevangeliene. Basert på de eksisterende skriftene er Q rekonstruert ord for ord av forskere ved The Institute for Antiquity and Christianity i USA (http://iac.cgu.edu). Q inneholder strengt tatt ikke noe nytt eller ukjent, men er en teoretisk modell som kan forklare det stoffet som er felles for Matteus og Lukas. De som interesserer seg spesielt for Q, kan finne mer stoff på nettstedet http://iac.cgu.edu//qproject.html og på http://homepage.virgin.net/ron.price.

Da Bibelens tekster skulle samles – en prosess som tok flere hundre år – forelå en lang rekke flere tekster enn de som "bibelredaktørene" ga sitt guddommelige kvalitetsstempel. De apokryfe evangelier – de skjulte eller hemmelige evangelier – var skrifter som ikke ble innlemmet i Bibelen. Dette bl.a. fordi de ikke ble oppfattet som opprinnelige (de ble skrevet "for sent", altså 100-200 år etter de andre evangeliene) i forhold til hendelsene de skildret. Andre teologer vektlegger at skriftene ble oppfattet som kjetterske av de ortodokse kristne, eller at de tegnet avvikende bilder av Jesus. Det bør også nevnes at flere fromme, kristne evangelier heller ikke kom med, selv om de støttet de tidlige evangeliene teologisk, fordi de i likhet med de mer omstridte skriftene ikke var opprinnelige nok (en rekke eksempler finner du på www.earlychristianwritings.com).

Ett eksempel på en apokryf tekst er Thomasevangeliet. Her fremstår Jesus som en som gir hemmelig kunnskap. Sannheten fremstilles som noe du og jeg må finne ut av. Thomasevangeliet kan oppfattes som kontroversielt av flere grunner. Noen vektlegger det tydelige gnostiske (som på mange punkter avviker fra det vi kjenner som "kristendommen") preget til Thomas. En minoritet blant teologene tror at Thomasevangeliet kan inneholde eldre, og derfor mer opprinnelige, versjoner av Jesu ord enn det som står i de bibelske evangeliene. De fleste teologer synes imidlertid å mene at Thomasevangeliet, slik det nå foreligger, stammer fra 200-tallet.

Etter hvert som innholdet og rekkevidden av disse alternative skriftene står klarere for oss, vil mange forestillinger om Jesu lære kunne bli utfordret. Jesus kan lett bli oppfattet som mer radikal, mer maktkritisk, ikke alltid i pakt med Kirkens senere forståelse av Jesus. Thomasevangeliet inneholder Jesu ord – uten noen fortelling eller rammeverk. Her står intet om korsfestelsen, Jesu død og oppstandelse, intet om hans lidelseshistorie, dåp eller nattverd. Vi finner ingen mirakler. Enkelte mener at både Q og Thomasevangeliet demonstrerer at Jesu død – offerdøden – ikke hørte hjemme i den tidlige kristendom, men at denne dimensjonen senere ble utviklet med basis i jødedommens offerriter. Der hvor Bibelen vektlegger vår individuelle tro, innbyr Thomasevangeliet til å ta ansvar for vår egen utvikling gjennom innsikt og erkjennelse (altså klassiske gnostiske trekk). Jesus hadde et åpent fellesskap rundt seg, bestående av likeverdige menn og kvinner (noe også Dan Brown legger stor vekt på i sin roman). Jesus ble ikke omtalt som Guds sønn eller Messias. Ved siden av de gnostiske trekkene, følger Thomas ordbruken i koptiske manuskripter og endringer i oversettelser fra sent i det andre til fjerde århundret. Mange tekstlige indisier tyder på at Thomas kjente til Markus – hvilket svekker teorien om at Thomasevangeliet er eldre (og dermed mer opprinnelige) enn Det nye testamentes evangelier.

Selv om de nytestamentlige evangeliene paradoksalt nok tidvis tegner ulike bilder av Jesus, møtte Thomasevangeliets jesusbilde stor motstand blant mange tidlige kristne. En av grunnene kan være at Thomas i stor grad skildrer Jesus som filosof. Dette kan ha provosert de tidlige kirkefedre, som var avhengig av å avgrense læren til enhetlig og autoritativ og ikke minst guddommelig – i en tid da troen og forståelsen av den ble utfordret og trukket i alle retninger. Det er også verdt å merke seg at den Jesus som Thomas skildrer, har fokus på det åndelige, der hvor Jesus i Det nye testamente har syn for både ånd og handling. Bibelens Jesus utfordrer samtiden, Thomas' Jesus besvarer spørsmål uten noen fysisk tilhørighet i hverdagen.

Mange troende har en forestilling om Bibelen som en uforanderlig, absolutt størrelse. De apokryfe skriftene demonstrerer at den bibelske kanon er menneskeskapt, et resultat av vurderinger og utvalg, av redigering og utelatelser.

Mange teologer fastholder at de apokryfe skriftene ikke "avslører" annet enn hvor flink den tidlige kirken var til å velge de riktige skriftene til Det nye testamente. Faktisk viser Nag Hammadi-funnet (**www.nag-hammadi.com**) hvor nøyaktig kirkefedrene gikk frem i sitt arbeid med å inkludere og avvise skrifter som kunne tenkes å få plass i Det nye testamente. Selv om de apokryfe skriftene selvsagt ikke kan avvise noe som helst i Det nye testamente, gir de oss et alternativt rammeverk for å forstå ikke bare evangeliene i seg selv, men også utvelgelsen av dem og den urolige samtid og prosess som ledet frem til den bibelske kanon. Men, avhengig av teologisk ståsted, kan de også leses som et bevis på at den autoritative kanon synes å være resultat av det beste utvalg historisk og teologisk.

Selv om man ikke tror på Jesus som guddommelig, kan vi med stor rimelighet fastslå at Jesus har eksistert som historisk skikkelse (mer om teologiens Jesus finner du på det norske nettstedet **www.jesus-messias.org**). I mine øyne er hans filosofi – oppsummert i ett ord: nestekjærlighet – like verdifull selv om vi ikke tror på dogmene om oppstandelsen og syndsforlatelsen.

Jeg synes det er flott hvis *Sirkelens ende* – slik *Da Vinci-koden* har gjort – stimulerer leserne til å søke sine egne svar og samtidig utfordre de sannheter vi er blitt tillært av autoritetene – det være seg Kirken, professorer og prester, og for den saks skyld forfattere. Med *Sirkelens ende* har jeg først og fremst hatt som ambisjon å skrive en utfordrende og litt annerledes spennings- og underholdningsroman som etterlater deg med spørsmål som ingen kan besvare, men som er viktige å stille.

Kildene slår tilbake

Til slutt en snurrig fotnote:

I oktober 2004 meldte The Daily Telegraph at Dan Brown vil bli saksøkt for plagiat. Av hvem? Av ingen ringere enn to av forfatterne bak *The Holy Blood and the Holy Grail*: Michael Baigent og Richard Leigh! Ifølge Telegraph sier Leigh: "Det er ikke det at Dan Brown har tyvlånt visse ideer, for det er det mange som har gjort. Men han har brukt hele strukturen og researchen – hele puslespillet – og hengt det på en fiktiv knagg."

Det er fristende å betrakte søksmålet som et pr-trick fra Leigh og Baigent – og ganske så urimelig mot Brown. Dan

Brown krediterer vitterlig *The Holy Blood and the Holy Grail* ved å henvise til boken i kapittel 60 – i tillegg til en pussighet i *Da Vinci-kodens* ånd: Navnet til karakteren Sir Leigh Teabing er sammensatt av Richard Leighs etternavn mens Teabing er et anagram sammensatt av bokstavene i Baigents etternavn. I boken tar Teabing en utgave av, nettopp, *The Holy Blood and the Holy Grail* ut av bokhyllen og roser forfatternes "grunnleggende premiss".

Ikke nok, mener Leigh og Baigent, som vil stikke et sugerør ned i Dan Browns svulmende bankkonto.

Uansett utfallet av en eventuell rettssak er det liten grunn til å tro at publisiteten i nevneverdig grad vil gå ut over salget av noen av de to bestselgerne. Publisitet, kontrovers og oppmerksomhet svirrer i en evig sirkel – og det er fristende å antyde at dette, i sannhet, er en sirkel uten ende.

TOM EGELAND
Oslo, oktober 2004

Litteratur og kilder:

De som ønsker å gå dypere inn i romanens og etterordets teologisk-historiske spørsmål – og spørsmål knyttet til Da Vinci-koden – har et vell av bøker å ta av. Du finner dem i din lokale bokhandel eller i en internett-bokhandel. Her er et lite utvalg:

Mannen som ble Messias (Karl Olav Sandnes og Oskar Skarsaune), Norsk Kristelig Studieråd/NRK/IKO

Apokryfe evangelier (red.: Halvor Moxnes og Einar Thomassen), Verdens hellige tekster, De norske bokklubbene

Jesus. Bibelens fire evangelier (red.: Jacob Jervell), Verdens hellige tekster, De norske bokklubbene

Gnostiske skrifter (red.: Ingvild Sælid Gilhus og Einar Thomassen), Verdens hellige tekster, De norske bokklubbene

Den historiske Jesus (Jacob Jervell), Land og kirke

Thomasevangliet (Svein Woje og Kari Klepp), Borglund forlag

Jesus døde ikke på korset. Urevangeliet Q. (Svein Woje og Kari Klepp), Borglund forlag

Da Vinci-koden (Dan Brown), Bazar forlag

The Da Vinci Hoax (Carl Olson og Sandra Miesel), Ignatius Press

The Holy Blood and The Holy Grail (Michael Baigent, Richard Leigh og Henry Lincoln), Dell (utkommer snart på norsk, Bazar forlag)

The Dead Sea Scrolls Deception (Baigent/Leigh), Simon & Schuster

The Messianic Legacy (Baigent/Leigh/Lincoln), Dell

Hidden Gospels (Philip Jenkins), Oxford University Press

Jesus and the Victory of God: Christian Origins and the Question of God (N.T. Wright), Augsburg Fortress Publishers

The Contemporary Quest for Jesus (N.T. Wright), Augsburg Fortress Publishers

From Jesus to Christ: The Origins of the New Testament Images of Jesus (Paula Fredriksen), Yale University Press

Marginal Jew; Rethinking the Historical Jesus (Joseph Meier), Anchor Bible

The Templar Revelation (Lynn Picknett og Clive Prince), Touchstone

The Trial of the Templars (Malcolm Barber), Cambridge University Press

Noen flere nettsteder som belyser temaene i romanen og etterordet:

www.bibelen.no

www.katolsk.no

Thomasevangeliet: www.thomasevangeliet.no

Thomasevangeliet: http://dromsmia.no/tomas.htm

Claremont Graduate University: www.cgu.edu

School of Religion at CGU: http://religion.cgu.edu

Ancient Biblical Manuscript Center: www.abmc.org

Claremont School of Theology: www.cst.edu

Society of Biblical Literature: www.sbl-site.org

American Schools of Oriental Research: www.asor.org

Orientalsk institutt ved University of Chicago:
www.oi.uchicago.edu

ArchNet, WWW Virtual Library: http://archnet.asu.edu/archnet

Duke Papyrus Archive: http://scriptorium.lib.duke.edu/papyrus

Journal of Religion and Society: www.creighton.edu/JRS

Crisler Biblical Institute: www.crislerinstitute.com

Jesus-studier: www.jesusstudies.net

Om Matteus, Markus og Lukas:
http://www.mindspring.com/~scarlson/synopt/faq.htm